徐琴◎著

文化地理视域中的当代藏族文学研究

WENHUA DILI SHIYU ZHONG DE
DANGDAI ZANGZU WENXUE YANJIU

中山大学出版社
SUN YAT-SEN UNIVERSITY PRESS

·广州·

版权所有 翻印必究

图书在版编目（CIP）数据

文化地理视域中的当代藏族文学研究/徐琴著.—广州：中山大学出版社，2022.6

ISBN 978-7-306-07461-4

Ⅰ.①文… Ⅱ.①徐… Ⅲ.①藏族—少数民族文学—文学研究—中国—当代 Ⅳ.①I207.914

中国版本图书馆 CIP 数据核字（2022）第 042494 号

出 版 人：	王天琪
策划编辑：	嵇春霞
责任编辑：	林梅清
封面设计：	曾 斌
责任校对：	卢思敏
责任技编：	靳晓虹
出版发行：	中山大学出版社
电 话：	编辑部 020-84110283，84111996，84111997，84113349
	发行部 020-84111998，84111981，84111160
地 址：	广州市新港西路 135 号
邮 编：	510275 传 真：020-84036565
网 址：	http://www.zsup.com.cn E-mail：zdcbs@mail.sysu.edu.cn
印 刷 者：	广东虎彩云印刷有限公司
规 格：	787mm×1092mm 1/16 18.5 印张 313 千字
版次印次：	2022 年 6 月第 1 版 2022 年 6 月第 1 次印刷
定 价：	66.00 元

如发现本书因印装质量影响阅读，请与出版社发行部联系调换。

序

降边嘉措

文学并不是作家个体的臆想之物，它与外在人文地理环境有着或隐或显的互动辩证的关系，因而文学也是地域的文学。在当今的文学研究中，研究者将文化地理学引入文艺批评的视域，以发掘和解读文艺作品的文化地理意蕴，探讨文学产生的多重动因，从而丰富和扩展了文学研究的内涵。在藏族文学研究中，研究者和评论家们的关注点呈现不均匀、不平衡的特点，往往着眼于对少数重点作家的研究，而忽略了共同构筑起藏族文学繁盛景象的一批作家，并且忽略了人文地理与文学作品的密切关联。而徐琴教授的《文化地理视域中的当代藏族文学研究》则将关注点放在广阔藏地的地域性特征上，即藏族当代文学赖以生存和发展的文化生态环境和自然生态环境之中，既探讨了藏族文学创作的共同特征，又全面地梳理了不同区域的藏族文学所呈现的区域性特征，系统呈现了藏族文学的整体景象，是对当代藏族文学研究的一个重要拓展。

首先，徐琴的《文化地理视域中的当代藏族文学研究》将文化批评与文学批评相结合，史论结合，线索明晰，视野宏阔，论证全面细致。站在宏阔的中国文学史的视野，围绕着"文化地理与藏族文学"这个中心展开叙述，层层递进，由地域与藏族文学的关系到藏族文学的文化传统，再到卫藏、康巴和安多三区的地域风貌、文化背景与文学概况，逐渐深入当代藏族作家作品内部，逻辑层次鲜明。确如其所述，"既考察藏族文学的共性，又探讨不同地域藏族文学创作的独特性，通过不同作家的文本分析，发掘和展现其文化内涵"。"虽然作为同一民族具有共同的文化渊源和宗教传统，但不同区域自然地理空间的不同及经济文化的变迁也赋予了不同区域藏族文学的独特品质。"因自然与文化地理的背景差异，在历史上，藏地分为卫藏、康巴、安多三个文化地理区，也自然地产生了不同的文学特征。而卫藏、康巴和安多藏族聚居区又在当代均形成了较稳定的作家群,如"以扎西达娃、次仁罗布、白玛娜珍、尼玛潘多等为代表的卫藏作家群,以阿来、达真、格绒追美、江洋才让等为代表的康巴作家群,以梅卓、万玛才旦、旺秀才丹、扎西才让等为代表的安多作家群"。另外,研究他们还不可忽视藏族文学的宗教文化和民间文化底色,关于这一点,作者设置了特别的章节。笔者认为,徐琴对文学地理学视域中的藏族文学所做的阐释和观点是正确的,不仅对当代藏族文学与地理的关系做了明晰的梳理和阐述,而且廓清了当代藏族文学地域文化背景的发展嬗变轨迹。

其次,论著《文化地理视域中的当代藏族文学研究》具有理论性和实践性,旁征博引,具有说服力。第一章"地域与藏族文学"在论证其研究的历史渊源时,不仅借鉴了西方理论,譬如法国文艺评论家丹纳的"种族、环境、时代"三要素理论,并对其源头来自斯达尔夫人和孟德斯鸠的观点做了说明;还对我国古代文学地理的研究源流及其发展做了细致的阐释。此外,在现当代文化研究领域,钱穆认为,不同的自然环境决定了不同的生活方式,进而形成三种文化类型;新世纪以来,在少数民族文学研究领域中,梁庭望教授又提出"中华文化板块结构"理论,这些都是强有力的理论支撑。徐琴教授继而在这些理论基础上指出,在藏族聚居区,由于藏地三区地理风俗环境的不同,藏族文学的风貌也各有不同。论述层层深入,又前后照应,篇章结构严谨,且研究成果也建立在大量实地文化调研考察的基础上。在第四章之后,徐琴教授对作家作品的评论也是取众家之语来论证自己的观点,有理有据。例如,在评论次仁罗布的作品《祭语风中》时,谈到刘再复曾在《罪与文学》中评价许地山的作品虽有宗教情怀却无灵魂叩问,而徐琴发现,次仁罗布的作品进入了宗教精神的深刻层面,他的作品中有"一些有担荷精神和忏悔意识的灵魂的塑造,使作品具有了深刻的美学韵味",这一精神质地的丰厚也使他独树一帜。

最后,论著既具有严谨的学术性,又有着个人的发现和思索。论著行文严谨,在阐释每一文学区域的同时,都详尽地列出了"当代该地区文学创作版图",选取了一些在藏族文坛有一定知名度、较有代表性的作家;对藏语创作与汉语创作也进行了分类,一目了然,材料翔实。在论及地域文学研究的局限性时,徐琴教授指出了两点:一是藏族作家的藏语创作研究受到语言不通的制约;二是关于作家地域划分的问题向来争议较多,难以解决。对此徐琴做了说明,没有回避研究所存在的问题。她在评论当代藏族文学的重点作家时，不乏敏锐的思考和体悟，并且将文本细读与知人论世的方法相结合，考察作家的实际生活经历，了解作者本身，研究其所处时代的特点和本人的个性特点，也用文本来支撑论证观点，这样就避免了自说自话，使得研究更为全面、准确和深刻。比如，色波独特的个人生活经历使得他对现实世界采取回避与疏离的态度，从而致使其作品呈现孤独感；次仁罗布"在藏传佛教中心之地成长的经历使得他的创作具有平民的视角和极强的宗教救赎意味"。徐琴为我们深入理解和走近作家提炼出了关键要点，通过一些画龙点睛的用词，我们可以从整体上大致了解她的评论思路，迅速地捕捉到各个作家的特性。卫藏地区的创作异彩纷呈，康巴文学昂扬奋进，安多文学则是多元绽放。涉及论述具体作家作品时，徐琴也有着自己的独特体悟。例如，央珍拨开了西藏的迷雾，她的写作特点是平实和真实，不同于一些作家对于民族精神的构建和追寻停留在一种理念化的阶段，央珍的创作"不仅有现实的精神的观照，更有现实的审视"；次仁罗布执着于从灵魂的深处去展现雪域高原的世俗和精神生活；格央在关注雪域大地女性的生存困境方面最为突出；"寻找精神原乡"是白玛娜珍散文创作的一个重要精神走向。在对具体作家作品进行品评时，徐琴教授表达了自己独到的观点。例如，在第三章第二节"当代卫藏地区文学的发展进程和风貌"中谈及20世纪80年代的西藏文坛时，她认为，"反观80年代，可以看到，扎西达娃比当时其他的西藏作家觉醒得更早，站得更高，思考得更为深远。他对小说在精神维度和艺术维度上进行了双重的探索：对民族之魂的探寻和对宗教的反思使其作品具有厚重之美；对拉美文学的借鉴和艺术手法的创新，又使得西藏新小说具有勃勃生机，扎西达娃无疑是西藏新小说作家群中最突出的一位，他的创作对西藏文学的发展有着深远的影响"，肯定了扎西达娃在西藏新小说领域的特别贡献，给予了他较高但又十分中肯的评价。在使用个案分析的同时，徐琴教授也注重不同作家的平行比较，如在论及卫藏作家中的西藏新小说作家代表扎西达娃和色波时，认为扎西达娃的探询和反思着力点在传统文化和宗教传统上，他探求民族之路的过程是"充满困惑、矛盾与痛苦的"；色波的创作在精神层次上不仅仅呈现西藏的世俗人生的孤独，而且充满了对生命本真的思考和对普世的关注。可见他们的共同点是都借鉴了域外小说的特色，而创作个性却有着不同的发展向度。

论著《文化地理视域中的当代藏族文学研究》为当代藏族文学领域阐

释空间的延展做了很好的铺垫，就此又提出了对在文学地理角度下进行文学研究的展望，笔者深为认同的是："从地域角度对藏族文学进行研究，还有许多值得探讨的问题，比如作家的迁徙流动，一些藏族作家离开本土，到其他地区生活和工作，这些流动对其文学创作和审美心理建构有着怎样的影响？再比如，每一区域的不同种类的文本与地域又有着怎样的关系？此外，不同区域的文学有着怎样的交互影响？"正如徐琴所说，"藏族文学的地域性研究是一个具有多角度、多层次的复杂工程，从任何一点切入进行探究，都可能会有新的发现和开拓"，这也正是该研究的意义和价值所在，值得后来学者不断进行探究和挖掘。

文学创作和文学评论是文学发展的两个方面，如车之两轮、鸟之两翼，相辅相成，互为依存，互相促进。没有文学创作的繁荣，文学评论就失去了对象，成为无源之水，无本之木，就只能是空泛之论。而没有文学评论的指导和推动，文学创作就难以提高和升华，甚至容易迷失方向，徘徊不前。改革开放以来，就总体来说，笔者认为藏族当代文学的发展在创作和评论这两个方面基本是平衡的、协调的、和谐的、友好的，二者相互促进，共同发展。

在我们祖国的大家庭中，藏族有着悠久的历史，创造了灿烂辉煌的优秀传统文化。就文献典籍的数量来说，藏族在少数民族当中是最丰富的；而被列为世界文化遗产的布达拉宫、大昭寺、萨迦寺、德格印书院也可以充分说明这一点。但是，在相当长的一个时期里，藏族当代文学的创作却十分滞后，传统文化的丰厚与当代文学创作的缺失形成强烈反差。从新中国成立到改革开放初期的这段时间里，只有几位藏族诗人出现在文坛上，整个藏族没有一部长篇小说，整个西藏自治区没有一个中国作家协会会员。这种情况与藏族在祖国大家庭的地位极不相称，也引起了中央有关部门和西藏及其他藏族聚居区的关注。相关部门采取特殊政策，予以扶持，促其发展。

得益于改革开放的阳光雨露，藏族当代文学得到前所未有的发展，形成了初步繁荣的局面。就文学发展的幅度来说——请注意，笔者说的是发展幅度，即进步幅度，而不是整体的发展水平、发展高度——藏族文学在少数民族文学当中名列前茅。在几十年的时间里，藏族作家群蔚为壮观，在我国少数民族文学发展领域异军突起，形成了一道亮丽的风景线；且各种门类齐全，老、中、青作家队伍形成梯次。这种情况在藏族文学发展的历史上是没有过的。由于长期实行政教合一的政治制度，藏族历史上少有女学者、女作家。因此，改革开放以来，一批优秀的或比较优秀的藏族女作家和诗人的出现，更加引人注目。本论著对这批女作家和诗人倾注了满腔的热情，不惜笔墨予以评论和介绍。

徐琴教授在《文化地理视域中的当代藏族文学研究》中，从一个全新的角度，全面地、系统地梳理和总结了藏族当代文学发展的历程，并做了整体性研究，但又有别于当代藏族文学史，此书资料很丰富，信息量很大，有作家、有作品、有观点，评论客观而公允，还有精辟的分析，发人深思，给人启迪，在藏族当代文学研究方面开辟了一个新的领域。

徐琴教授作为西藏民族大学的教授，对藏族传统文化有深厚的学养，对藏族同胞满怀深厚情谊，对藏族当代文学有深入的研究。从字里行间可以看出，徐琴教授对藏族当代文学的发展充满喜悦之情，对作家群的出现充满关爱和期待。也可能正因如此，行文之中让人感觉到她的鼓励多于批评，对存在的问题和不足论述较少，甚至回避。南宋著名哲学家杨时说过这么一句话："誉人而不为谀者，以其人能当之也。"徐琴教授对蓬勃发展的藏族当代文学，对不断成长的藏族作家队伍，有一种护犊之情，字里行间充满深情，又满怀期待，以鼓励为主，这也是可以理解的。

当前，藏族当代文学的发展又到了一个新的机遇期。徐琴教授的《文化地理视域中的当代藏族文学研究》的出版正当其时，既是对新中国成立以后，尤其是改革开放以来藏族文学发展历程的回顾和总结，又是对新时代藏族文学发展的展望和期待，具有承前启后、积极开拓的意义。

2020年5月5日于北京

空间的凝视与寻美之眸

次仁罗布

徐琴教授多年从事藏族文学研究，她的第一本著作《文化身份的建构与书写——当代藏族女性文学研究》于2017年出版，时隔五年，她又拿出《文化地理视域中的当代藏族文学研究》这部严谨而具有开阔视野的新作，从文化地理视域的角度，考察当代藏族文学的发展进程及多元的文化风貌，既有在历史维度上对藏族文学发展的整体观照，又有她凭借其敏锐感知而对具体作家作品所做的学理分析。她的著作立足于藏族文学丰厚的沃野，是建立在对藏族文学有着深度了解的基础上的审慎剖析，是对当代藏族文学研究的一个新拓展。

之前，我看过李佳俊老师早期写的《文学，民族的形象》、耿予方先生的《藏族当代文学》、马丽华的《雪域文化与西藏文学》等，他们都各有侧重，但视域和格局都受到了一些限制，未能做到以一种宏阔的视野，对当代藏族文学进行一次缜密的梳理。因此，可以将这部著作视作对他们的研究的一个补充和完善。同时，本书也具有超越性，将成为研究当代藏族文学的一个重要成果，为相关的教学、科研提供范本。为了完成这本书，徐琴教授投入了很多的时间和精力，她在完成自己的教学任务后，利用业余时间收集资料，进行分析研究。要是没有一股韧劲和锲而不舍的精神，是很难在这么短的时间里完成一本著作的。有一次，徐琴教授对我说，自己是真的喜欢藏族文学，所以一直没有放弃对它的研究。诚如作者所言，我们《西藏文学》杂志如果需要关于某位作家的评论文章，只要跟徐琴教授打个招呼，她都会抽出时间帮我们完成；也有一些作家会主动请徐琴教授写评论文章，她也会尽心尽力地给他们写；对有潜力的年轻作家，徐琴教授更是主动为他们的作品写评论，对存在的不足予以诚恳的批评。从这些行为，我深信她是真的热爱藏族文学，运用自己所学的文学理论知识，服务于藏族文学的发展。西藏作为中华民族特色文化保护地，其文学主题和形式都很有特色。特色明显的藏族文学该如何融入主流文学？我们需要更多像徐琴教授一样的评论家，由他们把脉，从宏观上给当代藏族文学树立一个通向那条道路的路标，从而既能保持民族文学的特色，又能融入主流文学圈。仔细阅读《文化地理视域中的当代藏族文学研究》可以发现，其实徐琴教授已经给出了答案。对于写作者来说，这部书就是一把钥匙，可以开启更加广阔的文学天地。

这部书最鲜明的特色就是"文化地理视域"，之前的很多研究都只注重于个体或一个地域的一群作家，但这很难代表整个藏族文学的成就，极易造成以偏概全的问题。在铸牢中华民族共同体意识的当下，一个民族文学为丰富、发展、繁荣中华文学做出自己积极的贡献，而通过研究该民族的文学，将它的贡献用文字公之于众，这是一件多么有意义的事情！徐琴教授正是怀揣这样的梦想，用十一个章节建构了这部书。其中，第一章中的"地域与文学""'藏地三区'历史渊源及文化风貌"，以一个宏阔的视域从人类学、社会学、地理学方面，诠释了青藏高原的高远、粗壮、严寒以及其中的衍生文化是如何造就了藏族有别于中华其他民族的文学。由于居住环境的差异、气候的不同，加之历史的演绎，藏族出现了三个方言区。因此，虽有共同的文字，但不同区域的藏族文学在内容和形式上还是有些细微差别的。这部分徐琴教授写得非常翔实，准备的资料也很充足，极具说服力。第二章"藏族文学的文化传统"从三个方面入手，为文学研究者和读者呈现了藏族文学的渊源和主题思想的形成背景，以及历代作家在继承中的不断创新与突破。作者对这一章的写作也是极其用心，花费了许多的精力与笔墨。这两章是本书最重要的部分，就像格拉丹东雪山和巴颜喀拉雪山，它们分别孕育出了长江和黄河，藏族的传统文学也在三个不同的方言区，分别孕育出了内蕴与气质稍有差别的亮丽文学风景。

从第三章至第十一章，作者对不同方言区的地域风貌与文化背景、文学的发展过程和风貌、文学创作版图三个方面进行了认真的梳理。徐琴教授从每一个方言区选出最具代表性的八位作家，将每个作家的文学创作意义与特色，用一句话来概括，如，扎西达娃为"藏地文化的探询与反思"，阿来为"嘉绒大地的歌者"，梅卓为"地域文化寻根与民族精神的昂扬呈现"，等等。徐琴教授对每位作家的文学创作的内蕴和艺术特性进行了分析，且有根有据、恰如其分，这充分证明了她渊博的知识和精细的辨别能力。最可喜的是，她把每个方言区的藏文作家也列入研究范围，以单独的章节阐述他们的创作成果。这确实填补了一个研究空白，因为在主流文学批评视野里，一直较少有藏文作家的踪迹，但藏文创作是藏族文学创作的重要一翼，是不能忽略的文学景观。这样的梳理，对全面了解藏族文学的风貌有着很大的帮助。这也给徐琴教授的写作带来了极大的挑战，因为一些藏文作品没有汉译本，需要找人把原文翻译成汉语，其间的工作量是相当的大。

这部著作也显现了徐琴教授对当代藏族文学发展的独特见地，如很多评论家认为20世纪90年代是藏族文学的衰落期，但徐琴教授认为这一时期的藏族文学在默默耕耘中酝酿着一个新的崛起，作家开始以心灵抒写呈现真实的藏族地区，这是向本体回归、以一种从容的姿态展现自我的时期。作为一名文学创作的亲历者，我很认同这种看法，因为藏族文学要发展，必然要经历一个自我反叛、自我沉潜的阶段，不能因为此期文学与80年代相比不够缤纷多彩，就武断地认为是藏族文学的衰落期。作为一名长期耕耘的学者，她对藏族文学的理解是建立在对藏族文学发展进程的全面了解和深厚的学理分析上的。同时，徐琴教授对作家作品的分析，又显现了女性细腻的文学感知，知人论文使得她的文学批评成为一种有温度、有气息的创作。她亦以自己的诚实和清澈，以寻美之眸从容地为读者展现了藏族文学丰富多彩的风貌。

这本凝结着徐琴教授爱和心血的书就要问世了，在这我代表藏族地区的所有作家向她表示衷心的感谢！我们期待这部书作为媒介让更多的读者认识藏族文学和藏族文学作家，更确信《文化地理视域中的当代藏族文学研究》会成为一部研究当代藏族文学比较权威的著作。

目　　录

绪　论 ……………………………………………………………… 1

第一章　地域与藏族文学 ……………………………………… 5
　第一节　地域与文学 …………………………………………… 5
　第二节　"藏地三区"历史渊源及文化风貌 ………………… 9

第二章　藏族文学的文化传统 ……………………………… 18
　第一节　宗教传统与藏族文学 ……………………………… 18
　第二节　藏族文学的民间传统 ……………………………… 29
　第三节　藏族文学的地域特色 ……………………………… 36

第三章　当代卫藏地区的文学创作 ………………………… 44
　第一节　卫藏地区独特的地域风貌与文化背景 …………… 44
　第二节　当代卫藏地区文学的发展进程和风貌 …………… 46
　第三节　当代卫藏地区文学创作版图 ……………………… 54

第四章　底蕴深厚的卫藏文学（一）——汉语文学创作 … 65
　第一节　藏地文化的探询与反思——扎西达娃的创作 …… 65
　第二节　生存本相的哲理探求——色波的创作 …………… 72
　第三节　拨开西藏的迷雾——央珍的创作 ………………… 77
　第四节　民族内蕴的深层传达——次仁罗布的创作 ……… 85

第五节 雪域大地女性生存困境的探讨——格央的创作 ………… 93
   第六节 藏地生活的多元展现——白玛娜珍的创作 ……………… 98
   第七节 阳光下的低吟——班丹的创作 …………………………… 104
   第八节 藏地乡村图景的描绘——尼玛潘多的创作 ……………… 108

第五章 底蕴深厚的卫藏文学（二）——藏语文学创作 …………… 119

第六章 当代康巴地区的文学创作 ……………………………………… 129
   第一节 康巴地区独特的地域风貌与文化背景 …………………… 129
   第二节 当代康巴地区文学的发展进程和风貌 …………………… 134
   第三节 当代康巴地区文学创作版图 ……………………………… 138

第七章 昂扬奋进的康巴文学（一）——汉语文学创作 …………… 147
   第一节 嘉绒大地的歌者——阿来的创作 ………………………… 147
   第二节 康巴地域的精神标本——达真的《康巴》 ……………… 164
   第三节 康巴精神的执着探求——亮炯·朗萨的创作 …………… 168
   第四节 与神共渡——格绒追美的乡村演绎 ……………………… 173
   第五节 乡城故土的回忆与探寻——洼西彭措的创作 …………… 180
   第六节 故土家园的幻美之旅——桑丹的创作 …………………… 184
   第七节 草原文化与城镇生活的双重思考——尹向东的创作 …… 187
   第八节 康巴高地的歌者——江洋才让的创作 …………………… 192

第八章 昂扬奋进的康巴文学（二）——藏语文学创作 …………… 196

第九章 当代安多地区的文学创作 ……………………………………… 200
   第一节 安多地区独特的地域风貌与文化背景 …………………… 200
   第二节 当代安多地区文学的发展进程和风貌 …………………… 205
   第三节 当代安多地区文学创作版图 ……………………………… 208

第十章　多元绽放的安多文学（一）——汉语文学创作……220
第一节　地域文化寻根与民族精神的昂扬呈现——梅卓的创作……220
第二节　民间立场的自然呈现——万玛才旦的创作……225
第三节　浅吟低唱于甘南草原——完玛央金的创作……228
第四节　深情沉郁的故土之歌——扎西才让的创作……231
第五节　写作，漫漫回乡路——严英秀的创作……238
第六节　纯粹之子的精神探求——旺秀才丹的诗歌创作……242
第七节　守望草原的虔行者——刚杰·索木东的诗歌创作……247
第八节　守望与探求——嘎代才让的诗歌创作……254

第十一章　多元绽放的安多文学（二）——藏语文学创作……260

结　语……267

参考文献……269

绪　论

一、研究缘起及国内外研究现状述评

　　传统意义上的藏族地区可分为卫藏地区、康巴地区和安多地区，从省域布局来看，主要包括今天的西藏自治区及四川、青海、甘肃、云南这几个省份的藏族自治区域（即四川的甘孜藏族自治州、阿坝藏族羌族自治州，青海的玉树、果洛、海北、海南、黄南藏族自治州及海西蒙古族藏族自治州，甘肃的甘南藏族自治州，云南的迪庆藏族自治州，以及四川的木里藏族自治县和甘肃的天祝藏族自治县）。虽然同一民族具有共同的文化渊源和宗教传统，但不同区域自然地理空间的不同及其经济文化的变迁也赋予了不同区域的藏族文学以独特的品质。作为中华民族文学的重要组成部分，当代藏族文学和其他省份的文学一起，共同体现了全国各族人民同呼吸、共命运的价值观，涌现出了一批优秀的作家和优秀的文学作品，以其蓬勃发展的强劲势头参与到社会主义现代化建设中。卫藏地区、康巴地区和安多地区在当代均已形成了较为稳定的作家群，如以扎西达娃、次仁罗布、白玛娜珍、尼玛潘多等为代表的卫藏作家群，以阿来、达真、格绒追美、江洋才让等为代表的康巴作家群，以梅卓、万玛才旦、旺秀才丹、扎西才让等为代表的安多作家群。他们的创作既展现出共同的藏族精神性特征和雪域高原的外在景观性特征，同时又具有各自区域的鲜明的地域性特征。然而，藏族文学的地域性特征在以往的研究中受到的关注较少：研究者大多只关注藏族文学的民族共性和外在自然生态共性，而忽略了文学创作中基于地理空间因素不同所呈现的族群个性和地域性特征；只关注作家创作的文本特征，而忽略了作家创作与区域文化地理的关系；只关注个体作家的创作，而忽视了藏族文学创作版图上因地域性差异所带来的不同的文学地理风貌。

　　当前研究地域文化与藏族文学的关系的相关专著主要有丹珍草的《藏

族当代作家汉语创作论》和马丽华的《雪域文化与西藏文学》。丹珍草在《藏族当代作家汉语创作论》中简要分析了卫藏、康巴和安多这三个区域的不同特征，为观照当下藏族文学创作提供了一个崭新而全面的视野，开拓了藏族文学地域研究的范畴，但各地域文学创作文本的丰富性并不是其关注的重点。马丽华的《雪域文化与西藏文学》从地域文化入手，谈到了地域文化与藏族文学的关系，但只是简略地论述了西藏地域文化与文学的关系，没有延展到广大藏族聚居区的文学创作。此外，一些关于藏族文学研究的硕博论文与散见于期刊的单篇论文，多是关于藏族文学整体性论述或对具体作家作品的研究，在论述过程中，个别篇章会涉及地域文化对藏族文学的影响，但一些研究者对藏族文学的地域范围的认识并不是很清楚，有的甚至把藏族文学等同于西藏文学。这些研究中，有区域性藏族文学研究，譬如关于西藏文学、康巴藏族文学、青海藏族文学的研究等，但很少有论者从文化地理版图出发去系统研究藏族文学的全貌。考察当代藏族文学，可以鲜明地看到藏族文学在中华民族一体化进程中的积极作用，其所蕴含的独特的精神文化内蕴和自然地理景观展现了中国文学多样的风貌。从文化地理视域、不同地域的藏族文学整体性特征与具体性差异等方面出发，全面系统地阐述当代藏族文学的发展状况，是笔者的探求所在。

二、选题的意义和价值

藏族文学是中国多民族文学版图中重要的一块，对藏族文学进行研究在一定程度上可以深化和扩大中国当代文学研究的内涵和外延。在文化地理视域中，从不同区域的地理和文化特征出发来研究藏族作家的文学创作，对藏族文学的地理分布特点和文本所呈现的地域性特征进行全面的对比分析，研究地域性特征对作家群体及其个性特征的影响，寻求文学发生发展的根源，考察作家如何建构自己的文学想象，挖掘自然地理因素在作家文本中的呈现，不仅能够较深入掌握藏族文学创作的整体特征，也能了解不同区域文学创作的个性特征，丰富和细化藏族文学研究的领域；在文化地理视野下，考察不同地域文化的交融与变迁，通过对文化交融地带的历史和现状的分析，探讨多民族文化交流和各民族共同繁荣的有利因素，为民族共同繁荣、和谐发展提供具有建设性的理论依据；在民族融合与多民族文化语境下，从文化地理学视角出发，对当代藏族文学进行较为系统的研究，对藏族作家的创作文本进行细致分析，挖掘其创作特征和文化意蕴，并对其作出客观和准确的评价，为当代藏族文学的创作和发展提供借鉴，促进藏族文学创作，繁荣社会主义多民族文学园地。这是本研究的出发点，也是本研究的重要着眼点。

三、研究思路、研究方法和创新之处

1. 基本观点和研究思路

当代藏族文学取得了丰硕的成果，出现了很多优秀作家和优秀作品。不同区域的藏族文学既有大致相似的生态和文化共性，但又因地理空间的不同而展现出不同的区域特征，在长久的历史发展过程中形成了斑斓的文化风貌。然而，长期以来，当代主流文学研究领域对藏族文学的关注度不高，只是有限地注意到一些在国内有一定知名度的作家的创作，而忽略了藏族文学整体蓬勃发展的风貌，很少去关注共同支撑起藏族文学繁盛景象的其他作家的创作，从地域文化的角度出发对整个藏族文学进行研究的更少。而客观事实是卫藏地区、康巴地区和安多地区由于自然地理环境的差异，以及经济发展水平的不同，这些区域的文学既有共同的特质，又有不同的区域性特征。此外，相对而言，评论家往往更多地关注西藏文学的发展进程，而较少注意到康巴、安多等藏族聚居区的文学发展风貌。因此，本研究试图将整个藏族聚居区的文学风貌纳入研究的视野，从文化地理的角度进行藏族文学研究，既考察藏族文学的共性，又探讨不同地域藏族文学创作的独特性，通过对不同作家作品的文本分析，发掘和展现其文化内涵。

2. 研究方法

在大量实地文化调研考察的基础上，以多民族和谐发展和宏阔的中国文学史视野为背景，利用相关的社会科学研究成果，将文化批评与文学批评相结合，以文化地理学作为切入视角，并借鉴相关的国内外的民族文学研究理论。既立足于文本细读，同时又注重在作品研究中尽可能地贴近藏族的现实生活处境和心灵世界，考察他们在现代化进程中所经历的心路历程，发掘作家作品所承载的政治经济文化内涵，分析其多元文化属性，展现藏族作家建构中华民族共同体意识的话语策略，彰显藏族文学在中华民族共同体话语建构中的重要作用。

3. 主要创新之处

从文化地理学的视域出发，文学研究与文化地理研究相结合，探究藏族文化的区域性特征及其在现代化进程中的衍变与传承；注重创作文本生成的生态环境和文化空间，挖掘作家的创作与其所生存的地域环境、文化

背景之间的关联，从宗教文化、地理空间和生产发展等多维视角来考察不同地域藏族文学创作的特征；不仅关注藏族文学共同的文化背景及文化特征，而且关注不同地域藏族文学的个性特点，关注藏族不同地域文化版图上文学的生长背景，以及多民族融合地带民族间长期交流、碰撞、互融对地域文学发展的影响。

四、局限和需要说明的问题

在当代藏族文学创作领域内，藏语文学创作应为藏族文学创作中的一个重要板块，也是藏族文学研究领域的一个重要内容。然而，因为语言的局限，笔者只能通过有限的译本来进行研究，而当前对藏语创作文本的译本尚不够全面，这在一定程度上使得本研究对藏语文学创作的论述还不够充分。

本书关于地域文学的研究还存在一个问题就是作家的地域归属问题。划分的标准究竟应该怎样制定？是以作家长期居住的地方来划分，还是以作家的出生地为标准，抑或以作品所呈现的地域特色为依据？文学上的地域实质上应包含两层意蕴，即作家长期的居留之地和其作品中所呈现的地域文化特色。地域文学首先包括长期在本籍本土生活的作家及其创作，这些土生土长的作家即使不刻意彰显故土的风貌，其创作文本也会或多或少、或隐或显地呈现了本地域的特色，因此，他们是天然地属于本地域的作家。但问题是，由于工作和生活的原因，一些作家呈流动迁徙的状态，并不长期生活在本乡本土。如何去界定这样的作家，需要从具体情况出发。譬如扎西达娃和色波，他们出生于内地，但在西藏成名并长期工作生活在西藏，他们的作品也主要反映西藏的生活，所以，笔者把他们放在卫藏作家这一块。再譬如阿来，其出生成长的嘉绒藏族聚居区大部分属于康巴藏族聚居区的范围，笔者就把阿来放在康巴藏族聚居区文学的范畴里去谈。此外，一些作家虽然离开了本乡本土，但他们的创作又与故乡有着千丝万缕的联系，并且一次次地在作品中彰显着故土身份，如出生于甘南藏地的刚杰·索木东，虽然长期生活在兰州，但笔者把他划归在甘南藏族聚居区作家之列；又如出生于甘孜藏族自治州巴塘县、长期生活在北京的降边嘉措，笔者把他划归在康巴文学的范畴去谈；再如出生于西藏比如的丹增，虽然多年生活于北京、云南等地，笔者仍然把他划归在卫藏作家之列；诸如此类。在作家地域划分方面，本书综合多方面的因素，主要以研究领域约定俗成的作家聚散之地和其作品中呈现的相对稳定的地理空间和文化形态等方面的因素来进行划分归类，这是需要提前说明的。

第一章　地域与藏族文学

第一节　地域与文学

19世纪法国文艺评论家丹纳认为，种族、环境与时代是决定艺术的三大要素。在其《艺术哲学》一书中，丹纳从种族、环境、时代这三大要素出发，详细论证了他的观点。他认为种族是人出生时带有的、固有的和遗传的性质，种族不同使得不同民族间艺术也不相同，如拉丁民族在艺术上相对更精致些，而日耳曼民族在艺术上则更浑朴；自然环境的差异也给艺术带来很大的不同，如自然环境的不同使得意大利和尼德兰的绘画风格迥异，意大利绘画多表现理想的优美的人体，而尼德兰绘画多表现现实的甚至是丑陋的人体；所处时代差别的影响同样明显，古希腊时代的人们能够创造出简单静穆的伟大之作，但现代人却只能创造出孤独苦闷之艺术。丹纳强调了种族、环境、时代对艺术的影响，认为种族是"内部动力"，环境是"外部动力"，时代则是"后天动力"，这些观点无疑对我们研究文学艺术具有极大的启发性。傅雷在《艺术哲学》的译者序中这样评价丹纳的观点："物质文明与精神文明的性质面貌取决于种族、环境、时代三大因素，这个理论早在18世纪的孟德斯鸠，近至19世纪丹纳的前辈圣伯甫，都曾提到；但到丹纳手里才发展为一个严密与完整的学说，并以大量的史实为论证。"[①]

正如傅雷所言，在丹纳之前，孟德斯鸠就认为一个国家的政治文化同气候、地理条件及农、猎、牧等各种生活方式有着很大的关联。在《论法

---

① [法]丹纳：《艺术哲学》，傅雷译，人民文学出版社1963年版，第3页。

的精神》一书中，孟德斯鸠较为系统地阐述了一个国家所处的位置、气候、土壤等地理因素对这个国家个体的人及社会政治制度的直接影响，一些影响因素甚至可能具有决定性作用。他认为土壤贫瘠使人勤奋，土地肥沃则使人因生活宽裕而柔软；寒带地区民族彪悍骁勇，热带地区民族则精神萎靡。① 此后，斯达尔夫人继承了孟德斯鸠的这种观点，认为文学与自然地理有着密切的关系，南北方地理气候环境的不同造成了文学景象的巨大差异。她认为北方阴沉多雾的气候和贫瘠的土壤使北方文学形成了忧郁和沉思的气质，而南方树木繁茂、溪流清澈、空气湿润，这种温和的气候会使人们产生广泛的兴趣，从而使思想的强烈程度逊于北方，因此，以法国为代表的南方文学充满想象，追求与自然相谐。② 斯达尔夫人关于地理环境与文学的关系的论述为理解欧洲文学的不同风貌提供了一个崭新的思路，也为后来文学地理学的研究提供了丰富的理论资源。而丹纳则继承了孟德斯鸠、斯达尔夫人的发现，并在此基础上，借鉴了黑格尔关于文化人类学的研究成果，提出了关于"种族、环境、时代"三要素的重要理论，形成一个系统而严密的观照文学的体系。他的关于种族、环境和时代这三要素对艺术发展的决定性作用，为我们理解文学提供了阔达的思路。丹纳认为各种地理因素如自然条件、气候条件、地貌地形等地理基因都会对某个种族产生影响，并深深刻在一个种族的文化、语言、宗教信仰中，从而形成潜在的地理基因，对创作者的艺术创作产生影响。不同种族的创作都带有其独特的种族地域性特征，这使得他们的艺术特征各不相同。

我国关于文学地理的研究源远流长。先秦文献《周礼·考工记》指出了自然地理环境对物产和经济文化发展的影响："天有时，地有气，材有美，工有巧，合此四者，然后可以为良。材美工巧，然而不良，则不时，不得地气也。橘逾淮而北为枳，鸲鹆不逾济，貉逾汶则死，此地气然也。郑之刀，宋之斤，鲁之削，吴越之剑。迁乎其地而弗能为良，地气然也。"③ 东汉班固在《汉书·地理志》中如此定义风俗："凡民函五常之性，而其刚柔缓急，音声不同，系水土之风气，故谓之风；好恶取舍，动

---

① [法]孟德斯鸠：《论法的精神》（上册），张雁深译，商务印书馆1961年版，第227—303页。
② [法]斯达尔夫人：《论文学》，徐继曾译，人民文学出版社1986年版，第147页。
③ 陈戍国点校：《周礼·仪礼·礼记》，岳麓书社2006年版，第97页。

静亡常,随君上之情欲,故谓之俗。"① 他还考察了地理环境、民风民俗与文学创作之间的联系:"天水陇西,山多林木,民以板为室屋,及安定、北地、上郡、西河,皆迫近戎狄。修习战备,高上气力,以射猎为先。故《秦诗》曰:'在其板屋'。又曰:'王于兴师,修我甲兵,与子偕行'。及《车辚》《四载》《小戎》之篇,皆言车马田狩之事。"② 刘勰在其《文心雕龙》的《隐秀》篇中有这样的话语:"朔风动衰草,边马有归心,气寒而事伤,此羁旅之怨曲也。"③ 论述了自然环境对作家及其文学风格的影响。唐时孔颖达亦说:"南方谓荆阳之南,其地多阳。阳气舒散,人情宽缓和柔……北方沙漠之地,其地多阴,阴气坚急,故人刚猛,恒好斗争。"④ 将南北方人的性格与气候环境相联系并进行分析。宋代以后,对于地域文化差异的论述越来越多。宋代文学家宋祁曾言:"东南,天地之奥藏,宽柔而卑;西北,天地之劲方,雄尊而严。故帝王之兴,常在西北,乾道也;东南,坤道也。东南奈何?曰:其土薄而水浅,其生物滋,其财富,其为人剽而不重,靡食而偷生,士懦脆而少刚,笞之则服。西北奈何?曰:其土高而水寒,其生物寡,其财确,其为人毅而近愚,食淡而勤生,士沉厚而少慧,屈之不挠。"⑤ 道出了不同地域人的品性的区别。宋孝宗曾言南北之文的不同:"北方之文豪放,其弊也粗;南方之文缜密,其弊也弱。"⑥ 到了明清时期,随着区域性文学流派的大量产生,区域文学的研究日益受到重视,出现了一些区域性文集的汇编。20世纪早期,在西学文化的影响下,许多学者力图对包括文学在内的中国传统文化做出新的解释,独辟蹊径地从地理与文化、地理与学风、地理与人才、地理与文学等方面来研究和探讨中国古代文学。如刘师培的《南北文学不同论》、丁文江的《中国历史人物与地理的关系》、梁启超的《地理与文明之关系》《近代学风之地理分布》、张耀翔的《清代进士之地理分布》、贺昌群的《江南文化与两浙文人》等文都从不同方面将地理与人文之间的关系进行了对比分析,认为自然山川形胜造就了不同地域的人文背景,也影响了

---

① 班固:《汉书》,中华书局1962年版,第1640页。
② 班固:《汉书》,中华书局1962年版,第1644页。
③ 刘勰著、范文澜注:《文心雕龙注》卷八《隐秀第四十》,人民文学出版社1958年版,第632页。
④ 阮元校刻:《十三经注疏》,中华书局1980年版,第1626页。
⑤ 《宋景文公笔记》卷下《杂说》,《文渊阁四库全书》本。
⑥ 《宋史全文》卷二十六下,《文渊阁四库全书》本。

不同地域的文明进程和人才分布，并形成了不同地域的文学风貌，这都为文学研究开拓了新的思路。在现当代文学研究领域，周作人在"五四"时期已经注意到文学的地域性特征。他认为风土与住民有着很密切的关系，因此，各国文学都各有特色，一国之中也因地域不同而显示出不同的风貌，而中国国土辽阔，地域性特征更为明显。① 钱穆在其《中国文化史导论》的"弁言"中亦指出："各地文化精神之不同，穷其根源，最先还是由于自然环境有分别，而影响其生活方式。再由生活方式影响到文化精神。"他进而分析，人类文化有三种类型："一、游牧文化，二、农耕文化，三、商业文化。游牧文化发源在高寒的草原地带，农耕文化发源在河流灌溉的平原，商业文化发源在滨海地带以及近海之岛屿。三种自然环境，决定了三种生活方式；三种生活方式，形成了三种文化类型。"② 考察中国现当代文学，可以看到文学的地域性色彩十分明显，就像东北作家群、新感觉派、京派、山药蛋派、荷花淀派等都是极具地方特色的文学流派。此外，鲁迅、沈从文、孙犁、赵树理、莫言、王安忆、贾平凹、陈忠实等文学大家无一不是以其独具地域特色的文学风采而享誉文坛。新世纪以来，学者们更多地关注中国文学的整体性与区域性特征，提出了建构文学地理学的新命题。杨义先生认为，过去的文学史结构过于偏重时间维度，忽视地理维度和精神维度，使得文学研究的知识根系萎缩。因此，他提出"重绘中国文学地图"的学术观点与理论构想。在其著作《重绘中国文学地图通释》中，他注意到了文学研究领土的完整性和民族的多样性，强调必须关注中国文学的时空结构等问题，在文学研究中需拓展与之相关的民族学、地理学等领域，从而大大拓展了地域文学的研究领域。

作为中国文学整体的一部分的少数民族文学在新中国成立后以积极挺进的姿态和丰富多彩的创作丰富了中国文学的整体风貌，并以其带有鲜明地域特征的书写展现了中国当代文学的独特风景。新世纪以来，少数民族文学研究的学科领域也得到了进一步开拓，长期致力于少数民族文学研究的梁庭望教授提出了"中华文化板块结构"这一理论。他认为，地理生态环境在一定程度上会决定某地的经济生活，而一定的经济生活则孕育产生相应的民族，不同的民族则会有不同的文艺表达方式。他将中华文化的结构划分为四大板块，即中原旱地农业文化圈、北方森林草原狩猎游牧文化

---

① 周作人：《谈龙集》，河北教育出版社2002年版，第10页。
② 钱穆：《中国文化史导论》，九州出版社2011年版，弁言。

圈、江南稻作文化圈、西南高原农牧文化圈。这四大板块的地域风貌和生产生活方式有着很大的不同,因此呈现不同的文化风貌。其中,西南高原农牧文化圈由青藏高原文化区、云贵高原文化区、四川盆地文化区组成。① 我国的藏族人民主要居住在青藏高原文化区。青藏高原独特的地理自然景观为藏族聚居区作家提供了丰富的创作资源,而由独特的地理景观衍生的人文、经济、宗教等成为作家创作的潜在内蕴。因此,藏族作家的创作从总体上显现了独特的地域风情,有着区别于其他民族作家创作的显著特征。但在广袤的藏族聚居区,不同区域因具体环境的不同也形成了不同的生活习俗。如藏族作家益西单增在论及藏地自然环境不同对人们生活的影响时谈到,不同民族和地区的穿着打扮与自然环境、风俗习惯密不可分,因地理风俗环境的不同,人们的穿着打扮也不一样:拉萨人比较喜欢穿布料袍裙,山南和日喀则人喜欢穿氆氇呢料,而藏北牧民则穿皮袍子。他们的装饰、发型也各有特点。② 再如,藏族作家益西泽仁在谈到不同区域丧葬习俗不同时说到,藏族人不仅有天葬和水葬,甘孜州一些县还有土葬和火葬,"不要把我们的民族生活看成是一成不变的,地区不一样,所处的自然环境不一样,受其他民族的影响不一样,有些风俗习惯也会不一样"③。从文化地理学的角度来考察当代藏族文学的发展状况,可以看到藏族文学因大致相似的自然地理环境和文化传统而展现出近似的审美规范,但不同的地理环境使得生产方式、生活方式有着很大的不同,不同区域的作家作品传递出不同的区域特征和人文内涵,自然景象的呈现与作品的空间建构都反映着文学与地理的潜在关系,从而展现出多元的文学景观。

第二节 "藏地三区"历史渊源及文化风貌

具有悠久历史传统的藏族是中华民族大家庭中的重要一员,主要聚居

---

① 参见梁庭望主编《中国民族文学研究 60 年》,中央民族大学出版社 2010 年版,第 38—43 页。
② 益西单增:《真实地反映民族地区人民的生活》,载《民族文学》1981 年第 1 期。
③ 益西泽仁:《扎根在肥沃的土地上》,载《当代文坛》1983 年第 2 期。

在青藏高原及周边地区，在我国境内主要分布于西藏自治区和青海、甘肃、四川、云南等省。具体而言，也就是"一区十州两县"。"一区"即西藏自治区；"十州"包括青海境内的玉树藏族自治州、海南藏族自治州、黄南藏族自治州、海北藏族自治州、果洛藏族自治州、海西蒙古族藏族自治州，四川境内的甘孜藏族自治州、阿坝藏族羌族自治州，甘肃境内的甘南藏族自治州，以及云南境内的迪庆藏族自治州；"两县"即甘肃天祝藏族自治县和四川木里藏族自治县。

藏族居住的青藏高原总面积230多万平方公里①，占全国总面积的近四分之一，平均海拔4000米以上，是世界上海拔最高的高原，被称为"世界屋脊"。因山脉众多，青藏高原被称为"千山之巅"。整个高原由西北向东南逐渐倾斜，高原四周大山环绕，东边为横断山脉，西边是喀喇昆仑山脉，南部是喜马拉雅山脉，北有祁连山脉和昆仑山脉，高原内部还有唐古拉山脉、冈底斯山脉、念青唐古拉山脉等众多山脉，这些山脉形成了青藏高原的地貌骨架。其中，位于青藏高原南端的喜马拉雅山脉是世界上海拔最高的山脉，喜马拉雅山脉主峰珠穆朗玛峰是世界上海拔最高的山峰。因河流纵横，青藏高原还被称为"万水之源"。这里是长江、黄河、澜沧江、怒江、雅鲁藏布江以及塔里木河的发源地，这些江河长久地滋养着中华大地的子民，生命之水一路奔腾，孕育着两岸文明。仅在西藏自治区境内，流域面积大于1万平方公里的河流就有20多条，流域面积大于2000平方公里的河流有100多条，而流域面积大于100平方公里的河流更是星罗棋布。此外，青藏高原湖泊众多，单在西藏境内的湖泊总面积就有2400多平方公里，其中纳木错、色林错湖泊面积均超过1000平方公里；另外，云南迪庆的纳帕海、甘肃甘南的尕海、青海的青海湖等也都是青藏高原上有名的湖泊。

由于青藏高原总体海拔很高，印度洋暖湿气流被喜马拉雅山脉阻隔，所以青藏高原形成以低温、缺氧、大风、干燥为特点的高原气候。从援引的以下数据可以清楚地了解青藏高原相对恶劣的自然环境：

> 拉萨一月平均气温为 $-2.2℃$，七月平均气温为 $15.1℃$；那曲一月平均气温为 $-13.9℃$，七月平均气温为 $8.9℃$。绝大部分地区年均

---

① 1公里=1千米。

温度在10℃以下，拉萨、日喀则的年平均气温和最热月气温都比同纬度的重庆、武汉、上海低10—15℃。整个青藏高原冬季漫长，无霜期短，拉萨和日喀则为120—180天，那曲地区仅有60—80天，没有严格意义的夏季。年平均最低气温低于0℃的天数，西藏拉萨为173.3天、日喀则为189.7天、那曲为276.9天，青海果洛大武镇为266.4天，四川甘孜康定为184.2天、阿坝马尔康为209.6天；而年平均最高气温高于10℃的天数，大部分地区在50天以下，最高的也不到180天。降水量少而且集中在7、8两个月，年降水量西藏拉萨为453.9毫米、阿里噶尔镇为60.4毫米、那曲为406.2毫米，青海海西德令哈为119.2毫米、柴达木盆地西部在60毫米以下。冬春多暴风雪，夏秋多雷暴、冰雹，那曲年平均雷暴日在85天以上、雹日在35天以上。青藏高原又是多风的地区，年平均大风（8级以上）日数拉萨为32.4天，日喀则为59.3天，而那曲和阿里的牧业区为100—150天，最多的地方可达200天。①

在历史上，人们依据山川河流的地理分布，将整个藏地由高至低分为上、中、下三大区域，即"上阿里三围""中卫藏四如""下多康六岗"。关于"上阿里三围"，据藏文史书记载，吐蕃政权崩溃时期，纷争不断，贵族内战使得民不聊生，最终引起奴隶和平民的起义，历代赞普的陵墓被掘毁，城堡也被攻陷。吐蕃赞普后裔吉德尼玛衮战败后逃往阿里，在地方势力的支持下建立起王族政权，"命长子贝吉衮统治玛域、努热，次子德祖衮统治象雄、吉觉、尼贡、如托、普兰、玛措六个地方，幼子扎西尼玛衮统治迦尔夏、桑格尔。由此，产生了'阿里三围'的名称"②。可见，最初"阿里三围"的划分依照吉德尼玛衮三子分封势力的范围而定，之后根据具体的地域风貌特征，出现了"上阿里三围"的概念，即雪山环绕之普兰、湖泊环绕之芒域、岩石环绕之古格。但在历史发展过程中，各地王朝为守卫领土或为扩张领地，与周边兄弟王朝及邻国发生征战，"阿里三围"所辖发生多次变化，在各个历史时期的划分也不尽相同。因此，古时的"阿里三围"所辖与今阿里略有不同。

---

① 陈庆英：《简论青藏高原文化》，载《青海社会科学》1998年第4期。
② 达仓宗巴·班觉桑布：《汉藏史集》，陈庆英译，青海人民出版社2017年版，第111—112页。

关于"中卫藏四如",因卫藏在上部阿里和下部多康之间,是整个青藏高原的中心地带,故有"中卫藏四如"之称。"卫藏"是"卫"和"藏"两个地理区域的合称。"卫藏"中的"卫"指拉萨河和雅砻河流域地区,雅砻河谷地带是吐蕃祖先的发源地,雅砻部落在这里发展壮大,逐渐将势力扩展到拉萨河流域。松赞干布统一了各部落,建立了强大的吐蕃王朝,迁都拉萨(当时叫逻些),拉萨河和雅砻河流域地区地势相对平坦,气候湿润,土地肥沃,农业发达,逐渐成为当时西藏的政治、经济和文化中心,被认为是"天之中央,大地之中心,世界之心脏,雪山围绕一切河流之源头"①。藏语中的"卫"有中心、中部之意,因此,这一带被称为"卫"。"卫藏"中的"藏"指今天的日喀则一带,这里是年楚河与雅鲁藏布江交汇处,土地肥沃,物产丰美,自古以来也是西藏发达的农业区。"如"意为"翼",是吐蕃王朝时期的军政单位。松赞干布把"卫"地分为卫如和约如,"藏"地分为叶如和如拉,由此称"卫藏四如"。除包括尼泊尔、锡金东北部等部分地区外,"卫藏四如"主要包括今天行政区划上的西藏拉萨、林芝、山南和日喀则市。从政治、经济、文化等方面来说,这些地区长期以来一直是西藏地区的核心区域。

关于"多康六岗","多康"即"康"与"安多"的合称,是藏族传统的上、中、下三大区划的下部,通常称"下多康六岗"。"岗"是对两水之间高原的称呼。据《安多政教史》的记载,"六岗"包括马康岗、擦瓦岗、色莫岗、木雅热岗、绷波岗和玛扎岗。②《安多政教史》认为这"六岗"都属于多康的范围,"此外,又划分为三岗,即原多康区域,被称为玛尔康,多麦被称为野摩塘,宗喀被称为吉塘"③。

这种"藏地三区"的历史地理区域概念最早出现于吐蕃时期,划分的

---

① 转引自格勒《藏族早期历史与文化》,商务印书馆2006年版,第23页。

② 色莫岗(也译作撒茂岗),在金沙江和雅砻江上游的中间地带,即甘孜州的白玉、德格、邓柯、石渠境内;擦瓦岗(也译作察哇岗),在怒江和澜沧江中间地带,即今八宿、左贡县境内;马康岗(也译作玛尔康岗),在澜沧江、金沙江两河上游中间地带,即今昌都、察雅、芒康等县境内;绷波岗(也译作包柏尔岗),在金沙江和雅砻江中下部地带,今甘孜南部和云南西部一带;玛扎岗(也译作玛尔扎岗)在青海黄河以南至雅砻江上游东部地带,今四川甘孜州乾宁县以北至青海境内;木雅热岗(也译作木雅岗)在雅砻江中游东部地带,今四川甘孜州乾宁以东康定等县境内。此部分综合参考智观巴·贡却乎丹巴绕吉《安多政教史》,吴均等译,甘肃民族出版社1989年版,第3—4页;格勒《康巴史话》,四川美术出版社2014年版,第9—10页。

③ 智观巴·贡却乎丹巴绕吉:《安多政教史》,吴均等译,甘肃民族出版社1989年版,第4页。

依据就是藏地的地形特征和自然条件。到了元代,西藏被纳入中国元朝版图,元世祖忽必烈创立土司制度,以三大土司来管辖藏族地区,整个青藏高原被划分为"卫藏阿里"(大体上即今西藏自治区)、"朵甘思"(即康区)、"朵思麻"(即安多地区)三个行政区域。在此时期,政治上分而治之,逐渐形成卫藏、康区和安多地区这个新的"藏地三区"的概念,由于实行不同的管理模式,不同区域文化上的差异逐渐加大和强化。"老三大区中的康区和新三大区中的康区是有区别的。早期的康区系指朵康地区,它包括后来的安多和康。元以后,阿里三围与卫藏四如合称卫藏,即一些古文献中的'乌斯藏'。而朵康则一分为二,朵康中的多堆为康区,多麦为安多地区。"① 著名学者石硕在《藏族三大传统地理区域形成过程探讨》中认为,元朝在藏族聚居区所进行的行政区域划分,对藏族三大传统地理区划的形成起了关键的作用,是三大传统地理区域形成的直接基础。②

19世纪中期,学者智观巴·贡却乎丹巴绕吉在《安多政教史》中明确了关于"藏地三区"的划分:

> 藏区分为上、中、下三部。上部为阿里三围,这个地区又复分为:布让、芒域、桑噶尔三部为一围;黎、祝夏、罡蒂等三部为一围;象雄、上下赤代等三部为一围。中部称为卫藏四翼,先前,藏地区分为冶如、如拉两翼,卫地区分为伍如、约如两翼。但法王固始汗征服西藏十三万户,将其献于达赖喇嘛之后,则又分为冶如、云如、贝日、贡日四翼。下部称为多康六岗,即撒茂岗、察哇岗、玛尔康岗、包柏尔岗、玛尔扎岗、木雅岗,这些都属于中康的范围。此外,又划分为三岗,即原多康区域,被称为玛尔康,多麦被称为野摩塘,宗喀被称为吉塘。③

在《安多政教史》中,智观巴·贡却乎丹巴绕吉亦道:

> 若按三大藏区的划分来说,则自阿里的贡塘至索拉夹窝山以上之

---

① 杨嘉铭:《康巴文化综述》,载《西华大学学报》2008年第4期。
② 石硕:《藏族三大传统地理区域形成过程探讨》,载《中国西藏》2014年第6期。
③ 智观巴·贡却乎丹巴绕吉:《安多政教史》,吴均等译,甘肃民族出版社1989年版,第3—4页。

区域，称为卫藏法区；自黄河河湾以上的区域，称为多朵人区，自汉地白塔寺以上的区域，则称为安多马区。①

以上所谓"卫藏法区""多朵人区""安多马区"的说法，即佛法兴盛之地是卫藏地区，人员兴盛的是康巴地区，牧业兴盛的是安多地区，也谓卫藏人虔信宗教，佛法兴盛；康巴人长相英俊，骁勇刚烈；安多草原辽阔，骏马奔腾。这些话语很形象地道出了藏地三区不同的特征，在今天还被广泛引用。其在人文上的分异，与各地自然地理环境和历史传统有关，而且与该地区的生产生活方式分不开。

卫藏地区是藏地政治、经济、宗教文化中心，传统上包括"卫"（前藏）、"藏"（后藏）、阿里三大区域，主要指今天行政区划上除昌都外广袤的西藏地区，包括拉萨、山南、日喀则、阿里、那曲和林芝等今天的行政区划。在地理环境上，卫藏地区位于西藏的"一江两河"（"一江"指的是雅鲁藏布江，"两河"是年楚河和拉萨河）地带，这里平均海拔约4000米，地势相对平坦广阔，河谷与盆地相间，土地肥沃、雨量充沛，适合农作物生长。卫藏地区有青藏高原地区面积最大、最富庶的河谷农业区域，得天独厚的优越自然条件使得这一地带从7世纪以来就成为广大藏族聚居区政治经济和宗教文化的中心。卫藏地区寺庙众多，佛法兴盛，传播深广，因而被称为"法域"。拉萨的大昭寺、哲蚌寺、色拉寺和甘丹寺，山南的桑耶寺，日喀则的扎什伦布寺、白居寺和萨迦寺等寺庙在藏族宗教历史和政治发展上都有着重要的地位。这些著名的寺庙高僧云集，学经体系完善，是藏族文化教育传承的中心，也是培养僧人、举行重大法会的地方。

康巴地区包括今天行政区划上的四川甘孜藏族自治州、阿坝藏族羌族自治州（部分）、木里藏族自治县，西藏的昌都市，云南的迪庆藏族自治州和青海的玉树藏族自治州等地区。关于康巴地区，根敦群培所著《白史》将"康"解释为"边地"，这是针对卫藏而言的，"巴"即人的意思。康巴地区地处青藏高原东南边隅，是青藏高原与云贵高原、四川盆地的接壤地带，也是游牧文化与农耕文化的交接地带。这里属于典型的高山峡谷

---

① 智观巴·贡却乎丹巴绕吉：《安多政教史》，吴均等译，甘肃民族出版社1989年版，第5页。

地区，山脉林立，河谷幽深，大的山脉有宁静山脉、沙鲁里山脉、他念他翁山脉、云岭山脉、邛崃山脉、大雪山脉等；河流有怒江、澜沧江、大渡河、金沙江、雅砻江等。这些江河自北向南呈并列状从这个区域穿过，把位于这一区域中的主要山脉均变成了与水流方向一致的南北走向。因此，该区域被称为横断山区。这里崇山峻岭，山河相夹，河谷幽深，水流湍急，一些区域被河流和大山阻隔而形成了相对封闭的地域空间，因此，一些带有浓郁地域性特征的传统文化得以经久保存。康巴地区主要居住着藏族，此外，还居住着汉族、纳西族、羌族、傈僳族、回族、彝族等民族，这里多民族和睦共处，多元融合，创造了以藏族文化为主体，兼容其他民族文化的绚烂多彩的康巴文化。

安多地区包括今青海省的海南藏族自治州、海北藏族自治州、果洛藏族自治州、黄南藏族自治州、海西蒙古族藏族自治州，四川省的阿坝藏族羌族自治州（部分），甘肃省的甘南藏族自治州、天祝藏族自治县等区域。《安多政教史》云："自通天河之色吾河谷，北逾巴颜喀拉山，其东麓有阿庆岗嘉雪山与多拉山，据说由于摘取这两座山峰之名的首字，合并起来把自此以下的区域称为'安多'云。"① 其中的"阿庆岗嘉雪山"指的是今天的阿尼玛卿山，它横跨青、甘、川交界处，"多拉山"是指今天位于临夏的积石山脉。安多地区的中心部分从地理范围上来看是在青、甘、川三省的交界地带，这一地区地势相对平坦，有广阔无垠的大草原，河流湖泊众多，水草丰美，形成了很多优良的天然牧场。良好的畜牧发展条件使得安多地区形成了高原游牧文化，并因多出良马而被称为"马域"。这里也是多民族聚居的地方，藏族、蒙古族、土族、回族、汉族等多个民族在这片土地上融合交流，形成多元文化。

藏地三区在地域风貌和文化背景整体上存在共性，学术界往往倾向于把青藏高原作为一个单独的文化区看待。藏地三区有着共同的语言和文字，这是形成一个文化区的重要根基。在7世纪，松赞干布平定内乱，统一大小部落，建立吐蕃王朝，大展宏图，一方面积极与周边诸国建立友好关系，另一方面积极发展经济，同时制定和完善各项规章制度。在对外交往的过程中，松赞干布深感缺乏文字的不便，加之治理朝政的迫切需要，

---

① 智观巴·贡却乎丹巴绕吉：《安多政教史》，吴均等译，甘肃民族出版社1989年版，第5页。

遂派遣吞弥·桑布扎等16名青年前往天竺学习梵文和西域各国文字。但由于气候等原因,其中15位先后病死他乡,唯吞弥·桑布扎历经7年的刻苦学习,于641年回到拉萨,又潜心研究3年,创造了藏文文字。后来,吞弥·桑布扎又根据古印度的声明论著编写了《文法根本三十颂》,使藏语有了自己的文法。藏文的产生使得吐蕃各地语言得到了统一,这进一步加强了对内对外的交流合作,也促进了政治、经济、文化等方面的发展,藏族历史由此进入一个新的文明阶段。随着吐蕃王朝的壮大和疆域的不断扩张,藏族所居住的地域日趋辽阔,虽然在书面交流中藏族有着共同的文字,但山高水远、地广人稀和交通不便使得不同的区域形成了不同的方言。广大的藏族聚居区形成了三大方言区(关于藏语方言的划分,国内外学者众说纷纭,其中最具权威性的是中国社会科学院民族语言调查组在对藏族聚居区语言进行实地考察研究的基础上提出的三分说,即卫藏方言、康区方言和安多方言)。此外,在长久的历史发展过程中,除卫藏方言、康区方言与安多方言这三种主要藏语方言之外,还有一些小的被称为"亚方言"的方言,如分布于四川的嘉绒方言、木雅方言、尔苏方言,此外还有在青海和甘肃相邻区域的华锐方言,在四川和甘肃交界地带的白马方言,等等。① 藏语方言的差别主要在语音和词汇方面。在藏语运用方面,因为有统一的书面文字,所以藏族各区域之间能互相沟通联系;但又因各地口语相异,藏语方言在口音上有着较大差别。所以,一些不同区域的藏族人民用藏语作口语交流时往往不能彼此相通。笔者在实地调研过程中了解到,操持着标准卫藏拉萨话的人在甘孜和安多地区并不能和当地一些城市的人自如交流,就更不用说和一些偏僻地方的牧区和农区的人交流了,这是在广大的藏族聚居区实际存在的问题。在漫长的历史发展过程中,卫藏地区一直是整个藏族聚居区的政治经济和宗教文化的中心,所以拉萨话被认为是藏语的标准语。但在不同的区域,围绕着该地的中心区域,又有着不同的藏语标准语。

---

① 虽然一些论者认为嘉绒语、木雅语、尔苏语、白马语等是不同于藏语的语言,是藏语的亲属语言,与藏语同属藏缅语族的藏语支(如瞿霭堂:《藏族语言和文字》,中国藏学出版社1996年版,"导论"第4—11页);但也有一些论者如王尧提出嘉绒语音与古藏语音异常接近(王尧:《藏语 mig 字古读考——兼论藏语声调的发生与发展》,载《民族语文》1981年第4期),赞拉·阿旺措成通过嘉绒语中的许多基本词汇与古藏语的对比,认为嘉绒语中保留着不少古藏语(赞拉·阿旺措成:《试论嘉戎藏语中的古藏语》,载《中国藏学》1999年第2期),他们都主张将嘉绒语视为藏语的一种方言。笔者也倾向于将这些语言当成藏语方言。

藏族先民主要居住在青藏高原，从总体上来看，除少数河谷平原地带外，大部分地区自然环境恶劣，高寒缺氧。物质生产与自然环境的相关性很强，人们往往在自然环境相对好的地方发展生产，或者逐水草而定居，因此形成了不同的聚居区。青藏高原的主体民族是藏族，但在一些区域，藏族和其他民族和谐共处，形成了多民族杂居的态势。追溯历史，早在吐蕃王朝以前，羌、氐、吐谷浑等族先民就在青藏高原上繁衍生息。随着吐蕃王朝的壮大，藏族先民随着吐蕃的扩张而在甘、青、川、滇等藏族聚居区和其他民族的人民杂居，形成了青藏高原上的多民族融合。即便是在藏族人口占绝大多数的西藏，长期以来，汉族、回族、蒙古族、门巴族、珞巴族等民族也在这片土地上和藏族人民和谐相处。学者陈庆英认为，"青藏文化包含了这些高原居民各自的民族文化。藏、羌、门巴、珞巴等民族是发源于青藏高原而且一直在高原繁衍生息的民族，撒拉族和土族是从外地迁入后在青藏高原形成的民族，汉族和蒙古族是从外地迁入而其民族主体不在青藏高原的民族，但无论是世居高原的民族还是迁入高原的民族都对青藏文化的发展起了重要的作用"[①]。

---

① 陈庆英：《简论青藏高原文化》，载《青海社会科学》1998年第4期。

第二章 藏族文学的文化传统

第一节 宗教传统与藏族文学

宗教是人类社会发展到一定阶段后出现的一种特殊的文化现象，它不仅与社会发展的程度、政治经济文化传统等有着密不可分的关系，而且与地理环境也有着特殊的联系。费尔巴哈曾指出："自然不仅是宗教最初的原始对象，而且还是宗教的不变基础、宗教的潜伏而永久的背景。"① 他认为这是被一切宗教和民族的历史所充分证明了的。恩格斯也曾说："一切宗教都不过是支配着人们日常生活的外部力量在人们头脑中的幻想的反映。"② 在漫长的历史发展过程中，宗教的产生与自然地理环境有着很大的关系。在相似的自然地理环境中，人们在生产方式和生活习俗方面往往具有相似性，因而在整体心理结构上也会趋于一致，从而可能信奉相同的宗教信仰。一方面，宗教根植于具体的文化土壤，任何一种宗教的产生和发展都离不开特定的地理空间；另一方面，宗教的思想和仪轨渗透到社会生产生活的各个领域，协调着人类与自然的关系，又反作用于自然地理环境。"宗教作为一种文化现象，它的形成和文化内涵与地理环境有着直接的关系，反过来宗教一旦形成，又会营造出独特的人文景观。这些人文景观与宗教信仰以及宗教氛围具有同一性，成为大地上最具特色、最具魅力、最具影响的文化表征。"③

---

① ［德］费尔巴哈：《宗教的本质》，王太庆译，商务印书馆1999年版，第10页。
② 中共中央马克思恩格斯列宁斯大林著作编译局编：《马克思恩格斯选集》（第3卷），人民出版社1972年版，第354页。
③ 王恩涌等：《人文地理学》，高等教育出版社2000年版，第215—216页。

作为很多藏族人的宗教信仰，佛教在藏族社会生活中占有特殊的地位。在佛教传入藏地前，藏民普遍信仰苯教。苯教相传约于公元前5世纪由古象雄王子辛饶·米沃且创建。"自吞弥桑布扎创制新文字并翻译部分佛教经典上溯至聂赤赞普，以及更早一些的年代里，藏族社会由原始苯教文化所主宰。"① 从历史记载可以看出，3世纪至6世纪期间，藏地最主要的宗教信仰是苯教。苯教的"苯"有"颂咒""祈祷""咏赞"之义，苯教信仰万物有灵，以"下镇鬼怪、上祀天神、中兴人宅"和"为生者除障，死者安葬，幼者除鬼"② 等为目的，十分重视祭祀做法等仪式仪轨。苯教的发展经历了笃苯、洽苯和觉苯三个阶段。③ 笃苯时期没有教义的存在，只是有了一些祭祀做法的仪式，这一时期是苯教的初期流传阶段。洽苯时期是苯教的兴盛时期，此时苯教有了教义，开始广为传播，也有了较强的群众基础。觉苯时期是苯教的衰落时期，这一时期佛苯斗争激烈，苯教因教义的浅陋而败北，佛教势力在青藏高原迅速发展。为了求得生存，一些苯教徒抄写篡改佛教经典衍化为苯教经典。苯教在与佛教的斗争中对佛教既有排斥又有借鉴，从而得以发展。

古印度是佛教的起源地，尽管毗邻青藏高原，但由于地理环境的阻隔，在交通尚不发达的古代，高耸的喜马拉雅山脉成为双方交流的一个障碍。因此，在古印度佛教最为兴盛的时期，青藏高原所受到的佛教影响十分微弱。藏文史籍《柱间史》曾有记载："据说，往昔吐蕃先民之所以不为如来佛祖所化，是因为他们生息繁衍在冰峰雪岭、森林湖泊、野兽出没、鬼魅猖獗之地的业缘所致。"④ 说明地理环境对佛教在早期由南亚传到西藏是有一定阻隔的，吐蕃先民之所以没有被佛教所化，是因为他们所处之地的自然地理条件极为恶劣。《汉藏史集——贤者喜乐瞻部洲明鉴》亦有记载："大慈大悲的圣者观世音菩萨前来无畏布世界南瞻部洲，在布达拉山顶，面朝北方观看，思考引导雪域有情众生的方法。通过日夜六时的观察，看到雪域吐蕃乃是南瞻部洲五个或九个大地面中最坏的一个地方，佛陀未曾到过，佛语之光未曾照到，没有佛法，众生还够不上教化的对象，充满了无边的黑暗。吐蕃上部的三个地方，被雪山和石山包围，象

---

① 丹珠昂奔：《佛教与藏族文学》，中央民族学院出版社1988年版，第4页。
② 丹珠昂奔：《佛教与藏族文学》，中央民族学院出版社1988年版，第4页。
③ 丹珠昂奔：《佛教与藏族文学》，中央民族学院出版社1988年版，第20页。
④ 阿底峡：《柱间史》，卢亚军译，甘肃人民出版社1997年版，第4页。

一个水池,被鹿、石羊等野兽占据,吐蕃中部的三个地方,山崖和草地紧接,象一条水渠,被猴子和岩魔女占据,吐蕃下部的三个地方,满是草滩和森林,象一块平整的田地,被大象和飞禽占据,没有人类,还不到教化的时机。"① 可见,青藏高原自然环境十分恶劣,高山峡谷的阻隔和高寒缺氧的环境使得它在相当长的时间里是一片孤独而封闭的大陆。直至松赞干布统一雪域高原诸部,吐蕃王朝建立且迅速强盛,才开始进行大规模的对外交往和扩张。出于政治斗争的需要,也为了对抗本土宗教势力,在王室的大力支持下,佛教约在7世纪传入藏地。为了能够发展壮大,佛教在发展过程中迎合上层阶层的需要和群众的心理需求,建立了自己独特的结构体系,并在传入过程中与本地宗教在斗争中相互融合,特别是借鉴了苯教中一些原有的仪式,从而获得了更广大的群众基础,逐渐嬗变为具有完备体系的藏传佛教,成为青藏高原藏族文化思想的重要组成部分。

  佛教在藏族聚居区的传播和发展可分为两个时期,即"前弘期"和"后弘期"。"前弘期"指的是佛教在吐蕃初传到朗达玛灭佛这一时期,也就是7世纪初叶到9世纪中期这一阶段。在7世纪,松赞干布统一全藏,他英明强干、富有远略,先后迎娶尼泊尔尺尊公主和唐朝文成公主,崇信佛教的尺尊公主和文成公主分别带去了释迦牟尼8岁等身像和释迦牟尼12岁等身像。在此期间,佛教从印度和汉地正式传入吐蕃,吐蕃赞普和一些上层贵族开始信奉佛教。在8世纪藏王赤松德赞时期,迎请了印度佛教显宗寂护大师和密宗莲花生大师入藏,于766年建成西藏第一座正规寺庙——桑耶寺。以桑耶寺的建立和被称为"七觉士"的七位僧人剃度出家为标志,佛教开始在西藏的贵族阶层中流传,但还没有强大的民间信仰基础,史称"佛教前弘期"的开端。9世纪中叶,吐蕃朝廷对佛教的过度推崇和重用僧人,引起了一些王公贵族的不满,出于社会经济发展的需要和对政治权力的角逐,赞普朗达玛上台后开始兴苯灭佛,剥夺寺院的财产,驱赶僧人,焚毁经书,禁止佛教流传。《西藏王统记》记载:"尔时,常有冰雹,田地荒芜,旱魃饥馑,人畜病疫,恶王之心又为魔鬼所乘,遂以此借口,大肆摧毁佛教。令出家沙门或作屠夫,或改服还俗,或强使狩猎,苟不从者,则受诛戮。其毁坏寺宇,始自拉萨,命将二觉阿像,投于

---

  ① 达仓宗巴·班杰桑布:《汉藏史集——贤者喜乐瞻部洲明鉴》,陈庆英译,西藏人民出版社1986年版,第79页。

水中。"① 佛教在此时遭遇灭顶之灾。《汉藏史籍——贤者喜乐瞻部洲明鉴》亦有记载:"整个吐蕃特别是在乌斯藏四如连释迦牟尼教法的声音也不存在,戒律的传授中断,各个寺庙成为狐狗的巢穴,荆棘丛生,讲经院成为荒屋,塑像被乞丐们用来张挂帐篷和水桶,各种不善之恶业全都出现。"②

"佛教后弘期"指的是佛教在藏族聚居区重新开始复兴传播时期。经过一百多年的"灭法期",大约自978年始,佛教在青藏高原再次弘扬广大,由此进入佛教的"后弘期"③。在这一时期,一些僧人逐渐由阿里、西康、青海等偏远地带将佛法戒律传回卫藏地区。此外,一些高僧去印度学习佛法,还迎请阿底峡大师进藏传授佛法。这使得佛教在吐蕃逐渐复兴,并在与苯教的斗争中融合和借鉴苯教内容,获得了群众基础,发展成独具藏族特色的藏传佛教。"佛教后弘期"佛法的传播有两个方向,被称为"上路弘法"和"下路弘法"。"上路弘法"指以阿里为中心形成的佛教复兴势力,"下路弘法"指以青海安多地区为中心形成的佛教复兴势力。从"佛教后弘期"开始,藏传佛教逐渐被广大藏族人民所接受,并在11世纪开始逐渐形成各个支派,有宁玛派、噶当派、萨迦派、噶举派等。到了15世纪,初宗喀巴整顿佛教戒律,格鲁派兴起,藏传佛教的派别分支最终定型。随着达赖、班禅系统的建立,通过清朝中央政府册封、由格鲁派治理西藏的"政教合一"制度得以正式确立,佛教得到了迅速的发展。

在佛教传入西藏之前,苯教在西藏高原上已经有悠久的历史,并且曾经是吐蕃民众主要的信仰。因此,苯教的思想观念对高原土著人民有着根深蒂固的影响。佛教传入西藏后,为了获得最广大民众的支持,开始迎合民间信仰,在保持基本教法、戒律、修持仪轨等的基础上,自身进行了一些改变,吸收和融合了苯教神灵和仪式习俗等,从而渐得人心。如藏传佛教中的许多护法神和众多本土守护神都是苯教的神灵,再如转山转湖、堆

---

① 索南坚赞:《西藏王统记》,刘立千译,民族出版社2000年版,第141页。
② 达仓宗巴·班杰桑布:《汉藏史集——贤者喜乐瞻部洲明鉴》,陈庆英译,西藏人民出版社1986年版,第125页。
③ 关于"佛教后弘期"开始的具体年份,不同的藏文史籍中记载不尽相同,具有代表性的典籍如《布顿佛教史》认为是911年,《增续正法源流》认为是921年,而《青史》则陈述了949年和978年两种说法。现代研究者关于这一问题也有意见分歧,如《西藏通史——松石宝串》认为《布顿佛教史》所说的911年较为可信,而以藏学家王辅仁为代表的大部分研究专家则认为《青史》中所列的978年较为可信。

玛尼堆、挂经幡等也吸收自苯教。藏传佛教在藏族聚居区的进一步发展和传播，使其在当地形成了广泛的信仰基础。不仅如此，宗教力量还渗透到社会政治经济的各个层面，对整个社会的发展产生了深刻的影响，并逐渐深层次地影响了青藏高原居民的心理性格。藏族诗人才旺瑙乳这样说："直到后来作为世界三大宗教之一的佛教传入吐蕃，并开始逐渐普及，一个民族的灵魂才渐渐安顿了下来。渐渐地，他们由英武好战而变得慈悲和善。慈悲、怜悯、爱与和平，成为吐蕃人至高的人格成分。神性的光辉又回归到这个民族。"① 在广袤的藏族聚居区，宗教生活成为很多藏族人日常生活的一部分，他们尊崇佛法，慈悲宽忍，相信因果报应和生死轮回，认为只有现世的修行才会获得来世的福报。同时，佛教认为人生唯苦，而皈依佛门，虔诚修法，是脱离尘世轮回之苦的唯一方式。"人生唯苦，四大皆空，生死轮回，因果报应等佛教哲学理论决定着藏人高层次的精神追求。"② "人们要想超度苦海，到达幸福的彼岸，唯一正确的途径便是奉佛修法。而佛陀是获得解脱的领路人，佛法是佛陀讲说的获得解脱的道理和方法，僧人则是佛不驻世时的代言人，所以佛、法、僧便成了至高无上的偶像，被人们尊称为'三宝'，因而，崇信并敬奉佛、法、僧三宝便成为藏族社会中最高的道德准则，是最大的善行。"③ 因果报应、轮回等思想作为藏传佛教哲学思想体系的重要组成部分，围绕个体生命的轮回，构架了以"苦"为基点的人生观念，并给信仰的民众提供了一种由"苦"到"空"的解脱方法。他们的人生观和价值观受佛教精神的指引和规范，认为现世的一切都是前生注定，人生唯苦，只有依靠现世的修行才会获得来世的福报。因此，虔诚礼佛是日常生活中重要的内容。他们口诵六字真言，转山转水转佛塔，将宗教精神日常化。

藏传佛教对藏族社会的影响十分深远，渗透进社会生活的方方面面，这种影响具有潜移默化的作用，内化为人们的精神信仰，融入人们的日常生活之中，并形成一种具有深厚心理积淀的民族文化传统。正如藏族学者陈庆英所论述：

> 高原居民的精神文化创造，在后来无不与宗教紧密地结合在一起

---

① 才旺瑙乳、旺秀才丹主编：《藏族当代诗人诗选》，青海人民出版社1997年版，序。
② 丹珠昂奔：《佛教与藏族文学》，中央民族学院出版社1988年版，第8页。
③ 佟锦华：《藏族文学研究》，中国藏学出版社1992年版，第53页。

并笼罩上一层宗教的光环，文学故事、诗歌、格言、绘画、雕塑、戏剧都以宣扬佛法作为主题，而且这种文化创作的本身被看作是佛法修行之一种。宗教使得精神文化作品能够最便捷、更广泛地得到社会成员的认同和参与，同时也给精神文化作品造成了格式化和类同。文学作品多取法于佛经的佛传故事和菩萨本生故事，绘画雕塑则严格遵照佛教的造像量度经，而寺院中年复一年地进行思辨讨论的是佛陀所说的真谛和哲理。遍布青藏高原的佛寺，随处可见的佛像、佛塔，难以数计的经籍，一个又一个世代传承的转世活佛，还有僧众、施主、信众，造成了雪域高原的一个巨大的佛教氛围。可以说，佛教这样深入地控制和影响一片地区的社会文化生活，又这样延续达千年之久，就是在佛教的发源地印度也是从未做到的，在整个佛教历史上也是十分罕见的。①

在藏族社会中，宗教浸润着人民生产生活的方方面面。而只有身临那孤独苍凉、自然环境极其恶劣的雪域高原，人们才会发现和体味宗教的力量所在，它对人心的宽慰，对苦难的救赎，以及在信众心目中崇高的地位。而从文化的传承来看，反映藏族社会生活和精神世界的文学作品自然而然地受到整个社会意识形态和民族文化积淀的影响，与宗教有着密不可分的关系。在藏族的传统社会中，各地的寺院不仅是学经的场所，而且是文化传承和人才培养的基地，有着严格的学制和考核标准。寺院在藏族社会发展进程中发挥了重要的作用，不仅培养了很多高僧大德，而且也培养了无数杰出的学者和专技人才，在宗教天文历算、医药卫生、文学艺术等方面都做出了积极的贡献。在藏族历史发展的长河中，寺院集中了大量的知识分子，很多高僧大德就是著名的学者。他们佛学功底深厚，艺术修养高，为了阐明佛学思想，撰写了很多宗教典籍，其中很多记叙方式和修辞手法有着鲜明的文学色彩。同时，一些高僧大德也用文学的方式来弘扬佛法，教化众生。佟锦华指出："11世纪以后，佛教僧人身兼文学家的现象，成为藏族古代作家文坛的一个突出特点。"② 丹珠昂奔在《佛教与藏

---

① 陈庆英：《简论青藏高原文化》，载《青海社会科学》1998年第4期。
② 佟锦华：《藏族古代作家文学与藏传佛教的关系——兼论编写藏族文学史应注意的基本原则》，载《中国藏学》1990年第2期，第41页。

族文学》里也说:"藏族文学的作者十之八九都是僧人。"① "自从佛教掌握藏区的政教大权之后,藏族的知识阶层主要集中在寺院,藏族的作者队伍也一直限于寺院,没有扩大到世俗群众中去。正是在这种特殊的文化氛围中,即使有个把俗人作家,也难免求神问佛。因此,大量的阐释佛理的作品的不断产生,是与作者的这种基本结构有直接关系的。"② 在寺院传承中成长的藏族知识分子,他们研习宗教典籍,按照宗教教义的指引来规范自己的行为,一些高僧大德用文学的方式去彰显宗教义理,宣传佛法精神。如噶举派的第二代祖师米拉日巴大师首开"道歌体"诗歌流派的先河,以诗歌的形式来弘扬佛法,传播教义,留下了很多证道悟性的诗歌。再如萨迦派的第二代祖师萨班·贡噶坚赞,他的《萨迦格言》是藏族历史上第一部格言诗集,即用格言来表达一些人生的道理和对一些不良行为的训诫,同时宣扬宗教的义理和主张。此外,一些僧人用传记的方式来追忆曾作出过杰出贡献的宗教大师,弘扬他们的事迹,进行宗教教义宣传。如由桑吉坚赞所撰写的《玛尔巴传》和《米拉日巴传》,分别描写了藏传佛教噶举派创始人玛尔巴和米拉日巴的生平及其艰难学法成佛之路,宣传他们的苦修精神,其目的是振兴佛法,扩大噶举派的势力和影响。又如,五世达赖喇嘛阿旺罗桑嘉措所著的《西藏王臣记》,用文学的手法记录王统及相关历史事件,叙述各地方势力的兴替发展,渗透着浓厚的佛教色彩。再如一代宗教领袖六世达赖喇嘛仓央嘉措,不过当下广为传颂的往往是他的情歌——当然,有很多是以讹传讹的所谓的"情歌",实际上他留下的诗歌从严格意义上来说许多是宣扬宗教精神的道歌。还有《水树格言》,将佛教义理与为人处世相联系,以"水""树"做比喻,形象化地劝诫人们要区分善恶,信教崇法,它的作者贡唐·丹白仲美是甘肃拉卜楞寺的第二十一任法台、第三世贡唐仓活佛。长篇小说《勋努达美》的作者朵噶·次仁旺杰出身于贵族世家,他15岁到山南敏珠林寺跟从印度学者学习佛法及研习五明之学,博学多才,后升为噶伦。长篇小说《郑宛达瓦》的作者达普巴·罗桑登白坚赞是18世纪西藏达普寺的第四代活佛。《勋努达美》和《郑宛达瓦》这两部作品传达的都是宗教的人生观,即人生唯苦,只有皈依佛法才能获得解脱。从一定程度上来说,藏族书面文学的渊源往

---

① 丹珠昂奔:《佛教与藏族文学》,中央民族学院出版社1988年版,第87页。
② 丹珠昂奔:《佛教与藏族文学》,中央民族学院出版社1988年版,第92页。

往和宗教有着千丝万缕的联系，作品通常出自寺庙的高僧大德，目的是宣传佛法精神，具有很强的宗教教化意味。

回顾藏族文学的发展历程，可以看到，藏族传统文学受宗教的影响很大，特别是伴随着政教统一，宗教在社会生活中发挥着越来越重要的作用，这使得文学与宗教有着更为密切的联系。"到13世纪以后，佛教各派因传承不同，竞相宣传本派教义，思想非常活跃，文学因而有了很大的发展，这时藏族学者著述了《布顿佛教史》《蔡巴红史》《青史》等历史名著，编成了'甘珠尔'和'丹珠尔'两大藏文佛学丛书，在诗歌方面，宗喀巴的《诗文搜集》和索南扎巴的《格丹格言》等相继问世。在传记文学方面，桑吉坚赞所著的《马尔巴传》《米拉日巴传》等也先后涌现。在民间文学方面，民歌、舞蹈、故事传说及传记等文学形式的发达，促成了藏戏这一综合艺术形式的诞生。"① 这些历史书籍和宗教典籍里有许多地方文辞典雅、形象生动，带有较强的文学色彩，诗文格言也用文学的手段进行宗教义理的阐明，而一些宗教人物传记的文学色彩更浓。此后，随着整个社会生产力的进一步发展，藏族文学也取得了长足的进步。18世纪，长篇小说《勋努达美》与《郑宛达瓦》的出现，标志着作家文学开始从文史哲不分的状态和宗教的附庸中脱离出来，具有了文学的审美独立性，走上了纯文学的创作道路。这两部长篇小说故事曲折，情节生动，心理描写细腻，人物形象突出，文辞优美畅达，艺术手法纯熟，表现了广阔的社会现实，具有很高的文学性和艺术性。但这两部作品从中心意旨上来说仍然是宣扬宗教思想的，贯穿着因果报应的思想，认为尘世的浮华不过是虚空一场，现世的一切都是苦的，修行佛法是唯一的救赎之路，告诫诸生只有虔诚地皈依佛法，了断尘缘，断除贪念和世间的虚妄，才能修成正果。《勋努达美》一共有二十五回②。前十八回写勋努达美好学上进，智慧勇猛，爱上了邻国美貌的公主益翁玛，但益翁玛的父亲却为了政治利益将她许配给另一国的王子，勋努达美通过武力征伐他国，最后和益翁玛喜结良缘。作者充满热情地赞美了两人真挚的情感和为爱情所作的努力。第

---

① 陈光国、徐晓光：《藏传佛教与藏族文学》，载《青海民族学院学报》1994年第1期，第88—89页。

② 在汉译过程中，为了便于读者阅读，译者将《勋努达美》"分成了25回，每回有一两个中心内容，回目也是译者加的"（朵噶·次仁旺杰著，宋晓嵇、萧蒂岩译：《勋努达美》，西藏人民出版社1984年版，译者前言）。

十九到二十五回写父亲妃子嫉妒勋努达美，她暗使计谋将自己的儿子推上了王位，受到打击的勋努达美厌倦了权力斗争，也因权力斗争而幡然醒悟，对现实生厌离之心，弃位入山林修行，皈依佛法，后来意翁玛也随勋努达美修法，终成正果。作品前半部分主要描写尘世的凡俗生活，对爱情的追求和对权力与欲望的角逐，而后半部则是对前半部这种俗世情感和权力追求的否定，主人公感受到尘世的无常和追求权力的罪孽，于是断离俗世的一切，修行佛法，普度众生。《郑宛达瓦》写王子曲吉尕哇虔信佛法，深得国王的喜爱，但因奸臣在国王面前的挑唆，王子忠厚的侍臣被奸臣之子拉尕阿代替。一天，王子和拉尕阿出游，两人将灵魂迁入两只死杜鹃体内，飞到森林里观赏美景。不料拉尕阿却偷偷飞回，将灵魂迁入王子的躯壳，飞回宫中，僭居王位。王子灵魂无依，无法回到王宫，只能依附杜鹃之身，留在森林之中，凄惨流离，后遇神鸟和喇嘛为其传授佛法并取名郑宛达瓦。他潜修佛法，获得心灵解脱，并留在森林中为鸟兽布道讲法，最终修得正果。之后，假王子被惩处，百姓安居。《勋努达美》和《郑宛达瓦》这两部作品文辞优美，人物形象鲜明，心理描写细腻，矛盾冲突激烈，情节曲折，具有很强的文学性，但中心意图都是宣传宗教思想。勋努达美和郑宛达瓦都曾贵为王子，享受过荣华富贵，追求过俗世的快乐，也曾被裹挟在权力斗争之中。但权力斗争给他们身心都带来了痛苦，使他们感受到俗世的无常，最后他们都幡然醒悟，以修行佛法普度众生为最终的追求。由上可观，藏族传统文学受到宗教世界观的深刻影响，即使具有浓厚的文学色彩，其核心仍然是宣扬俗世的无常和宗教的解脱思想。再如由康区著名高僧巴珠·乌金久美曲吉旺布在19世纪末期创作的寓言体文学作品《莲苑歌舞》，该作品根据自己的弟子扎西格勒因妻子仁增卓玛去世而深感人生无常，后皈依佛法的故事演绎而来。扎西格勒与妻子仁增卓玛均出身于富贵之家，夫妻恩爱，但正当享受荣华富贵之际，仁增卓玛却染恶疾去世，扎西格勒悲痛欲绝，于是出家跟随巴珠·乌金久美曲吉旺布学习佛法。作品将夫妻二人隐喻为一对相亲相爱的蜜蜂，写小金蜂莲花达阳和小玉蜂莲花阿宁在莲花上嬉戏，无比恩爱欢愉，祥和美好，却不料天气骤变，突降暴雨，小玉蜂莲花阿宁吮吸花心时，莲花合瓣，她被卷入花蕊死亡，小金蜂莲花达阳悲痛欲绝，认为人生唯苦，一切如泡影，欢愉只不过是人生的表象，最后皈依佛法。作品通过金蜂和玉蜂的故事宣扬了人生无常、乐少苦多、乐即是苦的思想，认为只有皈依佛法，才能获得解脱，远离世间的苦海。由此可见，藏族古代作家文学的宗旨是宣扬藏传佛教，基本上受佛教"四圣谛"（苦谛、集谛、灭谛、道谛）的制约和影响。为了宣扬现世唯苦，皈依解脱的思想，一部作品往往前半部分描写的是俗世生活的林林总总，权力的角逐，富贵的享受，情感的漩涡，尘世的美满幸福抑或痛苦焦灼；而后半部分呈现的则是人世无常，荣枯相伴，众生皆苦，着眼点在悟道，断绝俗念，认为只有皈依佛法，潜心修行，才能获得解脱。

在政教统一的西藏传统社会中，宗教发挥着重大的作用，属于意识形态范畴的藏族文学深受宗教思想的浸润和影响，作家的创作自然而然地受到宗教世界观的制约，带有鲜明的宗教劝诫与抚慰色彩。他们受宗教精神的指引，从宗教中领悟生命的真谛，去解释芸芸众生的因缘果报。"从某种意义上来说，对于藏民族，佛经就是一首诗篇，是众多洞烛中对生命和宇宙的终极问题给出答案的学说。"[①] 在广袤的藏族聚居区，随时随地都充满了宗教的元素，散发着浓厚的宗教气息。佛教不仅为藏族文学提供了主题思想，还提供了丰富的艺术题材和无限的想象空间。同时，藏族社会发展进程中所出现的自然崇拜、祖先崇拜和英雄崇拜也与宗教有着密切的联系，这些也成为文学作品的重要题材内容。此外，一些文学艺术形式甚至是从宗教中剥离而产生的。据藏史《巴协》记载，在8世纪吐蕃赞普赤松德赞修建桑耶寺时，莲花生大师为降伏恶鬼举行宗教仪式，率先应用了一种带有舞蹈的仪式。这种舞蹈后来发展成带有娱乐性质的宗教舞蹈，很多研究者认为藏戏就起源于这种宗教舞蹈。17世纪时，这种艺术形式从寺院宗教仪式中分离出来，作为一种表演艺术在宫廷和民间流行。在长久的历史发展过程中，产生了一些经典剧目，其中《文成公主》《苏吉尼玛》《诺桑王子》《白玛文巴》《朗萨雯蚌》《卓娃桑姆》《顿月顿珠》《智美更登》这8部剧在藏族聚居区广为流传，成为藏戏中最具代表性的剧目，被称为"八大藏戏"。在这"八大藏戏"中，《文成公主》根据历史典籍和民间传说改编而成，以松赞干布聘娶文成公主的始末为基本发展线索，大致情节与历史相符。但剧目重在宣扬宗教思想，着重突出的是松赞干布和文成公主虔信宗教，在宗教上做出的伟大贡献，具有较浓厚的宗教

---

① 才旺瑙乳、旺秀才丹主编：《藏族当代诗人诗选（汉文卷）》，青海人民出版社1997年版，前言第4页。

色彩。《朗萨雯蚌》描述女奴朗萨被农奴主扎钦巴强娶到家为儿媳，日夜操劳，受尽欺凌，最后竟被扎钦巴父子虐待致死；又因生前善业而还阳，但复活后的朗萨深感俗世如苦海，遂遁入空门，得道成佛。扎钦巴父子也受到朗萨感召，皈依佛法。作者虽然描写了朗萨被农奴主欺压的悲惨命运，但其目的却不是反映阶级压迫和底层妇女悲苦的命运，而是宣传宗教教义，通过展现尘世之苦教化人们断除俗念、皈依佛门。而有的藏戏剧目本身就是佛经故事，如《智美更登》，剧本来源于佛经故事，是根据释迦牟尼为其弟子讲法时所讲的故事改编而成，写王子智美更登刚生下来就会念诵六字真言，他才智过人，尤善施舍济贫，但因将国宝施送给了敌国而得罪了父王，遭奸臣离间，被流放到远在6000余里外的野兽出没、环境险恶的魔山。在流放途中，他将身边财物、车马，甚至亲生儿女都施舍一空，后来还将自己的眼珠施送给了一个双目失明的人。此举感动了上苍湿婆，她回赠了财物和眼珠，使其家人团聚，最后还使王子智美更登登上了王位。在佛经中，布施为六度之首，是众生度过人生苦海达到涅槃境界的首要途径。作品刻画了智美更登崇高的自我牺牲精神，始终展现的一个主要思想就是佛家的布施观。再如《诺桑王子》写诺桑王子英俊贤明，猎人向他敬献了仙女云卓拉姆。他们的和谐恩爱遭到诺桑王子其他嫔妃的嫉妒。她们联合巫师，设计让诺桑王子远征，谋划害死云卓拉姆，无奈的云卓拉姆飞回天宫。诺桑王子班师回朝，悲痛欲绝，追上天宫，最后两人返回人间，过上了幸福的生活。剧本是根据反映释迦牟尼本生事迹的《菩萨本生如意藤》中的《诺桑本生》衍化而来的。《白玛文巴》则将莲花生佛的本生故事编演了出来，写白玛文巴尚在母亲腹中时，他的父亲就被贪婪的国王所害，白玛文巴在母亲的精心保护下长大，但还是被国王发现，准备再次陷害他，派他去寻宝。白玛文巴替国王先去海上寻宝，再去西方罗刹国寻宝，历尽艰辛寻来宝贝，之后设计除掉了国王。在剧本末尾的赞词中，说明白玛文巴就是莲花生大师的前生。而有的剧本则是高僧大德为宣扬佛法，教化人民，根据民间故事改编而成。如《顿月顿珠》写王妃因为私心想要自己的儿子顿月继承王位，要挟国王流放大王子顿珠，却没想到兄弟情深，顿月跟随哥哥出走，出走的路上历尽艰辛坎坷、悲欢离合，但最终回到国内的故事，整部剧作感人至深。这部戏是因为五世班禅看到一些僧人不守戒律，社会道德沦丧，故借鉴民间故事的一些素材编排成藏戏，以进行宗教的宣传和训诫，提倡社会的和谐和仁爱。作为藏族文化传播和展演手段的藏戏，对宗教教义和世界观的倡导和对社会不良现象的训诫及教化是其重要的内容。

考察藏族文学的发展可以看到，从早期的一些民间故事传说，到18世纪出现的具有鲜明文学色彩的长篇小说，再到19世纪以后多样化的文学创作，无不与宗教有着密切的联系，很多作品都很自然地阐释宗教的基本教义，宣扬众生皆苦、诸行无常，劝世人皈依佛法，寻求解脱的人生观。在当代藏族作家的创作中，虽然随着时代的发展和现代化进程在藏族聚居区的开启，作家的创作逐渐关注普通人的世俗生活，着重书写他们在现实生活中的遭遇和精神追求，从对神性的礼赞和皈依转到对人性的关注和对现实的探查，从对宗教的阐释转到对世俗人生的描绘，但潜存的宗教色彩仍是其区别于其他民族作家创作的一个显著特色。正如丹珠昂奔所言："就整体而言，藏族在政治、经济上受宗教支配的时代已经结束了。然而，在思想领域和日常生活中，宗教依旧占一定地位，庞大的藏族神灵家族依旧十分活跃。"① 博大深广的佛经典籍和深入人心的民间信仰给藏族文学创作提供了丰富的、取之不尽的创作素材，在作品中借用宗教典故、宗教人物和传说等展开故事，运用宗教精神来引导、救赎和安抚人生仍然是藏族作家创作的一个鲜明特色。同时，宗教仪轨和民间仪式等的描写及外在符号化的特征在文本中的呈现也是藏族作家创作的一个显著标志。另外，在民族现代化前行过程中，面对藏族聚居区欣欣向荣的发展和科学理念的渐次深入人心、群众的物质生活水平和精神面貌发生的巨大变化，作家开始更多地去描写雪域高原的崭新风貌，同时在他们的书写中也有着对传统宗教文化的审视和批判，呈现出多元的审美探求。

第二节　藏族文学的民间传统

从藏族文学的发展和流变来看，藏族文学传承了民间文学和作家文学。民间文学是指在民间长期流传的、由人民群众创造的文学，并因口头传承和民族心理记忆而成为民族文化的一个重要组成部分。藏族民间文学

---

① 丹珠昂奔：《藏族神灵论》，中国社会科学出版社1990年版，第143页。

博大丰厚，浩如烟海，不仅有大量的民间神话、寓言、谚语、诗歌，还有自成体系的民间故事。学者周炜在文章《藏族民间文学的类别与基本特征》里将藏族民间文学分成了民间故事和民间诗歌两类，民间故事又分为藏族的神话（大自然的神话、人类起源的神话、生产的神话）、藏族的传说（赞普传说、历史宗教人物传说、大自然的传说、寺院的传说、动物和食物的传说），以及狭义上的藏族民间故事（斗争故事、爱情故事、动物故事）。民间诗歌又分作藏族的卜辞、藏族谚语、藏族民间格言、藏族史诗、藏族民歌等。①

和作家文学相比，民间文学来自广阔的大地和鲜活的生活，更接近于民族生存的本质，更能反映民众的生活习惯和世俗风貌。关于民间文学与作家文学之间的关系，藏族文学研究专家次多这样论述："民间文学和作家文学在其文学意义上来讲有着同等重要的地位，在藏族文学的发展中二者水乳相融，不可偏颇一方，不可重此轻彼，民间文学和作家文学在其各自的发展上来看，二者不能合二而一，不可混为一谈，各自成为独立的研究对象。"②博大精深的民间文学滋养着藏族作家，是他们从事文学创作的深厚文化积淀，同时，民间文学的养分必然作为一个民族潜在的精神资源，它与作家文学一起成为后世作家潜在的民族记忆与文化积淀。在藏族作家的创作文本中，经常会出现大量的民间传说、歌谣和谚语，这一方面反映了藏地特定时期的民间生活面貌，另一方面也使得作品具有鲜明的民族风情。阿来在谈及藏族民间文学时曾说："我在写《尘埃落定》中傻子的形象时，就学习了阿古顿巴那种简单的思维和行为方式。我在想，当所有的事情都变得复杂的时候，我能不能把它变得简单一点？这就是民间文学的方式，这对于我们当下的创作也许能够提供启示性的作用和有效的借鉴。"③他自己坦言："我作为一个藏族人更多是从藏族民间口耳相传的神话、部族传说、家族传说、人物故事和寓言中吸取营养。"④

藏族先民有着丰富的想象力，在漫长的社会发展过程中，伴随着他们对自然的探知和想象产生了很多奇伟瑰丽的神话，并通过藏族人民代代口耳相承而流传下来，成为浩如烟海的民间文学的一部分。在庞大的藏族神

---

① 周炜：《藏族民间文学的类别与基本特征》，载《西藏族学院学报》1991年第1期。
② 次多：《藏族传统文学的形成和它的两种风格》，载《西藏文学》2004年第6期。
③ 阿来：《文学创作中的民间文化元素》，见中国民族文学网：http://iel.cass.cn/yjfz/zzwx/ddwx/200703/t20070309_2761143.shtml。
④ 阿来：《阿坝阿来》，中国工人出版社2004年版，第157—158页。

话体系中，关于藏族起源的神话可以说是最负盛名的。传说观世音菩萨的光芒照耀着西藏的有情万物，但此时人类尚没有出现，为了普度众生，需发展人种，于是给一只神变的猕猴授了戒律。这只猕猴来到雅砻河谷的山洞中潜修慈悲菩提心。这时来了一个罗刹女，她尽施媚态和诡计，想引诱猕猴，要与猕猴结合，猕猴坚决不从。罗刹女威胁道："你如果不和我结合，那我只好自尽了。"她在猕猴面前卧倒又站起说："我乃前生注定，降为妖魔；因和你有缘，今日专门找你作为恩爱的人。如果我们成不了亲，那日后我必定成为妖魔的老婆，将要杀害千万生灵，并生下无数魔子魔孙。那时雪域高原，都是魔鬼的世界，更要残害许多生灵。"那猕猴听了这番话，心想："我若与她结成夫妻，就得破戒；我若不与她结合，又会造成大的罪恶。"因为是奉菩萨之命修行，猕猴便去求教观世音菩萨，将罗刹女的状况告诉了菩萨。观世音菩萨认为这是个吉祥的征兆，是上天之意，认为能在雪域繁衍人类是最大的善事。于是猕猴便与罗刹女结成夫妻，生下六只小猴。后来这些小猴互为夫妻，继续组成家庭，又繁衍下许多后代，不知过了多少年月，猴儿后代身上的毛和尾逐渐脱落，成为雪域的先民。① 猕猴神话在藏族聚居区被广泛接受和流传。直到现在，西藏山南的一些地名都与这一神话密切相关，例如：泽当，意为猴子玩耍的坝子；贡布日神山，意为猴子采食的怙主山。这个藏族起源神话在藏族民众中影响深远，并在藏族聚居区广为流传。如在英雄史诗《格萨尔王传》中，就有关于猕猴与岩魔女故事的描写。在后世的一些著作中也有记载，如《西藏王统记》中写道："因猕猴父与女魔母，而分二类。父猴菩萨所成之类，天性温顺，具大净信，与大悲悯，精进亦大，乐善巧言，出语和柔，此父遗种。母罗刹女所成之类，贪嗔俱重，经商牟利，喜争好笑，身强而勇，行无恒毅，动作敏捷，五毒炽盛，喜闻人过，忿怒暴急，此母遗种也。"②

在藏族神话体系中，还有多姿多彩的创世神话。如关于宇宙是如何形成的，采录于日喀则市的《宇宙成土石》中这样描述道：

　　　　世间万物本来无，
　　　　四面卷起大风来，

---

① 参见索南坚赞《西藏王统记》，王沂暖译，商务印书馆1955年版，第9—10页。
② 索南坚赞：《西藏王统记》，王沂暖译，商务印书馆1955年版，第10—11页。

形成交杆金刚风；
外面成了大海洋，
内里成了珍珠宝；
海上弥漫厚红雾，
红雾形成了黄金；
黄金之上形成土，
土地之上形成石，
这叫宇宙成土石。①

由上可以看出，藏族先民关于宇宙的形成的认知是形象而质朴的，展现的是一种朴素唯物主义的认识。再如，关于天、地、山、川等的形成，藏族先民的在另外一组被广为引用的问答歌《什巴宰牛歌》之答词中是这样说的：

什巴宰杀小牛时，
砍下牛头放山上，
所以山峰高耸耸。
什巴宰杀小牛时，
割下牛尾放路下，
所以道路弯曲曲。
什巴宰杀小牛时，
剥下牛皮铺大地，
所以大地平坦坦。②

青藏高原地形地貌丰富，这首神话歌谣以神奇的想象力，表达了对世界起源的认识，并以浪漫性的想象呈现了山峰、道路、平坦大地形成的来由。地理地形的形成在藏族先民的头脑中充满自然意味，什巴宰杀小牛后将小牛的不同部位放在不同的地方，这些地方就形成了不同的地貌特征，放置牛头之地山峰高耸，放置牛尾之处道路弯弯，牛皮平铺之处大地平

---

① 中国民间文学集成全国编辑委员会、中国歌谣集成西藏卷编辑委员会：《中国歌谣集成》（西藏卷），中国 ISBN 中心 1995 年版，第 64 页。
② 转引自丹珠昂奔《佛教与藏族文学》，中央民族学院出版社 1988 年版，第 12 页。

坦，在饶有兴味的回答中展现了藏地独特的地理风貌。但在藏传佛教传入藏地，并逐渐深层次地影响藏族人民的思想和思维习惯时，关于自然万物的认知，又有了宗教的影子，这在一些早期的歌谣中有所呈现。如这首自山南市的《六轮太阳升起》：

> 第一轮太阳说升起就升起，
> 第一轮太阳是那本尊活佛，
> 升起他加持的如意的太阳。
>
> 第二轮太阳说升起就升起，
> 第二轮太阳是领头的头人，
> 升起他那名震四方的太阳。
>
> 第三轮太阳说升起就升起，
> 第三轮太阳是年轻的壮士，
> 升起他神箭和豪气的太阳。①

对大自然的敬畏和崇拜植根在藏人的生命之中。在广袤的藏族聚居区，对山川湖泊的崇拜十分普遍，转山转水，敬崇自然，构成了藏族宗教信仰的基础，也是藏族原始信仰中极具个性特征的崇拜方式。这里几乎每一座山和每一个湖泊都有关于它的神话传说，人们生活在神灵庇护之下："在他们的周围，每一座山峰，每一条河流都有相应的神灵驻守。他们从一落地起就生活在了神话和传说的世界里。他们生活在不断的提醒中，他们被有意无意地一再告知，每一株花草，每一个生灵都有其生存的独特意义。"② 在这片古老而神秘的土地上，神灵有着很大的权力和威望，他们掌管着山川湖泊、雷霆闪电，掌管着人间疾苦，佑庇着人的生老病死和福禄财寿。所以直到今天，转山转水，朝山拜湖，对许多藏族人来说是一件十分重要的事，是为来世积的"资粮"。他们敬畏神灵，遇到生活中的困难或者难以抉择的事时往往要向神灵禀告、祈祷，在精神上与神同在。正

---

① 中国民间文学集成全国编辑委员会、中国歌谣集成西藏卷编辑委员会：《中国歌谣集成》（西藏卷），中国 ISBN 中心 1995 年版，第 82 页。
② 才旺瑙乳、旺秀才丹主编：《藏族当代诗人诗选》，青海人民出版社 1997 年版，"前言"第 3 页。

如学者陈庆英在其《简论青藏高原文化》中所写：

> 与大自然充分融合和依傍着雪山蓝天，又使高原居民深切地感受到大自然的灵性，使他们相信在自己身边有一个真实的神灵世界的存在。神山圣湖固然是神灵居住的场所，天上地下以及河流、森林、草原也有着自己的神奇，就是在普通的百姓家中也有自己的神灵（家神、灶神）相伴。一个人的一生中也有生命神、父神、母神、家神、舅神等五尊守护神陪伴和护佑他，离开了这些神灵，人的生命也就结束。佛教的传入并在青藏高原上形成藏传佛教，又把佛教的神灵系统和高原原有的神灵世界结合起来，发展成一个包罗宇宙万象的神灵体系。①

在漫长的社会进程中，藏族先民创造了一个庞大的神灵系统，这一神灵体系中既有原始苯教神灵系统，又有在藏传佛教的深入发展之后产生的佛教神灵系统，围绕着这个神灵体系孕育了许多美妙的神话。虽然在流传过程中产生了各种各样的版本，但这些神话都从不同侧面反映了远古时期藏族先民对自然的认识，以及他们在雪域高原生存和创造人类文明的历程，同时也反映出了藏族独特的宗教文化心理。神话丰富的想象力和它的积极浪漫主义的表现手法，对藏族文学创作产生了深远的影响。

藏族的英雄史诗《格萨尔王传》是世界公认的最长的史诗，被称为"东方的荷马史诗"，同柯尔克孜族的《玛纳斯》和蒙古族的《江格尔》并称为中国少数民族的三大英雄史诗。整部史诗卷帙浩繁，结构宏伟，气势磅礴，流传深广。它是世界上唯一的活史诗，从史诗产生到今天，无数艺人在不断演绎和丰富着史诗的内容，这是世界文学史上的一个独特而神奇的现象。据考察，《格萨尔王传》的形成有一个较为漫长的过程，大约在公元前二三百年至公元 6 世纪之间，也即藏族古代氏族社会开始瓦解、奴隶制国家政权渐趋形成的时期，开始有了文字的流传；7 世纪初叶至 9 世纪，吐蕃王朝建立之后史诗得到进一步发展和充实；10 世纪至 12 世纪初叶，吐蕃王朝崩溃、藏族社会由奴隶制向封建农奴制过渡的历史时期，史诗得到广泛传播并日臻完善。《格萨尔王传》分三部分。第一部分：英

---

① 陈庆英：《简论青藏高原文化》，载《青海社会科学》1998 年第 4 期。

雄诞生;第二部分:征战(著名的四大战役:北岭大战、霍岭大战、姜岭大战、门岭大战),降妖伏魔,统一部落;第三部分:功德圆满,返回天界。史诗生动地讲述了格萨尔的诞生及其降妖伏魔、抑强扶弱、造福百姓的英雄事迹。在《格萨尔王传》产生之前,藏族民间文学如神话、传说都已经很完备,所以无论是在作品的素材还是表现手法等方面,其都从民间文学中获得了滋养。藏族学者丹珠昂奔认为:"宗教、史实、神话是构成《格萨尔王传》的三块基石。没有宗教,格萨尔就没有灵魂;没有史实,格萨尔就没有社会历史环境;没有神话,格萨尔就没有无比的力量和新鲜活泼的生命色彩,也就没有如此完美的艺术效果。"① 作为综合性的民间藏族说唱艺术,《格萨尔王传》吸取融汇了藏族古老的神话故事、传说、歌谣等多种民间文学的成分,并在流传的过程中不断丰富完善,受到广大民众的喜爱。藏族谚语里有"岭国每人嘴里都有一部《格萨尔》"这样的说辞,可见史诗《格萨尔王传》在藏族聚居区流传的深广。梅卓在《诗与自然的距离》中这样写道:"在我看来,诗人有两类,一类是文字诗人,一类是行动诗人。在青藏高原,行动的诗人随处可见:格萨尔艺人带着世界上最长的史诗吟诵在高远的山冈,曼陀铃琴手弹着世界上最美的情歌吟唱在低回的河谷,他们代表着藏族的游牧文明和农耕文明中的民间精华,只是相对疏离于文本形式。"② 史诗主要以口传的形式由格萨尔艺人代代传承,但在形成和发展过程中吸取了藏族民间文学的成分,并作为民间文学的一部分,成为当代作家文学创作的资源。阿来、梅卓、次仁罗布、亮炯·朗萨等作家都曾以《格萨尔王传》为素材来创作小说。阿来的长篇小说《格萨尔王》对格萨尔史诗进行了全面的重述,把远古格萨尔的征战历程和现代神授艺人晋美的说唱经历融合在一起,对史诗进行了新的演绎和传承。梅卓的长篇小说《神授·魔岭记》,以格萨尔史诗四大战役之魔岭大战为背景,围绕说唱艺人阿旺罗罗的成长经历,既呈现了复杂的部落关系,也展现了藏族文化精神的博大与神奇。次仁罗布的中篇小说《神授》以神授艺人亚尔杰的传奇经历为线索,既展现了格萨尔说唱艺术的神奇魅力,也刻画了现代文明对传统民间文化的冲击与破坏。在亮炯·朗萨的长篇小说《寻找康巴汉子》中,格萨尔成为一种理想的化身,象征着坚贞不

---

① 丹珠昂奔:《〈格萨尔王传〉的神灵系统——兼论相关的宗教问题》,载《民族文学研究》1992年第1期。
② 梅卓:《诗与自然的距离》,载《民族文学》2007年第11期,卷首语。

渝的斗争精神，激励着作品中的英雄人物开拓进取。

在前现代社会阶段的相当长一段时间里，由于经济相对不发达和文化上相对边缘、落后和封闭的特点，藏族聚居区保存了丰富多彩的传统民间文化。在社会历史发展过程中，这些民间文化逐渐内化为藏族人生活的一部分，并成为文学创作的源泉，滋养着一代代藏族作家。马丽华曾这样表述："西藏青年作家们置身其间的，是唯西藏高原所有的真正的大自然：雪山，大川，草原，风幡，寺庙群；是与自然相协调的粗笨的羊皮袍，是牧歌，是环佩叮当。尤其80年代以来，宗教民俗复兴，扑面而来的尽是些古旧而新鲜的事物；宗教盛典，民间习俗，令人眼花缭乱，令人兴奋不已。"① 可以说，如烟海般浩荡、如星空般璀璨的藏族民间故事、歌谣、传说等民间艺术成为藏族文学取之不竭的宝库，使得藏族文学充满神奇的魅力。

第三节 藏族文学的地域特色

一个地区的地形地貌、植被物产、气候状况等这些人类不能控制的自然因素直接影响和决定了该地区的物质生活条件，并相应地决定了该地区的生产方式和经济发展状况，也直接影响了该地区的文化面貌。这些是文化形成的物质前提，更是文学生长的现实土壤和作家进行文学创作和想象的天然源泉。青藏高原独特的地域环境孕育了相应的生产和经济方式，在长久的历史发展过程中形成了独特的文化风貌，这一切作为一种客观物反映在作家的创作中，彰显着特定的地域风情和文化传承。

一、自然地理景观在藏族文学中的全景呈现

自然环境是地域文化存在的前提和基础，大致相同的自然环境会使得该地域的生产和生活方式具有一定的相似性，由此形成特定区域的文化景观，并直接影响该地域的人的精神风貌，即所谓的"一方水土养一方人"。山川风物、四时景致给作家带来不同的审美感受，成为他们文学创作的内

---

① 马丽华：《雪域文化与西藏文学》，长沙湖南教育出版社1998年版，第78页。

蕴及精神特质，也形成了他们区别于其他作家的审美特质。美国学者卡尔·索尔在其专著《地理景观的形态》中曾提出"文化景观"的概念，认为人类按照其生产生活方式对其所处的自然环境产生影响，并转化为文化景观。这对我们研究藏族文学的地域性特征有着很大的借鉴意义。

塔热·次仁玉珍从 20 世纪 80 年代开始文学创作，她用田野采风考察的真实记录，展现了西藏的风貌。在她的笔下，西藏的地貌特征、风俗人情跃然纸上。仅从她作品的题目就可以看到极强的地域特色，如《难忘雪山》《阿里踏古》《恐怖谷中的女隐士》《寻踪采风七十里》《无鹰的天葬台》《我和羌塘草原》等。《难忘雪山》描摹了羌塘雪山四季风景变化，写了牧羊女的辛苦劳作、孩子们的童年生活、男人们的驼盐历程、牧民们充满喜悦地剪羊毛等情形。她满怀深情地写道：

> 冬去春来，花开花落，无情的岁月转眼过了三十多个春秋。我始终固守着对雪山的思念。尽管是一种漫长和苦涩的思念，但却难忘那圣洁的雪山。①

再如，她在《魂系岗底斯》中这样写道：

> 雪域西部高原著名的四泉河均发源于岗底斯雪山。位于岗底斯北方一座象头雄狮似的大山，由其嘴中喷泄下来了一股水，藏语称其为"森格卡巴布"（意为狮咀下）。这条河从阿里地区所在地——热拉康玛（古代地名）流过，故将此地改名为狮泉河。西部重镇的十字道口上高高立着一头巨大的石狮，它象征着雪域西部高原上的人民俨若雄狮一般，向着灿烂的明天突飞猛进。②

塔热·次仁玉珍的文字洋溢着强烈的民族自豪感。她游走在广袤的藏北高原，以赤子之心感受着雪域大地的壮阔和雄伟，从荒寒的山川风物中找寻原始的生命力，汇聚成饱含个体生命情感的精神力量。她从对藏地民风民俗的描写中，展现着自己对这片土地的深情和挚爱。

---

① 塔热·次仁玉珍：《难忘雪山》，载《西藏文学》1995 年第 4 期。
② 塔热·次仁玉珍：《魂系岗底斯》，载《西藏民俗》1999 年第 1 期。

20世纪80年代西藏魔幻现实主义的代表人物扎西达娃在其《系在皮绳扣上的魂》中写道,当自己听到秘鲁民歌时脑海中会出现这样一幅景致:

> 我眼前便看见高原的山谷。乱石缝里窜出的羊群。山脚下被分割成小块的田地。稀疏的庄稼。溪水边的水磨房。石头砌成的低矮的农舍。负重的山民。系在牛颈上的铜铃。寂寞的小旋风。耀眼的阳光。
> 这些景致并非在秘鲁安第斯山脉下的中部高原,而是在西藏南部的帕布乃冈山区。①

通过这样的景致描写,展现了西藏精神的孤独。在《世纪之邀》中,扎西达娃这样写道:

> 失落的风筝飘坠远去,勾起了桑杰对遥远家乡的一丝缅怀。家乡是一个躲在大山里的小村子,山上有两座建造在巨型原石上的白色玛尼佛塔。他的叔叔总是背起双手提着一根皮绳漫步在绿草茵茵的水渠边,像是要去地里牵牲畜,却总是徜徉在水渠边眼睛望着前面的水磨坊愣愣出神,仿佛那里面隐藏着有关他自己的密码。②

山谷、羊群、农舍、玛尼佛塔……这些西藏常见的景物都成为作家的文字符号,呈现着世俗化的真实的西藏,同时又映现出西藏的精神质地。在西藏作家尼玛潘多的长篇小说《紫青稞》中,她以工笔细刻的方式细致地刻画了一个坐落在喜马拉雅山一隅、自然条件极其恶劣、仅有30几户人家的小村庄人们的悲欢喜乐,将社会变革中西藏农村的现实呈现纸上:

> 和许多散落在喜马拉雅山脉附近的小村庄一样,仅有三十几户人家的普村,严严实实地躲藏在大山的怀抱里,与外面的世界保持着若即若离的关系。
> ……

---

① 扎西达娃:《扎西达娃小说集》,中华书局2011年版,第3页。
② 扎西达娃:《扎西达娃小说集》,中华书局2011年版,第75页。

>一首在藏族聚居区广泛传唱的歌曲所唱的景象和现实中的普村别无二致，大山、小山、荒山、雪山，普村四面环山。群山环绕中的一块谷地养育着这里的人们，他们在春天辛劳地刨着那一小块的石砾地，等待着秋天时能收获几小袋紫青稞。①

尼玛潘多将西藏真实的生活图景呈现在读者面前：普村荒远而贫瘠，和内地的许多小村庄一样，有着变革中的欢乐和痛苦。

青海作家梅卓的笔下则呈现了安多藏族聚居区草原的辽阔和游牧民族昂扬的精神情怀，同时也映现了她对故土的挚爱之情。其散文集《吉祥玉树》是对三江源地域文化的全景实录，她充满深情地写道：

>玉树，在地球的第三极，在青藏高原巍峨的群山之中，这片赭红色的辽阔大地，在南至喜马拉雅、北至祁连山脉、中间横亘着唐古拉的磅礴格局中，上天的杰作——玉树，这颗明珠，就镶嵌在唐古拉山脉东沿的巴颜喀拉山南麓，富饶的江河穿越着她，清亮的民歌穿越着她，俊朗的舞蹈穿越着她，虔诚的心灵穿越着她。②

她的散文集《走马安多》同样以文化地理考察的方式介绍了藏地安多的风土人情。她游历故土，生发出浓厚的情感，由此织就了华丽的诗篇。从《在青海，在茫拉河上游》《青唐：宗曲穿城而过》《故土群山》《雪山环抱中深藏》《神山和神山之间》等散文篇名都可以看出其作品具有鲜明的地域风情。

青藏高原特有的地理景观如雪山、冰川、峡谷、森林、草原等为作家提供了丰沛的创作之源。此外，青稞、帐篷、经幡、牛皮船、玛尼堆等藏地风物，也成为其作品中的文化地理符号，彰显藏地独有的文化风情。如饶阶巴桑的诗歌《牛皮船》这样写道：

>那第一只牛皮船的突然出现，
>宣布了一家牧民的不幸破产，
>草原上熄灭了牧羊姑娘的歌声，

---

① 尼玛潘多：《紫青稞》，作家出版社2010年版，第2—3页。
② 梅卓：《吉祥玉树》，青海人民出版社2006年版，第1页。

> 帐篷里熄灭了牛粪燃起的炊烟。
> 饮马的淡水湖只有寒星浮游,
> 牧女的手镯和爱情埋在湖边,
> 芳草不飞浆,草原一片萧索,
> 只有失去牧人的苍鹰在盘旋。①

青藏高原独特的地理环境为生活在雪域高原的人民提供了不同的生活资源,由此产生独特的生活方式,为文学创作提供了丰富的审美观照对象。正如阿来所说:"我的很多情感始终是大自然潜移默化给我的……我的一生都要写作,我要有饱满的激情,我的激情更多地只能来自于自然,我好像总要不断地重返大自然才能使自己的情感变得充沛。"② 大自然是作家创作取之不竭的源泉,他们从自然中获取灵感,因此,作家的创作与其所处地域的自然环境有着千丝万缕的联系。

二、人文地理景观使藏族文学具有独特内蕴

文学创作是作家独特的精神活动,外在的人文地理资源往往会潜移默化为文本的文化背景资源,由此使文学创作展现独特的魅力。因此,在考察文学作品的精神性特征时,不可忽视它与作家所处地域的密切关系。特定地域的山川地貌、历史变迁、文化传承、民俗风情等多种复杂因素对作家有着深刻的影响,与外在的自然条件相比,内化的人文环境给予作家创作的影响更为复杂深刻,这也是文学作品更为根本、潜隐的制约因素。严家炎在其《中国现代小说流派史》中谈到文学作品对于民俗风情的描写时说道:"风俗画对于文学,决不是可有可无的。无数艺术实践的经验证明,文学作品写不写风情民俗,或者写得深沉不深沉,其结果大不相同:它区分着作品是丰满还是干瘪,是亲切还是隔膜,是充满生活气息还是枯燥生硬。世界上许多生活底子雄厚的大作家和大作品,都是注意写风俗民情的。"③ 独特的民俗风情不仅是藏族作家成长的文化土壤,更是他们独具魅力的一个重要因素。藏族作家的创作孕育于雪域高原这片厚土,其创作

---

① 饶阶巴桑:《石烛》,云南人民出版社1982年版,第74页。
② 杨雪:《走近阿来的"天空"》,见中国作家网:http://www.chinawriter.com.cn/2014/2014-02-25/193052.html。
③ 严家炎:《中国现代小说流派史》,长江文艺出版社2009年版,第73页。

也会天然地呈现雪域高原独特的人文风情，从而彰显浓郁而深厚的民族底蕴。

在前现代社会的藏族聚居区，不管是农区还是牧区，在物质生产上受自然环境的影响很大，人们自然而然地有了对自然的敬畏和恐惧，由此衍生出敬天礼神、天人合一、悲天悯人的心理观念。藏族作家严英秀在论及藏族人与自然的关系时这样谈道："在藏族人的生命意识中，自然不是人的附庸，而有与人等齐的灵性，山川、草地、湖泊、动物等所有自然风物，都有它们自己的生命形式与轨迹……藏族人对动物就像对于土地、庄稼、粮食一样，有着发自肺腑的感恩，相信人保护弱小的动物，动物的神性就会带给人福祉。"[1] 万物有灵的观念使自然本身变得神圣和不可侵犯，长久以来，这片土地上的子民心存善念，爱护生灵，与自然和谐相处。特别是在佛教传入藏地后，宗教文化精神在广大的藏族聚居区体现出强大的精神感召力和凝聚力，并渗入群众的精神心理中，作为一种民族文化积淀而被当代作家传承。如次仁罗布的一系列作品都具有极强的宗教色彩，他的作品展现了藏族宽忍、博爱、救赎的宗教精神。他的长篇小说《祭语风中》一方面通过历史上米拉日巴大师历尽艰辛成佛的故事展示了唯有皈依佛教才能获得灵魂的解救；另一方面讲述了晋美旺扎由僧人到俗世之人，其间历经生活的坎坷和人世的悲欢，到老年感受到生命的无常，为死者念诵《中阴度亡经》，救度亡灵。作品通过宗教和俗世的生活刻画了藏族近半个世纪所走过的道路，展现出了藏族的精神气质。正如阿来在封底推介语中所写的："次仁罗布的小说《祭语风中》提供了封闭的青藏高原被迫向着现代社会洞开的几十年里民间生活的真实场景。时间之轮缓缓旋转，无法自外于整个世界的那些人，其命运也在寻路向前的激流中起伏跌宕。真实诚恳地展开社会变迁的真实图景是这部小说的价值所在。这部小说把救赎之道寄望在对于宗教的保守与黑暗有所反思的宗教之上，不同人也许对此有不同的理解，但至少，这部小说用对宗教生活与义理的谙熟破除了诸多神秘，并道出了他笔下的人物如何要以对善的皈依为自己的救赎之门。这也是这部诚恳真挚的小说的价值所在。"[2] 他鲜明地指出了这部作品对宗教生活的谙熟描写，以及这部作品所要寻找的皈依之门。

---

[1] 严英秀：《"空山"之痛》，载《文艺争鸣》2008年第8期。
[2] 次仁罗布：《祭语风中》，中译出版社2015年版，封底。

而在白玛娜珍的小说《拉萨红尘》中，迷茫的女子莞尔玛最终的归宿是宗教。在作品最后，作者这样写道：

> 从前从前，在那个神话一般，被八瓣莲花环绕的圣地拉萨，祥云缭绕，右旋的白色海螺那达摩回荡不息的妙音远扬三千世界。虔诚的人们生活宁静而安康。期盼已久的藏历十月十五就要到来了，人们满怀喜悦，纷纷将上好的冰糖和洁白的哈达捐赠给布达拉宫。一夜之间，那雄伟的宫殿换上了冰糖牛奶做的甜甜的、飘散着奶香的新衣裳。到那时，我们的护法女神白拉母将离开大昭寺，去拉萨河南岸与她的情人相会。霎时，拉萨城里桑烟四起，纷飞的瑞雪来临，甘甜的微风又拂来了那千古动人的情歌。而小拥拥你，宛若古城永恒的公主，在那年冬季，你会像你母亲一样美丽……讲到这儿，我不由戛然而止！我忽然感到我的故事像一个脆弱的谎言无限飘渺，而这个世道，邪魔正与圣灵交映，光明的怙主隐没在何方，我恍若已陷于黑暗不觉的恐慌之境，我渴望心儿远离云、雾、尘三垢，如死而复苏，重又听见一种召唤，由远而近，向我而来……①

白玛娜珍的作品刻画了圣地拉萨的藏族知识女性独特的精神气质，对女性的出路问题进行了探讨。藏传佛教的浸染使得藏族文学具有了神性色彩，丁帆在谈到西部文学的神性时，认为这种神性意识一方面来自传统遗存，另一方面来自宗教对文学的渗透，并指出了人文地理环境对文学的影响："中国西部特定的自然地理因素形成了西部民众对于自然的最为直接的观照方式，自然万物常常是作为同人一样的有生命的实体而存在着的。人们以其丰富的感性想象赋予了自然万物以人的灵性，不仅使自然之物转化成了人的本质力量对象化的精神产物，而且这种想象本身也包含着人对于自身潜在力量的重新认识与再度发现。人们对自然的认知经验不是靠科学或者理性，而是靠心灵对于现象的直观得来的，这种直观中包含着对于生存无常的深深的忧思，以至于常常被蒙上了某种神秘的色彩。"② 藏传佛教宣扬人生无常，万般皆苦，只有皈依宗教才能获得解脱，这样一种潜

---

① 白玛娜珍：《拉萨红尘》，西藏人民出版社2002年版，第290—291页。
② 丁帆：《中国西部现代文学史》，人民文学出版社2004年版，第24页。

在的积淀使得藏族人在日常生活中也充满宗教仪轨,如煨桑、转经、叩长头,这些都成为作家创作的文化因子。央珍在其散文《讲诉一个静穆的西藏》中这样写道:

> 佛教信仰,滋养了西藏人宽容、平和与自足的心态。高原强烈的阳光,浸染了西藏人棕色的皮肤和开朗、幽默的性格。信徒们走进寺院,首先会在佛祖前献上供灯,合十双手,为普天下所有的生灵祈祷,祈祷众生灵远离痛苦、灾难和不幸。获得内心的宽容、宁静和超脱,这是我们共同追求的精神生活。①

受藏传佛教的影响,生活在这片高原土地上的人们大都虔信宗教,宽容超脱,信仰的牵引之力使得人性向善宽容。因此,在藏族作家笔下,对宗教的书写和对人性精神的刻画是文学创作的一个显著特点。

生活在青藏高原的藏族人,他们有着相似的高原生活环境和经济生产方式,有着共同的信仰和共同的语言,这使得藏族作为一个整体具有强烈的族群认同感和凝聚力。但因为青藏高原地域辽阔,不同的区域在自然风貌、生活习俗等方面存在着一定的差异,再加之历史的变迁和山川的阻隔,各个区域由此又形成了文化上的差异。地域文化是制约和影响作家个性和艺术风格的重要因素,不同的地域都有着各自独特的地域文化特征,它沉潜在人们的日常生活和生产劳作中,潜移默化地影响着该区域居民的文化心理,并烙刻在作家的个性气质及其文学创作上。独特的宗教文化和雪域背景使得藏族文学具有浓郁的民族文化和地域文化审美特征,但不同地域空间和政治历史文化的变迁、与周边民族的文化碰撞和交流融合也赋予了不同区域藏族文学独特的品质。

---

① 央珍:《拉萨的时间》,浙江文艺出版社2018年版,第76页。

第三章 当代卫藏地区的文学创作

第一节 卫藏地区独特的地域风貌与文化背景

卫藏地区在历史上一直是藏族地区的政治、经济、宗教、文化中心，传统上包括"卫"（前藏）、"藏"（后藏）、阿里三大区域，今天主要指行政区划上除昌都外广袤的西藏地区，包括拉萨、山南、日喀则、阿里、那曲和林芝等行政区划。"卫藏"一词可追溯到元朝统一广大藏族地区的历史时期。1246 年，西藏萨迦派领袖萨迦班智达应蒙古凉州王阔端的邀请，在凉州会谈西藏统一的问题。萨迦班智达顺应历史潮流，发表了著名的《致蕃人书》，达成了西藏归属元朝版图的协议。元朝扶植萨迦派建立地方政权，设立军政机构，将整个青藏高原划分为"卫藏阿里"（大体上是今除昌都外的西藏全境，包括前藏、后藏、阿里和拉达克）、"朵思麻"（安多地区）、"朵甘思"（康区）三个行政区域，分设三个元帅府管辖三地。明代将藏族地区分为两个行政区域：一是卫藏（大致是今行政区划上的除昌都外的西藏全境），二是朵甘思（包括青、甘、川、滇等省境内的藏族地区），分设乌思藏都指挥使司和俄力思军民元帅府。清雍正年间，委任青海办事大臣管理甘肃和青海境内的藏族聚居区；将阿墩子、中甸、维西等地划归云南管辖；将康定、理塘、巴塘等地划归四川管辖。清朝时在西藏设西藏办事大臣，习惯上将西藏称为"乌思藏""卫藏"，后来又由"卫藏"一词演变为"西藏"。之后又有了以拉萨、山南为"前藏"，以日喀则为"后藏"的称谓。民国时期，国民政府分别建西康、青海两省，把阿坝、甘孜、昌都等地划归西康省，将黄南、海南、海北、果洛、玉树等地划入青海省。中华人民共和国成立以后，1965 年西藏自治区正式建立。在西藏,虽然也有汉族和其他少数民族聚居,但主要民族成分是藏族。

行政区划上的西藏位于青藏高原西南部,土地面积为 120 多万平方公里,地域面积在全国各省、市、自治区中仅次于新疆。全区平均海拔在 4000 米以上,被誉为"世界屋脊",也有"地球第三极"之称。从地理位置上看,北邻新疆维吾尔自治区,东北与青海省相接,紧邻丝绸之路南线;东与四川相连,东南连接云南,并依横断山脉形成的"民族走廊";南与缅甸、印度、不丹、尼泊尔等国家接壤;西与克什米尔地区接壤。西藏从地形上来说,大致又可分为藏北高原、藏南谷地、藏东南高山峡谷和喜马拉雅山地这几个区域。其中,藏南谷地指的是喜马拉雅山脉和冈底斯山脉之间的河谷地带,这一带是西藏最主要的农业区,海拔 3500 米左右,地形平坦,土质肥沃,雅鲁藏布江及其支流流经这里,所以水源丰富,长久以来是西藏自然条件最好也是最富裕的地区。位于唐古拉山脉、念青唐古拉山脉、冈底斯山脉、昆仑山脉之间的是藏北高原,是青藏高原的主体部分,约占西藏自治区面积的三分之二。这里平均海拔 4500 米以上,藏语称这一带为"羌塘",意为北方广阔的平原。这里一年之中有 9 个月冰封土冻,属于高寒地区,但草原辽阔,一望无际,是西藏最主要的牧区。同时,这里虽绝对海拔很高,但相对海拔不高,地势相对平坦,由一系列间夹着大小盆地的浑圆而平缓的山丘组成,其中较低处形成湖泊。藏北高原有湖泊 200 多个,以纳木错为最大,也最为著名。临近湖泊的地方水草丰美,成为牧区。此外,藏东南雅鲁藏布江大拐弯及横断山脉西部地区属于高山峡谷地带,被称为"西藏江南"的察隅、波密、墨脱即位于此。此地北高南低,高山峡谷地貌明显,气候呈垂直变化,从雪原高山峰顶而下有寒带、亚寒带、温带、亚热带和热带等不同的气候分布。西藏的喜马拉雅山地地带指的是中国与印度、尼泊尔、不丹、锡金等国接壤的地区,这里平均海拔 6000 米,西部属于高寒地带,东部气候温和,森林茂密,植物繁多,雨量充沛。由于地域辽阔,高原地貌奇特多样,西藏各地形成了复杂多样的气候特征。从总体上来看,西北严寒干燥,东南温润多雨,在气候变化上呈现由东南至西北的带状变化特征,即呈现亚热带、温带、亚寒带、寒带这样的气候变化,反映在植被上则为森林、灌丛草甸、草原的逐渐变化。

藏族居住区域较为广阔,但藏传佛教的中心仍然在今天行政区划上的西藏，也就是传统意义上的卫藏地区，这里是藏族和藏文化的发源地。西藏的雅砻地区（今山南市）是藏族起源神话中人类的发源之地，也是古代藏文化的源头。从一首歌谣中可以看到雅砻文化之于藏族的重要地位："地方莫早于雅砻，农田莫早于泽当，藏王莫早于聂赤赞普，房屋莫早于雍布拉康。"据考古资料和历史文献证明，大约在四百万年以前，藏族先民就繁衍生息于这片土地。公元前2世纪初叶，雅砻部落的首领聂赤赞普即位，传说是第一代藏王。他教人农耕，修建雍布拉康宫殿，雅砻部落逐渐强大。在6世纪左右，雅砻流域进入奴隶社会，随着领地不断扩大，雅砻部落成为西藏最强大的部落。7世纪中叶松赞干布时期，由于国力的强大，吐蕃兼并象雄、达布、苏毗、工布等多个部落，建立了吐蕃王国，定都拉萨。在此后的一千多年时间里，卫藏地区一直是藏族地区的政治、经济、文化的中心，也是宗教的中心。这里寺庙众多，佛法兴盛、传播深广，因而被称为"法域"。拉萨的大昭寺、哲蚌寺、色拉寺和甘丹寺，山南的桑耶寺，日喀则的扎什伦布寺、白居寺和萨迦寺等寺庙在藏族宗教和政治发展上都起到过重要的作用。这些著名的寺庙历史悠久，高僧云集，学经体系完善，是培养僧人、举行重大法会的地方，也是藏族文化教育传承的中心。

第二节 当代卫藏地区文学的发展进程和风貌[①]

卫藏地区是藏族地区的政治、经济、宗教和文化中心，传统上包括"卫"（前藏）、"藏"（后藏）、阿里三大区域。因为卫藏包括今天的行政区划上除昌都外绝大部分的西藏地区，因此，笔者在这里具体展开论述时会用"西藏当代文学"这个概念替换"卫藏当代文学"的概念，这是需要提前说明的。

西藏当代文学以1951年西藏和平解放为其起点。从一定程度上说，西藏当代文学的发展进程也展现了整个藏族区域文学的发展进程。1951年5月23日，中央人民政府和西藏地方政府签订《关于和平解放西藏办

[①] 本节部分内容已收录于本人所著《文化身份的建构与书写——当代藏族女性文学研究》中（中山大学出版社2017年版，第30—42页），特此说明。

法的协议》(即《十七条协议》),西藏实现和平解放。1959 年,西藏民主改革,传统的政教统一的制度发生了变化,社会主义制度建立,雪域高原发生了天翻地覆的变化。"本世纪 50 年代对于这片高原来说是新旧时代的分水岭。以外来先进之力推翻了一个落后制度,和平解放,民主改革,进入社会主义;神王统治,世袭贵族,土崩瓦解,西藏社会发生革命性变化,仅仅用了短短 10 多年时间。意识形态领域里也输入了许多前所未闻的新的思想观念。"① 新的时代变革使文学创作展现出崭新的风貌,与西藏传统文学相比有着翻天覆地的变化。新的时代,培养出了新的作家队伍,同时,在书写语言方面,当代藏族文学的书写语言也发生了很大的改变。和平解放后的藏族作家,由于教育背景的原因,以及作家的审美传达需要,大多采用汉文进行书写。但少数熟练掌握藏文的作家继续坚持藏语写作,具有代表性的有恰白·次旦平措、朗顿·班觉、索朗次仁、克珠、其美多吉、扎西班典等,他们自如地用藏语来表达藏族的生活,展现新的时代风貌。与传统藏族文学相比,当代藏族文学已跳出宗教的藩篱,展现出多姿多彩的时代风貌。传统藏族文学以宗教为旨归,主要宣扬人生唯苦、出世解脱的宗教观。虽然这种传统文化积淀对当代藏族作家也有着一定程度的影响,使得其文学创作呈现独特的风貌和内蕴,但文学描写世俗人生,展现普通人的思想情感和精神追求,描摹他们在现实生活中的遭遇,已成为当代藏族文学创作的主要内容。

从西藏和平解放到 20 世纪 80 年代前,西藏文学的创作主力是进藏部队中的一批部队文艺工作者和来西藏工作的汉族人,他们运用汉语来展开西藏题材的写作,以昂奋的激情来歌颂民族团结,反映革命历程和西藏社会的新旧变化。徐明旭在一篇文章中说:"由于历史的限制,'文化大革命'前的西藏小说几乎都是汉族作者写的,数量也很少。徐怀中的《我们播种爱情》与刘克的《央金》(小说集),就是其主要成绩。"② 在藏语文学创作方面,十分值得一提的是擦珠·阿旺洛桑活佛。在 20 世纪 50 年代,他的《欢迎汽车之歌》《金桥玉带》等诗作从高原地理特点出发,描绘发生在西藏人民身边的新人新事新气象,歌颂和赞美新的时代变化,表现出新的时代风尚。在这一时期,文学创作的基调是昂扬的,审美意旨总体上是顺应时代政治潮流的,主要学习和借鉴内地文学,表现出一种新的

---

① 马丽华:《雪域文化与西藏文学》,湖南教育出版社 1998 年版,第 71 页。
② 徐明旭:《1977——1983 西藏汉文短篇小说创作述评》,载《西藏文学》1984 年第 4 期。

审美规范。"那一时代的文学基调是高光的、高调的和高蹈的，是激越的和昂扬的。响应了新生中国，新生西藏的欢欣鼓舞，写照着这片土地上前所未有的社会变革、人民翻身做主的焕然一新的思想面貌。"① 马丽华认为："延续了上千年的那条若隐若现的纤细的传统文学史线消失。代之而来的这种新文学现象，很像是内地'五四'以来特别是延安时代以来的带有较强政治意念色彩的文学传统在西藏的延伸，与新中国文学同步。但对西藏藏文传统文学来说，无论从文种方面，从意识形态、思想感情、表达方式和表现内容等各方面，都是一种全面的本质性的脱胎换骨。是一种新文化、新文学的输入——并非延续，而是发端；并非本土生长之物，而是引进和移植。"② 经历过20世纪五六十年代文学的高昂激情后，"文化大革命"时期，文艺事业遭受到了重创，西藏和内地一样，文学创作基本上处于停滞状态。

20世纪80年代可以说是西藏文学真正崛起与辉煌的时期，这时期的西藏文坛呈现一派繁荣的景象。首先是民族作家走向文学创作的前台，出现了一些优秀的、具有较大反响的长篇小说。如益西单增的《幸存的人》《迷茫的大地》等，写了旧西藏的暗无天日和农奴的悲惨生活，以及解放西藏所带来的翻天覆地的变化。这些作品以宏大的政治叙事模式，遵循现实主义美学规范，在一定程度上暗合了内地在五六十年代文学创作的追求，其审美理想和文学寄托在一定程度上彰显了特定时期国家主体对文学的规范，但与此同时，也显现了西藏文学特有的民族风貌：在语言的运用和藏族生活的描写方面与内地文学有着不同的特征。其次，这一时期一批年轻的藏族作家如扎西达娃、色波、通嘎、索穷等开始成长起来。这批作家在从事文学创作的时候，面对的是一个开放的文化体系——伤痕文学、反思文学、寻根文学、现代主义等多种文学思潮叠变，同时因改革开放，西藏作家得以与内地作家同时去面对国外纷繁的文艺思潮。由于独特的地域文化因素，西藏成了接受拉美魔幻现实主义最理想的文化土壤。扎西达娃、色波等首开风气之先，他们的探索性创作使藏族文学迈入了中国当代文学的前沿阵地，特别是扎西达娃的一系列创作，用魔幻的手法将神奇的西藏呈现在世人的面前，加之进藏的汉人马原以西藏为背景的作品带来的先锋效应的推动，引起了人们对西藏文学的极大关注。

---

① 马丽华：《雪域文化与西藏文学》，湖南教育出版社1998年版，第72页。
② 马丽华：《雪域文化与西藏文学》，湖南教育出版社1998年版，第72页。

以扎西达娃为代表的西藏新小说作家群体在 80 年代文坛上的精彩亮相，使西藏文学开始摆脱五六十年代以来对内地主流汉语文学的学习和借鉴，拉开了与主流文学圈的距离。借助域外文化的影响，西藏文学开始对 50 年代以来形成的文学传统进行突破，以崭新的姿态崛起于雪域高原，彰显出独特的风貌。

扎西达娃无疑是西藏当代文学的标志性人物。以前关于扎西达娃创作的评论主要集中于他的魔幻现实主义手法的运用和他对民族文化身份的建构。但从西藏文学发展史来看，人们往往忽略了一个重要的问题，即扎西达娃作品的意义首先在于他以极具个性特征的创作使西藏文学走向真实的心灵抒写，对五六十年代以来的宏大叙事进行了反叛，这无疑具有积极的意义。从他之后的西藏文学来看，宏大叙事渐弱，个人化的呈现越来越显著。而且难能可贵的是，扎西达娃的这种个人化的抒写是与民族情怀的抒写紧紧联系在一起的，他将民族前行过程中所必然面临的灵魂冲击和真实痛苦诉之于他的作品，在 80 年代的寻根文学中具有非同寻常的冲击力。其中，《系在皮绳扣上的魂》堪称 80 年代西藏文学的典范之作，其对民族历史和宗教的深刻思考有着震撼人心的力量。主人公塔贝对香巴拉的以生命交付的真挚与婛对世俗生活的向往形成鲜明的对照，既有着一种内心的纠结与深沉的痛苦，又有着对宗教的依恋和深沉的反思，由此呈现了民族精英知识分子深沉的忧郁与孤独的面影。在桑烟萦绕的雪域高原，现代文明与古老的宗教信仰的冲突是人们走向现代生活时必然面临的精神困惑，直面这种精神困惑是需要勇气的。在现代物质文明的侵袭之下，一个民族如何去守护自己内心的信仰，去面对滚滚红尘的诱惑，是任何一个有民族责任感的作家在写作时都难以绕过的壁垒。民族之根在哪里？理性与感性的纠葛，让扎西达娃的创作充满一种难言的悲壮。反观 80 年代，可以看到，扎西达娃比当时其他的西藏作家觉醒得更早，站得更高，思考得更为深远。他对小说在精神维度和艺术维度上进行了双重的探索：对民族之魂的探寻和对宗教的反思使其作品具有厚重之美；对拉美文学的借鉴和艺术手法的创新，又使得西藏新小说具有勃勃生机。扎西达娃无疑是西藏新小说作家群中最突出的一位，他的创作对西藏文学的发展有着深远的影响。

色波同扎西达娃是较早开始借鉴域外经验进行新小说实验并显现出独特创作个性的作家。色波的作品虽然呈现的是普通西藏人的日常生活，然而他的创作又有着普世意义，展现的是作为"人"的共同的生存困境。色波的创作从个体自我的生命体验出发，继而上升到形而上的对哲学世界的思考。在他笔下，西藏的人物、风景不过是其传达哲理思索的媒介。在内容上，他执着地对个体生存困境进行探讨；在艺术上，他形成了独特的蕴涵哲理的叙事模式，对人的孤独处境的刻画和基于宗教信仰而来的人生思索经常是色波作品的中心意旨。他的创作重在挖掘生存的困境及人生的悖论，显示出独特而深远的精神探求。

与 80 年代波澜壮阔的西藏文坛相比，20 世纪 90 年代的西藏文坛显得相对沉寂，因此，许多评论家认为这段时间是西藏文学的衰落期。然而，认真地考察这一时期的创作，可以看到，这一时期的文学创作正处在一个向本体回归，以一种从容的姿态展现自我的时期。尼玛扎西在《浮面歌吟——关于当代西藏文学生存与发展的一些断想》中曾经很深刻地指出 80 年代西藏文学存在的问题："西藏现代文学的生存发展如果仅仅依靠技巧和形式的创新，而不求对于传统文化表达思路和发展前景的理性的、现实化的、反神秘的清晰思辨，恐怕难以为继。"[①] 西藏文学要发展，必然要经历一个自我反叛、自我沉潜的阶段。现在回顾 90 年代的西藏文学，可以看到在喧嚣和繁荣之后，西藏文学开始自觉地走向自我的反思与沉淀，自觉地走向对民族传统文化的回归，反神秘亦是这一时期文学的一个特质。在这一时期，西藏文学最显著的特点是本土藏族作家的逐渐成长和壮大，央珍、格央、白玛娜珍、次仁罗布、班丹等青年藏族作家开始走上文坛，并逐渐成为西藏文学创作的主力军。与扎西达娃、色波不同，这些作家从小就在藏族聚居区长大，藏族文化元素天然地渗透在他们的血液之中，成为他们创作的根基。而且这些年轻的藏族作家大都受过高等教育，文学素养同许多 80 年代的作家相比要显得更为深厚，他们的创作视野也更为开阔。次仁罗布在 90 年代发表了《罗孜的船夫》《传说在延续》《情归何处》等小说，其叙事风范已经初露端倪，特别是《传说在延续》一书的语言和内蕴均展现出其独特的气质。班丹这时期已经著有小说《酒馆里我们闲聊》《死狗，寻夫者》《蓄长发的小伙子和剃光头的姑娘》等，他在此时期的创作也已经显现出他深厚的民族文化素养和对叙事艺术的不懈追求。从总体上看，虽然这一时期的青年作家的创作显得稚嫩，但他们在文学创作上的才华已经引起了读者的关注，他们的作品有着独特的藏文化内蕴，不管是在作品的语言上，还是内容上，都呈现了与 80 年代文学

---

① 尼玛扎西：《浮面歌吟——关于当代西藏文学生存与发展的一些断想》，载《西藏文学》1990 年第 2 期。

创作不同的特色。次仁罗布的第一部短篇小说《罗孜的船夫》发表后，时任《西藏文学》主编的李佳俊对他的评价是："唯其稚嫩，更具希望。"央珍是90年代西藏文坛最引人注目的作家，其长篇小说《无性别的神》获得第五届全国少数民族文学创作骏马奖。这部作品以贵族小姐央吉卓玛的成长之路为线索，在较为宏阔的背景下展现了女性从自我幽闭到走向广阔社会的历程，也从侧面呈现了20世纪前半期西藏社会的图景。小说的独特之处在于其对心灵的抒写的细腻和毫不张扬，并且充满藏文化特色，以及其对西藏噶厦政府、上层家庭、贵族庄园、宗教寺院等的细致描写，具有独特的文化魅力，为我们带来了别样的审美感受。格央在1996年开始文学创作，相继有《一个老尼的自述》《灵魂穿洞》《让爱慢慢永恒》①等短篇小说发表，于1997年获西藏作协颁发的首届"新世纪文学奖"，1998年获"全国少数民族文学创作研究新人奖"。作为一名女性，格央从创作伊始就执着于女性生存的独特体验，将自己对女性问题的思考融注在她的创作之中，重在通过日常生活去展现女性的生存困境，不渲染，不猎奇，自然地呈现民族文化的风貌。白玛娜珍在这一时期已显现出文学创作上多方面的才华，出版散文集《生命的颜色》，并开始尝试小说和诗歌的创作。

　　90年代的西藏文学开始脱离单纯的借鉴和学习他人文学创作经验的阶段，转而面向民族现实和文化传统，寻找新的突破。这一点与80年代的西藏文学有着很大的不同。"'遥望西藏之神秘殊美'中的域外人以及被漫天的赞美和歌颂所迷醉的域内人，都无法真正展现出西藏这一极地广原之上深潜着的'生命歌哭起舞、撕扭悸动'的大痛与至喜，无法以切身的血肉来领悟、参与一个民族苦苦挣扎于自然劣境和人文困顿，不断向前挺进的艰苦卓绝的历程，在他们轻飘浮摇、空灵精致的作品中找不到真正能与人类灵魂达成对话的东西，唤不出一个真正滚烫和疼痛的活生生的西藏。"② 对西藏的神秘化渲染是80年代西藏文学致命的弊端，可贵的是90年代的西藏文学在默默耕耘中酝酿着新的崛起，作家以真实的心灵抒写呈现着真实的西藏。

　　新世纪以来，西藏当代文学蓬勃发展，本土作家成为文学创作的主力

---

　　① 短篇小说《让爱慢慢永恒》发表于《西藏文学》1998年第2期，格央的长篇小说《让爱慢慢永恒》初版于2004年，是在此篇短篇小说的基础上扩充而成的。
　　② 尼玛扎西：《浮面歌吟——关于当代西藏文学生存与发展的一些断想》，载《西藏文学》1999年第2期。

军,次仁罗布、白玛娜珍、格央、尼玛潘多、班丹、朗顿·罗布次仁等作家的创作显现出强劲的势头。他们以一种更开放和自信的姿态去面对民族生存现实,其创作有着独特的民族气质和丰厚的文化意蕴。

次仁罗布在经过长期的文学创作积淀之后,焕发出极强的创作生命力。在新世纪之后相继有《雨季》《杀手》《界》《放生羊》《阿米日嘎》《传说》《神授》《叹息灵魂》《绿度母》等作品发表,这些作品以其独特的文化意蕴和艺术成就,奠定了次仁罗布在当代文学史上的地位。他的《界》获得了第五届"西藏新世纪文学奖",《放生羊》获得了第五届鲁迅文学奖。2015 年,次仁罗布出版了长篇新作《祭语风中》,作品以僧人晋美旺扎的一生为主线,展现了西藏和平解放、中印自卫反击战、"文化大革命"、改革开放 40 多年来西藏的社会历史进程。这部作品从人性的深处下手,直抵灵魂的彼岸,作品写的是惊心动魄的历史巨变,笔下呈现的却是尘世的悲欢与心灵的映现,展现的是现世的无常与灵魂的救赎。他的创作在一定程度上接通了与西藏传统文学的联系,有着深刻的宗教内涵,同时也展现出对普世价值的追求。宗教救赎和慈悲关怀是他作品的底色,也成为人物活动的灵魂,在精神层次上凸显了藏文化的特色,这是他作品独具魅力的一个重要原因。次仁罗布的创作也显现了对文学创作的多维度思考与追求。刘再复曾经谈到中国文学只有"国家、社会、历史"的维度,而缺少三个维度:第一个是叩问存在意义的维度;第二个是超验的维度,就是和神对话的维度,缺乏神秘感和死亡象征;第三个是自然的维度,即外向自然和生命自然。① 可喜的是,在次仁罗布的作品中,我们可以看到一个有责任感的藏族作家对民族、对文学的执着精神以及在灵魂深处的担当意识,他的创作一直在竭力建构文学的多维度。对民族、文学、生命的担当精神以及多维度的追求与抒写,使得他的作品具有一种精神上的厚度。此外,次仁罗布十分注重作品的艺术创新。谢有顺认为"二十一世纪的文学道路,唯有在二十世纪的叙事遗产的基础上继续往前走,继续寻找新的讲故事的方式,它才能获得自己的存在理由。"② 在次仁罗布的创作中,我们看到了他在精神探索的同时,在叙事艺术上也进行了孜孜不倦的努力。他总是在寻找变化和前进的可能,寻找新的突破点,为自己建立新的

---

① 转引自谢有顺《从密室到旷野——中国当代文学的精神转型》,海峡文艺出版社 2010 年版,第 57 页。

② 谢有顺:《从密室到旷野——中国当代文学的精神转型》,海峡文艺出版社 2010 年版,第 26 页。

写作难度。他的作品风格是多变的，既有沉郁悲美的现实之作，又有充满生命质感的象征之作，他的创作总能达到物质写实与精神抽象之间的平衡。而正是这种具有精神底蕴的大气象，使得他的创作呈现出不同凡响的气质。次仁罗布的创作在精神的多维度建构和叙事艺术上的探索与追求使他的创作为我们带来别样的审美感受，也给西藏文学的发展提供了可供借鉴的经验。

新世纪以来，执着创作的班丹著有小说《废都，河流不再宁静》《走进荒原》《阳光背后是月光》《星辰不知为谁陨灭》《阳光下的低吟》《面对死亡，你还要歌唱吗》《寻找龙宝》等。班丹是一位不断寻求艺术创新的作家，他的创作擅长对人物心灵进行刻画，在语言和文学意境上寻找新的着力点。班丹将自己对文学的忠诚诉于笔下，从他的创作中，我们可以看到西藏文学前进的坚实步伐。

郎顿·罗布次仁是近些年来较有潜力的一位作家，他著有《夏日无痕》《转经路上》《清晨》《西藏的山》《远村》《葡萄树上的蓝月亮》等短篇小说。他的《远村》在传统和现代、宗教与现代文明的冲突对抗中展现了对藏族现代化进程的思考。从郎顿·罗布次仁的小说中可以看到他对历史和现实有着独特的思考，深厚的传统文化积淀使得他的创作显现出强大的后劲。

格央在 2004 年出版了长篇小说《让爱慢慢永恒》。格央的创作因其对女性心理的敏锐把握以及对藏域风情的描写而显现出独特的魅力。作为一名雪域高原的女儿，格央的创作立足于藏文化土壤，具有浓郁的藏地民俗文化色彩和强烈的宗教意味。

白玛娜珍在新世纪后显示了较强的创作活力，她的长篇小说《拉萨红尘》和《复活的度母》表现了女性在现实生活中的困境和突围，以及最终迷失自我的困顿与无奈，呈现了高原女性幽闭的灵魂，透露出了强烈的女性意识和民族意识。

尼玛潘多的长篇小说《紫青稞》是一部描写广阔社会生活面，对本民族女性的生存状态进行探寻和思考，充满历史厚重感和鲜明女性意识的优秀之作。这部作品关注民族生存的现实，反映藏族女性在现代化进程中所经历的时代风雨，展现了传统文化对藏族女性生存的规定与制约，写出了在历史嬗变过程中藏族女性的生存状态及女性主体意识日益加强的过程。其对普村、森格村、嘎东县城及拉萨生活的描写，呈现了从农村到城市的广阔的世俗生活画卷。

第三节　当代卫藏地区文学创作版图

序号	作家	籍贯	长期工作、生活的地方	代表作品	备注（获奖情况及其他）
1	擦珠·阿旺洛桑（1880—1957）	西藏日喀则	西藏拉萨	抒情诗《金桥玉带》	藏语创作
2	恰白·次旦平措（1922—2013）	西藏拉孜	西藏拉萨	文集《恰白·次旦平措学术论文集》《冬之西藏》等，短诗《冬季的高原》，组诗《拉萨欢歌》	藏语创作。诗歌《冬季的高原》获第一届全国少数民族文学创作奖
3	斋林·旺多（1934— ）	西藏江孜	西藏拉萨	长篇小说《斋苏府秘闻》	藏语创作。《斋苏府秘闻》获1997年《西藏文艺》编辑部"隆达杯"奖、1999年获西藏作协第二届西藏新世纪文学奖、2001年获第四届珠穆朗玛文学艺术奖、2005年获第二届全国"岗坚杯"藏文文学创作奖
4	赤烈曲扎（1939— ）	西藏拉萨	西藏拉萨	散文集《西藏风土志》	—
5	益西单增（1941— ）	西藏阿里	西藏拉萨	长篇小说《幸存的人》《迷茫的大地》《菩萨的圣地》	长篇小说《幸存的人》获第一届全国少数民族文学创作奖、西藏自治区优秀创作奖

续上表

序号	作家	籍贯	长期工作、生活的地方	代表作品	备注（获奖情况及其他）
6	朗顿·班觉（1941— ）	西藏拉萨	西藏拉萨	短篇小说《花园里的风波》，长篇小说《绿松石》，诗歌《颂文学之春》	藏语创作。短篇小说《花园里的风波》获第一届全国少数民族文学创作奖；《绿松石》获第四届全国少数民族文学创作奖、珠穆朗玛文学艺术奖；诗歌《颂文学之春》于1986年获五省区藏族文学创作诗歌一等奖
7	塔热·次仁玉珍（1943— ）	西藏八宿	西藏那曲、西藏拉萨	散文集《我和羌塘草原》，民间故事集辑《藏北民间故事》	1995年获珠穆朗玛文学艺术奖
8	伦珠朗杰（1944— ）	西藏拉萨	西藏拉萨	诗集《蜜蜂乐园》	藏语创作。获第五届全国少数民族文学创作奖
9	丹增（1946— ）	西藏比如	西藏、云南、北京	小说《神的恩惠》，半自传体作品集《小沙弥》，散文集《我的高僧表哥》	小说《神的恩惠》获中国优秀短篇小说奖；报告文学《太平洋风涛》获亚洲华人文学奖；散文《童年的梦》获十月文学奖
10	次多（1950— ）	西藏拉萨	西藏拉萨	散文集《母亲的恩情》（藏文），藏译汉长篇小说《绿松石》	藏语创作。获第四届全国少数民族优秀文学翻译奖、第二届珠穆朗玛文学艺术奖等

续上表

序号	作家	籍贯	长期工作、生活的地方	代表作品	备注（获奖情况及其他）
11	色波（1956— ）	四川巴塘	西藏墨脱、西藏拉萨	小说集《圆形日子》《风马之耀》（合著）	《圆形日子》获第四届全国少数民族文学创作奖
12	加央西热（1957—2004）	西藏班戈	西藏那曲、西藏拉萨	组诗《灵魂的独白》《盐湖》《草原人》《童年》，长诗《寻找驮牛群》，报告文学《西藏最后的驮队》，中篇小说《悠悠诵经声》	《西藏最后的驮队》获第三届中国报告文学奖、第三届鲁迅文学奖
13	克珠（1957— ）	西藏扎囊	西藏山南	诗集《诗歌集》《四季农耕法》，长篇小说《森岭之战》	藏语创作。长篇小说《森岭之战》获第六届珠穆朗玛文学艺术奖
14	平措扎西（1959— ）	西藏日喀则	西藏拉萨	小说《"乳头"酒馆的客人》《风筝·岁月和往事》《斯曲和她五个孩子的父亲们》《河边》，散文集《西藏古风》（藏文）、《世俗西藏》《寻寂》（汉文）	藏汉双语创作。1995年获西藏十年文学成就奖；散文《西藏古风》（藏文）获第十届全国少数民族文学创作骏马奖

续上表

序号	作家	籍贯	长期工作、生活的地方	代表作品	备注（获奖情况及其他）
15	扎西达娃（1959—）	四川巴塘	西藏拉萨	长篇小说《骚动的香巴拉》，中短篇小说集《西藏，系在皮绳结上的魂》《风马之耀》（合著）、《西藏，隐秘岁月》，长篇游记《古海蓝经幡》	短篇小说《江那边》获第二届全国少数民族文学创作奖；中短篇小说集《西藏，系在皮绳扣上的魂》获第三届全国少数民族文学创作奖；中短篇小说集《世纪之邀》获第四届全国少数民族文学创作奖；短篇小说《西藏，系在皮绳结上的魂》获第八届全国优秀短篇小说奖，1994年获中国作家协会庄重文文学奖
16	克珠群佩（定真桑）（1959—）	西藏扎囊	陕西咸阳、西藏拉萨	中短篇小说集《命运的抉择》（藏文），长篇小说《风雪布达拉》（合著）	藏汉双语创作。短篇小说《星星请别讥笑我》（汉文）于1985年获五省区藏族文学创作二等奖
17	伍金多吉（1961—）	西藏扎囊	西藏山南	诗集《雪域故事》《高原风》《雪域抒怀》	藏语创作。1994年获自治区藏文文学特等奖；1995年获西藏十年文学成就奖；诗集《雪域抒怀》获第九届全国少数民族文学创作骏马奖
18	班丹（1961—）	西藏曲水	西藏拉萨	中短篇小说集《微风拂过的日子》	短篇小说《刀》获西藏第六届新世纪文学奖；藏译汉作品《斯曲和她五个孩子的父亲们》获第五届珠穆朗玛文学艺术奖

续上表

序号	作家	籍贯	长期工作、生活的地方	代表作品	备注（获奖情况及其他）
19	岗朵次仁（1961—2012年）	西藏定结	西藏日喀则	短篇小说《大前门》《星期六的晚上》《悲与喜》《格桑姑娘和她的铜瓢》	藏语创作。短篇小说《悲与喜》获五省区藏文文学创作奖
20	白拉（1961— ）	西藏拉萨	西藏拉萨	诗集《最初的印象》，报告文学《他的青春》	藏语创作。1995年获首届西藏文学十年成就奖
21	吉米平阶（1962— ）	四川巴塘	北京、西藏拉萨	长篇小说《浮在天堂下面》，中短篇小说集《北京藏人》，散文集《寻找朗·萨雯波》，长篇纪实文学《叶巴纪事》	小说《虹化》获2016年《民族文学》年度小说奖
22	扎西班典（1962— ）	西藏仁布	西藏拉萨	短篇小说集《明天的天气会比今天好》，长篇小说《普通人家的岁月》，中篇小说集《琴弦上的魂》	藏语创作。长篇小说《普通人家的岁月》获西藏自治区第二届珠峰文学艺术奖；短篇小说《次仁老汉的误会》在1983年和1985年分别获得西藏自治区新时期首届文学奖和五省区新时期藏族文学创作奖；小说集《琴弦上的魂》获第七届全国少数民族文学创作骏马奖

续上表

序号	作家	籍贯	长期工作、生活的地方	代表作品	备注（获奖情况及其他）
23	次仁央吉（1962— ）	西藏日喀则	西藏拉萨	中短篇小说集《山峰云朵》，长篇小说《花与梦》	藏语创作。短篇小说《山峰云朵》获第二届全国藏文文学创作奖；中短篇小说集《山峰云朵》获第九届全国少数民族文学创作骏马奖；短篇小说《褪色的青苗》获第三届章恰尔文学奖
24	旦巴亚尔杰（1962— ）	西藏那曲	西藏拉萨	小说集《羌塘美景》，长篇小说《遥远的帐篷》《昨天的部落》	藏语创作。长篇小说《遥远的帐篷》2001年获第三届西藏新世纪文学奖；《昨天的部落》获第十一届全国少数民族文学创作骏马奖
25	央珍（1963—2017年）	西藏拉萨	西藏拉萨、北京	短篇小说《卍字的边缘》，长篇小说《无性别的神》	短篇小说《卍字的边缘》获第三届全国少数民族文学创作奖；1995年获西藏十年文学成就奖；长篇小说《无性别的神》获第五届全国少数民族文学创作奖
26	通嘎（1964— ）	西藏拉萨	西藏拉萨	短篇小说《天葬生涯》《你在呓语，那不是歌谣——关于色仁的三个故事》	—

续上表

序号	作家	籍贯	长期工作、生活的地方	代表作品	备注（获奖情况及其他）
27	次仁罗布（1965— ）	西藏拉萨	西藏拉萨	短篇小说集《放生羊》《界》《强盗酒馆》，长篇小说《祭语风中》，儿童文学《雪域童年》系列，长篇报告文学《废墟上的涅槃》	小说《杀手》获第五届珠穆朗玛文学艺术奖；《界》获西藏第五届新世纪文学奖；《放生羊》获第五届鲁迅文学奖；小说《神授》获《民族文学》2011年年度奖；小说《八廓街》获《黄河文学》双年奖；长篇小说《祭语风中》获第五届汉语文学女性评委奖大奖；获第四届唐蕃古道文学奖；散文《就这样被牵绊》获《广西文学》2019年度优秀作品奖；小说《红尘慈悲》获第六届汪曾祺文学奖；《我的汉族爷爷》获首届青稞文学奖
28	索穷（1965— ）	西藏阿里	西藏拉萨	短篇小说《走天涯》《九道班一夜》	—
29	次仁郎公（1965— ）	西藏巴青	西藏那曲	短篇小说《鲁姆措》《草原悲曲》，报告文学《岗仁布钦下的伟业》	藏语创作。《次仁郎公短篇小说集》获珠穆朗玛文学艺术奖；中篇小说《阴天阴地》获全国"岗坚杯"文学奖
30	强巴旦增（1965— ）	西藏措美	西藏山南	诗集《雅砻画眉鸟之妙音》《香波神韵》	藏语创作

续上表

序号	作家	籍贯	长期工作、生活的地方	代表作品	备注（获奖情况及其他）
31	白玛娜珍（1967— ）	西藏拉萨	西藏拉萨	诗集《在心灵的天际》《金汁》，散文集《生命的颜色》《西藏的月光》，长篇小说《拉萨红尘》《复活的度母》	获西藏文学十年成就奖；《复活的度母》获第五届珠穆朗玛文学艺术奖
32	普桑占堆（1967— ）	西藏隆子	西藏山南	短篇小说《格林村的鹞鹰》，中篇小说《雪山栅栏里的人们》	藏语创作
33	普布次仁（1967— ）	西藏亚东	西藏日喀则	散文小说合集《姑娘和草原的故事》，中短篇小说集《乡村往事》，长篇小说《年轮》《飘落的石子带》	藏语创作。长篇小说《年轮》获雅鲁藏布文艺奖
34	尼玛顿珠（1970— ）	西藏江孜	西藏日喀则	中短篇小说集《拉萨梦》，儿童长篇小说《学生云旦与家长顿珠》	藏语创作。儿童长篇小说《学生云旦与家长顿珠》是第一部用藏文创作的反映当下儿童生活的长篇小说
35	尼玛潘多（1971— ）	西藏日喀则	西藏拉萨	长篇小说《紫青稞》，短篇小说《晒太阳》《羊倌玛尔琼》《琼珠的心事》	长篇小说《紫青稞》获第六届珠穆朗玛文学艺术奖

续上表

序号	作家	籍贯	长期工作、生活的地方	代表作品	备注（获奖情况及其他）
36	朗顿·罗布次仁（1971— ）	西藏拉萨	西藏拉萨	中篇小说《夏日无痕》《远村》《冬虫夏草》，短篇小说《转经路上》《清晨》	中篇小说《远村》获西藏第四届新世纪文学奖；短篇小说《葡萄树上的蓝月亮》获第五届汉语文学女评委奖
37	白玛玉珍（1972— ）	西藏拉萨	西藏拉萨	散文集《欢乐的高原》	散文《打开母亲的故事》获西藏第四届新世纪文学奖
38	格央（1972— ）	西藏拉萨	西藏拉萨	小说散文合集《西藏的女儿》《雪域的女儿》，长篇小说《让爱慢慢永恒》	短篇小说《小镇故事》获西藏首届新世纪文学奖
39	白玛央金（1974— ）	西藏隆子	西藏山南	诗集《滴雨的松石》	获西藏山南雅砻文学艺术奖、首届吐蕃诗人奖
40	琼吉（1977— ）	西藏日喀则	西藏拉萨	诗集《拉萨女神》	获第七届西藏新世纪文学奖
41	普布塔杰（1978— ）	西藏康马	西藏日喀则	中短篇小说集《山村故事》	藏语创作。中篇小说《纯洁的爱情》获第四届西藏新世纪文学奖、第五届珠穆朗玛文学艺术奖

续上表

序号	作家	籍贯	长期工作、生活的地方	代表作品	备注（获奖情况及其他）
42	嘎玛旺扎（1979— ）	西藏山南	西藏山南	诗集《绿色之梦》	藏语创作
43	鹰萨·罗布次仁（1979— ）	西藏山南	西藏拉萨	长篇报告文学《西藏的孩子》	长篇报告文学《西藏的孩子》获第十届全国少数民族文学创作骏马奖
44	拉央罗布（1980— ）	西藏拉萨	西藏拉萨	散文《日夜思念的草原》	藏语创作。散文《日夜思念的草原》获西藏第八届新世纪文学奖
45	艾·尼玛次仁（1981— ）	西藏曲松	西藏山南	中短篇小说集《石头和生命》，长篇小说《天眼石之泪》	藏语创作。小说《小僧侣和他的青春》获西藏第七届新世纪文学奖；小说《庙外生计》获第八届章恰尔新人新作奖
46	吉普·次旦央珍（1981— ）	西藏拉萨	西藏拉萨	散文集《笑忘拉萨》	—
47	多杰次仁（1981— ）	西藏曲松	西藏山南	短篇小说《狮子次仁》	藏语创作。短篇小说《狮子次仁》获第六届西藏新世纪文学奖
48	沙冒智化（1984— ）	甘肃卓尼	西藏拉萨	散文集《担心》，诗集《梦之光斋》《厨房私语》《光的纽扣》	藏汉双语创作。获第三届达赛尔文学奖，首届吐蕃诗人奖，2020年意大利金笔国际文学奖外国文学卓越奖
49	旦增尼玛（1984— ）	西藏拉萨	西藏拉萨	长篇小说《青春不是梦》	藏语创作

续上表

序号	作家	籍贯	长期工作、生活的地方	代表作品	备注（获奖情况及其他）
50	朗嘎扎西（1987— ）	西藏山南	西藏日喀则	中短篇小说集《变异鸡蛋》，藏译汉《传说》	藏语创作。短篇小说《老树》获达赛尔文学奖；短篇小说《松石》获《西藏文艺》双年奖（2017—2018）；翻译作品《葡萄树上的蓝月亮》获《民族文学（藏文版）》2018年年度翻译奖；中短篇《变异鸡蛋》获日喀则市第一届雅鲁藏布文学艺术奖
51	次吉拉姆（1987— ）	西藏拉萨	西藏拉萨	诗集《藏家姑娘》	—
52	洛桑更才（1990— ）	西藏曲松	西藏拉萨	诗集《流浪的八廓》	—

注：以出生时间为序，所列作家是在藏族文坛有一定知名度，或者是有作品集出版的作家。此外，除标明藏语创作作家和双语创作作家外，其余的是主要以汉语进行文学创作的作家。

第四章 底蕴深厚的卫藏文学（一）
——汉语文学创作

第一节 藏地文化的探询与反思
——扎西达娃的创作

扎西达娃是20世纪80年代西藏文坛最具代表性的一位作家。著名作家马丽华曾经这样赞誉扎西达娃："扎西达娃，一个被文坛肯定的名字。博览西藏小说群，无疑扎西达娃是最好的。他与80年代一起出现在西藏文坛，从此一路领先，身旁身后总有一群同路者和追随者。由于他在西藏新小说领域的特别贡献，他成为一面旗帜。"① 身处80年代西藏文学阵营的马丽华对扎西达娃的评价无疑是十分中肯的。

扎西达娃在文坛上崛起正值20世纪80年代，此时的中国正处于一个变革的时代，国外的各种文艺思潮被大量引进。在此背景下，重新认识和评价传统文化成为寻求中国文学发展的必行之路，于是当代文学在80年代中期较集中地出现了"文化寻根"的倾向。寻根文学的产生，与外来文化的影响和冲击密切相关，但在整体氛围上，对寻根文学影响最大的当推拉美魔幻现实主义。马尔克斯的《百年孤独》虚构了一个村镇马孔多，通过对布恩迪亚家族命运的描写，反映了哥伦比亚乃至整个拉丁美洲的历史，整部小说浸淫着浓重的孤独意识和忧患情怀，也有着难以摆脱的荒诞和沉重之感。《百年孤独》以其形式和内容的震撼性强烈地撞击了寻根作

---

① 马丽华：《雪域文化与西藏文学》，湖南教育出版社1998年版，第129页。

家的心灵，契合了他们以现代的眼光去重新审视民族历史和现实、探查民族传统文化的强烈愿望。由于地域和文化因素等方面的相似性，西藏自然成了接受拉美魔幻现实主义最理想的文化土壤。因此，当拉美的苦难和孤独以文学的方式震动世界并引起中国内地作家的强烈反响时，在偏隅之地的藏族作家也感受到强烈的冲击和共鸣，扎西达娃在马尔克斯这儿找到了突破口，无论是在作品的艺术表现还是在对民族传统文化和宗教的反思上，扎西达娃都深刻地受到了马尔克斯的影响。

> 你在哺育了自己的大地上，重新找回了失落的梦想，这使你吓了一跳。你感到脚底下的阵阵颤动正是无数的英魂在地下不甘沉默的躁动，你在家乡的每一棵古老的树下和每一块荒漠的石头缝里，在永恒的大山与河流中看见了先祖的幽灵、巫师的舞蹈，从远古的神话故事和世代相传的歌谣中，从每一个古朴的风俗记仪（忆）中看见了先祖们在神与魔鬼、人类与大自然之间为寻找自身的一个恰当的位置所付出的代价。就这样，脑袋"吱——"的一声。你开窍了，你的自信来了，你的激情来了，你的灵感来了，你开始动笔了。①

在民族文化的感召下，扎西达娃把自己民族的苦难、孤独以及漫漫长路上的艰难探索都倾注于笔端，以知识分子的姿态展现了自己对民族历史和文化的探询。对民族文化的深刻挖掘与反省以及在艺术形式上的探求创新，使得以他为旗手的西藏当代汉语文学焕发出独特的魅力，由此不再只是对内地文学的现实主义审美规范的简单趋同，借助拉美魔幻现实主义，西藏文学实现了精神上的独立和形式上的超越。扎西达娃的一系列作品闪烁着神奇的光芒，他将神话与现实、宗教传统与风土民情糅合在一起，创造了一种似真似幻的略带神秘的具有魔幻色彩的藏族生活图景。其创作立足于民族文化土壤，以独特的感受、批判的眼光审视藏族的发展历程，剖析了民族精神上的痼疾，反思了宗教传统存在的现实性意义。

独特的地域风貌和深厚的宗教文化背景使得扎西达娃的创作独具魅力。与同时代的其他汉族作家相比，扎西达娃在整体创作观念和叙事手法上，对魔幻现实主义的运用显得更为自如。这一方面与他个人敏锐的文学

---

① 扎西达娃：《你的世界》，载《文学自由谈》1987年第3期。

触觉有着很大的关系，另一方面，他所处的文化土壤也是其成功的有利因素。高寒缺氧的气候、蓝天白云的胜景、深厚的宗教文化氛围，使得青藏高原至今在外人的眼里仍有着难以言述的神秘感。悠远的历史、古老的神话传说、神秘的宗教氛围使西藏社会披上了如梦似幻的色彩，特别是万物有灵和轮回转世的观念深深刻在藏族的灵魂里，展现在宗教仪轨和日常生活之中，这使得西藏的世俗生活也充满了魔幻意味。与内地相比，西藏与拉美在地理环境、历史发展和文化观念等方面的相似性使得扎西达娃在接受拉美魔幻现实主义影响时显得更为洒脱自如。扎西达娃在其《系在皮绳扣上的魂》中这样写道：

  现在很少能听到那首唱的很迟钝、淳朴的秘鲁民歌《山鹰》。我在自己的录音带里保存了下来。每次播放出来，我眼前便看见高原的山谷。乱石缝里窜出的羊群。山脚下被分割成小块的田地。稀疏的庄稼。溪水边的水磨房。石头砌成的低矮的农舍。负重的山民。系在牛颈上的铜铃。寂寞的小旋风。耀眼的阳光。

  这些景致并非在秘鲁安第斯山脉下的中部高原，而是在西藏南部的帕布乃冈山区……①

  西藏的自然地理与拉美的山地有着很大的相似之处，这为扎西达娃的魔幻现实主义提供了丰沃的土壤。由于地理气候等各方面原因，西藏长期处在封闭与落后状态，和平解放与社会主义民主改革使西藏直接从农奴制社会过渡到社会主义社会，整个社会状况有了翻天覆地的变化，但传统的观念和长久的宗教信仰在藏族生活中打下了深深的烙印。这和拉丁美洲的状况有一些相似之处："古代的和现代的、过去的和未来的交织在一起，现代化的科学技术和封建残余结合在一处，史前状态和乌托邦共生共存。在现代化的城市里，高耸入云的摩天大楼与印地安人原始集市为邻，一边是电气化，一边是巫师叫卖护身符。"② 敏锐的扎西达娃在马尔克斯这儿找到了突破口，以魔幻的手法展现了自己对藏族历史和宗教文化的探询与反思。就如张清华所论："扎西达娃没有和这个年份中的一些寻根作家一

---

① 扎西达娃：《扎西达娃小说集》，中华书局2001年版，第3页。
② 陈光孚：《魔幻现实主义》，花城出版社1987年版，第22—23页。

样把'文化寻根'看做是一个用边缘文化'颠覆'正统文化的过程……他不是一般地'反思'其民族的历史和文化，也不是简单地夸饰和推崇，他是怀着深深的宿命感来理解他的民族的。"① 扎西达娃以精英知识分子的姿态对其民族的现实和历史进行深刻的反思，探讨民族前行之路，这使得困惑与救赎鲜明地呈现在他的作品之中。

《系在皮绳扣上的魂》是扎西达娃最具代表性的作品，也是孕育在雪域大地上的魔幻现实主义的经典之作。作品写了在马蹄和铜铃单调的节奏声中长大的婧跟着从远方来的虔诚的圣徒塔贝踏上了离家出走的路，与过往的孤独和寂寞作别，去寻觅那遥远而又神秘的人间净土——香巴拉。挂在腰上的108个皮绳扣结记下了她与塔贝在寻觅的过程中的风餐露宿及虔诚膜拜，但是，香巴拉始终遥遥无期，疲倦困乏的婧没能抵御现代生活方式的诱惑，不愿跟随塔贝继续踏上求索之途。她留在了甲村，要享受世俗的安宁和幸福。但是，婧最终无法摆脱对塔贝的依赖，又回到了塔贝的身边，与他同去寻找那藏在莲花生大师纵横交错的掌纹里的路。最终，塔贝死在了莲花生大师纵横交错的掌纹里，其临终前听到的声音也并不是神的召唤，而是第二十三届奥林匹克运动会向全世界发出的文明的声音。作品最后写"我"穿越时空，进入虚构的世界，要中断塔贝的追寻之旅，在其弥留之际告诉他，他所听到的声音并不是神的启示。面对经历了苦难的历程后无依无靠的婧，"我"打算把她塑造成一个新人。作品结尾"我代替了塔贝，婧跟在我后面，我们一起往回走。时间又从头开始算起"②。在现代文明和理性精神的烛照下，面对宗教传统和虔诚的信仰之途，扎西达娃有着深深的困惑和质疑，他用文学的方式对民族历史和宗教传统进行了深刻的反思，探讨宗教和传统文化在现代文明的侵袭下所面临的困境和出路。

扎西达娃对民族历史的反思是充满困惑、矛盾与痛苦的。现代文明与古老宗教信仰的冲突是雪域大地上的人们在现代化进程中必然面临的精神困惑，也是一个有民族责任感的作家在写作时难以绕过的壁垒。他鲜明地看到现代文明对藏族社会的冲击，作品中，塔贝是被象征现代化的机器——拖拉机撞伤而死亡，塔贝临终前以为听到的神的声音不过是奥林匹

---

① 张清华：《从这个人开始——追论1985年的扎西达娃》，载《南方文坛》2004年第2期。
② 扎西达娃：《扎西达娃小说集》，中华书局2001年版，第21页。

克运动会通过卫星向全球直播的声音，从这些可以看到扎西达娃对于藏族宗教信仰的反思。

在《西藏，隐秘岁月》中，次仁吉姆在母亲怀孕两个月时就出生，其出生时天降甘露，天边出现吉祥的彩虹，两岁时就显示出与凡人不同的迹象：在地上画生死轮回的图腾，刚会走路就会跳格鲁派金刚神舞，在沙地上踩出的脚印是天空的星宿排列图。但她的右脸被英军上尉吻了一下之后便红肿流脓，显示在她身上的种种诸神化身的神迹也消失殆尽。这其实是西方势力的入侵对宗教神性的毁灭的象征，对现代文明的理性认同与对西藏宗教的困惑迷茫如影随形地交织在他的作品之中。

在现代文明的不断冲击下，当现代科技日渐主导人们的生活、世俗的享乐不断冲击虔诚的苦修时，虚无缥缈的神又将居于何处？所以在作品中，嫁被计算器、音乐、啤酒和迪斯科所代表的世俗生活所吸引，试图离开塔贝。但正如嫁所言"他把我的心摘去系在自己的腰上，离开他我准活不了"①，所以嫁最终又回到塔贝身边。西藏传统宗教文化虽然受现代文明冲击，但却永远是民族之魂，是藏族人民难以抛弃的灵魂之念。108颗佛珠、108个绳结象征着虔诚的宗教信仰，也象征着藏族人所走过的漫长岁月。

长期贫穷落后的西藏肯定要走向现代，必然要向现代文明靠拢，这是无法阻止的，但藏族人民千百年来对宗教的信仰永远不会消逝。尽管在宗教和科学之间，扎西达娃有着清醒的理性思考，但作为一个藏人，对民族文化之根的困惑与追寻，让他的作品有着一种穿越历史的痛楚之感。他从骨子里对传统宗教文化充满依恋，但在现代文明的烛照下，反观并表现西藏历史与现实生活时，却很容易发现其中的荒谬，所以扎西达娃陷入了两难处境。在《西藏，隐秘岁月》中，次仁吉姆和达朗从小就互相爱慕，原本等待父母去世后便和达朗结合，但被冥冥的命运安排剃发为尼以供奉岩洞中的神秘大师，达朗后来离开了廓康，只能在哲拉山顶与次仁吉姆遥遥相望。次仁吉姆拒绝了世俗的爱，为了供奉岩洞中的修行者，在多年的时间里，销蚀青春和爱情，虔诚而又迷惘无望地度过了自己的人生。虽然在这个过程中她也曾有怀疑，但还是选择终其一生都生活在这种孤寂的信仰之中。小说呈现了宗教信仰的虚无与荒谬以及对人性的钳制，扎西达娃无

---

① 扎西达娃：《扎西达娃小说集》，中华书局2001年版，第19页。

疑对宗教是有深刻的质疑和反思的。但在作品最后，岩洞中已成化石的修行者在接受过西式高等教育的小次仁吉姆面前现身并向她昭示，指出108颗佛珠"上面每一颗就是一段岁月，每一颗就是次仁吉姆，次仁吉姆就是每一个女人"①。历史的喧嚣都如过眼烟云，似乎唯有宗教信仰和那贯穿在血液中的民族之魂才是永恒的。扎西达娃在历史变迁中既看到了宗教的荒诞，也看到了民族文化的传承，但在内心深处，他又无法割舍这种深藏在骨髓中的民族宗教心理。

扎西达娃对民族之魂的追寻显得极为执着，在《泛音》中，次巴认为民乐团的演出不一定代表着真正的藏族音乐。他探寻着民族音乐之魂，在闹市中，他被一个康巴老艺人的胡琴声迷住了，恍惚中以为是"先祖的声音"。他要寻找一种发自灵魂深处的呼喊，但苦寻无果。执着的次巴选择加入老艺人所栖身的流浪部落，去寻找那个声音发出的源头，但是否能找到，谁也不知道。作品最后这样写道：

> 旦朗在营地里，在"先祖声音"的召唤中，漆黑的眼睛前出现了一堆白骨，那上面有许多黑麻麻的东西，起先他以为是自己用铅笔写成的音符，当那堆白骨推在他眼前时，他才看清那上面全是些他无法理解的神秘的符号。这个时候，他的全部身心突然感到自己如同一位虔诚的教徒，在神明面前接受一个伟大深奥的教义，不由双腿一软，跪倒在地。②

次巴的寻找无疑展现出扎西达娃深刻的思考。永远的救赎之路到底在哪里？作者是犹疑的，但他深知宗教精神和传统文化在藏族的心灵中有着根深蒂固的影响，这一点在他的作品中有着鲜明的映现。长篇小说《骚动的香巴拉》仍然以魔幻之笔书写西藏社会制度的变迁和传统文明的渐趋失落所引起的精神危机。作品以1959年西藏民主改革和"文革"10年为时代背景，通过凯西家族的历史变迁，以及凯西公社普通人的命运遭遇，展现了社会制度的变革所带来的一系列变化，既有着对政治变迁和权力斗争的深刻思考，也写出了藏族传统文化的渐次失落以及宗教信仰的衰落所引起

---

① 扎西达娃：《扎西达娃小说集》，中华书局2001年版，第398页。
② 扎西达娃：《西藏隐秘岁月》，长江文艺出版社2001年版，第233页。

的精神上的危机。敏锐的扎西达娃捕捉到藏族身处现代文明与传统文化、宗教信仰与科学理性的矛盾交织时期的人们精神上的困惑和骚动。在经历了困惑和灵魂的煎熬后，他将救赎的希望寄托在宗教上。他在作品最后这样描写藏历正月十五拉萨盛大的宗教节日：

> 但是仍然需要一个无形的替身来载负其人世间的苦难，并将各种苦难带到远远的地方去，人们从嘴里呐喊出一声"神必胜！"的呼唤，苦难也就从他们心中抹去一分。在危机四伏、充满忧伤和各种不幸的孤独的地球上，西藏人从来没有绝望过，他们怀着雍容的气度和朝气蓬勃的乐观主义精神蔑视着西方的文明的人类创造出的一堆垃圾。在欢乐的赞美声中，人类的未来佛被抬出来了，它叫弥勒佛，藏语称强巴佛，它是继释迦牟尼之后的第六位佛。①

对宗教传统的难以舍弃与求神庇护的虔诚跃然纸上。他试图以对民族宗教文化的坚守来消解和抗衡历史的疮痍，并期冀以此作为现代文明侵袭下灵魂救赎的依托。面对藏族必然前行的现代之路，扎西达娃的探求之途无疑是孤独而艰难的。他对宗教有质疑，更有难舍的依恋。他清晰地知道他的民族背负着因袭的重担，但并没有失去信心，正如《系在皮绳扣上的魂》中的"我"一样，依然带着忧患、使命、信心向着未来之路探索。因此，评论家张军这样认为："扎西达娃通过如魔的想象，是在现实与对杂乱无章的现象进行透视之间架起了一座桥梁。在这里想象的最终指向仍然是现实，但它终归是寓言化、象征化、甚至神化的现实，而且这种现实更多的是同现实中生活的人的心理，尤其是人的精神困惑相关。"② 扎西达娃关注到一个民族在特定时期的困惑和忧虑，他的作品因对藏族宗教信仰的理性反思而显得清醒而深刻，也因对民族历史发展的不懈探求而带有厚重的历史质感。他的作品有对现实的触摸，有广阔的历史深度和刻入骨里的思索，从这一点来说，扎西达娃无愧是20世纪80年代藏族文学的代言人。

---

① 扎西达娃：《骚动的香巴拉》，作家出版社1993年版，第383—384页。
② 张军：《如魔的世界——论当代西藏小说》，见《西藏新小说》，西藏人民出版社1989年版，第450页。

第二节　生存本相的哲理探求
——色波的创作

在 20 世纪 80 年代的西藏作家中，色波和扎西达娃是较早开始借鉴域外文学经验进行新小说实验的作家。色波的作品并不重视故事情节的营造，而是以冷静的文字把世俗真实的西藏呈现在读者的面前。在其作品中，没有凡世的喧嚣和温情暖意，也没有大的历史的风云动荡，更没有神秘的魔幻，而是重在从精神层次上对个体的孤独处境进行描写，对人与人之间不能彼此沟通进行刻画。蕴藏在其文本之下的是对个体生命意义和人之生存本相的哲理探讨，特别是对普通人生存困境的挖掘和展现，使他的作品具有普世的人文关怀和哲理意蕴。

1975 年，色波在内地上完大学即被分配到十分偏远且交通极为不便的墨脱行医，在这里，他开始了小说创作。《海螺号响了》于 1979 年写成，1982 年发表在《西藏文艺》第 2 期上，小说描写门巴族地区在新形势下崭新的变化，指出农民只有靠勤劳致富才能带来美好的生活。接着，在《西藏文艺》1982 年第 3 期上，色波又发表了一篇门巴族题材的短篇小说《乌姬勇巴》，继续歌颂党的政策给农民带来的美好生活。这些早期作品在题材和意旨上，可以说是对 20 世纪五六十年代现实主义主题的继承。然而，色波并不满意自己的早期创作，认为那仅是试笔而已。在他被调到拉萨后的一段时间里，正值西方各种文艺思潮传到中国之际，色波如饥似渴地阅读西方作家的创作，对西方现代派技巧表现出浓厚的兴趣。他说："外国现当代作家那种不断挑战人类极限创造力的写作冒险，是我最终决定改行写小说的重要因素。"[①] 因为对文学艺术创作的强烈爱好，1983 年，色波弃医从文，先后在《拉萨河》《西藏文学》杂志社担任编辑，1989 年调入西藏作家协会任副秘书长。色波积极地实践自己的创作主张，他的小说显现出独特的魅力。

在小说创作方面，除早期的 3 篇小说之外，色波还著有发表在《西藏

---

① 色波：《遥远的记忆——答姚新勇博士问》，载《西藏文学》2006 年第 1 期。

文艺》《西藏文学》上的《传向远方》《竹笛·啜泣和梦》《幻鸣》《永不止息的河》《在这里上船》《昨天晚上下雨》《八月是个好季节》《星期三的故事》，以及发表于《收获》上的《圆形日子》等小说。从《传向远方》开始，色波就踏上了艺术探求之路。他不断地在结构、语言、叙事方式等方面进行大胆的探索，而正因为这样的探索与传统的现实主义手法有着很大的不同，所以这些作品在刚开始发表时就引起很大的争议，评论界的评论声音虽然相对有限，但也褒贬不一。

透过岁月的雾霭重新去回顾那段西藏文学发展的黄金时期，可以很鲜明地看到色波在西藏文坛上的独特意义。色波的小说具有很强的实验性。在内容上，他并不迎合读者对雪域西藏神奇浪漫的期望，也没有盛极一时的魔幻意味，他坚持自己独立的思考精神，执着地对个体生存困境进行探讨；在艺术上，他不断地创新图变，将现实生存困境与西藏宗教意蕴相联系，创造了独特的圆形叙事。深谙这一时期西藏文坛状况的评论者张军先生曾指出："如果说扎西达娃有一些马尔克斯式，那么色波则更为博尔赫斯化。他不太理会读者，他的小说更象是他对一些抽象概念的思索的艺术化产物……他的个人性远比扎西达娃浓郁，这倒并不是说他的个性特征一定比扎西达娃强烈。但他肯定比扎西达娃更难为人所理解。"① 他的创作从细微的感受出发，与灵魂对话，挖掘个体的生存困境，进行着出离西藏的思考。

首先，色波的作品对西藏现代生活的真实状态进行了描写，注重精神状态的刻画，揭示了深层次的人类孤独感。他将这种孤独感具象地形之于他的作品，在他的作品中可以看到对现实世界的疏离和浓厚的孤独意识。而这种孤独感是与色波的出身和经历分不开的。马丽华在《雪域文化与西藏文学》中写道："色波的出身和经历与众不同。他小时浪迹天涯，就有无根感；父母各自再成家，又有无家感；后来他自己又离婚又再婚（这其间有多少人间烦恼）；尚未怎样成年，发配般地去了与世隔绝的喜马拉雅南麓全中国唯一不通公路的墨脱县。先是当医生，把人的五脏六腑看个清楚，后来当作家，又把人的心理分析得透彻，还有什么比这糟糕的，只差看破红尘，索性出家了。"② 色波的这种经历，使得他对现实世界采取回

---

① 色波主编：《西藏新小说》，西藏人民出版社1989年版，第450页。
② 马丽华：《雪域文化与西藏文学》，湖南教育出版社1998年版，第126页。

避与疏离的态度，在作品中，他更多展现的是普世人类共同的生存困境。对此，张军在1989年就有过类似的表述："同是藏族作家，他不像扎西达娃那样怀着强烈的理解渴望去熟习自己的民族，他只是利用这个民族的生活现象来进行他的超越西藏的沉思。"① 这样一种对个体生存困境和孤独处境的描写无疑与西方现代主义文学普遍的精神命题相契合，就如波德莱尔、里尔克、卡夫卡、博尔赫斯等也都在他们的创作中表现了浓厚的孤独意识和对个体生存的荒谬之感。色波曾说自己受博尔赫斯的影响更多一些："我还从国外小说中读到了许多人类的共同经验和情感，这跟我们的教育中动辄强调中国与世界之间的差异完全不同。这至少意味着，我一方面可以对我感受到的西藏产生信赖，另一方面，利用西藏的特殊材料写出来的小说也可以不只是'西藏的'。"② 色波渴望用心灵来与读者拥抱，他要展现的是世俗西藏的普通人的生存状态，这里的人们和其他地方的人们一样有着生之孤独和无奈。在《传向远方》中，嘎嘎大叔的女儿离家出走，他十分思念女儿，几乎每天都到山口榕树下呼唤远方的女儿，但乡亲们却对此表现麻木，人与人之间彼此疏离，没有人关心他的处境，嘎嘎只有将自己的希望寄托在耕种之中，无望和孤独伴随着他，直到他醉酒失足跌入雅鲁藏布江，他的最后一声呼唤才引起了人们对他存在的关注。人与人之间是有隔膜的，个体永恒的孤独是常态。《幻鸣》讲述了门巴青年亚仁从印度回来寻找父亲的故事。他经历许多艰难，最终却发现一切都是幻灭。孤独的亚仁要寻找亲人来慰藉自己的灵魂，可面对的事实是父亲早已去世，而可悲的是他还要在这令人伤悲的环境中继续生存下去。《竹笛，啜泣和梦》则营造出更为阴冷悲怆的情调，老人的4个伙伴都死了，只留下孤独无助的自己和一支竹笛。他只能吹着这不成调的曲子生活在怀念之中，然而我们却不无悲凉地看到孤独的老人所怀念的不过是4只动物。故事中浓厚的孤独感与无助感撞击着读者的心灵。在《圆形日子》里，女儿不知自己的生父是谁，但母亲却经常去探望一个活佛，敏锐的女儿感受到不解和痛苦。她想买一件健美服，但却因为母亲去探望活佛耽搁了时间，喜欢的衣服卖光了，这使得女儿十分灰心。虽然母亲最终替女儿买到衣服，然而伤心的女儿已经走很远了，母女两人均因为不能得到彼此回应而

---

① 张军：《如魔的世界——论当代西藏小说》，见《西藏新小说》，西藏人民出版社1989年版，第451页。

② 色波：《遥远的记忆——答姚新勇博士问》，载《西藏文学》2006年第1期。

陷于伤心和孤独之中。在色波的作品中，人与人之间是不能互通的，个体的孤独是永恒的，漠然和无助是人之常态。母女心灵是不能互通的，嘎嘎大叔对女儿的呼唤是无望的，亚仁对父亲的追索和老人对温暖的追寻都是没有结果的，个体之间是相互背离的，呼唤和找寻带来的只是痛彻心扉的绝望，作品真切地传达了生之孤独与无奈。色波在现世中远离尘世与喧嚣，他的作品更是显得孤冷凄清。在对个体孤独处境的描绘中，色波的作品展现了人类共同的困境。

作为一名藏族作家，虽然色波并不刻意地去展现藏域特色，然而民族的集体无意识积淀无疑还是会影响他的创作。藏族聚居区浓厚的宗教文化氛围潜在地成为色波小说创作的底色。信仰藏传佛教的民众相信，人的灵魂是不灭的，肉体死后灵魂会转化为其他的生命形式，生死轮回，生生不息。他们对生命轮回观念的认识也潜在地通过日常生活中的一些生活形态来表现，比如捻佛珠、转经、转山、转水、转佛塔等。色波深刻地领悟了藏族人宗教信仰和生活仪式中的这种圆形意蕴，创造性地将其熔铸在他的作品之中。他冷静地审视现实，以从佛教轮回观中顿悟到的对现实人生的看法来表达他对于生命存在、命运遭际的思考和感悟，并将其展现在艺术形式上。

在《幻鸣》中，亚仁回乡寻找父亲——他很疑惑为什么母亲会离开父亲跟叔叔私奔。但是，他所有的寻找，不过是悲剧的轮回，自己的悲剧和父亲的悲剧同出一辙，而所有的一切都无法改变。在《在这里上船》中，作者更鲜明地呈现了他对圆形意蕴的思考。他是通过重复性的话语来凸显的。几个青年人过河去游玩，早晨下船时，船夫对他们说："回来时你们在这里上船。"晚上回来下船时，船夫又对他们说："明天你们在这里上船。"① 明天将会是今天的继续重复，今天是昨天的重复，人就生活在这个循环之中，不断地重复，不断地画着圆圈，无所谓过去、现在和将来。身在西藏，对藏族精神信仰的了解和思索使得色波在他的作品中创造了一个循环往复的圆形世界。

色波不仅在人物命运、作品意蕴上执着地表现着圆形意识，在叙事结构上，色波的小说也有意呈现一种圆形循环模式。在《在这里上船》中"回来时你们在这里上船"与"明天你们在这里上船"是一种首尾对应的

---

① 色波：《圆形日子》，西藏人民出版社2011年版，第13页。

结构模式。《圆形日子》开头，女儿呼唤妈妈和结尾妈妈呼唤女儿也是一种前后的呼应。另外，《幻鸣》中的"我"闻着笛声而来，又听着笛声而去，同样也展现了一种圆形的结构和叙事。此外，在其作品中，也常可见关于圆形的描写，如"黑色的太阳嵌在红色的天空正中，像圆心""他慌了神……在那里转圈""艺术馆与铁栏之间一条环形水泥甬道，一些手摇经轮的老人在环形道上围着艺术馆转经，从舞会售票处传来的圆舞曲，给他们旋转的经轮搅得更圆了"①。通过这些带有鲜明象征意味的符号化的描写，色波呈现了其独特的发现，彰显了他对生命轮回和圆形意蕴的思考。因佛教轮回观的影响，色波认为生活就像一次次圆周运动，周而复始，所有的追求和寻找不过是一种无意义的折腾，人生是徒劳的，所有的呼唤、探求和温情都是得不到回应的，是无意义的，生之本相是灰色的。所以马丽华说色波"活在灰色封闭圈中间"，而目光锐利的评论者张军说，色波进行着"超越西藏的沉思"。

色波和扎西达娃是西藏新小说的领军人物，是西藏新小说的积极实践者，是20世纪80年代西藏新小说的代表作家。在西藏，色波是与扎西达娃一道最先开始学习和借鉴域外文学的作家，所以当雪域高原上新小说旋风刮起之时，马原说："其时色波已经不是新手了……已经在西藏这块年轻的高地上，与扎西达娃与另一位在拉萨的作家金志国共同撑起了一角新鲜的小说天地。"②但色波显然又是独特的，他的作品因对生命本真的思考与对普世人生的关注而与当时的其他新小说作家有了很大的不同。

色波积极地践行自己的创作主张，为20世纪80年代西藏文学创作提供了一个崭新的视域，即关注人类生存困境，并执着于小说文体实验。他从藏族宗教信仰中顿悟出新的思考点，他用自己的作品告诉人们，西藏并不仅有神奇的风光和神秘的宗教，这里还同世界上其他任何地方一样，有着世俗人生的纷扰和无奈。这种对西藏现实生活真实状态的描写和精神性的概括，使他的作品显现出洞彻现实的智慧之光；对人生永恒困境的描写和探求，使他的作品具有独特的价值。

---

① 色波：《圆形日子》，西藏人民出版社2011年版，第70—71页。
② 马原：《序》，载《西藏文学》1993年第2期，第120页。

第三节　拨开西藏的迷雾
　　　　——央珍的创作

在当代藏族文学史上，央珍的创作具有独特的价值和意义。其短篇小说《卍字的边缘》获得第三届全国少数民族文学创作奖，长篇小说《无性别的神》获得第五届全国少数民族文学创作奖。《无性别的神》是当代西藏文学史上一颗璀璨的明珠，被认为是一部"西藏的《红楼梦》"。作品以贵族德康家二小姐央吉卓玛特殊的命运、经历为线索，通过少女央吉卓玛的成长经历和内心感受，从侧面展现了20世纪初至20世纪中叶西藏嘎厦政府、贵族家庭及寺院的种种状况，再现了特定时期西藏的历史风貌及现代化进程。

央珍很熟悉西藏的生活，在她笔下，西藏的风情风俗是自然而然地呈现的，而不是为了吸引读者的眼光，与那些一味以渲染西藏的神秘来吸引读者眼光的作品有着天壤之别。同时，她的小说也与同时代的魔幻现实主义小说有很大不同。她认为，西藏魔幻现实主义的代表作家主要是进藏大学生和生活在内地的汉藏结合家庭的孩子，他们对西藏有一定的陌生感和疏离感，会对西藏的现象感到震惊和好奇，进而产生丰富的想象，再加上本身的才华和艺术素养，所以产生了西藏的魔幻现实主义作家。而在论及自己时，央珍说自己从小在拉萨长大，拉萨的一切对她来说是"熟视无睹"的，无从产生那种天马行空的想象。① 因此，她试图将真实的西藏呈现于她的文本中。在谈及其《无性别的神》时，央珍说：

>　　我在写这部小说的时候，力求阐明西藏的形象既不是有些人单一视为的"净土"和"香巴拉"，更不是单一的"落后"和"野蛮"之地；西藏人的形象既不是"天天灿烂微笑"的人们，更不是电影《农奴》中的强巴们。它的形象的确是独特的，这种独特就在于文明

---

① 参见索穷、央珍《作家央珍：藏地女性与我的文学西藏表达观》，载《中国西藏》2016年第5期。

与野蛮、信仰与亵渎、皈依与反叛、生灵与自然的交织相容，它的美与丑准确的说不在那块土地，而是在生存于那块土地上的人们的心灵里。

而西藏作家的任务就是写出西藏人复杂而独特的心灵，写出在不同时代的彷徨和犹疑，痛苦和欣喜，而不是把他们简单化和标签化。①

央珍拒绝对西藏的"简单化"和"标签化"的写作，她的创作试图呈现西藏世俗生活的真实图景，以普通人的肉身遭际来展现西藏历史的发展变化，有意识地去建构民族的和自我的立场。这在当代藏族文学史上是具有转折意义的。

在《无性别的神》中，央珍以女性的视角将西藏大的时代变动通过小姑娘央吉卓玛的心灵感受呈现在读者面前，独特的女性视角以及从中所传达的深厚的民族文化内蕴使得这部作品意蕴深长。小说以央吉卓玛的成长经历来展开叙述，以其敏感细腻的心灵来呈现西藏的风云动荡。央吉卓玛的成长过程大致分为四个时期。首先是被家人抛弃，离开拉萨之前。在这一时期，她主要生活在德康府邸。由于在雪天降生，她被说成是不吉利的人；弟弟因肺病夭亡，家人认为是她带来的灾难；父亲郁郁不得志也被看作央吉卓玛造成的厄运。只有6岁的央吉卓玛已经听惯了别人对她所说的没有福气、不吉利的话语，她对一些不公的指责也已习以为常，但她的内心却是极为敏感的。当她从外祖母家的府邸住了一个多月回到德康府时，父亲病重，管家的"没有福气，的确没有福气"的话语使她有种刺心的痛，倍感凄凉。小小的她"站在下马石边茫然环顾，在秋日的阳光下整座大院寂静冷清，散发出废弃的古庙般荒凉的气息"②，孤独的心灵感受到彻骨的寒冷。从此，她的行为开始改变，她不像原来那样刁蛮任性，开始对所有的一切感到茫然不安。父亲的死更让懵懂的她有了一种莫名的惆怅。父亲死后家境的衰落、母亲的忧伤使得年幼的央吉卓玛陷入忧郁苦闷之中。"从此，央吉卓玛常常独自一人，静静望着天空中飘游的风筝，或者墙头的经幡，或者窗外夜晚的星星，会想出一些奇奇怪怪的问题：运气到底是什么东西呢？佛国到底在哪里呢？母亲为什么要哭呢？为什么过去常来家中玩的老爷太太现在都消失了呢？自己真的是不吉利的人吗？"③

---

① 央珍：《走进西藏》，载《文艺报》1996年2月9日。
② 央珍：《无性别的神》，中国青年出版社1994年版，第1页。
③ 央珍：《无性别的神》，中国青年出版社1994年版，第17页。

她开始思索自己的命运及周边发生的一切。

第二个时期是在帕鲁庄园和贝西庄园时期。在这个时期,母亲带着弟弟跟随继父去了昌都,却将她寄养在帕鲁庄园,央吉卓玛有了一种被遗弃的痛楚。在她的心中,唯一的亲人就是奶妈,即便是在睡梦中,央吉卓玛也害怕被抛弃:"奶妈呢?骡马队呢?都在哪儿?奶妈是不是也像母亲那样扔下自己远去?"① 年幼的央吉卓玛没有任何安全感。在帕鲁庄园仁慈的阿叔的怀里,央吉卓玛终于有了依靠和温暖。她和受到不公待遇的阿叔相互取暖,但久病的阿叔最终离开了人世,央吉卓玛再也找不到快乐和慰藉。阿叔的去世给央吉卓玛很大的刺激,她像游魂一样在帕鲁庄园游荡,经历了新庄主的刻薄虐待,她的内心一片冰冷。当看到屠夫宰杀绵羊时,她充满强烈的怜悯之情,从羊的眼睛中,央吉卓玛看到了自己,她想要逃避饥饿、尖叫和血腥。最终,她与奶妈逃到了贝西庄园。在贝西庄园,她再次感受到了久违的亲情,但仆佣拉姆备受蹂躏的遭遇让她内心充满同情。拉姆因为寒冷和困倦,挨着温暖的炉子睡着,没能及时给少爷上茶,少爷就抓起火铲将火炉中的牛粪火倒入她的脖子,这给央吉卓玛以极大的刺激。"从此,那股刺鼻呛人的焦臭味伴随着拉姆痛苦扭曲地僵躺在污水中的形象,一直留在央吉卓玛的记忆中,以至,一闻到焦臭的煳味,总使她情不自禁地想起自己受挫折的命运。"② 看到拉姆受难,敏感的央吉卓玛同时也看到了自己命运的不堪。在这一时期,央吉卓玛经历了情感的坎坷,既有温馨的渴望已久的爱,又有难以抑制的失去的痛苦,并且在这一时期,由于生活的流离失所和辗转变迁,她的视野开始扩大,敏感的心灵感受到了难以抑制的伤痛。

第三个时期是回到拉萨府邸及在德康庄园求学时期。回到拉萨,她再次领略到被歧视的痛苦。时局动荡,她好奇地注视着周遭的一切。关押在德康宅院内的犯人、昔日四品官员隆康老爷的死去,让她感到世事无常和恐惧,有着一种强烈的怅惘和伤感。由于年岁已大还不识字,母亲认为她在拉萨上学会令其丢脸,就把央吉卓玛送到偏远的德康庄园求学。在德康庄园,央吉卓玛终于体会到了不受歧视、受人尊重的愉悦,她喜欢上了这里无拘无束的生活和人与人淳朴的交往方式。但当她的心一天天平静下来

---

① 央珍:《无性别的神》,中国青年出版社1994年版,第47页。
② 央珍:《无性别的神》,中国青年出版社1994年版,第142页。

并充满喜悦之时,却又不得不听从母亲的安排回到拉萨,她感到万分难过和委屈。在回拉萨途中朝拜圣湖的时候,她再次问自己:"这世上有神灵有佛国吗?命运到底是什么呢?自己真的是个不吉利的人吗?为什么神灵不保佑我,让我成为一个吉利的人呢?"① 她对自己不吉利的命运发出了追问。

第四个时期是在寺庙及解放军进城时期。回到拉萨后的央吉卓玛被母亲以摆脱尘世轮回之苦、得到幸福为名送入佛门,遗忘已久的宁静与温暖涌入央吉卓玛的心头,她愉悦地接受了母亲的安排。在寺院中,央吉卓玛感受到了心灵的平静,师傅的关爱使她的内心充满幸福:"看来我真是个有福分的人,原来居然到了这么美妙的净地。"② 这是她第一次感受到自己是一个有福气的人,并且为之自豪。然而,在这样一个强调众生平等的佛法圣地,看到梅朵因为是铁匠的女儿而遭到歧视,央吉卓玛再次陷入困惑之中。而最终知道母亲送自己进入佛门不是为了她的幸福而是为了省一笔嫁妆时,央吉卓玛的心掉入冰窟,再一次体会到了被抛弃、被愚弄的痛苦。从此,她开始怀疑所有的一切,不再相信别人,那种被忽视、被冷落,甚至被欺骗的伤心和自尊心受到的羞辱所带来的痛楚,在她的记忆中再也无法抹去。她觉得家人离自己更为遥远和陌生,在她心中一直被视为崇高和圣洁的寺院也变得越来越虚无缥缈。当解放军进入拉萨,央吉卓玛感受到新生活的感召,她兴奋地渴盼着某种变化,内心产生了一种神秘而清晰的感觉。她最终毅然丢弃旧有的生活,开始了崭新的生活:

> 她想看看外面的世界,想看看汉人罗桑的家乡、拉姆学习的地方,想看看其他地方的人是怎么生活,还想看看这世道怎么个新法、会变成什么样。她不知道自己这样离开拉萨离开寺院对不对,不知道应该像法友白姆和德吉那样安心在寺院祈祷念经,还是走向另一个有广阔的平原有大海有人人平等的新地方?不知道自己会从此继续穿着袈裟还是脱下它,像拉姆那样穿上军装?她就这样,带着激动、带着新奇和几分渺茫,等待着踏上另一片土地的日子。

不久,在西藏地方政府官员和班禅代表欢送的哈达丛中,在中国

---

① 央珍:《无性别的神》,中国青年出版社1994年版,第238页。
② 央珍:《无性别的神》,中国青年出版社1994年版,第268页。

人民解放军的锣鼓声中，在许多老人和僧人甩围腰甩膀子的唾骂之中，曲珍和她的同伴们爬上了一条条用绳子拴住的牛皮筏，在拉萨河夏日波涛滚滚的河面上，浩浩荡荡离开了圣地。①

央珍的叙述隐忍而克制，她以真实的心灵书写和呈现了西藏现代化的进程，在对民族历史进程的呈现中，对女性命运进行了深切的观照和细腻的表现。伴随着央吉卓玛成长的，既有人性的温暖和小小的温馨，又有刻骨的残酷和痛彻心扉的伤害。央吉卓玛从出生就被人认为是不吉利的，幼小的心灵早已被刺痛，在很小的时候，她并不在乎别人的说法，只是以大哭大闹来发泄所有的不满。但当听到一向维护自己的管家也指责自己不吉利的时候，她感到刺耳惊心，备受伤害。当央吉卓玛进入寺庙，感受到所有人的尊敬，开始觉得自己是个有福分的人时，奶妈的女儿达娃却说："二小姐，您到现在还蒙在羊肚袋里呢，这大院中谁不知道太太是因为不愿给您置办嫁妆，是为了给家中省下一大笔钱，这才送您当尼姑呢。"②这句话对央吉卓玛来说不啻于是晴天霹雳。"她的脸部抽搐了一下，身体微微前倾，疑惑的目光直勾勾地盯着达娃，心里感到阵阵痛苦，感到一种混沌中的愤怒，感到神思恍惚，仿佛一个心神迷乱的人，脑子里有万千缭乱的思绪，同时却又是白茫茫的一片空白。"③真切的残酷现实让央吉卓玛感受到来自亲人的伤害，然而她却在残酷中寻找温情，在苦难中保持着一颗温润之心。她用温情去化解尘世的冰冷，表现了女性柔韧的生命力。央吉卓玛与奶妈巴桑之间的温情、与阿叔之间的浓浓血脉情、与姑奶奶之间的亲情、与拉姆主仆之间的真挚情感、与师傅之间的情谊，这些温情在央吉卓玛心里总能泛起阵阵感动的涟漪。譬如，作品写帕鲁庄园的阿叔把央吉卓玛拥入怀中，告诉她这就是她的家时，"央吉卓玛浑身一颤，顿时，时光倒流到两年前。她又一次闻到那股味：牵肠挂肚的温馨和黯然伤感的苦香，从中还透出一股隐隐约约的腐烂。那是她最后一次和父亲见面时闻到的气味。想到这，她的心头生出一种无可名状的悲伤，随即，她陷入迷蒙中"④。在阿叔这里，央吉卓玛找到了不受歧视的欢乐，"她渐渐与阿叔有了一种无法述说的亲密，渐渐恢复了自己消失已久的感觉，渐渐又回到

---

① 央珍：《无性别的神》，中国青年出版社1994年版，第351页。
② 央珍：《无性别的神》，中国青年出版社1994年版，第282页。
③ 央珍：《无性别的神》，中国青年出版社1994年版，第282—283页。
④ 央珍：《无性别的神》，中国青年出版社1994年版，第57页。

了两年前父亲在世时的自己：任性、快乐、淘气"①。"她在心中比较着自己的父亲和阿叔，他们之间她看不出哪些是相似的，但她觉得他们是同一种人，从后者身上她感到自己得到了更多而不确定的东西，同时还有一种新奇的感觉［……］"② 然而，欢乐与宁静是短暂的，残酷总是猝不及防地来临，阿叔去世给她以很大的打击。作者这样描写央吉卓玛的痛与哀："葬礼举行完毕。现在，太阳常常从空中隐去。现在，庄楼里总是空空荡荡冷冷清清。"③ 她朝田野中奔去，她痛切地感觉到阿叔已经真的死去。"阿叔已经死了，自己再也走不进那个房间，我再也见不到阿叔了，从今以后这世上再也没有人疼爱我了［……］"④ "她走过回廊，走下楼梯。她走进大经堂，走出酿酒房。她推开所有没上锁的房门，走进去又走出来。她朝所有挂着锁的门缝向里张望，一遍又一遍。她走下石阶，在幽暗的天井里来回转悠。她拉开庄楼的大门，向庄楼西边的小溪走去，长时间地朝溪水对岸的两座褐色水磨房打探。最后，她走进北山坡上的村庄中，从一间间由地里长出来般的农舍跟前走过［……］"⑤ 她终于病倒，她面对奶妈哽咽道："那怎么办呢，我只要呆在庄楼里我就想阿叔，我一坐下来，我就想哭，我心里好难过呀，奶妈。"⑥ 这样的话语写出了央吉卓玛的无助和孤独的处境。

在《无性别的神》中，作者所描写的历史事件大致是在 1940 年到 1951 年西藏和平解放这一时期，这 10 余年间是西藏社会生活发生巨大变动的时期。在这一时期，十三世达赖喇嘛圆寂，热振活佛上台出任摄政王，之后，热振活佛被迫让位给达札。后来，热振活佛与达札相互争斗，僧人暴动，噶厦政府出面镇压；热振活佛被关押致死，一批跟随他的成员被迫害；解放军进军西藏，新的时代到来。这 10 余年是西藏历史风云迭起的时期，然而，热振与噶厦政府之间充满刀光剑影的势力火拼、时代风云的剧烈动荡却通过小姑娘央吉卓玛的眼睛向我们展示出来，难以承受的历史之重和生命之痛以一个善感柔弱的小姑娘的心灵体验呈现在我们面前。如热振活佛在政治斗争中失败惨死后，他的同盟隆康老爷被关押在德康府

---

① 央珍：《无性别的神》，中国青年出版社 1994 年版，第 60 页。
② 央珍：《无性别的神》，中国青年出版社 1994 年版，第 63 页。
③ 央珍：《无性别的神》，中国青年出版社 1994 年版，第 73 页。
④ 央珍：《无性别的神》，中国青年出版社 1994 年版，第 74 页。
⑤ 央珍：《无性别的神》，中国青年出版社 1994 年版，第 75 页。
⑥ 央珍：《无性别的神》，中国青年出版社 1994 年版，第 77—78 页。

邸，央吉卓玛小小的心灵不能明白为什么昔日荣光的老爷变成了现在衣衫褴褛的囚犯，备受侮辱，在死后还要被埋进乱坟岗，她感到惆怅和伤感。央珍是细腻敏感的，她的独特之处在于她能以小见大，让我们看到激烈动荡的时代风云变幻以及在历史风貌掩映之下心灵的颤抖。如通过隆康老爷的叙述，我们得知央吉卓玛父亲的经历：央吉卓玛的父亲曾是噶厦政府的四品大官，由于留学西方，所以思想激进，行为西化，与环境格格不入，加上时运不济，于是郁郁寡欢，不到40岁就去世了。这从侧面描写了西藏的改革派与顽固保守势力的斗争以及顽固守旧派的得势、改革派的没落，这些描写都有历史的依据。宏大的历史通过细腻柔婉的心理描写呈现在读者面前，朴素的日常生活背后掩映着历史的刀光剑影。

在《无性别的神》中，西藏的典章制度和贵族风俗也自然而然地融入作品之中。如小说写央吉卓玛的父亲死后，家族中没有男人就会失掉庄园。母亲起初不愿意找人入赘，但家庭越来越败落，从原来的大宅院搬到了一座独门小院，仆佣也少了许多。不久，母亲招赘了继父，母亲以德康家族的名分为他在噶厦政府捐得七品官位。后来，因为这个七品官的收入太少，外祖母和姑太太就花银两为他换了一个收入更高的官职。我们从中可以看到贵族官僚制度的世袭性与腐败性。另外，我们在央珍的作品中还能看到央珍对旧西藏政治体制的细致了解，如她写央吉卓玛的母亲在德康庄园的时候去拜见当地的县长，描写县长的府邸在高高的城堡里，拜见时需要遵守一系列的礼仪。考查西藏旧时的典章制度和风俗，可以看到央珍的这些描写都是经得起历史的考验的，细节的真实使得央珍的作品具有脚踏实地的真切感。

在作品中，央珍还用民歌来传达情感，展现西藏独特的风情，同时也渗透出女主人公的内心情感。如在色拉寺僧人和政府军打仗的时候，官家要关上房门防止强盗闯进来，央吉卓玛想起了在贝西庄园里听骡夫唱的《强盗歌》：

> 我骑在马上无忧无愁，
> 宝座上头人可曾享受；
> 不漂泊无定浪迹天涯，
> 蓝天下大地便是我家。
> 我两袖清风从不痛苦，

> 早跟财神爷交上朋友；
> 我从不计较命长命短，
> 世上没有什么可以留恋；
> [……]①

此时的拉萨，子弹在城市上空盘旋，但幼小的央吉卓玛却在大人的慌乱中，渴望着强盗们自由烂漫的生活。再如，央吉卓玛在被护送从拉萨到德康庄园的路上时，她心情愉悦，呼吸舒畅，渴望在原野中奔跑。当骡马队踏上一条河边小道时，她感受到了一种得到自由和解脱的快乐，耳畔听到一支悠扬的民歌：

> 你骡马的铃声啊，
> 静一静，请不要再响了，
> 好让那些虔诚的人们回忆讲经场；
> 你湍急的流水啊，
> 静一静，请不要再喧闹了，
> 好让多情的我想一想昨夜的女房东。
> [……]②

央珍的创作具有深厚的民族文化内蕴，她会在写作中有意识地去建构民族的和自我的立场，避免民族和个体成为一种符号化的象征，从而被隐没于主流文化的历史之中。回顾藏族文学的发展之路，可以看到在20世纪五六十年代的藏族文学创作中，民族特色大多表现为一些外在的物化的描写。而在80年代民族意识逐渐崛起的时代，藏族作家在其创作中着重展现的是对民族精神的建构与追寻，但这种建构和追寻更多是一种理念化的东西。在央珍的创作中，我们看到的是一种自然而然的藏族文化内蕴的流露。同时，央珍也有意识地想用文学的方式呈现西藏真实的一面，显现了女性有意识地建构民族历史的努力。在央珍笔下，西藏的现实生活和历史变迁得以真实地呈现，同时，民俗风貌的描写和自然景物的鲜活展现，使得她的作品有素朴而又真切感人的力量。

---

① 央珍：《无性别的神》，中国青年出版社1994年版，第172页。
② 央珍：《无性别的神》，中国青年出版社1994年版，第204页。

第四节　民族内蕴的深层传达
——次仁罗布的创作

在当代藏族文学史上，次仁罗布的创作展现出独特的魅力。一方面，他的文学创作接通了和世界现代主义文学的联系，关注灵魂的受难和生存的困境，同时在叙事艺术上不断探索，以寻求灵魂表达的最佳方式；另一方面，次仁罗布又接通了和传统藏族文学的联系，在精神内蕴上和古典藏族文学一脉相通，展现了宗教的救赎和精神力量的博大。他的创作以其对藏族世俗生活的精细再现和民族精神面貌的深刻把握以及在艺术创造上的极高造诣，展现了藏族文学发展的一个新的高度。

次仁罗布从小在八廓街长大，后来考入西藏大学藏文系。在藏传佛教中心之地成长的经历使得他的创作具有平民的视角和极强的宗教救赎意味。藏族聚居区独特而浓厚的宗教文化是次仁罗布进行文学创作的精神资源，他的作品以朴实而又充满感情的语言向我们娓娓道来普通人物的命运，从中可以窥探藏传佛教中人生无常、因果报应等观念对其创作的渗透和影响。这是他众多作品的文化语境。可贵的是，次仁罗布在其作品中并没有对宗教进行表面的神秘主义的渲染，而是通过心灵化的书写进入藏族的精神世界，展现他们在俗世中的苦乐、精神上的救赎。他的作品具有浓厚的宗教文化氛围，无论是神秘的宗教传说和仪式，还是匍匐在众神脚下的芸芸众生，都迥然不同于其他作家作品所带来的阅读经验和审美体会。

在小说《界》中，他对十三世达赖喇嘛时期藏族的现世生活进行了描绘，作品充满了宗教的转世思想和佛法精神。作者完全隐匿了自己，不动声色地描写了普通藏族百姓身上的宗教意识。在作品中，除了有对宗教神圣性的描写，还有对普通民众虔信宗教的描写。如当喜齐土丹丹巴尼玛活佛圆寂时，作品写备受苦难生活折磨的驼背哭得眼睛下有两道泪渍，像是干枯了的小溪，说"活佛去得让人没了主心骨"。此外，我们还能从小说中看到多佩对宗教的虔诚。他一心向佛，并以自己的死向母亲宣扬至高无上的佛法精神。而母亲查斯在儿子死后也幡然醒悟，用心雕刻六字真言，以求赎回罪孽。作品弥漫着强烈而浓郁的宗教意蕴，这样一种虔诚的宗教意识，可以说是一种集体无意识，它浸染在藏族的生命之中，弥漫在每个民众的心中。次仁罗布作为一名具有强烈民族意识的藏族作家，他显然能够明白宗教在普通百姓身上留下的烙印，所以，他能够深入其中，自如地去描写那已逝去的时代的真实面貌。对宗教精神的描写使我们能够走入这个既神秘而又充满诱惑的藏地世界，让我们触摸到藏族的灵魂。此外，弥漫在作品中强烈的宗教意识之下的，是作者对宗教的一种审视和困惑。从他的作品中可以看到，在宗教与贵族权力的纠结之下，农奴没有自己的地位；宗教是劝人向善的，但芩啦却以宗教的名义让母亲失去了孩子；多佩虔信宗教，但却给母亲带来无穷痛苦；多佩死后，母亲却要终身赎罪……不仅如此，小说还写了芸芸众生无声地匍匐在宗教的统治之下，承受苦难、没有抗争，如驼背在儿子多佩被带走时，尽管十分留恋，但不敢有任何反对。作品对宗教有质疑，有反思，写出了宗教影响之下的人心向背。

次仁罗布的小说大都植根于他所熟悉的藏族社会历史和现实生活，借助那些充满诗意的清新而空灵的文字去书写这个古老而神秘民族的历史和现状，展现了雪域高原的世俗与精神生活。从其作品中可以看到在宗教精神的引领下，普通人生活的坚韧与面对苦难时的淡定与顽强。在《雨季》中，旺拉一家经历了各种生活的磨难，首先是旺拉 12 岁的儿子格来在上学的路上被一辆汽车轧死了，他是全家人的希望，然而就这样死了，但善良的一家人没有追究肇事司机的责任。旺拉的妻子潘多自从嫁给旺拉便开始承受生活的苦难和穷困，她没日没夜地操劳，承受生育的艰辛，怀了六次孕，一个在胎中死掉，三个因麻疹死掉，活下来的只有格来和岗祖。在山洪暴发时，一生受尽苦难的旺拉的妻子潘多为了抢救耕牛而死去。而从小就开始承受家庭重担的岗祖在母亲死后担负起了养家的重任，生性忠厚的他为了与人争抢一棵能卖八块多钱的虫草被捅死。在最后，一生承受了许多苦难的旺拉的父亲强巴老爹也死去了，一大家子人只剩下了旺拉。而所有的这一切都是在旺拉背着死去的父亲返回家中时为了不让父亲寂寞，对着死去的父亲所慢慢地述说中展开的。"想想咱们的家，经历了多少次的磨难，可活着的人依然坚强地活着，从没有产生过厌世、消沉的思想。我知道人既然投胎了，就是经千年万年积善，终于修来的福报，哪能轻易放弃生命呢？爹，我说的是吧。这一世无论经历多少次的劫难，只要挺住,你不就是超脱了吗,是对苦难的一种超脱。"① 故事让人心痛,既有着家庭中亲人之间浓浓的情意,又有着浓厚的悲伤,藏族人民对生活的坚韧态度让人为之感动。旺拉在所有的亲人都离开自己之后,心中留下更多的是亲人温馨生活的点滴。他面对死亡、人生的苦难,对生命的尊重与坦然让我们的灵魂为之触动。次仁罗布的《雨季》与余华的长篇小说《活着》有许多相似之处,都写了生的苦难与艰辛以及面对苦难的坦然。然而正如评论家谢有顺所论,余华笔下的富贵是个被生活压扁的人、麻木的人,他对苦难是一种被动的承受,在苦难面前是顺从屈服的,缺乏的是一种承担精神,但旺拉、强巴老爹却是有着强烈生命信仰的人,面对苦难,他们扬起的是一种韧性的生命之帆,展现的是一种底层人民心灵的美好,苦难因此有了一种民族的寓意,生存在苦难的映照下显得悲壮,对苦难的承担显示的是一种韧性的精神的力量。

次仁罗布的创作执着于从灵魂的深处去展现藏族群众的精神世界,叩问存在的意义和终极目标。在神秘感和死亡体验等超验的维度上,次仁罗布也是一个有理想、有追问的作家。在《放生羊》中,年扎老人去世十二年的老伴突然出现在年扎的梦境中,她憔悴不堪,备受折磨,祈求年扎为她救赎罪孽,尽早让她从地狱的煎熬中摆脱出来。为了让老伴尽早转世,天还没亮他就转经祈祷,到寺庙拜佛。在回家时,他看见一名肉贩牵着四只绵羊,其中的一只向老人咩咩地叫喊,声音里充满哀戚。怜悯之心使老人决定买下这头绵羊放生。在相依相伴的转经路上,老人和绵羊之间建立起了一种深厚的感情。他们不仅黎明时刻去转经,还到寺庙义务劳动、捐钱等,以此救赎老伴的罪孽。年扎老人因有了绵羊,不再酗酒烂醉,不再感到孤寂。老人最终得了绝症,感到在世的时间不长了,为了使绵羊来世也有个好的去处,带它去朝佛、听活佛讲法、买鱼放生,尽一切努力去做善事。为了能多活些日子,他带着绵羊一路叩拜,祈求上苍让他在人间多陪陪绵羊……对生命的怜悯与敬仰,与永恒存在的对话,对罪的自省和对灵魂的关注与展现,使次仁罗布的作品具有独特的魅力。在《杀手》中,康巴汉子历经十余年的艰辛,只为找到杀父仇人为父报仇,但见到杀父仇人后,他却最终放弃了复仇,只是因为仇人的虔诚悔过以及他苍老的面容。在《阿米日嘎》中,贡布家花了近万元钱购买了一头外国种牛,希望

---

① 次仁罗布:《界》,西藏人民出版社 2011 年版,第 65 页。

以此发家致富，然而种牛意外猝死。贡布怀疑是噶玛多吉出于嫉妒毒死了自己的种牛。公安"我"调查的最终结果是种牛误食毒草而死。这个结果使得贡布号啕大哭。然而在这个时候，为了减少贡布家的损失，噶玛多吉第一个站出来，要买种牛的肉，村民们也蜂拥来买，"我"也被感动，用五百块钱买了一个牛头。看似带着悬案的侦破故事显示的却是一种普通藏族群众宽广无边的人格力量。这种对永恒人性的关照与抒写，显现出一种宽广的力量。次仁罗布的作品有种内在的底蕴，展现的是一种叩问人心的探索与追寻。在《曲郭山上的雪》中，作者用一种看似调侃的态度描写了美国电影《2012》传入偏僻藏族聚居区之后对藏族群众日常生活的影响。受电影影响，他们认为地球末日就要到了，所以地也不种了，要把牲畜送到寺庙放生，一心想着要如何去饮酒狂欢。这一切似乎不可思议，然而次仁罗布对细节真实细致的描摹，让我们觉得在偏僻的藏域山村里，一切皆有可能。在灾难面前，一种人类的终极忧患意识呈现在我们面前，藏族群众心灵深处的乐天知命让我们感受到生命的狂欢。贡觉大爷说："没有末日哪有重生！别对死亡心存恐惧，要感谢死亡阴影的笼罩，它使我们放弃了迷乱世界的诱惑，看到了我们内心真实的呼唤。"① 这是在藏传佛教影响下的一种生死观，在面对生命的苦难与未知时，藏族人民呈现的是通达与坦诚，显露的是对民族生命中一些深层次问题的思考以及对人类终极命运的关怀。

　　十分值得一提的是次仁罗布经多年中短篇小说创作沉淀之后，历时五年创作的优秀的长篇小说《祭语风中》。这部作品出版于2015年，代表了次仁罗布创作的一个新的高峰。作品以"我"——一个一心向佛，然而在灾难岁月里被迫还俗，在晚年了悟人生再次出家的僧人晋美旺扎的一生为主线，呈现了近半个世纪的西藏历史风云巨变和社会人文变迁。次仁罗布的创作注重在心灵层次上展现藏族发展历程中凡俗肉身在时代变化中的感受，通过刻画个体灵魂来展现西藏的精神性品质，同时，浓厚的宗教意蕴和悲悯情怀使得他的作品保留了与藏族古典文学一脉相承的气质。他的小说不但显露了世俗的欲望，更葆有神性的追求和宗教的维度，并通过悲悯和救赎展现了精神探求的深度与广度。

　　《祭语风中》有两个线索，也就是通过两个故事来完成：一个主线是

---

① 次仁罗布：《界》，西藏人民出版社2011年版，第206页。

讲述晋美旺扎一生的悲欢，另一个辅线讲述藏密大师米拉日巴的遭遇。通过晋美旺扎之口叙述了西藏和平解放、中印自卫反击战、"文化大革命"、改革开放三十多年中西藏的社会历史进程。从历史风貌的呈现和人物隐秘心灵再现的层次展现了西藏的社会变化。深厚的藏文化内蕴使他对宗教仪轨、房舍屋宇、人情世态的描写精细传神。他的笔触从寺院到乡村，从贵族到底层贫民，从田野到战场，囊括了广阔的生活画面。在精细的现实主义刻画和历史书写方面，次仁罗布做到了当代藏族文学史上尚未有过的真实呈现。同时，这部作品还是一部命运之书、灵魂之书，真实地呈现了岁月长河中普通个体的遭遇和精神的受难，写出了他们在时代巨变中的惶恐、惊悸和抉择，也写出了他们对苦难的承受和超越苦难的思考。

  在作品开头，色拉寺笼罩着紧张的空气，僧人人心惶惶。面对突然而来的重大的变化，该如何判断时事并在短暂的时间里做出抉择，这对色拉寺的僧人来说异常的紧迫。一些僧人在朗达玛的带领下冲出寺院，要与解放军相抗衡；一些僧人继续留在寺院，来证得对佛法的无上追求；希惟仁波齐占卜算卦，根据神谕带领弟子出逃；而龙扎老僧面对纷扰的枪声，说自己"不想听到那些刺耳的声音"，选择了死亡。谁都不知道未来会发生什么，时代的车轮滚滚向前，在这不可逆的时代变化中，个体的命运被裹挟其中，承受着不能承受之重。而同样的巨大的时代转折所带来的变化虽然也曾在小说或电影中有所展现，但大多是从意识形态的高度和国家建构的角度加以阐释，基本上遵循的是一种公共的宏大革命叙事套路，而真正潜藏在宏大历史巨变中作为个体的人的最鲜活的肉身记忆却是残缺的。《祭语风中》呈现了最真切可触的西藏历史的肉身记忆。

  次仁罗布的作品往往从人性的深处下手，直抵灵魂的彼岸，作品写的是惊心动魄的历史巨变，呈现在笔下的却是尘世的悲欢与心灵的呢喃，展现的是现世的无常与灵魂的救赎。作品对历史、宗教的质诘都是通过人物的命运来展现的。如作品中的瑟宕二少爷是一个革新派，他对长久以来的政教合一制度是持批判的态度的。他讥笑希惟仁波齐依靠神谕逃出拉萨道，"人走投无路去问神，神竭智尽力说谎话"，"到目前为止，我还没有听说过，世界上有哪个一个政府，在决定命运攸关的大事时，还会去求神问卦，听命于神的旨意。可我们的噶厦就是这样行事的。要是说给外国人听，他们肯定会笑破肚皮的"。① 他对豁卡里的百姓进行了减息减税，并

---

① 次仁罗布：《祭语风中》，中译出版社 2015 年版，第 75 页。

为支差他们付给相应的报酬。而他所做的这一切，连他的父亲都不理解。他向往着新时代的到来，认为如果未来没有变革，那么西藏只有死路一条。他期盼着新的社会时代的变革，面对新社会的崭新变化，瑟宕二少爷欢欣鼓舞，然而随着阶级斗争形势的加剧、"文化大革命"的到来，瑟宕二少爷被革职批判，意气风发的他不知所措、灵魂萎缩，承受着时代的苦难。

次仁罗布的笔触穿过鳞次栉比的寺院，苍茫的土地，愚讷的村民，天葬台的荆棘，飞扬的秃鹫，到达心灵的所在。小说不仅是民族的秘史，更是精神和灵魂的秘史。阅读他的《祭语风中》，灵魂在颤动；跟随着希惟仁波齐的逃难，心里泛起涟漪，感受到苦难岁月中人心的无助与灵魂的逃亡。在巨大的历史裂变中，希惟仁波齐难辨前途，只能听从神谕的指示，逃亡，逃亡，茫然无知地逃亡。于是，肉体的疲惫，精神的恐慌，夹杂着死亡的侵袭，成为梦魇般的苦难。从拉萨的色拉寺，到遍布砾石的沟壑，到村庄里黧黑的面孔，希惟仁波齐仓皇逃窜时的心酸，也让我们看到了20世纪50年代西藏的社会现实。作品在细节和心灵上真实描写了这段还未被触及的历史——这是在其他作品中还未能展现的西藏历史真实的一面：

> 走到午时，道路边的柳树开始多了起来。我们看到顺山脚渐趋平缓的坡地上，被人开垦出了庄稼地，有几个人正在那里干活，就向他们走过去。
>
> 他们有的背着柳筐，有的躬身匍匐在地里，个个面黄肌瘦，衣裳破烂地站在庄稼地里，盯着我们看。
>
> 我们穿过路边的柳树，走过杂草丛生的荒坡，来到了田埂上。站在庄稼地里的人，呆头呆脑地望着我们，不敢主动跟我们打招呼。
>
> …………
>
> 柳树枝丫把强烈的阳光给遮挡住，在道路上投下一片阴影。我回头看到那些可怜的差巴，他们在庄稼地里蹲下身子，继续干活。
>
> 前方的路灰蒙蒙地一直往前延伸过去，插到前面的那个山脚边。
>
> 过了山嘴，我们远远地看到山坡下建立的瑟宕庄园，它高高地傲立在那些破败、低矮、灰色的民房之上，不逊于拉萨任何一家贵族的庄园。庄园楼顶两端的经幡，色彩鲜艳，风中猎猎摇荡。庄园右边是一片树林，几头牛时隐时现。

一个放牧的小男孩光着脚，在水渠旁守着几十头羊，脚旁一柳筐里装满拣来的干牛粪。他的头发乱蓬蓬的，一根手指头含在嘴里，目送我们走远。①

　　作品真实细腻地描写了从拉萨前往日喀则逃难路上的地理风物，传达出了特定时代的人文历史风貌，同时也在宗教仪轨的描写和人物精神处境的刻画上呈现了藏人的灵魂。作品充满悲悯的情怀，次仁罗布认为，人生无常，情感无常，唯有悲悯才是唯一的救赎。他认为人生是悲哀的，但在悲哀的底色中又开出了圣洁的宗教之花。希惟仁波齐作为色拉寺的大活佛，他的慈悲、隐忍和对宗教的虔诚足以照亮在暗夜中逡巡的灵魂。晋美旺扎在跟随希惟仁波齐的过程中，由一个少不更事的小孩成长为一个充满悲悯的僧人。死亡，也成为心灵洗涤和灵魂净化的工具。龙扎老僧的去世、路上逃难一家人中的女婿的去世、多吉坚参的死亡、希惟仁波齐的圆寂、卓嘎大姐的去世、努白苏老太太的自杀、父亲的去世、美朵央宗的去世、哥哥的去世、瑟宕夫人的去世、罗扎诺桑的去世，苦难和死亡，直逼痛苦之绝境，最终触动灵魂——人生是有罪责的，现世中的人都是罪人。

　　《祭语风中》整部作品笼罩着浓厚的悲剧意识，悲悯可以说是次仁罗布作品的一个整体意境与追求。次仁罗布的作品有个体之拷问、灵魂之探求、宗教之追问。刘小枫曾说："信仰直接关涉到人的本真生存，它体现为人的灵魂的转向，摆脱历史、国家、社会的非本真之维，与神圣之言相遇。"② 他认为中国现代文学的内涵基本上只有历史、国家、社会的非本真之维，而缺乏本真、本体、本然之维。而次仁罗布的作品则在多维度的建构上竭力而行，同时，他还承接了藏族传统文学的脉络。在藏族汉语创作的作家中，他是最能体现藏族传统文化内蕴的一位作家。他的作品有着朴实、天然的民间风味，如在作品中对普通百姓生存状态的描写，对浸入心灵骨髓的常态信仰的描写。通过细致的生活细节的刻画，次仁罗布展现了特定时代普通藏族人的心灵世界。次仁罗布的作品有着浓厚的宗教意识和宗教救赎，灵魂追问是其作品意蕴的核心旨向。刘再复在《罪与文学》中评价许地山是"一个具有诗意的牧师"，认为他的作品"虽然具有宗教

---

① 次仁罗布：《祭语风中》，中译出版社 2015 年版，第 64—65 页。
② 转引自刘再复《罪与文学》，中信出版社 2011 年版，第 244 页。

情怀,却没有灵魂叩问,即完全没有走进宗教精神的深刻层面,没有对黑暗灵魂的任何质疑"①。然而宗教意识浸透次仁罗布心底,他的作品有着对宗教精神的深刻展现:米拉日巴大师一生受尽磨难,但是在通往佛的道路上,苦难是唯一的通行证,最后他证得真法。作为佛子的希惟仁波齐信仰虔诚,悲悯克己,他的慈悲情怀,像暗夜的星光照亮了在黑暗中亍行的人。宗教精神是晋美旺扎的精神支柱,使得他在灾难的岁月中获得灵魂的永生。苦难没有磨灭他良善的情怀,也没有使他匍匐在地。在苦难中,他感受着切肤的痛苦,同时以克己之心抚慰其他受难的心灵,他的灵魂在暗夜中熠熠生辉。这样一些可贵的灵魂是有担荷意识的。正如叶嘉莹所讲"李后主担荷了人间所有的无常"②,米拉日巴、希惟仁波齐、晋美旺扎,包括努白苏管家的灵魂也都是有担荷意识的。次仁罗布写出了灵魂的深度,也写出了灵魂深处的忏悔。正如曹雪芹在《红楼梦》一开头就点出来的"我之罪固不免",晋美旺扎在面对师弟多吉坚参的死亡时,想到的是自己也曾经欺负过师弟;在面对师兄罗扎诺桑背叛师傅的态度时,他想的是他的话语也许会伤害了师兄;面对妻子美朵央宗出轨后因怀孕生产死去时,他的心底满蕴痛苦和忏悔;在这一切淡去后,他选择远离尘世,以救赎亡灵。对这样一些有担荷精神和忏悔意识的灵魂的塑造,使作品具有了深刻的美学韵味。次仁罗布对历史的发展有沉思,有质诘,然而这一切都掩映在悠长悲切的世俗的柔情和精神的拷问之中,震荡和洗涤着人心。面对人生的无常和世事的变迁,政治斗争、时代风云都化为尘土,永恒的只有不灭的灵魂以及在太多作品中被忽略的对人心的拷问。作品在希惟仁波齐圆寂之后这样写道:

> 我让丹增扎巴的大儿子先回去,自己面对焚烧炉盘腿坐下,用心祈求希惟仁波齐:您用圆寂告诉我们这些凡人,世间没有永恒的物质,一切会在时间的轮回中消亡。让我们活着的时刻去珍惜这肉体,心灵满怀慈悲地去爱众生。明天您的肉身将在这焚炉里化成灰烬,灵魂却要去投胎,为有情众生来做引导,指出我们的贪念、嗔念、痴念,教会我们塑造心灵,降服内心的蠢蠢欲动。希惟仁波齐,这是一

---

① 刘再复:《罪与文学》,中信出版社2011年版,第263页。
② 叶嘉莹:《与诗书在一起》,见腾讯视频:http://v.qq.com/x/cover/d2se2bs012y8uix/do153qr5na6.html。

项多么伟大的事业啊,可我却沉湎在儿女情长里,深陷得不能自拔,我看到了我的自私和膨胀的欲望,为了它们把自己的肉身和灵魂糟蹋得像个饿鬼。希惟仁波齐请您慈悲地给我加持吧,让我做个对所有人有益的人。我这样不停地祈求忏悔,直到那些背着柴火的村民到来。①

宗教精神和强烈的悲悯意识贯穿了整部作品,以此现世的人生为基调,作者又将米拉日巴救赎的人生故事相对照,来阐释和强调作者对人生和宗教的认识。米拉日巴小时候家境丰裕,7岁时,父亲去世,叔父和姑母就联手侵夺了他的家产。他为了报仇,学咒术诛杀了35人,又降冰雹击毁全村的庄稼,造下了极大的恶业。后来,米拉日巴对放咒和降雹的罪恶生起了极大的后悔心,依止噶举派创始人玛尔巴上师修学解脱之道时,玛尔巴为了清静他的恶业,显示出极其威猛的忿怒相,先后使用9次大折磨和13次小折磨来磨炼他的心性,为他消除罪孽。他最终也获得了上师最圆满的加持,取得了最圆满的成就,成为西藏著名的大成就者,度化了无量的众生。

在当代西藏文坛上,次仁罗布独树一帜,他的创作有着对宗教和藏文化的虔诚和敬畏,在桑烟缭绕的雪域,他以朝圣心和慈悲眼掠过高山大地、江河湖泊、神圣的寺院、涌动的红尘,将雪域之地的心灵呈现出来。他的小说不仅仅是文字的书写和技巧的探索,更是心灵的守望和灵魂的探求。他对西藏社会历史、地理风物的描写,对藏族文化和藏人精神质地的刻画使得他的作品显现出独特的魅力。

第五节 雪域大地女性生存困境的探讨——格央的创作

格央的作品主要有小说散文合集《西藏的女儿》《雪域的女儿》,长篇小说《让爱慢慢永恒》等。她的创作具有深厚的藏地民俗文化色彩,不论是她的小说,还是散文,都主要关注女性的生存困境,立足于藏文化土

---

① 次仁罗布:《祭语风中》,中译出版社2015年版,第288—289页。

壤，从女性视角出发，抒写历史、传说和现实生活中女性的生存境遇，显现出浓厚的女性关怀意识与民族文化反思色彩，同时具有浓郁的藏地民俗文化色彩和强烈的宗教意味。

格央的创作展现了西藏的现实文化风俗和历史风貌。她关注女性在历史和社会发展进程中的作用，礼赞她们的智慧、勤劳和善良，同时为她们承受的苦难和不幸而鸣不平。在藏族早期社会发展历程中，女性也曾在社会政治和经济结构中有一定的地位，因此在早期文化遗存中曾有女性崇拜的传统，从一些民间传说或女性崇拜遗存中可以看到这样的文化态势。比如，西藏的许多山神和湖神为女性神，在她们身上有很多优美的传说，她们被认为是雪域大地的护法神，多年来受到藏族子民的膜拜。此外，在吐蕃时期，从历史记载中可以看到一些王妃不仅可以直接参与政事，在宗教上的贡献也影响深远。在宗教方面，虽然藏传佛教提倡众生平等，尽管只有极少的女活佛，但她们的地位很高；另外，密宗的双修认为男性为方法，女性为智慧，双修可达到一种更高的境界，这些都说明了女性的重要地位。但在俗世中，随着政治上男性主导地位的提升，妇女却被歧视，开始出现"不与女人议政""妇人不参政"等规定。但在实际的家庭和劳动生活中，却是女性承担着重要的责任。不管是在牧区还是在农区，女性在生活和生产中都承担着重要的职责，但却被排除在享受宗教特权、参与政治活动之外。西藏和平解放后，藏族妇女在法律上取得了与男性同等的地位，但因袭的历史传统仍然存在。特别是在农牧区，藏族女性在实际的劳动生活中起着更重要的作用，也比男性更多地承担劳作的辛苦。就如有谚语所说：小孩的脚磨起了茧子（放牧），女人的手磨起了茧子（干活），男人的屁股磨起了茧子（坐着喝茶）。格央从藏族女性的个体生存境遇出发，体察女性所承受的生存、生产之累。她关注女性的生活、体察女性的命运，从女性的个体处境出发，对女性在生活中所受的挤压进行了深切的关注。格央以其生命体验对雪域高原女性的生存状态进行了思考，她的思考是有生活根基的，她在拉萨生活了多年，也去过农牧区，对女性的生存有着切实的体验。她行走在这片雪域高原，具有一种脚踏实地的人文关怀精神。

格央的散文洋溢着浓厚的西藏地域民俗文化色彩，仿佛在读者面前铺开了一幅具有浓厚民俗色彩的西藏风俗画卷。在《女巫师》中，作者对巫师的法术进行了描绘："对西藏人来讲，在有难题的时候如果能够遇到一个自己信任的巫师是一件很让人安慰的事情。"① 在作品中，她写了人神之间进行沟通的降神者，介绍了西藏著名的"乃琼"降神者、"丹玛森康"女巫师，写了他们神奇的法力和令人叹观的巫术，并充满深情地描述藏人的信仰：

  在西藏人的世界里，神是无所不在，无时不在的。天、地、水三界都有神，河流、树木、高山、泉水等等都是神可能栖身的地方，在山口、路边、水中有看不见的精灵，甚至在家庭里也有家神，这些神与人们的日常生活、生产、祸福有密切的关系，会给人们带来帮助和祝福，但是如果触怒了他们，就会有灾难降临，因此，西藏人从出生的第一天起直到生命的结束，都要和各种各样的神打交道。可以说人和神的世界是交叉在一起的。②

  作为藏族文学瑰宝的格萨尔故事在藏族聚居区广为流传，成为文学创作的素材。在藏地，关于格萨尔爱妃珠姆的故事有着各种的演绎和传说。格央在《格萨尔的王妃——珠姆》中写了关于珠姆王妃故乡的传说，她无与伦比的美丽，与格萨尔王的成亲、出家，对格萨尔王爱的坚贞，她的嫉妒、痛苦与怨恨以及霍尔王对珠姆的爱慕，写了珠姆与格萨尔故事的流传：

  现在，在藏北比如县境内的麦莫山里有一个被称为"麦莫巴孔"的神奇溶洞，每年藏历的五至六月，成群结队的当地百姓会来此山朝拜，向"麦莫巴孔"表示他们最诚心的敬意。"麦莫巴孔"洞口并不大，但越往里走越宽阔，涓涓流水，绿草茵茵，千奇百怪、自然形成的溶石柱，有的像人，有的像马，有的是弓和箭的模样，有的像砸碎的珊瑚和玛瑙，还有像栓马石的桩子〔……〕真是千奇百怪态！更为奇怪的是：顶上有许多白色的小石子，闪闪发光，是溶洞里长明的石灯。而这个溶洞据说曾经为格萨尔所用，洞里的石桩是格萨尔出征前的栓马石，在洞内的岩板上确实有一个马蹄印，至今还清楚可见，那

---

① 格央：《雪域的女儿》，西藏人民出版社2004年版，第54页。
② 格央：《雪域的女儿》，西藏人民出版社2004年版，第45页。

些弓和箭自然也是格萨尔王及其将领的，而碎珊瑚和玛瑙当然是王妃珠姆的。我看着这些破碎的首饰，仿佛看到千年前美丽哀凄的珠姆。①

在藏族聚居区，有许多格萨尔说唱艺人。这些说唱艺人具有神奇的说唱本领，有的天生就会说唱，有的久病后会说唱，而有的是通过学习获得了说唱本领。作品讲格萨尔的说唱艺人有三类：曲仲（佛授的）、包仲（神授的）、退仲（学来的），并对神奇的格萨尔艺人玉梅进行了介绍。玉梅是属于神授的，她在16岁之前仅是一名普通的牧女，有一天得仙女托梦，在一场重病之后，奇迹般地可以说出很多格萨尔的故事。格央的作品呈现出了西藏独特的文化风俗和传说，具有独特的魅力。

对宗教人物和传说的描写是传统藏族文学的一个内容，格央在其创作中也显现了深厚的宗教情结。她在一些作品中以崇敬之情书写了一些宗教中的女神。譬如著名的班丹拉姆护法神，班丹拉姆即吉祥天母，她是藏传佛教中地位非常特殊与崇高的一位护法神。在《西藏的护法神——班丹拉姆》中，西藏著名的护法神班丹拉姆年轻的时候长得十分漂亮，很有魅力，许多男人向她献殷勤，所以她被宠坏了，变得刁蛮任性、暴躁放荡。父亲把她关了起来，母亲却不忍心她受苦，于是放她出门。她带着妹妹出走到罗刹国，用美丽征服了罗刹国国王，成了他的妻子。在恶魔罗刹的影响下，她学会了吃人，成为一个令人恐怖的魔鬼。后来在佛的感召下，她幡然醒悟，有了同情心和怜悯心，成了藏地著名的护法神。围绕班丹拉姆，格央写了许多充满情趣的故事和传说，作品写道：

> 班丹拉姆女神确实有一个非常恐怖的面容，在外人看来，她缺少女性的娇美，充满了男性的蛮气，可是就是她给了雪域高原很多的保护，打击了妖魔鬼怪，使得无上的佛法在这里得到了最广大的传播和发扬。当然她也曾经是一个不太听话的女儿，在当妻子的时候也惹丈夫们生气，在她的身上，我们可以看到很多充满人性的东西，也许正是这些东西使得我们和她格外的亲近。②

---

① 格央：《雪域的女儿》，西藏人民出版社2004年版，第32—33页。
② 格央：《雪域的女儿》，西藏人民出版社2004年版，第64页。

在格央笔下，不仅有如护法神、度母这样传说中的宗教中的女神，她还描写了历史中真实的宗教女性形象，对她们献身宗教的精神给予了极大的赞美。如在《女密宗大师劳准玛及觉宇派》中，她写了女密宗大师劳准玛的成长过程；写她苦难的生活经历；写她参透人生，修炼佛法，创立女觉宇派，一心修炼佛法，成为一代著名的女密宗大师的过程。作者充满深情地书写道："在我的心目中她是智慧和完美的象征，是力量和努力的源泉。多少次我感觉到她就在我的身边，用她的光芒照耀着我，用她的智慧指引着我……对生活在雪域高原这片土地上的女性来说，劳准玛就是我们最伟大的、最崇高的母亲。"① 除抒写历史和传说中的宗教人物外，格央还关注现实生活中的女性，写她们的日常生活和情感命运。对宗教人物的描写和渗透在笔下的对宗教的虔诚和赞美使得格央的创作有着浓厚的宗教情怀。

　　格央的创作关涉的是雪域大地女性的生存面貌，不管是她的散文，还是小说，都主要关注女性的生存困境，通过对真实可触的俗世生活和内心情感的描述，展现了藏族女性所承受的生活的重负和灵魂境界的宽广。格央的小说并不多，主要有短篇小说《一个老尼的自述》，中篇小说《灵魂穿洞》《小镇故事》《天意指引》，长篇小说《让爱慢慢永恒》等。格央执着于自己对女性生存的独特体验，并将自己对女性问题的思考融注在她的创作之中。她的小说大多围绕女性的情感经历展开叙写，重在通过日常生活去展现女性的生存困境，同时，藏传佛教精神对她的熏陶使得她的作品又具有宗教文化的底蕴。她的长篇小说《让爱慢慢永恒》围绕姬姆措与嫂子玉拉两个女人坎坷的情感经历展开。作品写少女姬姆措在哥哥的小绸缎店里帮忙，遇到了嘎乌府的三少爷平杰，两人深深相爱。但为了替病重的父亲还愿，平杰不得不出家为僧。而这时姬姆措已经有了身孕，只能离家出走。而这一天，嫂嫂玉拉也抛弃了姬姆措的哥哥，与自己曾经的丈夫嘎朵离家出走。两人都经历过生活的艰辛和坎坷。相隔 8 年后，在锡金大吉岭，玉拉和姬姆措相遇，两人的生活都发生了很大的变化。这部作品视野宽阔，不仅描写了女性的情感生活，写了女性的宽容隐忍，还通过对姬姆措从拉萨到锡金大吉岭的坎坷经历的描写，为我们展现了特定时期西藏的历史地理风貌，加之对马帮生活、英国驻军的描写，这部作品显现了特定时期的历史文化色彩。

---

① 格央：《雪域的女儿》，西藏人民出版社 2004 年版，第 119 页。

无论是散文创作还是小说创作，藏传佛教精神性的力量都贯穿在她的作品之中，使之成为人物的灵魂。同时，对西藏历史和现实的谙熟于心使得她的作品又具有强烈的地域民俗文化色彩。格央的创作深深地植根于本民族文化土壤，蕴含了丰富的历史和社会生活内容，在取材和行文上表现了鲜明的文化意味和理性思考色彩，显示了一种精神层次上的探求，有着深厚的人文色彩。

第六节　藏地生活的多元展现
——白玛娜珍的创作

　　白玛娜珍是当代西藏成就卓著的一位作家，她在诗歌、散文、小说领域均有着独到的建树。她从20世纪90年代开始走上文坛，有散文集《生命的颜色》《西藏的月光》，长篇小说《拉萨红尘》《复活的度母》，诗歌集《在心灵的天际》《金汁》。此外，近两年，白玛娜珍通过实地考察的方式行走藏地，写作了很多文化散文。从总体上来看，白玛娜珍的创作具有极强的宗教色彩，她以敏锐的眼光观察生活，书写尘世的悲欢、对女性生存困境的挖掘、对故土的关怀，以及现代化进程中对民族发展的忧思。

　　相对于内地的都市文学而言，藏族都市题材的作品较少，关注都市女性生活的作品更少。长篇小说《拉萨红尘》《复活的度母》书写了西藏都市女性在现实生活中的困境及突围，然而最终迷失自我的困顿与无奈。尘世的喧嚣、生存的无奈、情感的空虚、理想的虚无是白玛娜珍作品的主题。《拉萨红尘》中的雅玛敏感而细腻，多情而感伤，她竭其一生都在追逐爱情，然而最终一切都成虚空。雅玛一次次追寻理想的爱情，在与丈夫泽旦、情人迪和徐楠的情感周旋中，一次次感受到失望和痛苦。她寻求着灵与肉相契合的爱情，一次次如飞蛾扑火般寻求爱的庇护，但丈夫泽旦的世俗低劣使得夫妻两人不能彼此相通，与迪在一起只是没有精神的肉体狂欢，而徐楠经济上的困顿拮据使他自顾不暇。在作品最后，雅玛终于离开徐楠，回到拉萨，与泽旦离婚。白玛娜珍通过雅玛的爱情追求写出了现代女性在尘世中的怅惘与自我寻找的过程。《复活的度母》通过琼芨及茜玛两代女性的情感经历,展现了在社会历史发展进程中藏族女性所面临的困境。琼芨是希薇庄园里最小的小姐,然而一生却历尽劫难。16岁那年,因父亲参加了反革命暴乱,希薇庄园受到牵连,家产被没收,活佛哥哥也在一场大火中去世。在官员刘军的帮助安排下,琼芨在农场当上了一名普通的工人,后来被派往内地学习深造。在内地学习期间,她与英俊的巴顿相恋。但在巴顿毕业回拉萨之后,琼芨的汉语文老师雷也爱上了她。琼芨初尝禁果并怀孕,被学校发现后被强行堕胎,雷则被作为反革命强奸犯放逐内蒙古草原。琼芨从学校返回拉萨,与巴顿结婚,生下儿子旺杰。"文化大革命"时期,因政治立场和派别的不同,巴顿与琼芨的婚姻破裂。琼芨开始和从前农场的战友洛桑暗中约会,并怀上了女儿茜玛,后与洛桑结合。但不久,琼芨的家庭出身被揭露,于是被免职,沦为一名清洁工。洛桑也受到牵连被下放。在为姐姐曲桑姆秘密进行临终救度时,琼芨大哥所在寺院的失踪多年的转世活佛丹竹仁波切悄然出现。他为琼芨的姐姐做超度法事,并在生活上给予琼芨和孩子们很多关爱。琼芨爱上了活佛。"文化大革命"结束,洛桑与琼芨离婚,琼芨内心深处一直渴盼着丹竹,但丹竹却远走印度学佛。作者将西藏社会历史的变化放置在一个普通女性的生存和情感遭遇中去展现,写出了历史的残酷无情,也写出了女性生存空间的狭小和逼仄。此外,作者还通过琼芨女儿茜玛的情感经历,写出了现代化进程中女性的茫然无措。琼芨和茜玛母女两代虽有不同的生活经历和遭遇,然而她们对情感的渴求又一脉相承,作者在时代转折流变中展现了对女性的关怀。

在白玛娜珍笔下,女性是善良纯洁的,然而她们却承受着政治生活和情感的双重挤压。面对女性的生存困境,白玛娜珍感同身受,她对女性在现实世界中的无奈有着深刻的体察,将女性痛苦的深渊、绝望的境地呈现在文本之中,给人以清醒的刺痛。如何使女性不再在红尘之中苦恼?如何使女性走出生命的困境、走出迷失的天空?白玛娜珍一边体察着女性的精神困境,一边进行着痛苦的思索。在白玛娜珍的作品中,宗教为人们提供了灵魂救赎的道路。曲桑姆,希薇庄园美丽的大小姐,在家庭遭受劫难之际,为了了结前世与今生的尘缘,将自己交付给了牧人平措。在贫穷的生活中,她变成一个蓬头垢面的酗酒老妇,在病痛中遭受折磨。但在将逝之际,丹竹仁波切救度的法音使得她享受了生命的尊严,她的面容呈现出无限恬静,沉浸于憧憬之中。宗教的力量最终解除了她一生磨难造成的心灵的粗糙,让将死的心灵有了依靠。而琼芨,只有与丹竹在一起时,她才享受到生活的平静与美好,永远如孩子般地信赖他,这种信赖与宗教情怀是联系在一起的。丹竹心中也爱着琼芨,在最终分离时给琼芨留下了一箱足以保证她今后生活的财物。他对琼芨是真心的疼爱,但丹竹却担负着宗教的使命。在离别时,他泪流满面地对琼芨说:"琼芨,月亮和太阳的光辉遍照大地,但却有自己的轨迹,所以我和你,我的使命也使我不能有个人的生活,我所能做的,就是证得日月一般的明光,回去给有情众生,当然也包括你。"① 丹竹这样一种宗教的慈悲的情怀,成为作品中一种温暖的力量,温暖着琼芨,成为琼芨苦难人生的一份依靠。琼芨爱着活佛丹竹,但却不能与他永远相依,那么她的永恒的救赎和希望又在哪里?面对着现代化进程中物质的泛滥和灵魂的困境,宗教能否继续给人们提供精神的救赎和灵魂的安妥之地?对此,白玛娜珍是犹疑的。在《拉萨红尘》中,白玛娜珍为雅玛和朗萨安排了两条出路:女性投身于事业和女性隐遁于宗教。女性的出路到底在哪里?是在现实的事业,还是宗教的隐遁?白玛娜珍关注女性的命运,她的小说以其细腻的笔触呈现了对现代高原女性命运的思考。同时,她的书写有意识地将女性的生存困境与民族现代化进程相联系,由此,对女性命运的思考便带有多重审视的意味,而这正是白玛娜珍创作的独特价值之所在。

在散文创作方面,除过书写女性内心的情感和隐忧外,寻找精神原乡也是白玛娜珍散文创作的一个重要精神走向。文学要有根基,每个作家都有自己的精神栖息地,"伟大的作家往往都热衷于写自己所熟悉的故乡。鲁迅写绍兴,沈从文写湘西,莫言写高密东北乡,贾平凹写商州,福克纳写自己那像邮票一样大小的家乡——每一个伟大的作家,往往都有一个自己的写作根据地,这个根据地,如同白洋淀之于孙犁,北京之于老舍,上海之于张爱玲,沱江之于李劼人"②。对于白玛娜珍来说,拉萨不仅是她熟悉的地方,更是她心灵相依的地方,是她精神的原乡地,是她剪不断理还乱的前世今生。在《西藏的月光》中,白玛娜珍借用张承志在《鲜花的废墟》里的话语:"人必须爱一座城市,否则人就如一只乌鸦,绕树三

---

① 白玛娜珍:《复活的度母》,作家出版社2007版,第315页。
② 谢有顺:《从密室到旷野——中国当代文学的精神转型》,海峡文艺出版社2010年版,第186页。

匣，无枝可依。"① 白玛娜珍以文学的方式寻找自己的精神栖息地，她指出了自己精神的依恋地就是拉萨，她挚爱着这座城市，以女性那敏感细腻的心思感受着这座城市迷幻的色彩。在白玛娜珍的笔下，拉萨始终是她灵魂的栖居地，始终是她内心深处最温暖的地方，即使在梦中，这座城市都给她以心灵的惊喜："每一处细微改变，都被我如数家珍。我感到即便在梦里，走错了一段，都是一段惊喜。"② 这样的一份欣喜，源自对故乡的深爱。在《请伸开手臂》中，作者写出了即将要回拉萨的喜悦："我真的就要回去了么？曾经多少时候，我回味着那片洁净的天空，想象夜里，远河飘着歌。哪怕只在家里的小院，也能细听墙外湿透的白桦林随风窸窣的声音而遐思不尽。每天清晨起来，鸟雀就像滴在屋檐的雨，欢快地鸣叫着，使我心里充满了温情。草坪上，阳光泛着一洼一洼的银光，几乎令人心醉神迷！在上班的人流里，每一束长发都飞舞着，好像蓝天里的白云，铺成波浪般的清溪。"③ 拉萨，在她的心头是那样的柔软而美丽，她的身体即使处在喧嚣的尘土，但心，早已归去，归去在拉萨。在文章的末尾，她用美丽的诗句写道："于是我渴望着，渴望寒风再一次撕裂我／渴望刻骨的圣洁在我的血液里涌动／渴望用额头去触及如冰的石头／渴望成为一座越来越挺拔的雪峰／呵，西藏！我已洗净身上的尘土，请你伸开手臂！"④

对精神家园的追寻是白玛娜珍散文的基调。故土拉萨，是白玛娜珍的心灵家园，"不论什么时候什么季节，太阳永远亲切地爱抚着西藏高原。那里有黝黑的儿童，硬朗的老人；有金黄的庙宇，红色的墙；还有坦荡的草原，碧蓝的湖泊［……］"⑤ 白玛娜珍在她的散文中，为读者呈现带有感情色彩的拉萨，鲜明地表现了作者的民族立场和文化立场。藏族文化精神内蕴成为白玛娜珍创作的生命源泉，"自己所能看到的现实是有限的、具体的、窄小的，而伟大的写作，往往就是从一个很窄小的路径进入现实，再通达一个广大的人心世界的。这是写作最重要的秘密之一"⑥。拉萨，这座心灵的家园，为白玛娜珍带来无尽的心灵宽慰，也是她走向更深

---

① 白玛娜珍：《西藏的月光》，重庆出版社2012年版，第158页。
② 白玛娜珍：《西藏的月光》，重庆出版社2012年版，第158页。
③ 白玛娜珍：《西藏的月光》，重庆出版社2012年版，第257页。
④ 白玛娜珍：《西藏的月光》，重庆出版社2012年版，第259页。
⑤ 白玛娜珍：《西藏的月光》，重庆出版社2012年版，第115页。
⑥ 谢有顺：《从密室到旷野——中国当代文学的精神转型》，海峡文艺出版社2010年版，第200页。

远的精神伊甸园的隧道,她在这里自由地徜徉,感知这座城市独到的文化魅力,感受心灵的喜悦和尘世的悲欢。

白玛娜珍将自己的心灵、创作、生命与西藏故土紧紧地连在了一起,她的散文充满了对故土的热爱。这种对故土的热爱,在白玛娜珍的作品中最终升华成一种对出生地、对传统文化的坚守,她以圣徒般的朝圣之心爱着她脚下的土地,展现着她对本民族文化的皈依和认同。同时,因理性光辉的照耀,她的散文对人间生活又有着尖锐的发现,对脚下的土地有着承担精神。在现代商品经济大潮的涌动下,拉萨也和内地一样有着太多的喧嚣和浮华,作者对拉萨现代化途中的变异给予了深切的关注。在《拉萨的活路(一)》中,作者写道:"山下的拉萨,那些灯火已不仅是供奉在佛前的长明灯,攒动的人流也不仅只是朝圣的人群[……]"①,"难道今天的成都或者北京、上海,就是拉萨想要的未来?"② 面对一个民族在前行过程中所面临的传统文化的逐渐消逝,白玛娜珍内心有着深深的忧虑。她将这种不安与痛苦灌注在她的笔下,对民族发展进程中的困境有着哲理的思考。如她的作品所展示的,藏族是一个乐观的、载歌载舞的民族,尽管物质贫瘠,但在辛勤劳苦中,他们不缺乏心灵的喜悦。白玛娜珍也极为珍重这种民族精神中接近天性自然的一面,但她却不无悲哀地看到,藏族的这种天性在逐渐泯灭。为了生存,为了所谓的效率,他们开始和内地人一样,不苟言笑,在劳作中放弃歌舞:

> 也许,伴随这种遥远的期望,动听的歌谣将永远消失。而没有歌声的劳动,剩下的,只有劳动的残酷。同样,从劳作中分离的那些歌谣,保护下来以后,复原的只能是一种假装的表演,而非一个民族快乐的智慧。
>
> 那么,我们该要什么呢?是底层人们的活路,还是他们欢乐的歌谣?而不知从何时起,这两者竟然成了一种对立,而这,就是我们如今生活的全部真实与荒谬。③

白玛娜珍感受到了现代化进程中藏族不得不面临的前行过程中的痛苦的磨砺。面对传统文化的逐渐消逝,她不无忧虑:"如果挣钱付出的代价

---

① 白玛娜珍:《西藏的月光》,重庆出版社2012年版,第21页。
② 白玛娜珍:《西藏的月光》,重庆出版社2012年版,第22页。
③ 白玛娜珍:《西藏的月光》,重庆出版社2012年版,第60页。

是告别一种自然而人性的生活方式,钱,对这个美丽的村庄而言就是魔鬼啊!"①

　　对于民族的未来,白玛娜珍充满着希望。拉萨,始终是她精神的栖息地。然而在现代化进程中,一些传统的文化观念必然会受到冲击,白玛娜珍对此满怀忧虑和感伤:"也许央拉、央金和我,我们今生只能在城市和牧场之间,在传统生活和现代文明之间徘徊。""假如有一天,我们内心的信仰、我们世世代代对生命的理解、人民的习俗,能够被发展的社会所维护,和谐和幸福一定会如同瑞雪和甘露[……]"② 白玛娜珍没有丧失对生活的信仰,她希望脚下的这片土地洁净如昔。正是这种潜存在内心的忧患与对未来的思考,使白玛娜珍的散文显现了民族精英知识分子的独特气质,她的表述使得一种民族忧患意识浮出地表,从而引起我们的深思。③

　　此外,白玛娜珍还以文化考察的方式去书写藏族的现实和生活,在《寻找呼图克图——类乌齐寺札记》中对类乌齐寺的历史和现状进行了考察;在《桃花盐——芒康县纳西乡盐井村的故事》中不仅书写了纳西乡盐井村今昔的变化、采盐人的艰辛、盐区的变化,还写了盐田的美丽景致:

　　　　空气里弥漫着桃花的芬香,江风拂面,带来盐田的咸味;我顺着崎岖小径,快速上到盐田,只见有的盐农在整扫刚收过的空盐田;有的盐田里注满了澜沧江畔盐井里自然涌出的卤水;还有的盐田里结晶的白盐已浮出了绿水,有的盐田已晒成熟了厚厚的盐,盐农将最上面一层轻轻刮下来,收到盐田边上,高高放在一旁的草筐里单独晾晒,以待食用,再把盐田里下面两层盐刮起来,在盐田里堆成一朵朵花瓣的形状,继续晾晒……这时,远山千年野桃花树,在春风激情的摇撼中,粉色的桃花瓣被吹扬在空中,顺着澜沧江飘落在盐田里,于是,花香入盐,成为一年四季中最为著名的"桃花盐"。④

---

① 白玛娜珍:《西藏的月光》,重庆出版社2012年版,第49页。
② 白玛娜珍:《西藏的月光》,重庆出版社2012年版,第30页。
③ 从第100页"在散文创作方面,除过书写女性内心的情感和隐忧外……"至此,已在本人《文化身份的建构与书写——当代藏族女性文学研究》(中山大学出版社2017年版,第156—159页)上发表,特此说明。
④ 白玛娜珍:《桃花盐——芒康县纳西盐井村的故事》,见藏人文化网,http://www.tibetcul.com/wx/zuopin/sw/27460.html。

作者以文化考察的方式呈现了藏族聚居区的世俗生活和宗教景象，具有独特的文化意蕴。白玛娜珍的创作形式多样、内蕴丰厚，她以女性的细腻敏感，感知西藏社会的发展变化，显现了其对现代社会的深刻忧思、对传统文化的无限依恋，也多元展现了西藏历史和民俗生活。

第七节　阳光下的低吟
——班丹的创作

班丹于 20 世纪 60 年代初生于拉萨曲水，他精通藏汉文，从 20 世纪 80 年代开始发表作品，有小说集《微风拂过的日子》，代表作品有《阳光下的低吟》《酒馆里我们闲聊》《死狗，寻夫者》《蓄长发的小伙子和剃光头的姑娘》《废都，河流不再宁静》《走进荒原》《阳光背后是月光》《星辰不知为谁陨灭》《面对死亡，你还要歌唱吗》《寻找龙宝》等。

班丹是一位具有深厚民族文化积淀的作家，他深深地爱着自己的民族，他说"成为藏族中的一员，我感到无比光荣、无比骄傲"[1]。西藏的山山水水养育了他，班丹对自己的故土满怀深挚的情感。"我清楚地记得自己此生以人的面目出现在天地间不过四十余载，却仿佛从很久很久以前的远古走来，活了几百年，几千年，以至上万年。古海喜马拉雅分娩出无数座大山、草原和农田，孕育了忍辱负重、自强不息的藏族。这个民族艰难前行的每一幕总在我眼前交叠闪现，风雪的呼啸、马群的嘶鸣、父亲的呐喊、母亲的哀怨、婴儿的啼哭在天地间炸响，穿透我的耳膜，久久回荡在空气中。封存记忆深处的战争、饥馑、瘟疫及由此带来的奔逃、迁徙、死亡等字眼，无时不在挠着我的大脑和心脏。"[2] 民族的过去，民族的记忆，一直烙刻在班丹的内心深处，因此，班丹在他的作品中一直试图刻画出藏族的历史风貌。

他的处女作《酒馆里我们闲聊》写"我"与酒馆老板和老板娘的闲聊，把藏族慵懒、闲适而又带有陋俗的生活述于笔端，而置身在这种让人

---

[1] 班丹：《文学让我绽放笑容》，载《西藏文学》2007 年第 4 期。
[2] 班丹：《文学让我绽放笑容》，载《西藏文学》2007 年第 4 期。

沉滞的生活中，作为知识分子的"我"感到无可奈何的孤独与苦闷，流露出对传统文化的审视和批判。

《死狗，寻夫者》写央尕玛把三个孩子托付给父亲，怀揣两人相爱时丈夫给的定情信物，前去拉萨寻找经商的丈夫格勒日瓦，但是丈夫已经有了别的女人。央尕玛最终只能在宗教中寻找精神的安慰。作品写出了藏地女子对爱情的执着以及藏族对宗教的虔诚。更难能可贵的是作者这篇小说中还写出了在面对现代商品经济时宗教信仰的无能为力。小说中央尕玛将卖牛得来的2000元钱交给寺庙主持，为找到格勒日瓦而祈祷，但过去的格勒日瓦是永远不会回来的；与此同时，格勒日瓦则祈求三宝抚慰自己的灵魂，但抛弃了妻儿的格勒日瓦的灵魂是永远不会安宁的；作品最后写怀抱经书的老僧葬身于车轮之下，无不充满寓意。

《蓄长发的小伙子和剃光头的姑娘》写白宗和塔尔钦彼此相爱，但为了生活，白宗走入了寺庙，塔尔钦仍然在俗世中飘荡，两人却始终难以相忘。作品表达了对宗教生活的困惑。最终，美好的爱情战胜了宗教的吸引，因而白宗——阿旺曲增从寺庙中消失。

《废都，河流不再宁静》《走进荒原》《阳光背后是月光》均是对藏族普通生活的描绘，表现了作者对本民族民众生存及信仰的一种探索。

《星辰不知为谁陨灭》展现了作者对藏族现实生存环境的思考，描写了藏族在面对外来文明的侵袭、面对巨大的文化反差时，他们内心深处所激起的强烈震撼。而这一切，又都是通过第一人称的羊倌"我"来凸现的。两个分别被打上诗人、摄影家符号的城市人来到西藏的穷乡僻壤体验生活，基于不同文化背景、不同生存状态的"城市人"与"我"的个体相互碰撞，羊倌对现实的生存进行了思考。这里面既有对藏族传统恶习的否定，也有对现代生活的不解与试图融合。男诗人、女摄影家厌倦城市生活，向往草原和乡村最原始、最纯净、最自由的生活，幻想离开现代文明带来的污染和烦躁，毅然走出城市，来到偏远的半农牧区。他们的行为为村中的人所不解，而他们对农村的一知半解也遭到了这里人们的嘲笑，以致羊倌的母亲说："你们两位的脑子没有什么问题吧？要不要派人从县里请个医生来看一看？"[①] 而且诗人身上竟然还存在着连羊倌这个乡下人也觉得很不雅观的吐舌头的猥琐、卑微的习惯。诗人、摄影家对这片土地的

---

① 班丹：《星辰不知为谁陨灭》，载《西藏文学》2007年第4期。

一切充满好奇，而他们所惊呼的不过是羊倌从小都看惯的，"我在这片土地上生活了四十来年，可是我从来没有感受到这里的景物、气候有啥特别神奇，特别令人心动之处。更没有发现像那两位诗人和摄影家所描绘的'水天一色、天人合一'什么的景致"①。羊倌认为这是两个疯疯癫癫的人。但是当诗人、摄影家最后相殉于雪野之中，羊倌震惊了。他哭了，揪下了自己的一撮长了四十多年、至今依旧黑亮的头发。"在以后的很长一段时间，每天都过得很慢，很凄凉，仿佛失去了很多很多属于我自己的东西。那两位艺术家壮美的表情总在我的眼里流动，如水如光如千年不变的高山峻岭。"②羊倌开始了自己的思考，对命运、对人生这些过去没有思考过的东西进行了询问。最后得出"或许生命的价值不在于生命本身，而恰恰在于生命的各种形态及其寂灭的过程""许是有了太阳、月亮和星星，生命才像星辰般闪耀光芒而最终悄然陨落"③。这实质上是作者自己的思考，他在面对异域文明的巨大冲击时，内心深处受到了极大震撼，并将自己痛苦的思索述于羊倌之口。

在《阳光下的低吟》中，作者讲述了藏族妇女德央曲折坎坷的生活和情感经历。漂亮的德央本是名门闺秀，出生在一户贵族家庭，但在"文化大革命"这场浩劫中，一夜之间，命运被打上了难以置信的黑色记号。她被以领主后代的身份发放到羌塘的一个偏僻小县，连工作带改造。她与才旦两人心心相印，这份纯洁的感情却遭到了恶势力的亵渎。县革委会副主任热嘎借权势玷污了她，刚烈的德央投水自尽。然而，也许由于神的佑庇，她未能死掉。想到父亲、母亲、兄弟姐妹，想到才旦，德央决定要坚强地活下去。但生活始终像是在开玩笑，后担任县长的热嘎为了能一直占有德央，使计迫使才旦出走，不幸的德央最终只能带着对才旦的思念嫁给了另一个名字也叫才旦的老实人。德央的一生是不幸的，然而经历过所有不幸的德央的心情是平静的。当别人在知道德央遭到热嘎亵渎，一生的不幸与热嘎有着很大关系时，问起她是否诅咒热嘎，德央却显得异常平静。作品是这样描绘的："德央摇摇头，懒懒地说我没有诅咒。他也没有遭什么报应。听说前几年才死的。如果我没有记错的话，他应该活到八十多岁

---

① 班丹：《星辰不知为谁陨灭》，载《西藏文学》2007年第4期。
② 班丹：《星辰不知为谁陨灭》，载《西藏文学》2007年第4期。
③ 班丹：《星辰不知为谁陨灭》，载《西藏文学》2007年第4期。

了吧。"① 所有的悲欢如两岸云烟，消失在德央的眼前。但德央对才旦的爱意一直荡漾在内心深处，"德央心想，天堂的门已经向我敞开。才旦在天堂门口吹着鹰笛等候我的到来。她抬起眼，吃力地望了望天空。她感到幽深无底的天空在看着她和她脚底下跟太阳一般慈祥的大地"②。作品贴切而真实地反映了西藏大地上的一个普通妇女自 20 世纪五六十年代至今所经历的坎坷岁月，无不体现对当时时代政治的反思与批判。然而，作品中德央经过那么多的坎坷与不幸却仍然豁达，给人一种生的坚韧之感，这无疑与藏族的宗教信仰是紧紧联系在一起的。

《面对死亡，你还要歌唱吗?》是一篇充满抒情色彩的优美而悲伤的作品。梅朵是那样的温柔、漂亮、贤惠；梅朵与郎雅是那样的相知相爱，但上天却让梅朵在朝圣的途中去世。按照藏族的习惯，人死后，是不能太悲伤的。然而郎雅却陷入了深深的悲伤之中无力自拔，他始终难以相信梅朵已经离开人世，认为梅朵是他生命中的月亮。梅朵的消失给了朗雅沉痛的打击，他无力走出梅朵不在的阴影。作品写"朗雅每见一个人，便不由得流出泪来。尤其是见了与梅朵同龄的女子，便失声痛哭，哭得眼睛又红又肿。他把年迈的母亲留在家里，请邻居照顾，自己时常出门四处奔波，忙忙碌碌，请僧人做佛事，为梅朵超度亡灵；或到较近的寺庙，或托付到拉萨等地的人到各寺庙添灯，祈望她顺利地往生他界，轮转为新的生命"③。梅朵的离开让郎雅无所适从，在现实、在梦境，朗雅无不在追寻心爱的梅朵。藏地男儿的痴情让人泣涕！而母亲的去世给了他失去父亲后的又一次巨大打击。孤清与凄凉像把利剑，刺穿了他的心，朗雅最后皈依佛门。作品写出了朗雅对于爱情的执着和坚贞，有着撕裂人心的痛楚，也写出了传统藏族女性的温婉、多情和善良。作者对女性美的感知十分细腻。

在内容上，班丹的小说充满藏族文化的特质。班丹深深地植根于藏族文化传统，把本民族的文化精神贯通在他的血脉中，他的作品有着浓厚的藏族历史的、宗教的文化氛围，也充满了民间色彩。于是，我们听到了关于莲花生大师的传说，看到了人的转世投生、巍峨的寺庙、飘飞的经幡、虔诚的信徒和传说中的古格王朝；我们看到了笼罩在浓厚宗教氛围下的藏族人民的生活、他们的信仰、他们的情与爱、他们的生与死，看到了堆积

---

① 班丹：《阳光下的低吟》，载《西藏文学》2007 年第 4 期。
② 班丹：《阳光下的低吟》，载《西藏文学》2007 年第 4 期。
③ 班丹：《面对死亡，你还要歌唱吗?》，载《西藏文学》2007 年第 4 期。

如山的玛尼堆、随风飘扬的经幡、象征着幸福和吉祥的各种宗教符号，听到了他们的诵经声……班丹笔下呈现了丰富的藏族生活图景，展现了他们的情感世界和内心追求。同时，班丹在作品中还写出了在历史变迁过程中藏族的阵痛，而这种阵痛是一个民族在走向现代化的过程中所不可避免的。他写了藏族在面对现代文明、面对商品经济侵袭、面对现代喧嚣生活时，他们灵魂深处的不安、困惑与不解，体现了一种久违的对西藏历史和当代普通民众命运的关注、对民族精神和人性情感的理解，班丹的作品由此具有了一种强烈的平民本位化色彩和深重的忧患意识。他的创作深深地植根于本土，他能感同身受而不是以一个局外人的眼光去看待和描写藏族的生活，他的作品展现了藏族在现代化进程中灵魂的困惑与不安，这使其作品具有积极的现实意义。

在《寻找龙宝》中，龙珠为了过上富足的生活，离群索居，去寻找传说中的龙宝，以求一夜暴富，但十余年的等待等来的只是虚幻，因为美好的生活只能靠现实的奋斗。作品有着深刻的现实寓意，揭示藏族在走向新生活的过程中，只有破除迷信和虚幻，才能有美好的生活。

正如班丹在《阳光下的低吟》里所言："有了阳光，就有生命。有了生命，就有故事。"① 班丹满怀真挚的情感，书写着雪域众生，他的笔触满怀深情，他的创作充满藏族的生活内蕴，既有宗教的情怀，也有对文化的反思；有现实藏地生活的描述，也有藏地灵魂的昭示。班丹以他孜孜不倦的写作，丰富了对藏地生活的书写。

第八节　藏地乡村图景的描绘
——尼玛潘多的创作

尼玛潘多是当代西藏一位有着独特创作风格的作家。她从小在西藏日喀则城郊的农场长大，很熟悉西藏农村生活，所以，当她拿起笔来描摹西藏的时代变迁时，农村生活便在她笔下栩栩如生。尼玛潘多的文学作品不

---

① 班丹：《阳光下的低吟》，载《西藏文学》2007 年第 4 期。

多，主要有长篇小说《紫青稞》，短篇小说《城市的门》《嫦珠的心事》《协噶尔村的央宗》《羊倌玛尔嫦》《针尖上的日子》等。这几篇作品除了《针尖上的日子》抒写城市女性内心的情感和生活现实外，其他的作品都是有关农村生活题材的。

20世纪80年代以来的改革开放，使得中国社会的各个方面都发生着深刻的变革。西藏虽然是偏隅的边疆地带，但改革开放的时代潮流也在洗涤着这里的旧观念，现代文明与古老传统进行着激烈的碰撞，西藏传统社会的结构发生了很大的改变。尼玛潘多的长篇小说《紫青稞》就是这样一部描写广阔社会生活面，刻画时代转折过程中的世俗生活，并对本民族女性生存状态进行探寻和思考的作品，是充满历史厚重感和鲜明女性意识的优秀之作。小说以西藏农村的现代化变革为背景，以农村儿女的情感追求、命运变迁为中心，展现了社会转型期西藏社会真实的面貌。在作品的开头，尼玛潘多这样描绘她笔下的后藏乡村图景：

和许多散落在喜马拉雅山脉附近的小村庄一样，仅有三十几户人家的普村，严严实实地躲藏在大山的怀抱里，与外面的世界保持着若即若离的关系。①

她又俯瞰这个藏族小村落，描写这样一个普通村落的房屋分布、民情风俗。这里有地位高贵、家庭富足、受人尊崇的强苏家：

从山顶看普村，这里的房舍布局很有特点：东西两头各有一幢很特别很气派的房子。村子的东头是普村惟一有房名，也是普村最富有、身世最显赫的阿巴嘎布（居家密宗师）强苏家……这家户主继承父辈的传统，除了能算卦占卜念经之外，还略知藏医藏药。村里有什么头疼脑热的，或需要占卜算卦的都要找他。因为他为人善良，被村里人尊称为强苏啦（敬语）或强苏仁布钦，而他的真名已被人淡忘了……②

---

① 尼玛潘多：《紫青稞》，作家出版社2010年版，第2页。
② 尼玛潘多：《紫青稞》，作家出版社2010年版，第3—4页。

还有虽出身卑微，受人歧视，但在时代浪潮中勇于闯荡而家庭富有的铁匠扎西家：

> 村子西头是铁匠扎西家。铁匠扎西早年卖艺来到普村，和普村的一个姑娘相好上了。前两年，普村很少有人到外面闯荡。铁匠扎西第一个走出大山，翻过一座座山，到藏北为牧民揉皮子、盖房子、打铜铃，每次都赶着一群羊子大摇大摆地回来。没过两年，他也在西头圈了一块地，盖了间很气派的房子，风格和强苏家完全不相同，但村民给他的礼遇和强苏家恰恰相反，歧视他铁匠出身。①

另外，还有一人拉扯四个孩子长大，生活艰辛、家境贫寒的阿妈曲宗家：

> 从山顶看本书的——阿妈曲宗和她儿女们的家，有些费力，在高高低低的房舍中，阿妈曲宗的房子像烧化了的蜡烛，瘫成一片，看不出有什么布局。阿妈曲宗的房子在村子中央的一块土坡上，门外有条水沟。这条沟是前几年洪水袭来时冲刷成的，那时阿妈曲宗邻居家的房子都遭水淹了，凶猛的洪水为了让人们记住它的威力，特意留下了这条很深的沟。邻居们有意躲避那段记忆，都先后搬到了地势较高的地方。没有了左邻右舍，阿妈曲宗的房子显得孤零零的，它的破败也像是放大了一般更加醒目。②

和藏地的许多村庄一样，普村也保留着很多传统的质地。作品用了很多的篇幅描写普村过新年时热闹而又独具特色的新年民俗。普村的妇女们在新年即将来临时聚在水井旁洗漱铜锅，富裕的人家开始宰杀牛羊，没有牛羊可宰的，就做些油果子给孩子解解馋；也有些人家拿青稞到乡里的供销社换些糖果回来。青稞酒是普村人准备最充足的年货，不管好不好喝，数量是一定要保证的。大年二十九的晚上，要吃年夜饭"古突"。吃完"古突"要驱鬼，"驱鬼是男人的事，这一天，所有女人都是有妖气的魔

---

① 尼玛潘多：《紫青稞》，作家出版社2010年版，第4—5页。
② 尼玛潘多：《紫青稞》，作家出版社2010年版，第6页。

女。在驱鬼的时候，女人不能随便出现在外面，要是被驱鬼的人撞见了，就要被当作魔女，用火把烧辫子"①。普村的人对新年初一的热爱近乎迷信：这天不能吵嘴，否则这年家庭定会不和；这天不能劳作，否则这年定会劳碌不停；这天不能走亲戚；等等。"普村的新年是男人和儿童的节日，爱玩的孩子们盼的是那几天没有训斥的日子，爱喝酒的普村男人盼的是那几天可以喝个透的日子。新年的普村，连空气中也弥漫着青稞酒的香气。"② 新年第一天晚上聚在村子里看电影，女人要打扮得光鲜亮丽，在这一天，女人攀比谁的"帮典"最漂亮，谁的衬衣最鲜艳，谁家媳妇或姑娘头上的"巴珠"添了几颗珊瑚或少了几颗绿松石等。而男人则围坐成一圈，相互传递着盛满青稞酒的银酒碗，看重的是谁家的银碗最大，谁家银碗上雕刻的图案最华丽、最复杂。在新年初二，男女老少聚集到坝子上跳舞、对歌，除了炫耀服饰，还要比较谁家的竹篮里带的食品糖果丰富稀奇。

  古老的乡村虽然面临着现代化的浪潮，但传统的民俗活动仍给村庄的农事带来了很多仪式感。如每到春耕播种的季节，都要举行隆重的春耕仪式。作品详尽地写了森格村的春耕仪式：请喇嘛占卜算卦，算出应由一对属相为牛、父母双全、五官端正、面相慈善的男女开第一犁，撒第一粒种子。春耕仪式是村民生活中最重要的仪式，是即将忙碌前的犒劳，也是祈求运气升腾、风调雨顺的仪式。为了来年运气升腾，每个人都要盛装参加仪式，所以春耕仪式也是森格村人相互攀比、相互炫耀的仪式。大家要费尽心机地盛装出行，在别人面前展现自己、炫耀自己。传统农耕文明有古朴美好的一面，但与此同时，也有它原始落后的一面和各种阴霾、弊端。在现代化进程中，藏族社会必然也要经历城市文明与乡村文明的对立冲突。尼玛潘多既没有一味去美化乡村，对城市文明持批判态度，也没有片面地高扬现代化的旗帜，去批判农村的不合时宜，而是真实地展现普通人在现代化进程中的生存境遇，既写出了他们的生存困境，也展现了他们的困惑和追求，尤其是将藏族女性的成长之路放在民族历史发展的长河中去审视，发掘女性身上潜存的倔强的生命活力。

  《紫青稞》以宏大的时代转变为背景，在现代文明的进程中看待藏族前行过程中的艰苦蜕变，以一种理性精神对民族传统文化心理进行新的审

---

① 尼玛潘多：《紫青稞》，作家出版社2010年版，第59页。
② 尼玛潘多：《紫青稞》，作家出版社2010年版，第64页。

视。作者曾在采访中这样说:"紫青稞在我的家乡到处都是,品种不是太好,但它的生命力旺盛,可以在贫瘠的土地上和恶劣的自然环境下生存。所以,我用紫青稞来比喻生活在大山深处的人们,紫青稞的品质就是我书中描写的那些自强不息的人们的精神。"① "紫青稞"在作品中充满了象征色彩,代表的是一种苦难、坚忍、顽强。"普村是嘎东县各自然村中,离县城最远的村庄,这里恶劣的自然条件,使紫青稞这种极具生命力的植物,成为这里的主要农作物。"这里的自然条件是那样的恶劣,然而这里却洋溢着最热烈的生命力:"只要男人的扎年琴弹起来,女人的歌声就会和起来,连足尖也会舞蹈起来。无论日子多么窘迫,他们的歌声从来没有断过,他们的舞步也从没停过。"② 正是在这样一种民族精神的哺育下,普村的男男女女从来都是达观地对待生活,洋溢着一种原始的生命张力。即使是洪水冲毁了家园,他们也会很快从困苦的阴影中走出,放声歌唱。藏传佛教和民族传统精神中的粗犷豪放使藏族人能够达观地对待生命中的苦与乐,所以两个"阿妈曲宗"在面对生活苦难时,都能够以坚韧的态度,乐观地去对待生命过程中的一切。与此同时,宗教信仰向善的力量也使得作品中人物的灵魂最终获得升华,如格桑的母亲,因为想与大叔结合和贪图大叔的家产,起初对达吉怀着嫉恨的心理,但宗教精神中向善的力量使她自觉卑劣,从而改变了自己对待大叔一家的态度。

但是,这里仍然有许多阴霾,在贫瘠的普村,传统的等级制度还根深蒂固地存在着。在旧西藏,铁匠被认为是罪孽深重之人,是黑骨头,因为他们炼制各种器械,而这些器械常被用于杀生和战争,佛教认为杀生和屠戮是罪恶的,所以铁匠在旧时地位十分低下。旧西藏通行了几百年的《十三法典》《十六法典》明文规定铁匠属于下等人,其命价为一根草绳。铁匠的子女也被认为血液不干净,因此世代被人瞧不起。罗布旦增爱上了铁匠扎西的女儿措姆,阿妈曲宗坚决不答应,"阿妈曲宗一家日子过得紧了点,可在村里算得上是有'身份'的人,是能和其他村民共用一个酒碗喝酒的人;而铁匠扎西这几年靠着手艺挣了一些钱,家境不错,可毕竟出身低贱,村里没人跟他们共用一个酒碗喝酒,这是明眼人有目共睹的事

---

① 刘峥:《长篇小说〈紫青稞〉进入全国各高校图书馆》,见中国作家网:http://www.chinawriter.com.cn/news/2010/2010-03-16/83583.html。

② 尼玛潘多:《紫青稞》,作家出版社2010年版,第3页。

情"①。尽管扎西每年都要把从牧区带来酥油、奶渣、牛羊肉分一些给日子过得紧张的家庭,但这些人在吃着送来的牛羊肉时,言语中仍然少不了对铁匠的歧视。在普村,强苏家族因为祖上曾经出过一个宁玛派活佛,所以拥有最高贵的血统,也是普村最富有、身世最显赫的一家。而铁匠扎西也认为自己家低人一等,尽管凭着头脑灵活挣了一些钱,但在盖房时,也不肯跟高贵的强苏家盖得一模一样。扎西说:"我们铁匠家毕竟比别人家低一等,这房子与住户也有个配与不配的问题,不能攀比。"② 尽管罗布旦增与措姆相爱,但就是这种根深蒂固的等级观念,使得传统的阿妈曲宗不能接受铁匠的女儿。罗布旦增为了爱情而出走,来到措姆家入赘,也正是因为作为家庭的希望的罗布旦增的出走,阿妈曲宗家由此渐趋破败。达吉爱着铁匠的儿子旺久,也只好把这情愫潜埋于心底。桑吉爱着出身高贵的多吉,但因为哥哥的婚事,心里埋下了阴影,"如果不是大哥突然住进铁匠家,执意要做铁匠家的女婿,强苏家没有理由拒绝他们的婚事;但现在可以了,一个高贵家族怎能接受和铁匠家沾亲带故的媳妇"③。阿妈曲宗家儿女的悲剧情感由此拉开。作者在这里对这种传统血亲观念和等级制度进行了无声的控诉。

然而,随着时代的发展,这样一种传统的等级制度和血统观念,也逐渐在现代文明与现世物质的冲击下开始动摇,旺久凭着自己的精明能干,在生意场上如鱼得水,得到了人们的尊敬,出身与血统不再成为一道屏障。作品写普拉"亲眼看见旺久身边的人是如何巴结旺久的,假如旺久喝酒,那些人一定会争着和他共用一个酒杯"④。旺久的精明能干、豁朗大度,也使达吉有了坚实的依靠。虽然与普拉结婚,但旺久却一直驻留在达吉的心中,而普拉好高骛远、狭隘猜疑,最终失去了达吉。固守传统观念的阿叔也因为旺久的能干热情而对旺久十分感恩,连小妹妹边吉也对旺久充满敬意。而与旺久相对的是多吉,他虽然血统高贵,却好逸恶劳,品性龌龊,风流成性,辜负了深爱他的桑吉,到最后人人厌恶、唾弃他,还被抓进了公安局。可以看出,在社会转型期,传统的门第观念已经发生了很大的变化,年轻一代逐渐突破历史因袭旧俗的禁锢,在情感的世界里开始

---

① 尼玛潘多:《紫青稞》,作家出版社2010年版,第7页。
② 尼玛潘多:《紫青稞》,作家出版社2010年版,第5页。
③ 尼玛潘多:《紫青稞》,作家出版社2010年版,第20页。
④ 尼玛潘多:《紫青稞》,作家出版社2010年版,第239页。

自由地翱翔。

此外，作品还通过城乡对比，通过森格村与普村的对比，来揭示社会转型过程中的城乡差别。普村的人羡慕住在城边的森格村人，森格村人面对贫苦的普村人有种天然的优越感，但森格村人却又对县城怀着一种敬畏的心理。"达吉也一样，喜欢看县城里的花花绿绿，喜欢县城繁华的样子，她和别人不同的是，她还喜欢县城的名分，生活在县城附近，她觉得自己也变得高贵起来。"① 对城市的向往与追求，实质上是对现代文明的追求。然而，强大的城乡差别，使得乡村儿女倍感压抑。桑吉到了城里，感受到的不是城市的温暖，而是城市的冷漠，"城市再大，也没有一处墙根会让你歇息；城市再富，也没有一碗清茶供你解渴；城市再美，也没有一样美丽为你存在。桑吉真真切切地感受到了农村与城市的不同"②。城市，在农村人面前，是一种冷漠的存在。通过展示强烈的城乡差异，作品反映了现代化进程中西藏社会的真实面貌。

尼玛潘多看到了现代文明对西藏乡村社会的冲击，感受到了传统习俗对世俗人生的禁锢，并由此反思民族传统文化的魅力及弊端，写出了社会嬗变过程中必然带来的精神情感的变化，并通过对普村、森格村、嘎东县城及拉萨生活进行描写，为我们呈现了从农村到城市的广阔的世俗生活画卷。对民族前行过程中社会面貌和民众心理的真切描写，使得尼玛潘多的创作带有极强的现实性，我们能够通过她的抒写去体会一个民族在时代转型期所面临的生机和精神上的困惑。

尼玛潘多拒绝神秘化西藏，她说："我只是想讲一个故事，一个普通藏族人家的故事，一个和其他地方一样面临生活、生存问题的故事。在很多媒介中，西藏已经符号化了，或是神秘的，或是艰险的。我想做的就是剥去西藏的神秘与玄奥的外衣，以普通藏族人的真实生活展现跨越民族界限的、人类共通的真实情感。"③ 小说以女性独具的细腻、敏感，描绘了转型期西藏社会的世俗生活，通过女性真实的生命体验，展示了西藏农村女性的生活面貌，传递着藏族女性独特的生存体验、精神状态、价值观念，以及她们在时代转变过程中面临的多重考验和精神抉择。

在表现西藏农村变迁时，尼玛潘多主要通过对普村三个家庭（阿妈曲

---

① 尼玛潘多：《紫青稞》，作家出版社 2010 年版，第 33 页。
② 尼玛潘多：《紫青稞》，作家出版社 2010 年版，第 177 页。
③ 刘峥、尼玛潘多：《紫青稞是一种精神》，载《西藏商报》2010 年 3 月 13 日。

宗家、强苏家、铁匠扎西家)的儿女情感生活来进行刻画和展现,在这其中又主要书写了三个女性。首先是达吉,这是尼玛潘多要颂扬和赞美的一个女性。达吉是作品中最有生命活力的女性,她性格坚韧、冷静,勇敢无畏并执着地追求新的生活。贫穷的普村与达吉是那样的格格不入,"达吉的美和这个荒凉的村庄,特别是和她家破旧的房子极不协调。鹅蛋形的脸,细长的眼睛,上挑的眉毛,白净的肤色,处处透着一股媚气。即使打着补丁的黑氆氇藏袍,也压不住她的冷艳和孤傲,像个没落贵族家庭的小姐,达吉的美让普村的男人望而却步"①。在这个贫穷闭塞的村庄,达吉感受到死一般的窒息,"破落得感受不到一丝希望的家,让达吉厌烦。整天吃糌粑喝清茶,她不觉得日子有多苦,最苦的是,没有一双不露脚趾头的鞋子,没有一件不打补丁的衣裳,连多洗几次内衣,也要被阿妈责怪浪费了皂粉。人与人之间,怎么这么不一样呀?去城里打过工的达吉,常被这个问题困惑。每当这时,她就会想起穿拖地藏袍,脚蹬皮鞋的城里女人"②。对新生活的向往,使达吉义无反顾地跟随叔叔来到挨着县城的森格村。离开普村、离开阿妈曲宗,达吉没有半点忧伤,走时连个眷恋的眼神都不曾有过,她一心想去拥抱新的生活。能够成为阿叔的领养女儿,达吉经过了各种敌意的考验,首先是阿叔亡妻的姐姐,她想霸占阿叔的家产,要把女儿过继给阿叔。另外,还有阿叔的邻居,一对母女,打着心思想将两家合成一家,达吉的到来打破了她们的如意算盘,达吉成为她们的假想敌。靠着自己的灵敏、机智、朴实耐劳,达吉赢得了阿叔的信任,开始了自己的新生活。她在森格村如鱼得水,并被县妇联主席赏识,带领贫困妇女组成互助组,制作奶渣和酥油。虽然创业最终失败了,但达吉却在生活中磨炼了自己。在爱情的取舍上,达吉也完全听从自己的内心,不像自己的姐姐桑吉那样逆来顺受。达吉得到了其他女人想尽手段都想要的男人普拉,但当与事业有成的旺久相遇时,埋藏在心底已久的爱再次潜流,这让普拉很不满,两人之间发生隔阂;加之普拉拿阿叔留给达吉的胸饰作抵押贷款的事,使得两人之间产生了过多的不信任;再加上旺久的存在,普拉对旺久的猜疑使得夫妻之间危机重重。最终,普拉出走了。经过短暂的伤痛后,达吉在旺久的帮助下开了噶东县最大的一家批发商店。"坐在

---

① 尼玛潘多:《紫青稞》,作家出版社2010年版,第16页。
② 尼玛潘多:《紫青稞》,作家出版社2010年版,第16页。

柜台后的达吉精心装扮了一番,俨然一副女商人的模样,也许因为内心激荡着创业的热情,整个人变得神采飞扬。"① 由此,达吉又开始了一个新的飞跃,展现在她面前的是明媚的广阔天地,不仅有美好的爱情,而且还有蒸蒸向上的事业。作者在达吉身上更多地寄托了自己的理想,达吉蜕变般的成长,在这本书中得到具体细致的呈现。达吉经过了现代文明的洗礼,从农村走向城市,越来越成熟老练,她身上的故事颇能折射出现代女性在追求自我实现过程中的艰难蜕变。她对自身的境遇有清醒的认识,敢去追求自己想要的生活,是一个能够主宰自己命运的人,也是一个在社会转型期能够紧跟时代发展脚步的坚韧的女性。达吉的成长过程反映了时代转型期藏族女性对自我命运的把握与女性意识不断深化的过程。

相对达吉而言,姐姐桑吉是一个传统的女性,桑吉的世界是一个广袤空旷的世界,同时也是一个粗粝的世界,柔弱的心灵不断地受到伤害。在她身上,更多地体现了女性隐忍的一面,这种忍耐是一种宽阔无边的忍耐,夹杂着苦涩和一丝丝凄美,这在永恒的困境之中显得那样忧伤和无助。与达吉的果断不同,桑吉温婉传统,她爱上了出身高贵的强苏家的小儿子多吉,但这种爱给她带来的更多的是一种悲凉,仅仅因为朦胧的好感和青春期对爱情的向往,便将自己的全部身心都给了这个她所不懂的、不能承担责任的男人,然而这个男人给她的却只是伤痛。在一次并不愉快的交欢之后,桑吉有了身孕,此时多吉却流落在城市,过着荒唐堕落的生活,完全忘记了桑吉。她是母亲最爱的女儿,也是母亲的依靠,却不得不抛下母亲来到城里去寻找多吉,忍受着苦楚与屈辱,经历了千般痛苦,甚至为了生存还去乞讨,一次次的隐忍,销蚀了昔日对多吉的刻骨之爱。在这个喧嚣的都市,桑吉痛切地感到城市再大,也没有一处让她容身的地方;城市再美,也没有一处美景是为她而存在的。她流落在陌生的城市里,感受到的是冷落和无依无靠,柔弱的心灵承受了太多的苦难。所幸,她遇到了善良的老阿妈——她也叫曲宗。城里的阿妈曲宗收留了她,在她最需要帮助的时候给予她关怀,最终还促成了她与强巴的结合。桑吉的性格体现的更多是一种隐忍与传统。她有着传统的美德,温婉、善良、娴顺,与妹妹达吉不同,她保守着乡村的传统习惯,"城市对桑吉没有太多的诱惑,因此她对城市的态度也有些散漫,不像有些已步入城市的农村

---

① 尼玛潘多:《紫青稞》,作家出版社 2010 年版,第 328 页。

人，恨不得一天去掉身上任何农村的影子。她仍然是粗辫子上缠着大红大绿的扎秀（头绳），邻居的女人叫她不要缠那种大红大绿的扎秀，让人一眼就看出是农村人，她始终是笑笑却不取下来，她坚守着普村人的审美标准，不愿也不敢跨入城里人的行列"①。桑吉是一个缺乏自主性的女性，她对命运与爱情的选择也不像达吉那样具有自己的主张，她是无可奈何地被环境一步步地推着朝前的，苦难与痛苦一直伴随着她。

和两个姐姐不一样，妹妹边吉在母亲和姐姐桑吉的爱护下在普村度过了虽然贫穷但却无忧无虑的少年时代。在一场大洪水后，房屋被冲刷走，阿妈死去，边吉被有主见的姐姐达吉接到森格村。为了不被叔叔当成吃闲饭的，她被姐姐安排到路边的茶馆，给姐姐照料生意。然而，作为一个贪玩的十五六岁的小姑娘，边吉内心的空虚和一群爱慕虚荣的小姐妹们潜移默化的影响一经碰撞，就有了一种难以置信的变化，边吉希望过一种没有拘束的生活。她虽然笨拙，但性格倔强。在达吉与普拉结合后，她对普拉特别反感。终于，在极度的压抑之后，边吉搬起了石头，砸向普拉汽车的挡风玻璃，然后义无反顾地离家出走了。从边吉这一人物身上，可以看到在时代变异的进程中，藏族的儿女在物质与精神的双重考验中灵魂的焦灼与困惑。现代化给农村带来了一些变化，但与此同时也给人们的精神以很大的冲击。贫瘠的现实与都市生活的繁荣，给女性以很大冲击。边吉的出走里带有作者深沉的忧思。

尼玛潘多以细致的笔触描写了在时代变化中的三个女性命运的悲欢，融注了她对女性生存、民族困境的思考。她的写作没有局限在女性狭小的个人情感的天地，而是将女性的命运与民族发展的特定背景联系在一起，从而具有较为深广的历史内涵。尼玛潘多是一位善于思考、视野开阔、有着历史责任感和民族使命感的作家，她的《紫青稞》关注民族生存的现实，反映藏族女性在现代化进程中所经历的时代风雨，展现了藏族传统文化对藏族女性生存的规定与制约，写出了历史嬗变过程中藏族女性的生存状态及女性主体意识日益增强的过程。②

尼玛潘多的短篇小说《嫦珠的心事》同样是书写时代转折过程中农村

---

① 尼玛潘多：《紫青稞》，作家出版社2010年版，第250—251页。
② 从第112页"《紫青稞》以宏大的时代转折为背景，在现代文明的进程中看待藏族前行过程中的艰难蜕变……"至此，已在本人《文化身份的建构与书写——当代藏族女性文学研究》（中山大学出版社2017年版，第129—135页）中发表，特此说明。

女性的情感和精神遭遇的。故事写协噶尔村的嫦珠因为去了一趟拉萨，参加了一场文艺赛事，于是在心底种下了心事：她暗恋上了给她们排练的男子。这种无望的爱恋使得她的眉宇间总是藏着一丝忧郁，并且她因为回村子后与众不同的打扮而受到人们的冷眼相看；在拉萨时对教练的热情举动也被认为是出格的行为，这件事被传回村中，招来许多风言风语。当终于再有机会去参加拉萨赛事的时候，嫦珠却得知这个教练已经结婚，她深受打击。作品通过嫦珠对城市和美好爱情的向往及最终的失望，写出了城乡的二元对立，也写出了西藏乡村社会传统与现代的对立与冲突，有着对传统的批判和对乡村女性生存窘况的深切同情。

　　从总体来看，尼玛潘多善于发掘农村生活的面貌，将民俗和宗教融入对藏族的日常生活描写中，特别擅长刻画女性的生存现实和她们的精神世界，显现了强烈的社会关怀。她的作品弥补了传统西藏文学对农村生活刻画的不足，为读者展现了现代化进程中农村的现实，同时也因为对后藏日喀则农村生活的细致描写而具有鲜明的地域色彩。

第五章　底蕴深厚的卫藏文学（二）
——藏语文学创作①

20世纪50年代，西藏和平解放，这是西藏发展史上一个具有划时代意义的转折点，作为反映社会生活的当代藏族文学与传统藏族文学相比发生了很大的变化。一方面，大批藏族作家用汉语创作，用文学的方式表现社会生活的崭新变化，向外界展示着藏族文学创作的独特魅力，彰显着民族的声音；另一方面，藏语文学创作在吸取传统藏语文学的基础上，在新的社会时代风貌下又有了很大的拓进。藏语创作和汉语文学创作成为藏族文学创作的双翼，共同展现着藏族文学欣欣向荣的景象。在新的时期，藏语创作是从诗歌开始的。著名藏族文学评论家德吉草充满感情地谈论藏语诗歌传统：

> 藏族是一个最富于表现诗歌艺术气质的民族，镂金溢彩、典雅高贵的古典诗歌，以其精雕细琢、结构严谨和寓意深邃的特点，留下了许多不朽的千古名篇，许多藏族诗人就是承接着《诗镜》阐述的诗歌艺术传统，艺术精神的模式，一步步完成自己语言艺术形式上的风格表现，把母语创作作为语言艺术的一种表现契机，走进本民族真实细腻而又丰富的精神世界中，展示自己民族独特的文化个性和庞大的精神实质。我们从五世达赖喇嘛的《西藏王臣记》、贡唐丹贝旺旭的《水树格言》，从《萨迦格言》到《更登群佩诗集》，都能领略到藏族古典诗歌散发出来的深远、宁静、高丽堂皇的气息，并真切地感受传统诗歌精细微妙的诗意和明净高雅的蕴涵。藏族古典诗歌的韵味，犹

---

① 关于藏语文学创作的论析，需要说明的是：一方面，相对汉语文学创作来说，当代藏语文学创作的成就不够丰硕；另一方面，由于笔者在语言上的局限，大多只能根据汉译本来进行分析研究，但遗憾的是当前相当一部分藏语文学创作还未翻译出版。

如幽幽燃放的檀香，在心灵不同的置所，荡漾出贤者圣德高贵人格的馨香。对传统诗歌的继承和发展，在藏族当代文学发展总体趋势的影响下，已经突破了过去那种单一的表现形式……①

与传统藏族文学以宗教为中心不同，当代藏语文学呈现出新的时代意旨和审美风范。20世纪五六十年代的藏语诗歌创作顺应着火热的时代浪潮，作品体现的是一种新时代的激情，多是讴歌赞颂新时代的昂扬之作，表现诗人对新生活的巨大热情与希望。擦珠·阿旺洛桑是西藏著名的活佛，在西藏和平解放后，他以饱满的激情投入到新的时代建设之中，是20世纪50年代西藏最杰出的藏语诗人。他的诗作通常取材于西藏解放进程中的重大事件，运用雅俗共赏的语言深刻地表达出人民群众的心声。其《欢迎汽车之歌》《金桥玉带》等诗作便是从高原地理特点出发，描绘西藏高原雄壮的自然风貌，展现藏族人民对解放军到来的喜悦心情，蕴含着鲜明的时代色彩，传神地描绘了发生在西藏人民身边的新人新事新气象。擦珠·阿旺洛桑活佛的诗鼓舞了老一辈人为建设新西藏而奋斗进取的热情与信心，同时唱出了藏族人民的心声，因而被称赞为时代的歌手。

藏语新文学的创作肇始于西藏和平解放，但20世纪80年代前的藏语新文学总体创作水平比较低。1980年，由西藏自治区文学艺术界联合会主办的《西藏文艺（藏文版）》创刊，这是西藏的第一个藏文文学刊物，围绕着这一刊物，一批年轻的作家开始成长起来。正如耿予方在其著作《西藏文学50年》中强调的："提倡和重视藏语创作依然是西藏当代文学的一个重要原则，这不仅是贯彻我们党民族语文政策，发扬西藏文学传统的方向性问题，而且也是从实际出发必须坚持的必由之路。"② 《西藏文艺》的创刊对藏语文学的发展起到了很大的促进作用。在80年代拉美魔幻主义盛行之际，西藏的汉语创作与内地接轨，甚至走到了中国文学的前沿位置。在这一时期，藏语创作也在暗暗积蓄着力量，虽然作家数量不多、创作的连续性不够，但藏语文学不时有优秀的作品出现。在这一时期，诗歌创作领域里最有成就的是恰白·次旦平措，他的短诗《冬季的高原》在1981年获得第一届全国少数民族文学创作奖，诗作抒发着诗人的

---

① 德吉草：《母语依恋与传统断流——评当代藏文诗作》，载《西南民族学院学报》2000年第9期。

② 耿予方：《西藏50年（文学卷）》，民族出版社2001年，第8页。

昂扬之情，通过一系列意象展现了对美好生活的期盼和赞美。另外，他的组诗《拉萨欢歌》描写了拉萨的崭新风貌，运用了传统"年阿体"的诗歌创作形式，语言优美，音韵婉转，如："悠悠荡漾拉萨河，／昂昂铁桥架上面，／荧荧电灯似星嵌，／灿灿光辉照耀拉萨欢。""环环八角街周圈，／密密商店上百间，／盈盈货足集市繁，／芸芸百姓满意拉萨欢。"① 一方面尽显新时代崭新的气象，另一方面又显现了藏族古典诗歌的审美风范。

　　在小说创作方面，藏语文学创作也在不断地发展和壮大。拉巴平措于1981年在《西藏文艺（藏文版）》第1期上发表了用韵散结合的形式创作的《三姊妹的故事》，这部作品在当时引起了较大的反响，获得了西藏自治区优秀文学创作奖。作品讲的是旧西藏一个普通农奴家庭里三个女儿的悲惨遭遇。大女儿彭多与邻居列曲相爱，然而藏兵却为非作歹，要抢走彭多，列曲为了救彭多被藏兵杀死，彭多悲愤至极跳河自尽。二女儿普赤担心会遭到和姐姐一样的厄运，深居家中，处处留意，却没想到被贵族家庭的大少爷看见，大少爷甜言蜜语诱奸了普赤却最终抛弃了她，普赤无奈只能离家出走。无助的父母担心小女儿会和姐姐们有相同的遭遇，便将小女儿送入寺院，让她出家为尼。但寺院却深藏龌龊，小女儿不仅被活佛奸污，还被为掩盖自己的丑行的经师诬陷偷窃银碗，被关进监狱。作品写了农奴制时期底层人民的悲惨生活，揭露了压在农奴头上的"三大领主"的残暴和虚伪。在谈到这部作品之所以会在社会上引起强烈反响时，拉巴平措认为这是因为小说中的人物和故事很具典型性：藏兵强奸民女，贵族少爷玩弄少女，经师诬陷女尼，等等，在和平解放前的旧社会是很常见的。"在西藏农奴制历史上，每一个地区、每一个庄园，类似故事比比皆是。我把曾经发生在身边的故事记录下来，就是要告诉世人：解放军进入西藏、打破农奴制桎梏，是帮助藏族同胞翻身做主人，怎么还会有人希望恢复以前的农奴制社会呢？"② 拉巴平措还有寓言故事《雨后森林》，讲述动物在暴风雨前的生活和风雨过后的变化，实质上反映的是变革时期社会思潮的变化，展现的是在"文化大革命"结束、改革开放浪潮中人们如何迎接新时代的到来。从总体上看，拉巴平措虽然借鉴传统韵散结合的方式创作，但他的小说关注现实，具有鲜明的思想性和时代启蒙性。

---

① 转引自张天锁《评恰白·次旦平措的组诗〈拉萨欢歌〉》，载《西藏族大学学报》2008年第5期。

② 付鑫鑫：《拉巴平措：呕心沥血捧出〈西藏通史〉》，载《文汇报》2017年2月6日。

班觉的《绿松石》是西藏和平解放后的第一部藏文长篇小说。这部作品先在《西藏文艺》上连载，1985年由西藏人民出版社出版，受到了广泛的好评，获西藏自治区"珠穆朗玛文学艺术奖"和第四届全国少数民族文学创作奖。作品用一颗绿松石作为主线，串联起社会的各个阶层，描绘出上至噶伦贵族下至普通农奴的生活，揭露了有权有势的上层阶级相互勾结、欺压百姓的罪恶行径，也从侧面展现了20世纪二三十年代旧西藏的风俗礼仪。作品描写农奴阿巴平措的父亲到圣湖玛旁雍错朝佛，在湖边捡到一块上好的绿松石，这个神赐之物成了他们家要代代相传的珍宝。然而这一消息被当地宗本知道后，便软硬兼施，威逼利诱，想把绿松石据为己有，阿巴平措夫妇坚决不从，被宗本关进牢房。通过班旦姨妈玉珍的营救，阿巴平措夫妇逃出监牢，四处流浪，来到了四川德格地区。在病重将死之际，阿巴平措的妻子留下遗言，要把绿松石献给释迦牟尼佛祖，以保佑他们的儿子幸福平安。为了完成妻子的遗愿，在妻子死后，阿巴平措带着儿子班旦长途跋涉来到拉萨，心怀虔诚地走进大昭寺，把绿松石献给了佛祖。然而，这块绿松石却被地痞旺杰偷来贿赂米本大人以求释放牢狱中的哥们。这时，噶伦桑旺钦波的少爷晋美扎巴命悬一线，要寻求一块寄托和护佑生命的宝石。为了获得两个庄园的俸地，米本大人通过噶伦桑旺钦波的妻弟代本，将绿松石送给桑旺钦波。然而少爷却把它作为爱情的信物送给了色珍的女儿益西康珠，最终这颗绿松石传到代本情妇色珍手中。而班旦在同父亲向菩萨献出绿松石之后流浪拉萨街头，无家可归，遇到商人扎拉，扎拉为报答班旦父亲昔日的救命之恩收留了他们，将一间草房让给他们住，班旦和他的父亲对此心怀感激。为了回报扎拉，班旦在扎拉家干着繁重的杂役。当代本发现班旦正是他当年在山南任宗本时为攫取绿松石所残酷迫害的阿巴平措夫妇的儿子时，心生恐惧，设计诬陷班旦偷了绿松石，勾结米本将他打入牢房。但同住一个院子，与班旦有着深厚情谊的德吉无意中发现绿松石仍在色珍手中，将这消息告诉了狱中的班旦。于是，班旦终于明白了事情的前因后果，在噶伦面前揭穿了代本的秘密。但有着千丝万缕联系的官僚阶层却狼狈为奸，噶伦桑旺钦波假装要处罚代本，释放了班旦，但班旦并没有真正的释放。就在班旦将被代本的爪牙秘密杀害之时，德吉出现并救了他，和他一起带着绿松石逃走了。

作品关注底层人民，写了他们备受欺凌的生活，塑造了阿巴平措、班旦、德吉等一些底层平民的典型形象，赞美了他们的善良、勤劳，并对他们悲苦的处境寄寓了深切的同情。同时，通过对上层官员之间的唯利是图和尔虞我诈的描写，揭露了旧西藏社会制度的腐败。作品在思想内容上抛却了传统藏族文学以宗教为旨归，宣扬人世无常、皈依修行的窠臼，与传统藏族文学相比有很大区别。作品在艺术形式上也堪称完美。小说语言质朴生动，淡化了传统藏族文学中过分强调语言华丽的文风，在藏语文学发展史上具有里程碑式的意义。藏族文学研究专家次多曾这样论述："我们观察藏族文学的时候会发现这样一个问题，藏族传统小说都有一个固定格式，这就是作品千篇一律地从礼赞语、膜释语、立誓语开头，末尾说明创作意图，也就是作品主题，中间才是作品正文。传统上说都是诗体或散韵体写成的，它讲求故事情节生动，语言优美。总的来讲传统文学注意文学的形式美，而当代小说却有许多不同点。小说一开头直接进入故事情景中，末尾的句号打在情节的自然结束上，没有说明作品主题的习惯。小说文体大部分都有散体，小说语言力求生活化，语言为故事发展的需要和塑造人物形象服务，语言力求通俗易懂。当代小说作家从理性上认识小说艺术创作的核心是塑造人物形象，而传统小说作家不可能做到这一点，这就是两个不同时期产生不同文学现象的内在原因。"① 此外，这部作品还带有极强的藏地文化色彩，充满浓郁的民族风味，特别是小说中对时代风俗的刻画，使得作品具有很强的感染力。

扎西班典的作品在表现农村社会的变革方面具有突出的成就，他的藏文长篇小说《普通人家的岁月》于1992年由西藏人民出版社出版。作品通过偏僻山村几户普通农民的生活变迁和情感经历展现了藏族聚居区农村民主改革以来近30年的社会变迁，是第一部表现藏族聚居区农村生活的长篇小说。作品散发着浓郁的生活气息，塑造了像顿珠、多杰、平措、其美旺姆、次丹拉姆等性格饱满生动的人物形象。另外，扎西班典短篇小说代表作《明天的天气会比今天好》展现了普通藏族农民在当代的奋斗史，通过对农民一天到晚的忙碌劳累、关心天气和收成等细节的描写，相当真实地反映了农民的心理和他们为美好新生活所做出的艰辛努力。扎西班典擅长书写普通藏族农民的生活，展现他们在时代转变过程中的心路历程和他们的勤劳质朴，以及对美好生活的渴盼和追求。同时，他的作品也具有浓厚的民俗色彩，如藏族群众在宗教节日里祭土地神、龙王神、祈雨的各

---

① 次多：《略论藏族文学和文学翻译》，载《西藏研究》1995年第1期。

种仪式，如乡亲们通过青蛙与蝎子相斗及男女互相泼水的方式期盼甘霖，这些描写既传达出藏族独有的生活气息，也散发着泥土的芳香。

在20世纪90年代，旺多的创作也显现出其独特的魅力。他的《斋苏府秘闻》藏文版于1993年出版，在藏族文学史上有很高的地位，也获得了多项荣誉。作品以20世纪三四十年代的西藏社会为背景，以发生在杂热驿站的充满悬念的杀人案件为中心线索，以骡夫珠杰和谋杀犯之女白玛、斋苏府大少爷扎西坚赞和酿酒女措杰的爱情故事为主要内容，描绘了从西藏江孜到拉萨再到印度的广阔图景。作品题材在整个藏族文学史上是比较少见的，以悬疑和破案作为线索，以杀人始，以杀人终，悬念迭生，步步为营，更像悬疑推理小说。作品交织着爱恨情仇，既有悬疑小说的扑朔迷离，又有爱情小说的缠绵悱恻，十分吸引人。整部作品具有极强的民俗文化色彩，从贵族庄园到拉萨府邸，从婚丧嫁娶到政治斗争，从西藏到印度加尔各答，作品展现出浓厚的地域风情，显现出独特的艺术魅力。同时，作品渗透着现代意识和一种朴素的平民意识，表现出一种开放的视野和不断变革、锐意进取的精神。大少爷为了爱情，放弃荣华富贵与平民女子措杰结为夫妻，并靠自己的辛苦劳动致富，创立了显赫的家族——斋苏府，并与家奴珠杰建立了深厚的情感。而作品中着力塑造的杀人犯的女儿白玛也在他们的帮助下到印度上学，学习英语，成为一个独立的女性，并成为他们事业发展的得力助手。此外，十分难能可贵的是，这部作品是藏族文学史上第一部商业题材的作品，写出了西藏的资本主义萌芽和发展。白玛在印度读书时因缘聚合，认识了英国大亨摩根，开阔了眼界，增长了见识，具备了商业头脑，让珠杰把原来经过中间商才能转运到西藏的羊毛直接运到印度加尔各答的厂商手里，建立起一个收购、运输畜产品兼购销外来产品并与外商开展直接贸易的机构，使得斋苏府的财富多到能够左右整个西藏的经济发展。白玛甚至萌发出在本土建厂从事畜产品深加工，在西藏建工厂、建电站，引进汽车等大胆的念头。但由于噶厦政府的落后保守，把一切新生的东西都当作"五浊恶世之兆"，白玛他们的宏图构想被政府以"为社稷政教免遭祸害"为由扼杀于摇篮之中。但透过作者的描写，可以一窥当时西藏的商业贸易和整个西藏的社会风貌。

拉巴顿珠创作的藏文长篇小说《变革》从1993年始在《西藏文艺》上连载，后由民族出版社出版时改名为《骡帮的生涯》。作品描写了普通底层骡夫的艰难生活，同时也关注了西藏商品经济萌芽时期的社会政治经济现状。学者次多这样评价这部作品："长篇小说《骡帮的生涯》是反映西藏近代商业生活的第一部作品。作者拉巴顿珠在这部长篇小说中以二十世纪三四十年代西藏商业社会生活为题材，以主人翁骡帮达平的生活为主线，勾勒了一幅西藏私营商业生活的画面。作者从自己的亲身经历中摄取创作养料，以纪实般的叙述完成了这部作品。作品中的主人翁骡帮达平、达平的头人——庄园贵族老爷、达平的母亲、舅舅等人物形象丰满，人物命运发展脉络清晰，人物内心世界刻画细腻，是一部思想性、时代感较强的作品。作品虽无精彩跌宕的故事情节，但反映的生活真实，尤其是描写当时从拉萨到印度噶伦堡商道沿途的民情风光、经商习俗、货币流通等情况，细致而真实，其民俗价值之高是这一作品重要特色。"① 虽然次多所说的这部作品是反映西藏近代商业生活的第一部作品有欠准确，因为从时间上来说，《斋苏府秘闻》应该是第一部，但《骡帮的生涯》通过骡帮的辛苦经历，也从另一个侧面展现了西藏的商业贸易。

老一辈藏语作家的创作为当代藏族文学建立了一座丰碑，也激励了新生一代的作家。当前仍然活跃在西藏文坛的除扎西班典外，还有丹巴亚尔杰、平措扎西、伍金多吉、次仁央吉、克珠、白拉、艾·尼玛次仁、格桑占堆、普布次仁、米玛次仁、朗嘎扎西等一批致力于藏语创作的作家。其中，丹巴亚尔杰、平措扎西、伍金多吉、次仁央吉都曾获得全国少数民族文学创作骏马奖。

使用藏语创作的干将旦巴亚尔杰在谈及自己的文学创作时说到，藏北广袤的大地和淳朴的牧人是他创作的源泉。他著有中短篇小说集《羌塘美景》，长篇小说《遥远的黑帐篷》《昨天的部落》，同时还著有《藏北秘境》《纳木湖周边的游牧文化》《藏北狩猎文化》等文化民俗专著。《遥远的黑帐篷》以现实主义和浪漫主义相结合的手法，以藏北一个叫羊秀的偏远的部落为故事展开的空间，以旺青和占堆父子的活动和命运轨迹为主线，描写了旧时代藏北部落与部落之间的草场纠纷和贫富竞争，普通牧民的生活，他们的喜怒哀乐，以及盗匪所引起的各种战争。长篇小说《昨天的部落》于2016年获得第十一届全国少数民族文学创作骏马奖。作品展现了20世纪三四十年代藏北草原的历史风貌和社会状况。对于《昨天的部落》，克珠群佩曾这样评价道："小说具有深厚的民族性和地域性文化特

---

① 次多：《藏文创作的当代藏族文学述评》，载《西藏文学》2005年第5期。

色，富有浓郁的牧区民俗风情，闪烁着善良的人性光芒，具有震撼人心的力量。故事情节跌宕起伏，人物栩栩如生，细节描写入木三分，语言独具游牧民族的特色，民歌谚语，信手拈来。"① 旦巴亚尔杰的创作有生活的底蕴，他的创作依托在他对故土藏北草原的热望上，他以藏北草原为自己创作的根据地，写出了草原的深邃、阔远，也写出了牧民的生存状况和他们的精神追求。

平措扎西博学多才，在藏汉文创作方面皆有收获。其在文学创作上影响较大的一方面是小说创作，另一方面是文化散文。平措扎西的创作视野面开阔，在小说创作方面，题材大多选取来自城市、牧区的小人物的日常生活，描写他们的生活百态，展现了藏人的世俗生活和精神现状。其藏文中短篇小说集《斯曲和她的五个孩子的父亲们》共收录了《果热巴热院中的悲曲》《斯曲和她的五个孩子的父亲们》《"乳头"酒馆的客人》《风筝·岁月和往事》等11部中短篇小说。作品题材范围广泛，内容丰富，充满了浓厚的生活气息，也蕴含了丰富的藏族传统文化。中篇小说《斯曲和她的五个孩子的父亲们》以评书体的形式讲述了偏僻牧区念荣乡妇女斯曲和她五个孩子的困顿生活。漂亮的斯曲年轻时曾令许多男人倾倒，她也曾追寻美好的爱情和寻找新的生活，但或是情感无终，或是被抛弃，或是被侮辱，无奈的生活使她陷入困顿和无助之中。就如作品中诺尔斯所说："受苦受罪的永远是我们女人。"斯曲的第一个孩子是觉尔巴老师的，但觉尔巴先是无法离开已有三个孩子的妻子，后来和妻子分开但厌弃世俗生活，从而追寻宗教安慰；第二个孩子是从萨迦县来牧区干活的农民的，斯曲非常羡慕农民们的能力和干活的样子，生下了第二个孩子，但没能留下农民；第三个孩子是丈夫次仁的孩子，但次仁最终却发疯了，回到了自己的家；第四个孩子是母亲情人的孩子，老头子占有了斯曲，使斯曲承受了耻辱；第五个孩子是兽医噶玛次旺的，噶玛次旺虽然爱着妻子，但因为和岳父母不和，所以想要离开妻子和斯曲在一起，但乡里召开了领导工作会议，认为他败坏风俗，不允许他们在一起。斯曲渴望真挚的爱情和幸福的家庭，虽然生下了五个孩子，但却没有拥有一个能与她相携一生、风雨同舟的丈夫。五个孩子如同五块巨大的石头压着她，使她生存艰难，在坎坷

---

① 《西藏作家旦巴亚尔杰长篇小说〈昨天的部落〉获"骏马奖"》，见中国西藏网：http://pic02.tibet.cn/cloudzxsp1472545165774.shtml。

的人生道路上独自蹒跚而行，受尽命运的捉弄和摧残。平措扎西意在通过传统思想观念与现代文明的碰撞，展现传统与现代的矛盾冲突，并且对人性、社会等问题进行深刻的反思。另外，平措扎西还将他对西藏社会风情、民俗的考察融入他的文化散文，其文化散文集《西藏古风》获得了第十届全国少数民族文学创作骏马奖。

次仁央吉是当前藏文创作的中坚力量，她的短篇小说《山峰云朵》获第二届全国藏文文学创作奖，中短篇小说集《山峰云朵》获第九届全国少数民族文学创作骏马奖，短篇小说《褪色的青苗》获第三届章恰尔文学奖。次仁央吉创作的视野面开阔，她的作品一方面关注广阔的社会现实，另一方面又注重对人物灵魂的刻画。短篇小说《山峰云朵》反映的是20世纪60年代前后西藏农村的社会面貌，着重表现西藏基层教育情况，讲述中学毕业的巴桑普尺老师来到普奴村，他不畏艰辛，满怀激情，扎根乡村，无私奉献，在贫困落后的地方点燃起知识的火炬。他精心培育色珍、多吉等许多学生，充满理想主义精神，将自己的青春和激情倾注于乡村教育。作者用女性特有的深情笔触描写了巴桑普尺老师和色珍之间深厚的师生之情。2016年，次仁央吉创作出版长篇小说《花与梦》，这是西藏第一部女性作家创作的藏文长篇小说。《花与梦》讲述了在20世纪90年代商品化大潮下，四个进城务工的农村女孩的人生故事。她们满怀青春的憧憬和激情来到城市，对城市充满好奇，想融入其中，她们年轻、有理想、有追求，然而物质的欲望俘虏了她们的心灵，她们最终没能抵制住浮华的诱惑而突破伦理的底线，堕落沉浮在无尽的欲望之中。然而，内心的良善和宗教精神最终使她们在痛苦迷离和灵魂的拷问中，幡然醒悟。小说细腻生动地反映了农村女性在时代浪潮中的心路历程和精神磨砺，写出了她们的精神追求和物质现实，表达了作者对社会底层女性群体命运的深刻思考与人文关怀。城市生活中斑驳迷乱的现象背后掩藏着藏族在现代化进程中精神心理上的悸动和冲突，写出了现代文明与传统文化之间的交融与冲突，肯定了女性的独立自尊，也批判了物欲对女性精神的腐蚀。

此外，十分值得关注的是一批年轻的藏语作家开始成长起来。首先是致力于儿童文学创作的尼玛顿珠，他在2014年出版了儿童长篇小说《学生云旦与家长顿珠》，这是卫藏地区第一部用藏文直接创作的反映当下儿童生活的长篇小说。故事主要围绕着一个叫云旦的小学生和一个叫顿珠的家长展开，写了他们在学校和家庭发生的趣事。全书共有二十章，由"上学路上""班上的拖后腿者""特殊家长会""练马术""假期作业""校长的心病""足球事件""吉吉的同桌""走出温室""先进班级"等章节组成。故事充满童趣，既有家庭生活的温馨，又有校园学习的严肃活泼。作品结构简洁明了，人物描写栩栩如生，语言通俗易懂、明白晓畅，很适合儿童阅读。同时，因为作品内容关注儿童家庭和学校教育中一些问题，提出了一些需要深思和探讨的问题，所以又适合家长和教育工作者阅读。

此外，还有艾·尼玛次仁、朗嘎扎西，以及用藏汉双语进行创作的沙冒智化等年轻的藏族作家，他们关注现实，有着对社会人生的哲理思考，注重对文学表达技巧的探求，显现出藏族文学创作新鲜的活力。

从和平解放初期以擦珠·阿旺洛桑、恰白·次旦平措为代表的老一辈诗歌吟唱者，至以朗顿·班觉、旺多为代表的享有崇高声誉的20世纪八九十年代的小说家，到关注藏族当下生活的旦巴亚尔杰、平措扎西、次仁央吉、尼玛顿珠、艾·尼玛次仁、朗嘎扎西、沙冒智化等活跃于当下文坛的作家，他们都以优美的藏语书写着雪域大地的生活，传达着对社会人生的思考，自觉进行着艺术的探求，为西藏文坛增添了亮丽的色彩。

第六章　当代康巴地区的文学创作

第一节　康巴地区独特的地域风貌与文化背景

关于康巴，根敦群培所著《白史》将"康"解释为"边地"（这个"边地"是针对卫藏而言的），"巴"指人，康巴，即意为边地的藏人。大致而言，康巴地区包括今天行政区划上四川的甘孜藏族自治州、阿坝藏族羌族自治州（部分）、凉山州木里藏族自治县，西藏的昌都市，青海的玉树藏族自治州以及云南的迪庆藏族自治州等地区。

康巴地区在民族成分上是一个以藏族为主，汉、纳西、羌、傈僳、回、彝等多民族杂居的地域。"目前，康巴地区主体民族虽为藏族，但也有汉、彝、蒙古、纳西、羌、回等多种民族，他们与康巴藏族形成相互比邻或混居的局面。而单就康巴藏族的形成来看，其成分也相当多元与复杂。总体上说，康巴藏族主要是以汉代以来当地原有的氐、羌、夷等众多民族成分为主体，自唐以来在不断受到吐蕃和藏文化的融合与同化的基础上形成的。历史上由于民族间的迁徙、冲突与交融，后来也有若干民族成分陆续以各种方式融合到康巴藏族之中，这些民族成分包括了汉、彝、回、蒙古、纳西、羌，等等。"① 在历史上，康巴境内的民族大融合经历了几个阶段。第一次是在公元前4世纪至公元7世纪初，据历史考古发现，在这一时期，康巴境内有部族、部落迁徙交融的遗迹。如因躲避暴秦而南迁的古羌人，他们中的一部分人来到康巴境内，与当地土著先民杂处

---

① 石硕：《关于"康巴学"概念的提出及相关问题——兼论康巴文化的特点、内涵与研究价值》，载《西藏研究》2006年第3期。

融合，形成新的部落部族。第二次民族大融合始于公元7世纪，在这一时期，松赞干布建立了强大的吐蕃王朝，开始向外扩张，其势力渗入康巴地区，一些部落臣服，在政治上接受吐蕃的统治，大批吐蕃士兵和家属与当地的民众交融杂处，这是康巴地区第二次民族融合。吐蕃王朝对康巴地区进行了长达两百多年的军事征服和政治统治，使得这一地区受到吐蕃文化的深远影响，后来随着藏传佛教由卫藏地区向康巴地区的传播和渗透，康巴地区逐渐在精神文化上深受藏传佛教的影响。① 在近现代，康巴区域的民族融合又有了新的发展。首先是赵尔丰在康巴地区实行"改土归流"时期提倡汉藏通婚，藏汉一家，水乳交融；其次，在刘文辉主政西康省时期，建西康省会于康定，兴学重教，发展贸易，汉藏交往更为广泛；再次，在红军长征时期，在甘孜成立了博巴人民政府，一些留在康巴地区的红军战士与当地藏族群众联姻，这些方面都促进了汉藏融合。②

康巴地区地处青藏高原东南边隅，总体地势西高东低，处于青藏高原向云贵高原和四川盆地的衔接过渡地带，也是高原游牧生产与农耕生产的交接地带。这一区域属于典型的高山峡谷地区，地势落差较大，山脉林立，河流湍急，大雪山脉、他念他翁山脉、云岭山脉、沙鲁里山脉、宁静山脉和邛崃山脉等是境内的主要山脉，金沙江、怒江、澜沧江、雅砻江、大渡河等大江大河自北向南呈并列状从这里蜿蜒穿过。长久的水流冲击使得这一区域中的主要山脉均变成了与河流方向一致的南北走向，因此，该区域在地理学上被称为的"横断山区"。这个区域江河水流湍急，众多山系林立逶迤，河谷深邃，雪峰高耸，河谷与雪山之间海拔悬殊。这片区域呈现着雪山、河流、峡谷、草原和山地等多样的自然地貌，气候条件随海拔高度垂直变化，形成了一些高山峻岭的垂直自然景观，即所谓的"一山有四季，十里不同天"。这些因素构成了康巴地区自然生态系统的多样性。这里的经济基础较为薄弱，特别是在商品经济尚不发达的时代，个体的生存发展与自然生态环境的依存显得十分紧密，因此孕育出不同的人文形态。

一方水土养育一方人。横断山地区大山纵横，处于峡谷底部的人

---

① 参见凌立《康巴文化产生的特殊背景》，载《四川民族学院学报》2013年第5期。
② 参阅见贺志富《康巴民族文学的多元性》，载《康定民族师范高等专科学校学报》2003年第4期。

们,仰头只见高耸入云的山巅和蓝天,不过这仅是康巴视角的一种,随海拔不断增高,人们呈梯级生活生长在不同的高度,直至高海拔地区,直至那群山之巅。在那里,视野不再狭小,山连着山,成一片片广阔的草原,极目望去,山不再高大,在草原的边缘绵延相连,偶尔突兀出棱角分明的雪峰。雪山、草甸以及具有灵性的高山湖泊,在透明阳光的照耀下,色彩艳丽而纯净,从某种意义来说,这也赋予了雪域的人们单一、简单的性情。就像原生态的藏族山歌,声音出嗓就直奔蓝天,在高处徘徊。那弦(旋)律无论任谁一听,都能有身处雪域头顶蓝天的感觉。这是生命本能面对自然的感慨,它跨越了语言、文化、甚至音符,也即成为大众共有的感受。①

从地理位置来说,康巴地区远离藏文化的中心,同时也远离汉文化的中心,属于汉藏的双重边缘位置,这种相对边缘的位置使其在文化形态上具有一定的开放性和杂糅性。同时,在康巴地区,一些地方因江河山岭的阻隔,在历史上形成了独立、封闭的发展形态,由于长期交通不便,很少与外界交流,这些区域文化得以独立发展和传承。因此,康巴地区形成了多个亚文化圈,如德格文化圈、嘉绒文化圈、木雅文化圈等,这些文化圈因地理环境和文化遗存的差异而形成了各自的区域性特征。但随着康巴地区现代化建设的不断推进,交通的渐次便利,不同区域间的文化彼此交流,互相影响和渗透,康巴地区更呈现出文化的多样性和复杂性。

同其他藏族区域一样,康巴地区深受藏传佛教影响。在历史上,藏传佛教在几次面临灾难时,都将相对偏远的康巴作为自己的避难之地,藏传佛教在这里保存薪火并绵延传承。但是,康巴地区又不同于传统封闭的藏族聚居区。在其历史发展的进程中,多民族杂居,多种文化交融,藏传佛教、苯教、儒教与外来的伊斯兰教、天主教等在这里共存互容。藏学研究专家石硕论述道:"康巴地区多样化的自然环境以及作为民族走廊地区的多民族交融与互动,形成了具有突出多样性、复合性与兼容性特点,极富特色和典型意义的康巴地域文化。就多样性而言,世界上恐怕很少有一种地域文化能与康巴文化相媲美。在藏族三大历史区划中,康巴藏族无论在

---

① 尹向东:《水土之味》,见中国作家网:http://www.chinawriter.com.cn/bk/2014-06-06/76299.html。

语言、服饰、建筑、宗教信仰、风俗习惯、婚姻形态、社会类型等各个方面呈现的多样性、丰富性都是堪称首屈一指。"① 达真在其长篇小说《康巴》的后记中这样写道：

> 在这里你可以看见藏传的五大教派的万神聚会；你可以听见旧时中国天主教八大教区之一的康定真元堂的钟声；你可以看见伊斯兰教的清真寺；你可以看见中国内地的儒、释、道各家的关帝庙、圣谕庙、娘娘庙、将军庙以及通元宫、川王宫、三圣祠、观音阁等等的各路神仙［……］如此林林总总的教派齐聚这片天空下，数百年间在这里友好相处，至今没有传说和记载诉说这里因教派不同而发生过纷争、械斗和流血事件，人们在这个多民族交汇地区世世代代和谐相处，这绝不是希尔顿笔下的梦中"香格里拉"，它的伟大价值就在于活生生地存在于现实中。②

此外，茶马古道的形成和穿梭于茶马古道上的贸易也给康巴地区人民的生存面貌带来很大的影响。茶马贸易源于历史上不同区域间的物质需求交流，藏族生活在高寒的青藏高原，历史上大多以游牧为生，受高寒的自然条件限制，蔬菜水果较少，日常饮食以牛羊肉和青稞为主，长期饮食这些热性食物会产生消化不良的问题，而茶能化解油腻，帮助消化，这便使得饮茶成为他们基本的生存需要。因此，藏族有谚语"一日无茶则滞，三日无茶则痛"。而中国内陆地区以农耕为生，长久以来盛产各类茶叶，但不产良马，这就有了彼此互通有无的需求。随着唐蕃之间友好往来，有的汉僧到藏族聚居区传法，有的则经吐蕃去印度求法，使饮茶习俗传入吐蕃并受到上层统治阶级的喜爱。在晚唐时期，唐蕃友好互通，唐朝的丝织品和茶叶与吐蕃的牛马互易，民间贸易活跃。五代及宋金时期，建立茶马互易市场。元明时期，茶马交易更为繁盛。明朝廷于1372年设置"茶马司"，把茶马交易上升到民族团结的国策高度，开创了三条茶马交易的通道，即陕甘茶马古道、康藏茶马古道、滇川茶马古道。其中，"康藏茶马古道开通于洪武26年（1393）。该年明政府在雅州（今雅安市）、黎州

---

① 石硕：《关于"康巴学"概念的提出及相关问题——兼论康巴文化的特点、内涵与研究价值》，载《西藏研究》2006 年第 3 期。
② 达真：《康巴》，浙江文艺出版社 2009 年版，第 346 页。

（今汉源县）设茶马司，后迁往汉藏贸易中心的康定，主持入藏茶马交易。令将雅安、天全、名山、射洪、卬崃五县所产茶产240万斤（明中叶后增为340万斤，清代为1100万斤），在雅安压制成茶砖，经背夫翻雪山背运至康定，然后分三路入藏。一路由康定越雅砻江至理塘、巴塘到昌都，再行300里至拉萨，为入藏南路；一路由康定经道孚、甘孜渡金沙江至昌都，再由昌都趋玉树、结古入青海，为入藏北路；另一路为经懋功达藏县趋松潘入甘南藏区"①。茶马交易使得不同区域互通有无，是中原王朝加强与边疆区域的联系的政治经济手段，同时迎合了少数民族的生活需要，是一种互赢，促进了多民族的沟通融合。而甘孜地区的康定就处在茶马古道的中心，这里历史悠久，历来是康藏交通的重要必经地，许多商队和行脚夫都从这里经过，他们在此进行贸易或者短暂停留以补充给养，这使得康定成为中原地区与藏族聚居区各个民族从事茶马互市和其他贸易的重要中介地。茶马古道带动了康定经济的发展，各色人等聚集在这里，形成了一个个锅庄，推动了经济的繁荣，也加强了多元文化的沟通。由此，在康巴地区，多种经济形态杂糅共存，多元文化交流荟萃。

此外，这里还是英雄格萨尔的故乡，是世界上最长的英雄史诗《格萨尔王传》的发源地。与藏传佛教中崇尚苦修、隐忍和宽恕的精神不同，史诗崇尚一种尚勇崇武、血气方刚、奔放热烈的精神。"在一个宗教性社会中，所突显的主要是神性和神性至上，是对神的敬畏和对人的约束，在这样的社会中，敬畏、虔诚、神秘、恐惧、忍让、约己、对虚幻世界的追求以及对现实世界的逃避，便成为整个社会的基调。与此相应，在这样的社会中，就必然导致英雄、勇敢、积极进取、英武和对人性的发扬等这样一些成分和内容的缺失。或者说，这些成分和内容因受到宗教神性的压迫和抑制而难以得到正常的发展。而这些内容和成分又是一个正常和健康的社会之发展所不可缺少的。"② 英雄史诗《格萨尔王传》则显现了藏族精神中宽阔豪放、积极进取的一面。史诗中的英雄诞生在康巴大地，他降妖除魔，疾恶如仇，勇敢征伐，最终岭国归于一统。史诗彰显的是一种敢爱敢恨、不畏强暴的精神，这种积极进取的精神长久地影响着康巴大地的子民，形成了他们骁勇奋进的性格。正如学者任新建所论："康巴之所以能

---

① 李刚，李薇：《论历史上三条茶马古道的联系及历史地位》，载《西北大学学报》2011年第4期。

② 石硕：《〈格萨尔〉与康巴文化精神》，载《西藏研究》2004年第4期。

诞生格萨尔，之所以人人以格萨尔王子孙自豪，之所以人人热爱格萨尔、以格萨尔为楷模，是因为格萨尔人文精神深深地积淀在每个康巴人的心里。康巴人的勇敢、精明、个性之张扬、天性之善良，强烈地反映了康巴文化的精髓——格萨尔人文精神。正是格萨尔人文精神，使得康巴在浓厚宗教氛围中能张扬人性、奋发进取。"① 受到格萨尔影响的一代代康巴作家书写着康巴大地的历史传奇，展现着康巴地区昂扬的风貌和剽悍的民风民情，作品中可歌可泣的英雄事迹和勇敢无畏、敢爱敢恨、积极进取的精神都能从英雄史诗中找到源头。

第二节 当代康巴地区文学的发展进程和风貌

康巴地区既属于藏地的边缘，又属于汉地的边缘，独特的地理环境、传统文化的渊源、多民族交往的现实背景，形成了以藏族文化为主体、兼容其他民族文化的多元开放的康巴文化。有学者指出："康巴文化吸收了黄河文化、长江文化、巴蜀文化及白族、纳西族等众多民族文化的精髓，形成具有开放性、多元性、文化复合性的藏族地区文化。"② 游牧文化和农耕文化在这里错落相连，藏、汉、蒙古、纳西、彝、回等众多民族在这里沟通融合，藏传佛教各教派和其他宗教信仰在这里和谐共处。多元文化景观给康巴文学提供了丰厚的土壤和广阔的发展空间，受地域文化的影响，康巴作家的创作大多糅合了不同的文化景观，呈现出阔达豪放、兼容并蓄的特点。

新中国诞生之际，康巴作家以炽热的激情迎接新时代的到来，他们和其他区域的藏族作家一起，开启了对新时代的歌颂。这一时期的康巴文学与内地主流文学有着大致相同的审美趋向，政治化抒情是这一时期文学创作的主流。作家首先以诗歌的形式颂扬祖国崭新的面貌，抒写民主改革热潮，赞誉社会主义建设。在藏语创作方面最具代表性的是毛尔盖·桑木旦

---

① 任新建：《康巴文化的特点与形成的历史地理背景》，见泽波、格勒主编《横断山民族文化走廊——康巴文化名人论坛文集》，中国藏学出版社2004年版，第101页。

② 李德虎：《基于生态审美体验视角对康巴藏族生态文学研究》，载《贵州民族研究》2014年第8期。

大师,他是著名的藏传佛教高僧。新中国成立后,毛尔盖·桑木旦大师积极融入社会主义建设的洪流,参与《中国人民政治协商会议共同纲领》《中央人民政府和西藏地方政府关于和平解放西藏办法的协议》等重要文件的藏文本译审和《毛泽东选集》藏文版的译审,并长期从事藏族文化的挖掘和传播工作。毛尔盖·桑木旦大师在文学上也有深厚的造诣,他的一些诗歌如《献给日月星辰的祈祷》《上师赞》《十万月光的祈祷》,在艺术上显现了藏族古典诗歌的审美风范,同时因受时代潮流的影响,作品又传达出新的时代情绪。

汉语诗歌创作方面则以饶阶巴桑的影响最大。他出生于云南迪庆藏族自治州德钦县,从小家境贫寒,曾跟随父亲经历过马帮商旅生活,也当过仆役。1951年,饶阶巴桑参加了人民解放军,先后做了翻译和宣传等工作,在部队中不断学习和成长,新旧生活的对比使他萌发了写诗的冲动。他于1953年发表处女作《绿色的故乡》,引起了较大的反响;1960年出版了《草原集》,这是中国当代诗坛第一本藏族诗人的诗集。饶阶巴桑的许多诗作描写新旧社会的变化,刻画藏族人民建设社会主义新中国的激情,由衷地歌唱和赞美新的时代。他最具代表性的诗作是《牧人的幻想》。诗作抒写昔日的牧人一无所有,只能把天空幻想为自己的牧场,幻想云儿是自己的牛羊。新时代的到来,让牧民在大地上终于有了自己的牛羊,通过描写牧民心态的转化,展现出解放前后藏族人民生活的巨大变化。

"文化大革命"十年,康巴地区和内地一样,文学园地百花凋零。党的十一届三中全会后,康巴文学重焕风貌,呈现出蓬勃发展的多元景象。在小说创作方面,较早引起关注的是降边嘉措和意西泽仁。降边嘉措是四川甘孜藏族自治州巴塘县人,1950年参加中国人民解放军,在部队中成长起来,经历了进军西藏和和平解放西藏的征程。1978年,降边嘉措在《人民文学》发表其处女作短篇小说《吉祥的彩虹》,这可谓是新时期藏族文学的"报春花"。1980年出版的长篇小说《格桑梅朵》是西藏第一部由藏族作家创作的长篇小说。降边嘉措根据自己进军西藏的亲身经历选取题材,描写了1950年10月至1951年10月这一特定时间里解放军与藏族底层人民一起推翻腐朽统治的艰辛之路,展现了藏汉官兵的机智勇猛以及藏族人民走向新生活的历程。作品出版后获得广泛好评,1982年荣获第一届全国少数民族文学创作奖,1985年获五省区藏族文学创作一等奖。作品采用革命现实主义手法塑造了一系列典型人物形象,如苦大仇深、具有坚定革命意志的青年英雄边巴、在斗争中迅速成长起来的女英雄娜真、进藏干部郭志诚和李刚等。《格桑梅朵》描绘了生活在底层的西藏农奴暗无天日、备受摧残的生活，对西藏古老农奴制的黑暗及奴隶主恶势力的残暴进行了揭露和批判，歌颂了解放军为解放西藏、谋求藏族人民幸福所做的顽强斗争，展现了特定历史环境下西藏历史性巨变的过程。作品洋溢着革命乐观主义精神，极富现实感染力。同时，对西藏山光水色的描写和民俗生活的出色刻画使得这部作品显现出独特的地域文化魅力。

意西泽仁出生于四川康定，他从 1979 年开始发表文学作品，著有长篇小说《珠玛》，中短篇小说集《松耳石项链》《大雁落脚的地方》等。其短篇小说《依姆婥婥》获得第二届全国少数民族文学创作骏马奖。作品写 12 岁的小姑娘依姆婥婥家里十分穷困，没有了茶和盐，于是冒着风雪到县里卖牛粪以赚钱来买茶和盐。饥饿和寒冷使她饿晕在地，幸亏县委书记尼玛从雪地里把她救回。作品写出了牧民贫困的生活状况，也写出了他们战胜困难，对未来美好生活的希冀。在艺术手法的运用上，作者也有创新，倒叙手法的运用和幻境的多次呈现，使得这部作品显得与众不同。在人物形象的塑造上，作者将倔强、懂事、单纯的依姆婥婥的形象刻画得栩栩如生，显现出作家较强的艺术功底。20 世纪 80 年代可以说是康巴文学的孕育期和沉潜期，一批受过高等教育的本土作家开始成长，砥砺刀锋。到了 90 年代，列美平措、格绒追美、亮炯·朗萨、尹向东、洼西彭措等作家以独具个性的创作彰显了康巴文学的独特风范。

新世纪之后，康巴藏族文学再次焕发出激情和活力，以带有鲜明地域特征的风范出现在中国文坛，一系列作家的作品被陆续推出。亮炯·朗萨分别于 2000 年、2006 年、2011 年出版了三部长篇小说《情祭桑德尔》《布隆德誓言》和《寻找康巴汉子》，展现出女性以独具个性的创作加入民族发展建构的努力。格绒追美的中短篇小说集《失去时间的村庄》于 2005 年推出，其中，中篇小说《失去时间的村庄》获得了第四届四川省文学奖。2011 年，他的长篇小说《隐蔽的脸》面世；2015 年，他又出版了长篇小说《青藏辞典》。泽仁达娃的长篇小说《雪山的话语》于 2012 年被《芳草》杂志第五期头条推出，并被《长篇小说选刊》转载。2013 年 10 月，泽仁达娃又推出了长篇小说《走在前面的爱》。达真的长篇小说《康巴》和《命定》分别于 2009 年、2012 年出版，其中，《康巴》获第十届全国少数民族文学创作骏马奖。尹向东于 2011 年出版中短篇小说集

《鱼的声音》，2017年出版长篇小说《风马》。玉树籍作家江洋才让分别于2009年、2010年、2013年、2015年出版了《然后在狼印奔走》《康巴方式》《马背上的经幡》《牦牛漫步》等长篇小说。新世纪之后的康巴作家以群体性的力量在中国文坛频频亮相，获得了广泛的关注。他们的创作具有鲜明的地域文化特色，往往以部落传奇、民族风云、家族变迁、英雄事迹、恩爱情仇等题材为依托，挖掘民族历史传统，展现民族豪迈不羁的精神追求，呈现出多元的文化风貌。

康巴地域独特的人文渊源培育了康巴人的精神品质，特别是受格萨尔疾恶如仇、骁勇善战精神的影响，康巴人大多性格豪爽、勇猛无畏、崇尚复仇和英雄主义精神。在历史上，领地纷争、部落冲突、家族恩怨和个人情仇往往通过械斗的方式来决断，部落与部落之间、家族与家族之间因冲突造成的恩怨和杀人的事件，往往构成复仇的根苗，并一代代承袭下来，恩怨绵延不断。而在康巴大地，复仇往往被当成正义的英雄之举，因此，在康巴文学中往往有着对仇杀的描写，且洋溢着强烈的英雄主义气息，如亮炯·朗萨在《布隆德誓言》中对复仇的描写，洼西彭措在《1901年的三个冬日》和《雪崩》中描绘的仇杀行为。此外，在达真的《康巴》《命定》、泽仁达娃的《雪山的话语》、亮炯·朗萨的《寻找康巴汉子》、尹向东的《风马》、江洋才让的《康巴方式》等作品中也都洋溢着一种一往无前、勇敢无畏的英雄主义气质。特别值得一提的是亮炯·朗萨的《寻找康巴汉子》，在对当下康巴藏族生活的描写中展现了一种对敢做敢当、勇于承担、积极奉献的当代康巴精神的礼赞。因此，学者石硕这样论述："所谓康巴的文化精神，实际上就是《格萨尔》英雄史诗所表现的对人间英雄的赞美和对人性的颂扬与肯定，这也正是康巴文化精神之实质。对人性的肯定与发扬，正是康巴文化精神的核心。事实上，康区之所以被称作'人区'，藏族谚语中之所以称'最好的人来自康区'，也恰恰证明了这一点。"① 在新的时代，康巴精神是一种昂扬奋进的时代精神，它内化为作家们的精神底蕴，呈现在他们的创作之中。

---

① 石硕：《〈格萨尔〉与康巴文化精神》，载《西藏研究》2004年第4期。

第三节　当代康巴地区文学创作版图

序号	作家	籍贯	长期工作的地方	代表作品	备注（获奖情况及其他）
1	毛尔盖·桑木旦（1914—1993）	四川阿坝	四川阿坝	诗歌《献给日月星辰的祈祷》《上师赞》《十万月光的祈祷》	藏语创作。著名藏传佛教高僧，藏族语言、文学、历史、天文历算、宗教和梵文研究专家
2	饶阶巴桑（1935— ）	西藏芒康	云南昆明	诗集《草原集》《石烛》《对生叶之恋》《爱的花瓣》	组诗《棘叶集》获第一届全国少数民族文学创作奖；诗集《对生叶之恋》获第三届全国少数民族文学创作奖
3	降边嘉措（1938— ）	四川巴塘	北京	长篇小说《格桑梅朵》，传记文学《班禅大师》《雪山名将谭冠三》《李觉传》《藏族老红军天宝》《毛泽东与达赖、班禅》《十三世达赖喇嘛——1904年江孜保卫战》《最后的女土司》，纪实文学《这里是红军走过的地方》《第二次长征——进军西藏、解放西藏纪实》等，散文集《环绕喜马拉雅的旅行》《阳光下的布达拉》	双语创作。长篇小说《格桑梅朵》获第一届全国少数民族文学创作奖；《这里是红军走过的地方》获第十一届全国少数民族文学创作骏马奖

续上表

序号	作家	籍贯	长期工作的地方	代表作品	备注（获奖情况及其他）
4	查拉独几（1950— ）	云南迪庆	云南迪庆	中短篇小说集《九曲绿松石》，报告文学集《请喝这碗青稞酒》，短篇小说集《雪域风景线》，长篇纪实小说《中秋月正圆》	小说《初雪》获得1985年五省区藏族文学创作一等奖
5	意西泽仁（1952— ）	四川康定	四川康定	长篇小说《珠玛》，中短篇小说集《大雁落脚的地方》《松耳石项链》《极地》《意西泽仁小说精选》	短篇小说《依姆嫦嫦》获第二届全国少数民族文学创作奖；小说集《松耳石项链》获第三届全国少数民族文学创作奖
6	章戈·尼玛（1956— ）	四川炉霍	四川甘孜	散文集《流动的情歌》，报告文学集《康巴吉祥地》，散文集《金色花》（藏文）	藏汉双语创作。散文《金花》获首届四川省少数民族文学奖；散文《流动的情歌》获1993年全国少数民族文学创作奖；散文集《金色花》获1995年中国藏族文学学会"岗坚杯"
7	索朗仁称（王荣）（1956— ）	四川理县	四川马尔康、四川成都	长篇小说《藏·甘寨》《非常局长》《到拉萨去约会》，中短篇小说集《沉浮》《索朗仁称小说选》，散文集《生命长廊的神韵》《向西走入藏地天空》	—

续上表

序号	作家	籍贯	长期工作的地方	代表作品	备注（获奖情况及其他）
8	阿来（1959— ）	四川马尔康	四川成都	长篇小说《尘埃落定》《空山》《格萨尔王》《瞻对》《云中记》，中短篇小说集《旧年的时光》《月光下的银匠》，散文集《大地的阶梯》《就这样日益丰盈》	长篇小说《尘埃落定》获第五届茅盾文学奖、第六届全国少数民族文学创作骏马奖；长篇小说《空山》获第七届华语文学传媒大奖；中篇小说《三只虫草》与散文《士与绅的最后遭逢》获第十七届百花文学奖双奖；《蘑菇圈》获第四届郁达夫小说奖中篇小说奖
9	列美平措（1961— ）	四川康定	四川康定	诗集《心灵的忧郁》《孤独的旅程》《列美平措诗歌选》	组诗《驮在牦牛背上的诗》、诗集《列美平措诗歌选》分别获第二届、第五届四川文学奖；诗集《心灵的忧郁》、组诗《圣地之旅》分别获首届、第二届四川少数民族文学创作优秀作品奖；诗集《孤独的旅程》获第五届全国少数民族文学创作骏马奖；2010年获中国当代十佳杰出民族诗人诗歌奖

续上表

序号	作家	籍贯	长期工作的地方	代表作品	备注（获奖情况及其他）
10	亮炯·朗萨（1962— ）	四川乡城	四川康定	长篇小说《布隆德誓言》《情祭桑德尔》《寻找康巴汉子》，纪实文学《恢宏千年茶马古道》	《情祭桑德尔》获四川省少数民族创作优秀作品奖
11	达真（1963— ）	四川康定	四川康定	长篇小说《康巴》《命定》	长篇小说《康巴》获第十届全国少数民族文学创作骏马奖
12	桑丹（1963— ）	四川康定	四川康定	散文集《幻美之旅》，诗集《边缘积雪》	获第二届四川省少数民族文学创作优秀作品奖
13	阿布司南（1963— ）	云南迪庆	云南迪庆	中短篇小说集《雪后的阳光》，短篇小说集《河谷里的村庄》，诗集《我的骨骼在远方》	获第二届玉树唐蕃古道文学奖
14	范远泰（1963— ）	四川小金县	四川马尔康、四川成都	诗集《阳光与高原》《阳光与人群》《阳光与我》，散文集《激情川西北》《撒向人间的五色粮》	—
15	曾晓鸿（1965— ）	四川马尔康	四川马尔康	小说集《猎人登巴与夏月家的姑娘》，散文集《畅游阿坝》《古羌胜地——茂县》	—
16	尼玛松保（1966— ）	青海玉树	青海玉树	汉文诗集《恋歌，我的草原》《坐享青藏的阳光》，藏文诗歌《太阳和月亮》	藏汉双语创作。获第二届玉树唐蕃古道文学奖
17	梅萨（1966— ）	四川雅江	四川康定	诗集《半枝莲》	获第三届四川省少数民族文学创作优秀作品奖

续上表

序号	作家	籍贯	长期工作的地方	代表作品	备注（获奖情况及其他）
18	根秋多吉（1966— ）	四川德格	四川甘孜	小说《背运》《博情》等，藏文散文集《高原心迹》	藏汉双语创作。小说《博情》获第三届当代少数民族文学研究创作新人奖；小说《背运》、散文《喜马拉雅的呼唤》和藏文散文集《高原心迹》分别获第一届、第二届、第三届四川省少数民族文学创作优秀作品奖
19	泽仁达娃（1968— ）	四川雅江	四川雅江	长篇小说《雪山的话语》《走在前面的爱》	—
20	蓝晓梅（1968— ）	四川小金	四川马尔康	诗集《一个人的草原》《冰山在上》	诗集《一个人的草原》获第五届四川少数民族文学创作优秀作品奖
21	格绒追美（1969— ）	四川乡城	四川康定	长篇小说《隐蔽的脸》，中短篇小说集《失去时间的村庄》，散文集《掀起康巴之帘》《神灵的花园》《青藏时光》	中篇小说《失去时间的村庄》获第四届四川文学奖；长篇随笔集《神灵的花园》获第四届四川省少数民族文学创作优秀作品奖；《隐蔽的脸：藏地神子秘踪》获第七届四川文学奖
22	尹向东（1969— ）	四川康定	四川康定	中短篇小说集《鱼的声音》，长篇小说《风马》	《鱼的声音》获第七届四川文学奖；《对一座城市的怀念》获第四届四川省少数民族文学创作优秀作品奖

续上表

序号	作家	籍贯	长期工作的地方	代表作品	备注（获奖情况及其他）
23	拥塔拉姆（1969— ）	四川炉霍	四川炉霍	散文集《守望故乡》《无恙》，诗集《亲吻雪花》	诗集《亲吻雪花》获第五届四川省少数民族文学创作优秀作品奖
24	才仁当智（1969— ）	青海海南	青海玉树	诗集《高原上的骑手》	获第三届玉树唐蕃古道文学奖
25	江洋才让（1970— ）	青海玉树	青海玉树	长篇小说《怀揣石头》《康巴方式》《康巴书》《马背上的经幡》《灰飞》《牦牛漫步》	获第一届玉树唐蕃古道文学奖；长篇小说《灰飞》获青海省第七届文学艺术奖
26	阿琼（1970— ）	青海玉树	青海玉树	长篇小说《远去的部族物语》《渡口魂》，纪实文学《玉树大地震》，随笔集《白衣胜雪》，中短篇小说集《天空依旧湛蓝》	获第三届玉树唐蕃古道文学奖
27	洼西彭措（1972— ）	四川乡城	四川康定	小说集《乡城》《失落的记忆》	《乡城》获第六届四川省少数民族文学创作优秀作品奖
28	白玛曲真（1973— ）	四川甘洛	四川甘洛	诗集《叶落晚秋》《格桑花的心事》《彩色高原》《诗画岁月》《在低处行走》	诗集《彩色高原》获第五届四川省少数民族文学创作优秀作品奖
29	康若文琴（1973— ）	四川马尔康	四川马尔康	诗集《康若文琴的诗》	诗集《康若文琴的诗》获第八届四川文学奖
30	赵敏（1973— ）	四川康定	四川康定	长篇小说《康定情人》《康定上空的云》	长篇小说《康定情人》获第三届四川少数民族文学小说类优秀作品奖

续上表

序号	作家	籍贯	长期工作的地方	代表作品	备注（获奖情况及其他）
31	琼卡尔·扎西邓珠（1973— ）	四川巴塘	云南迪庆	诗歌《秋天·父亲》《雪域之诗》《春的絮语》等	藏汉双语创作。第二届全国藏汉语诗歌大赛汉语组优秀诗人奖
32	单增曲措（1974— ）	云南迪庆	云南迪庆	诗集《香格里拉——一个雪域女子的诗意表达》《雪》《珠巴洛》	—
33	罗凌（1975— ）	四川巴塘	四川巴塘	诗集《青藏高原的81座冰川》，散文集《远岸的光》	散文集《远岸的光》获第五届四川省少数民族文学创作优秀作品奖
34	扎西旦措（1975— ）	青海玉树	青海玉树	诗集《坐在一个陌生的清晨》	获第二届玉树唐蕃古道文学奖
35	嘉洛（1975— ）	青海玉树	青海玉树	诗集《寻梦的足迹》	获第四届玉树唐蕃古道文学奖
36	旦文毛（1975—）	青海玉树	青海玉树	诗集《足底生花》，长篇小说《王的奴》	获第一届玉树唐蕃古道文学奖；长篇小说《王的奴》获青海省"五个一工程奖"
37	郎加（1976— ）	四川乡城	四川甘孜	短篇小说集《游子亲笔》	藏语创作。短篇小说《凋零》获第四届四川省少数民族文学创作优秀作品奖
38	王志国（1977— ）	四川金川	四川巴中	诗集《风念经》《春风谣》	诗集《风念经》获第五届四川省少数民族文学创作优秀文学奖
39	那萨（1977— ）	青海玉树	青海玉树	诗集《一株草的加持》	获第三届玉树唐蕃古道文学奖

续上表

序号	作家	籍贯	长期工作的地方	代表作品	备注（获奖情况及其他）
40	南泽仁（1977— ）	四川九龙	四川康定	散文集《遥远的麦子》	散文集《遥远的麦子》获第二十四届"东丽杯"全国孙犁散文奖
41	鲁仓·旦正太（1978— ）	青海海南	云南迪庆	组诗《故土情深系列组诗》，长诗《生命——爱的深邃》	获《贡嘎山》文学奖、滇西文学奖
42	秋加才仁（1978— ）	青海玉树	青海玉树	诗集《秋加的诗》，小说集《故乡》	获得第二届玉树唐蕃古道文学奖
43	永基卓玛（1979— ）	云南迪庆	云南迪庆	中短篇小说集《雪线》	小说《扎西的月光》获2010年度滇西文学奖
44	央金拉姆（1982— ）	云南迪庆	云南迪庆	中短篇小说集《风之末端》	小说《风之末端》获2008年度边疆文学奖；小说《彼岸》获第七届滇池文学奖、2010年滇西文学奖；小说集《风之末端》获云南少数民族文学作品创作精品奖
45	雍措（1982— ）	四川康定	四川康定	散文集《凹村》	散文《滑落到地上的日子》获第二十四届"东丽杯"全国孙犁散文奖；《凹村》获第十一届全国少数民族文学创作骏马奖
46	泽仁康珠（伊熙堪卓）（1982— ）	四川丹巴	四川康定	散文集《边地游吟》《穿越女王的疆域》	—

续上表

序号	作家	籍贯	长期工作的地方	代表作品	备注（获奖情况及其他）
47	达机（1985— ）	四川色达	四川色达	长篇小说《人在旅途》，短篇小说集《佛灯》	藏语创作。短篇小说《黑牦牛》获第六届四川省少数民族文学创作优秀作品奖
48	此称（1987— ）	云南迪庆	云南迪庆	中短篇小说集《没有时间谈论太阳》	—

注：以出生时间为序，所列作家都是在藏族文坛有一定知名度，或者是有作品集出版的作家。此外，除标明藏语创作作家和双语创作作家外，其余的是主要以汉语进行文学创作的作家。

第七章 昂扬奋进的康巴文学（一）
——汉语文学创作

第一节 嘉绒大地的歌者——阿来的创作

一、嘉绒地区的地域文化风貌

为什么将嘉绒地区单独列出来？因为在论及当代影响最大的藏族作家阿来时，往往难以脱离他成长的独特地域文化。阿来出生的马尔康市是阿坝藏族羌族自治州的首府，"马尔康"在藏语中意指"火苗旺盛的地方"，也被引申为"兴旺发达之地"，因该地有寺庙马尔康寺而得名。这一地区俗称"四土"，在历史上是嘉绒藏族十八土司中梭磨、松岗、卓克基、党坝四个土司管辖的地方。杨霞曾这样论述："从地域文化的角度看，青藏高原文化圈包含了卫藏地区、安多藏区和康（巴）藏区三大子文化系统，这三大子文化系统有其禀赋于青藏高原特殊的地理、经济、历史、文化的'生态共性'，又呈现出各自不同的地域族群个性。但是，由于地域广阔、地形复杂，以及历史等原因，这三大子文化系统中，又包含着处于不同层次的地域——族群文化圈，如地处康巴藏区的嘉绒藏区就是这样一个地域——族群文化圈。"①

嘉绒地区以墨尔多山为中心，地跨四川省阿坝、甘孜两州以及雅安部分地区，主要包括阿坝州的马尔康、金川、小金、汶川、理县、红原、黑

---

① 杨霞：《〈尘埃落定〉的空间化书写研究》，博士学位论文，中国社会科学院研究生院，2009年，第12页。

水，甘孜州的丹巴，雅安地区的宝兴县等藏族居住区。嘉绒地区处于青藏高原东部边缘的横断山脉地区，东面与内地相连，西北、北部则与青海、甘肃相依。这里高山峡谷纵横，既有海拔4000米以上的高山，也有地势较低的河谷平原。阿来曾经在其作品中这样描述：

  这个地区在行政上属于四川，在地理上属于西藏。
  嘉绒在藏语中的意思，就是"靠近汉区山口的农耕区"。这个区域就深藏在藏区东北部、四川西北部绵延逶迤的邛崃山脉与岷山山脉中间。座座群山之间，是大渡河上游与岷江上游及其众多的支流。出四川盆地，从大渡河出山的河口，或岷江出山的河口一直往西往北，这两条大河像是一株分岔越来越多的大树的庄严的顶冠。
  最后，澎湃汹涌的水流变成了细细的一线，如牧人吹出的笛音的清丽与婉转。那些细细的水流出自于冰川巨大而有些麻木的舌尖，出于草原沼泽里的浸润与汇聚。
  那种景象出现时，双脚已经穿过了数百公里纵深的嘉绒大地，登上了辽阔的青藏高原。
  在大多数人的想象里，那里才是异域风光的开始。①

  嘉绒地区处于"彝藏走廊"，自古以来就是民族交流和往来的通道。"嘉绒藏人主要聚居在四川的川西北高原的大、小金川流域一带及岷江流域以西。川西北高原是康藏高原的极东边缘地带，北有岷山山脉，南有邛崃山脉，彼此纵横交错，岷江与大金川纵穿高原的两侧，而以四土地区的鹧鸪山为分水岭。川西北地区除极北的若尔盖、阿坝等是草原外，其余皆是群山重叠的峡谷及冲击而成的台地与河谷平原，土地十分肥沃。这些地方一半在海拔2000米左右，一半是在2000米以上，嘉绒藏人就居住在这群山重叠的峡谷间。"② 长久以来，这片区域的藏族和汉族、羌族等民族融合相处，因此，嘉绒藏地既具汉地、藏地双重地域上的边缘性特征，又有族源上的多元混融性特征。关于族属问题，在1954年之前，嘉绒地区的民族一直被认为是一个独立的民族，民国以来的文献也都将嘉绒地区的

---

 ① 阿来：《阿来文集·诗文卷》，人民文学出版社2001年版，第144页。
 ② 杨霞：《〈尘埃落定〉的空间化书写研究》，博士学位论文，中国社会科学院研究生院，2009年，第17页。

民族称为"嘉绒族"。新中国在成立后进行了第一批民族识别,从民族渊源、历史和宗教传统等方面考察,认为原"嘉绒族"其实是古老藏族的一个支系。在对嘉绒藏族的研究过程中,嘉绒人所说的语言也得到了深入的研究,主要有两种观点:第一种认为嘉绒语是藏缅语族内的一种独立语言,如林向荣在其著作《嘉绒语研究》中就持这种观点;第二种主张嘉绒语为藏语的一种方言,藏学研究专家阿旺措成老师通过大量藏文文献的研究以及将嘉绒语与藏文字对比,认为嘉绒人是藏族分支,嘉绒语属于藏语地方方言。追根溯源,"嘉绒族"其实是古老藏族的一个支系,笔者也更倾向于认为嘉绒语是藏语的一个方言。

嘉绒地区同其他藏族聚居区一样,属于全民信教的地区。这里很早就盛行原始苯教,认为万物有灵,奉行万物崇拜。8世纪中叶,吐蕃赞普赤松德赞兴佛抑苯,打压灭绝苯教势力,处于边远区域的嘉绒地区便成为当时苯教徒的重要避难之地,苯教在嘉绒地区取得了很大的势力。后来佛教传入,当地土司为了巩固自己的势力接受并利用藏传佛教,宗教人物也积极地拉拢地方土司势力,这使得藏传佛教在嘉绒地区得到了很大的发展,但其势力远远不如苯教。苯教在嘉绒地区的发展势头一直维持到18世纪下半叶。在清朝乾隆年间,先是大金川土司欲吞并其他土司部落,挑起边乱,后来大小金川土司又联合反清,所以朝廷有两次平定大小金川之战。据《清实录》《平定两金川方略》等文献资料记载,第一次金川之战始于乾隆十二年(1747),止于乾隆十四年(1749);第二次金川之战始于乾隆三十六年(1771),止于乾隆四十一年(1776)。由于部分苯教寺庙僧人支持并参与金川土司叛乱,引起了朝廷的极大不满,为了打击叛乱力量,也为了扶持格鲁派,清政府下令从此以后不得信奉苯教,将嘉绒地区很多苯教寺庙改宗为格鲁派。嘉绒地区最著名的苯教寺院雍仲拉顶寺于1776年被乾隆皇帝更名为广法寺,成为格鲁派的新寺院,早期的堪布由理藩院钦派来寺,清朝时期总共向广法寺派了16位堪布,使得格鲁派在当地有了很大的发展。这沉重打击了苯教,也对嘉绒地区的信仰体系产生了重大影响,苯教只能在没有参与叛乱的地区传播。但由于苯教长久以来在这一地区的发展,人们的信仰已经根深蒂固,因此格鲁派的发展壮大并未能完全动摇苯教在该地的影响,苯教仍然是该地区很有影响力的民间信仰。

嘉绒藏地与卫藏相比,多元文化汇聚,宗教成分异彩纷呈。正如杨霞所论:"嘉绒藏区的宗教信仰和宗教文化,充分表现出文化过渡地带的多元性和杂糅性。嘉绒藏区所在地——康区是现今保留藏传佛教各教派最多、最集中的地区,且兼容并存。这里不仅有格鲁派(黄教)、萨迦派(花教)、宁玛派(红教)、噶举派(白教)等各派,甚至在西藏已消失的觉囊派在今天的壤塘、阿坝等县仍得以保存并有较大影响。历史上,甘孜藏区转世了四位达赖,即七世达赖喇嘛格桑嘉措(理塘人)、九世达赖喇嘛隆多嘉措(邓柯人)、十世达赖喇嘛楚臣嘉措(理塘人)和十一世达赖喇嘛可珠嘉措(乾宁人)。黑帽系噶玛巴第一至十二世、十四、十六世转世活佛均诞生于这片土地。历史上,康区还存在过噶当、希解等教派,涌现过一批著名的高僧和大学者。除藏传佛教各教派外,中亚古波斯文化、南亚古印度文化、西亚及欧洲文化、东亚汉地文化,都通过茶马古道和南丝绸之路在这里相交融汇。自古以来,康区就是藏、汉、彝、羌、回、纳西等多种民族文化频繁交往之地。康区除藏地本土的原始宗教、苯教、藏传佛教之外,还有中原汉地的儒教、道教、民间巫教,外域的伊朗祆教、印度佛教、西伯利亚和蒙古的萨满教、阿拉伯的伊斯兰教、西方的基督教、天主教等相互并存。"① 在充满神奇魅力的嘉绒大地上,多元文化并存,藏传佛教、原始宗教和民间信仰多元混杂,多种宗教信仰和谐共处,有着鲜明的世俗化特征。阿来曾说道:"因为在地理上不在藏族文化的中心地带,我作为一个藏族人更多的是从藏族口耳传承的神话、部族传说、家族传说、人物故事和寓言中吸收营养。"② 因此,相对一些深受藏传佛教影响的藏族作家来说,阿来的创作面貌显得更为驳杂丰富。

二、嘉绒大地的歌者——阿来的创作

故乡嘉绒是阿来文学创作取之不尽的灵感源泉,"而我更多的经历和故事,就深藏在这个过渡带上,那些群山深刻的褶皱中间"③。他强调,这一地域是他创作的原乡,这片土地的丰美与贫瘠,过往的历史与现实的状况都潜存在他的作品之中:"长期以来,大家都忽略了青藏高原地理与藏文化多样性的存在。忽略了在藏族聚居区东北部就像大地阶梯一样的一

---

① 杨霞:《〈尘埃落定〉的空间化书写研究》,博士学位论文,中国社会科学研究生院,2009年,第27页。
② 阿来:《就这样日益丰盈》,解放军文艺出版社2002年版,第291页。
③ 阿来:《大地的阶梯》,陕西师范大学出版总社有限公司2019年版,第30页。

个过渡地带的存在。我想呈现的就是这被忽略的存在。她就是我的家乡，我精神与肉体的双重故乡。"①

在阿来所处的偏僻的藏族村落，人们世代过着半农半牧的生活，这个村子有着大概两百多口人，彼此居住分散，他在这片位于藏地和汉地过渡地带的群山中出生、成长，直到36岁时方才离开。他的创作始终与嘉绒大地相关，既有山川景物、人文地理风貌的展现，又有着灵魂深处的拓展和探求。在孤独荒僻的藏地村庄中长大的阿来，对自然有着敏锐的感受："生活在这个世界当中，你除了感觉到人跟人的关系之外，你还会意识到周围的世界当中有一个更强大的存在，这个存在就叫作自然界，河流、山脉、森林［……］在那个地方，你可以清晰地感觉到四季的更替变换，当然还有跟我们人一样在活动的动物，每一种动物好像都有它们自己的社会秩序。"② 独特的地理空间与文化空间使得阿来有着与其他作家迥异的文化感受，也形成了他观察世界的独特角度。"拜血中的因子所赐，我还是一个自然之子，更愿意自己旅行的目的地，是宽广而充满生机的自然景观：土地、群山、大海、高原、岛屿、一群树、一棵草、一簇花。更愿意像一个初民面对自然最原初的启示，领受自然的美感。"③ 因此，川西高原的自然景象常常出现在阿来的笔下，若尔盖草原、岷山、大渡河、岷江、大金川、小金川、马尔康……这些山名、水名、地名，以及这片充满神性的土地上的生灵与阿来在文字中一次次相遇、相融。他在诗歌《灵魂之舞》中这样写道："我们要在松木清芬的光焰下，/聆听嘉绒人先祖的声音，/让他们第一千次告诉我们是风与大鹏的后代，/然后，顺着部落迁徙的道路，/扎入深远的记忆。"④ 因此，在阿来的创作中，一直抒写着故土的历史，流淌着他对自然的倾听之音。在其组诗《三十周岁漫游若尔盖大草原》中他写道："天哪！我正/穿越着的土地是多么广阔/那些稀疏的村落宁静而遥远/穿越许多种人，许多种天气/僧人们紫红的袈裟在身后/旗帜般噼啪作响，迎风飘扬/我匍匐在地，仔细倾听/却只听见沃土的气味四

---

① 阿来：《永远的嘉绒》，见阿来《阿来文集·诗文卷》，人民文学出版社2001年版，第144—145页。
② 阿来、谭光辉等：《极端体验与身份困惑——阿来访谈录（上）》，载《中国图书评论》2013年第2期。
③ 阿来：《大地的语言》，见阿来《看见》，湖南文艺出版社2011年版，第45页。
④ 阿来：《阿来的诗》，四川文艺出版社2017年版，第107页。

处流荡/我走上山冈，又走下山冈"①。他一次次在广袤的藏地漫游，在其诗文中抒发着他对土地、故乡的深情，对自然、信仰和生命的礼赞和思考，渗透着强烈的家园情结和对民族历史发展的思考，字里行间沉潜着内在心灵世界与自然、历史、民族之间的对话与探讨。

  在谈到其受外国作家影响时，阿来这样说："对我个人而言，应该说美国当代文学给了我更多的影响……因为我长期生活其中的那个世界的地理特点与文化特性，使我对那些更完整地呈现出地域文化特性的作家给予更多的关注。在这个方面，福克纳与美国南方文学中波特、韦尔蒂和奥康纳这样一些作家，就给了我很多启示。换句话说，我从他们那里，学到很多描绘独特地理中人文特性的方法。"② 从阿来多年的创作来看，他的作品中人与地理的关系是相当清晰的，他在对藏地地理的探寻中渗透着对民族历史前行之途的思考，在人与自然的交流中进行着生命哲理层次的思考。故乡之于阿来，犹如约克纳帕塔法之于福克纳，湘西之于沈从文，高密东北乡之于莫言，商州之于贾平凹，童年及青年时期故乡的面影烙刻在阿来的文学记忆之中，他从故乡走向广阔的外部世界却又一次次地从外部返回故乡，来获得不竭的创作资源。阿来三十岁时已经在文坛上初露头角，但他并没有满足于所取得的成就，而是让自己的心灵和身体放逐于自然，在若尔盖大草原上进行了为期数月的漫游，写下了激情四溢的长篇抒情诗《三十周岁时漫游若尔盖大草原》。这首洋溢着青春与激情、土地与芳香、群峰与河流的诗歌被认为是阿来的成年礼。在此之后，阿来在写作文体上发生了变化，他很少再写诗，而是将主要精力用来写小说，之后的《尘埃落定》获得第五届茅盾文学奖和第六届少数民族文学创作骏马奖。1999年，阿来再次漫游故土："我想写出的是令我神往的浪漫过去，与今天正在发生的变化。特别是这片土地上的民族从今天正在发生的变化得到了什么和失去了什么？如果不从过于严格的艺术性来要求的话，我想我大致做到了这一点。最后，在这种游历中把自己融入了自己的民族和那片雄奇的大自然。我坚信，在我下一部的长篇创作中，这种融入的意义将用更艺术化的方式得到体现。"③ 阿来通过游走的方式来获得灵感，一次次深入故乡的怀抱，获得写作的第一手资料。他不断回望故土，获得丰厚的写

---

  ① 色波主编：《前定的念珠》，四川文艺出版社2002年版，第5页。
  ② 阿来：《穿行于多样化的文化之间》，载《中国民族》2001年第6期。
  ③ 阿来：《大地的阶梯》，陕西师范大学出版总社有限公司2019年版，第343页。

作资源，以轻盈的笔调来抒写历史的沉重，将过往的岁月和现实的境况呈现在笔端，以信仰来驳斥人心的虚妄，以悲悯来化解残酷。从《尘埃落定》《大地的阶梯》《空山》《格萨尔王》《瞻对》《云中记》等系列作品中，可以感受到嘉绒大地独特的自然地理环境之于阿来创作的意义。无论是虚构的"机村""云中村"，还是真实存在的古老乡村的今昔过往，都深深地刻着阿来对故土的深沉思考。在他的笔下，有大量的关于山川景物、地形地貌、气候植被的描写，同时，他敏锐的沉思又显现出深沉的人文关怀。这使其作品显得宽阔而博大，呈现出独特的美学意蕴。

阿来以敏感细腻之心去倾听自然的声音，作品充满着浓郁的诗意。在《空山》中，他捕捉着自然的声音：

> 摇摇摆摆的草棵上，有许多虫子在上上下下奔忙。蚂蚁急匆匆地，上到草梢顶端，无路可走了，伸出触手在虚空中徒然摸索一阵，又反身顺着草棵回到地上。背着漂亮硬壳的瓢虫爬得高了，一抖身子，多彩的硬壳变成轻盈的翅膀。从一棵草渡向另一棵草，从一丛花飘向另一丛花。草棵下面，有身子肥胖的蚂蚱，草棵上面则悬停着体态轻盈的蜻蜓。①

在《大地的阶梯》中，阿来写大渡河流域的自然景观和人们的生存面貌：

> 梭磨河自东向西在河谷中奔流，宽阔的谷地两边，群山列列，巍然耸立。一南一北，群山又夹峙出两条山沟两股溪流，一条叫其里，一条叫莫觉。在松岗汇入（入）梭磨河。一大两小的三条溪流在冲刷，也在淤积，造就出群山之间一块块面积不一的肥沃土地。地理学上，叫做河谷台地。这是嘉绒所在的大渡河流域、岷江流域耕作区的一个缩影。这些地质肥沃的台地，依海拔高度的不同种植玉米、小麦、青稞、胡豆、豌豆、荞麦、麻、蓝花烟、洋芋、白菜、蔓菁、金瓜和辣椒。点缀在农民石头寨子四周的则是果树：苹果、梨、樱桃、沙果、杏、核桃。还有一种广为栽植的树不是水果，在当地人生活中

---

① 阿来：《空山（三部曲）》，人民文学出版社2009年版，第11页。

也非常重要：花椒。①

  我在不同的季节去那个地方，看到农人们耕作、锄草和收获。除了收获下来的谷物用拖拉机运输，基本的方式与吐蕃统治时期并没有根本性的变化。耕作的时候，两头犏牛由一个小孩牵引，两头牛再牵引犁，扶犁的是一个唱着耕田歌的健壮男子，后面是一个播撒种子的女人，再后面又是一个往种子上播撒肥料的女人。夏天，女人们曼声歌唱，顶着骄阳锄草时，远山的青碧里，传来布谷鸟悠长的鸣叫声。②

在《遥远的温泉》中，阿来这样写道：

  夏天，树荫自上而下地笼罩，苔藓从屁股下的岩石一直蔓生到杉树粗大的躯干，布谷鸟在什么地方悠长鸣叫。情形就是这样，我独坐在那里，把双脚浸进水里，这时的热泉水反而带着一丝丝的凉意。泉水涌出时，一串串气泡迸散，使一切显得异样的硫磺味便弥漫在四周。有时，温顺的鹿和气势逼人的野牛也会来饮用盐泉。鹿很警惕，竖着耳朵一惊一乍。横蛮的野牛却目中无人，它们喝饱了水，便躺卧在锈红色的泥沼中打滚，给全身涂上一层斑驳的泥浆。那些癞了皮的难看的病牛，几天过后，身上的泥浆脱落后，便通体焕然一新，皮上长出柔顺的新毛，阳光落在上面，又是水般漾动的光芒了。③

  从阿来的描写中可以看到，他对自然的感受是异常敏锐和通透的，从其细腻善感的心灵中还生发出对藏地历史发展进程的思考。在阿来的一些作品如《尘埃落定》《月光下的银匠》《老房子》等中，往往涉及对土司制度的思考。据李茂（藏名雀丹）的《嘉绒十八土司》所言，土司制度作为一种完备的统治制度出现于元、明、清时期，尤其是在明清时期盛极一时，在维护国家统一、治藏安康、平稳边地纷争方面发挥了积极的作用；清雍正皇帝开始实行改土归流政策，废除原来的土司特权，并由朝廷任命官员进行统治，土司势力逐步衰弱，但在边远地区如嘉绒地区仍实行土司制度，嘉绒地区自元开始册封土司到西藏和平解放前一共出现了18

---

① 阿来：《大地的阶梯》，陕西师范大学出版总社有限公司2019年版，第74页。
② 阿来：《大地的阶梯》，陕西师范大学出版总社有限公司2019年版，第24—25页。
③ 阿来：《遥远的温泉》，作家出版社2017年版，第5—6页。

个土司。在阿来的一系列创作中，他以文学的笔触向我们描述了嘉绒大地政治文化变迁和土司制度的残酷与没落，在地域历史文化这一维度上为我们呈现了独特的边地文化风貌。在其散文《大地的阶梯》中，阿来详细地考察了土司家族的历史传承、土司与西藏噶厦政府及汉地中央政府之间的关系、土司与土司之间的恩怨纠葛等。而《尘埃落定》则以一种新的历史视角透视嘉绒藏族聚居区的大的时代动向和在特定历史语境下的人心向背。他根据故乡嘉绒藏地纷繁复杂的历史传奇和风土人情，建构了一个神秘的康巴土司世界，通过对土司制度崩溃瓦解的描绘，进行了深沉的民族性思考。阿来曾经在记者采访时说："这是我对得起自己也对得起故土的作品。我是藏族，在这部小说中，我是想从藏族的眼光来表现人性中的爱恨、生死，对金钱权力的接近与背离，表现在面临历史的进步时，我们感受到的失重和欣喜。"① 作品以嘉绒藏族聚居区为背景，以麦其土司为中心，穿插着麦其土司与茸贡土司、汪波土司、拉雪巴土司之间的矛盾纠葛与利益斗争，以宽阔的视野和细致的描绘，呈现了藏族聚居区土司制度在风云激荡中走向没落和崩溃的过程。作品以土司"傻子"少爷稚童般的眼光来观察和展现这个土司世界的残酷和没落，书写了权力的角逐、人性的扭曲、宗教的虚伪，写出了普通人在俗世中的挣扎及不可逆转的时代巨变。

无论是自然地理的择取还是文化符号的展现，阿来一直执拗地抒写着嘉绒藏族聚居区，展现着这里的山水风光、历史遗存、人文风貌，抒写着现代文明冲击下自然的破碎、传统的断裂、灵魂的光明与晦暗。《空山》三部曲细致地描写了嘉绒藏族聚居区的一个小村落——机村从20世纪50年代至90年代的变迁史，揭示了政治历史的风云变幻、时代的变迁及人心的走向。如果说，《尘埃落定》主要展现的是旧中国嘉绒藏族聚居区的历史变迁的话，那么，《空山》呈现的则是新中国成立之后嘉绒藏族聚居区的社会风貌和时代变化，两部作品连贯起了他对嘉绒藏地的历史思考。二者之间，无论从题材还是从内涵方面来看都有着很大的延续性，贯穿着作者对百年藏族地区历史的回顾与思考。《随风飘散》写西藏和平解放后，随着寺庙被捣毁，藏族人民的宗教信仰坍塌，人心的浅陋和缺陷开始呈现，疯癫的桑丹及其私生子格拉一直受到村里人的冷落和歧视，只有兔子

---

① 向杨：《阿来印象：用汉语写作的藏族作家》，载《作家》2010年第18期。

把格拉当成朋友。后来，兔子被其他孩子放鞭炮炸伤致死，但这些孩子却嫁祸给格拉，格拉受尽委屈死去，灵魂随风飘散。作者要呈现的不仅是象征着美好、善良、温暖的格拉、额席江奶奶、兔子的灵魂随风飘散，更要呈现的是机村人的淳朴和良善的习性在荒谬的时代都逝去了。《达瑟与达戈》中的色嫫是全村人公认的美嗓子，因为难以抗拒舞台上的诱惑，她放弃了爱情和信仰，成为出卖肉体的玩物。《轻雷》中的机村人为了金钱，疯狂砍伐祖辈留下的树木，森林被砍伐破坏，生态遭到严重破坏。《天火》中的"天火"指的是一场熊熊的森林大火，更是寓意着人们心中的疯狂火焰，这一场大火烧毁了人们的物质家园和精神家园。《荒芜》中荒芜的也不仅仅是土地和森林，还有机村人的良善和美德。在灭火炸湖的过程中，机村人世代敬畏信仰的金鸭子随着神湖消失，苦难开始降临这片昔日虽然贫瘠但无不充满宁静和美好的土地。《空山》卷六写拉加泽里刑满出狱，心怀愧疚回到机村，用当初砍伐树木赚来的钱买来树苗，种满山野。然而，随着现代旅游业向藏族聚居区的大肆挺进，机村的原生态必将遭到破坏，面临着生态和价值观念的双重考验。阿来将"机村"放置于近半个多世纪中国复杂的社会政治变动中，描写嘉绒藏族聚居区所经历的历史变迁，有着深沉的人文关怀。

如果说《空山》主要是从机村出发来思考藏族聚居区乡村的变迁，那么《瞻对：终于融化的铁疙瘩——一个两百年的康巴传奇》（简称《瞻对》）则以更宏阔的历史眼光，在历史开阖中去找寻民族发展的秘匙。孟繁华在论及藏族作家龙仁青的创作时谈道："无论作家是否自觉地意识到，客观上他都要面对自己与传统、与西方、与当下的对话关系。"① 从这个意义上来看，阿来的一系列创作都是他试图对民族、国家、传统、当下进行的思考和对话。从《尘埃落定》《空山》《格萨尔王》到《瞻对》，作品的题材在变，风格在变，体裁也在变，但不变的是阿来在作品中呈现的对历史和文化的反思及强烈的知识分子的使命感。如果说在虚构性的小说《尘埃落定》和《空山》中，这种思考和对话是隐形呈现的，因为虚构文学的一个特征是在最大程度上隐藏自己，那么在非虚构创作《瞻对》中，阿来则直接呈现了他对历史和现实的看法。《瞻对》这部作品先是在《人

---

① 孟繁华：《面对"现代"，他选择了什么——评龙仁青的短篇小说》，载《文艺报》2014年1月31日。

民文学》杂志发表部分章节，后来更是在出版之前就获得了人民文学奖非虚构作品大奖。

　　从创作伊始，阿来关注的目光就没离开过川西藏地，这是他的家乡，是他的族人生息的地方，也是他的创作根据地。这个藏汉混居杂交的地方，不仅在地域空间上给阿来提供了一个区别于他人的创作背景，使得他的小说在文化上和表达上具有异质性的特点，同时，在精神层面上，也使得他具有一种相比单一民族身份更多重的开放的眼光。当以这样的开放眼光去关注他生存的土地时，他也就获得了一个崭新的视野。他的写作触角一次次地深入民族的内里和人心的深处，而这一切完全依赖于他对自己所处境地的自觉担当。谢有顺曾说："从终极意义上说，写作都是朝向故乡的一次精神扎根，他在出生地，在自己的经验形成的环境中，钻探的越深，写作的理由就越充分。"① 阿来也不例外，他以开放的眼光一次次回望故乡，他的作品也在对故土的呈现和展露中显得生机勃勃。他始终坚守川西藏族聚居区这一独特的写作资源，以批判和审视的眼光去看待过往的历史和现实的疮痍。《尘埃落定》对宗教的追问和对人性的反思在历史的迷幻中得以呈现。《空山》对历史、民族、国家的探询和对时代转变中个体命运的描写给人以不胜悲凉之感。《格萨尔王》对藏文化的反思与探求呈现了其在现代化进程中对民族精神的探寻与再塑。《瞻对》则在历史的变动不居中发掘那满目疮痍的痛楚，以去芜存菁的描写，呈现几百年来的边疆史，以历史考察、实地调研的方式，更直露地展现了阿来对故土的回望和思考。作品的主角——瞻对，即今天甘孜藏族自治州的新龙县，位于川西藏地。相传元代时，当地一大德高僧喜绕降泽带上一支铁矛见元世祖，当众把铁矛挽成一块铁疙瘩。元世祖封他为土司，称之瞻对（藏语音为铁疙瘩）土司。瞻对民风剽悍，加之穷山恶水，生存条件极差，所以这里的民众长久以来以抢劫为生。此外，因为土司势力的开阖纵横，这里战乱频繁。瞻对在清朝雍正年间只有两三万人，却因各种原因震动清廷，清朝政府七次对之开战，每次都是轰轰烈烈，死伤百姓、士兵无数，许多朝廷命官也由此丢官丧命。直到赵尔丰改土归流，率兵南下瞻对，不费一兵一弹在宣统三年（1911）收回瞻对，将瞻对设为怀柔区，又改县名为瞻化。瞻对，这个"铁疙瘩"开始融化。阿来谓之：势，大势所趋！然而在

---

① 谢有顺：《抱读为养》，安徽教育出版社2011年版，第229页。

历史风云变化之际,各方势力如西藏地方军队、国民党军队乃至英帝国主义等,都曾经介入这个弹丸之地。这样的对抗持续多年,在瞻对这个民风雄强、号称"铁疙瘩"的地方,势力此消彼长,终于显露出末世气象。1950年,中国人民解放军十八军的一个排,未经战斗就解放了瞻化县城,这个历史性变革使得瞻对这个"铁疙瘩"终于被融化。作者以瞻对两百余年来的历史为载体,将一个号称"铁疙瘩"的藏族部落进行了历史钩沉,再现了始于雍正八年(1730)、长达两百多年的瞻对之战,呈现了更久远的瞻对的历史和现状。阿来追索历史,直指当下。《瞻对》的写作不仅是为了拨开历史的吊诡莫测,更是为了直面现实层面的文化和政治问题。他以丝丝入扣的、严密的历史史料与实地考察楔入他对国家、民族、文化、历史、现实的思考,试图将驳杂的历史面貌以一个清晰的线索呈现出来。从文本的引述可以看出,阿来查阅了诸如《清实录》《四川通志》《瞻对·娘绒史》《西藏志》《甘孜州文史资料》等大量史料,清朝时官员与皇帝之间的奏折批复,相关条约及相关历史人物的日记、年谱、档案汇编等,以学者般的审慎、严密追索资料,进行实地的考察和调研,在历史和现实的碰撞中为我们呈现了如果不被挖掘也许就会被尘封的一段历史。"那时,法国人知道了中国,而且打到了中国的门上。清朝人也渐渐知道了法国,但瞻对人不知道。不但瞻对人不知道,青藏高原上我们的前辈们都不知道……在藏族人祖祖辈辈生活的青藏高原上,自吐蕃帝国崩溃以来,对世界的识见不是在扩大,而是在缩小。"① 写作在一定程度上是为了更深的发现,为了触到历史和人心的深处,世界在变,天下局势在变,但自己的族人却封闭在自我的空间中不知变通,这样的反思让作为藏族的阿来有种深切的痛楚。其实,纵观阿来的创作,可以看到,对藏族社会历史和现实的反思是他创作的一贯落脚点。如果说在《空山》中,阿来对现代化进程中民族的发现还有激愤之情的话,那么在《瞻对》中,他的思考则相对冷静许多。在两百多年的历史考察中,阿来看到了历史轮回重演的无奈和苍凉——他发现了历史背后的密码——"新战争,同时又是老故事。或者说,新故事按着老套路再次重演"② 阿来探查到了历史背后的

---

① 阿来:《瞻对:终于融化的铁疙瘩——一个两百年的康巴传奇》,四川文艺出版社2014年版,第126页。

② 阿来:《瞻对:终于融化的铁疙瘩——一个两百年的康巴传奇》,四川文艺出版社2014年版,第65页。

因袭和循环,同时,他又不厌其烦地考据这七段战争,从中挖掘出历史的深意与个人的深切感悟,这里,既有关于本族命运的悲叹,更有超越族别的理性思考。

部落的惰性、文化的隔阂所带来的恶果,令人唏嘘。在数百年后的今天,现实的情形又如何呢?阿来不无悲哀地发现:"这些过去一百年两百年的事,其实还很新。只不过主角们化了时髦的现代妆,还用旧套路在舞台上表演着。"① 在历史中看到现实,在现实中看到历史的重演,令人习以为常,然而又触目惊心。写作是对历史的检视,也是对现实的发现,阿来面对的是历史,对话的却是现实。他在现实和历史间穿梭,历史由此获得了现实的观照,现实也因为历史的映现而显示出似曾相识的面影。这种从历史的考据中得出的结论,在一定程度上可为保持当今藏族聚居区的稳定提供一个应对问题的思路。此外,阿来的创作脱离传统藏族题材神秘化的特征,力争呈现真实的历史与现实的风貌,并警惕当前一些想当然的浪漫想象,力图拨开现实的迷思:

> 我不惮烦琐,抄录这些史料,自是因为这些材料可作民国初年瞻化一地社会状况的生动说明。更是因为,这些翔实细致的材料可以破除两种迷思。一种迷思是简单的进步决定论。认为社会历史进程中,必是文明战胜野蛮。所以,文明一来,野蛮社会立时如被扬汤化雪一般,立时土崩瓦解。再一种迷思,在近年来把藏区边地浪漫化为香格里拉的潮流中,把藏区认为是人人淡泊物欲,虔心向佛,而民风纯善的天堂。持这种迷思者,一种善良天真的,是见今日社会物欲横流,生活在别处,而对一个不存在的纯良世界心生向往;一种则是明知历史真实,而故意捏造虚伪幻象……②

阿来秉承现实主义态度及强烈的知识分子的责任感,以对尘封历史的考据和现实调研为基础,有辨析、有思考,用"瞻对"这个地理坐标将西藏和汉地联系起来,不仅仅是对瞻对历史的考察,更是对汉藏关系,对川

---

① 阿来:《瞻对:终于融化的铁疙瘩——一个两百年的康巴传奇》,四川文艺出版社2014年版,第59页。
② 阿来:《瞻对:终于融化的铁疙瘩——一个两百年的康巴传奇》,四川文艺出版社2014年版,第262页。

西藏族地区历史和现实发展的思考。"今天我们的国家,不管政府还是学界,有一个风气是:我们中国人说问题都特别大,全部是高屋建瓴的宏大学识。这种宏大学识往往讲一个大家很难质疑的道理,但是这种道理在具体实现它的过程中势必有很多曲折。这就需要提供一种微观的方式,即'窥一斑而知全豹'。"① 阿来从弹丸之地——瞻对入手,传达的却是对民族、现代国家的思考。

《瞻对》是一个部落两百多年来的命运史,也是川西藏地的变迁史,同时还是一部民族交融的反思史。阿来花一般人所不愿花的笨功夫,到浩阔的历史和现实中去发现部落和民族发展的密码。谢有顺在面对当代文学的创作状况时说:"多年来,中国小说惯于写小事,小经验,沉迷于一己之私,而渐渐失去了关注大问题,书写主要的真实的能力,技艺可能越来越精细,但文字背后,往往一片空无……而无法深入追问历史、现实中的疑难和困境,无法在想象中敞开人类精神的可能性,这种写作,就决不能在物质繁盛、心灵溃败的时代,挺立起一种价值、一种信念。"② 阿来通过实地的考察和历史的考据,把驳杂的现实转化成文字,书写成穿透人心的作品,这一切有赖于他对脚下土地的担当和对现实保有的清醒。同时,依托个人精神的深度与广度,从某种意义来说,阿来的一次次创作其实都是在寻觅、探求、反思、回忆和捡拾民族前行过程中失落与遗忘的东西,而这些被忽略太久的东西一旦汇集起来,也许会成为民族的精神家园。《尘埃落定》如此,《空山》如此,《瞻对》也是如此。

作为边地文明的勘探者、守护者和反思者,阿来长久地关注川西藏地,刻写时代巨变给个体和族群带来的痛楚,也感慨于沧桑世事后的静默,他的《瞻对》以文字的方式表达了沉重的悲哀和面对现实的理性思考。历史是如此残酷而又淡若云烟,世事和生命都在往昔承传,阿来在作品中呈现了历史之痛与现实之思,并直指当下,对现实发问。毋庸置疑,《瞻对》是部用心用情之作,也是一部有辨析、有生命、有激情和力图有所为的作品。这部作品较为鲜明地呈现了阿来的文化立场——人类的立场。

而关于阿来的文化立场,关注者颇多。一部分研究者到阿来的创作中

---

① 《阿来说〈瞻对〉:康巴一隅透射汉藏问题国际化历程》,见腾讯文化:http://cul.qq.com/a/20140123/005551.htm。

② 谢有顺:《报读为养》,安徽教育出版社2011年版,第89—90页。

去挖掘他的藏族文化意蕴，如藏族评论家德吉草认为："他以空灵清闲、浓重深厚的民族文化为底蕴，以对历史的审视和反思为切入点，营造出一种浪漫绚丽、神秘悠远的文学氛围。"① 陈晓明赞赏阿来"作为藏文化的写作者，阿来以最朴实本真的语言叙述最本真的事实，最大程度接近藏文化的根源，关注现代性给藏文化带来的心理变化以及藏文化的走向"②。一些学者还探讨了阿来作品开放多元的文化立场并对之持肯定的态度，如杨玉梅认为"阿来小说的民族独特性与其普遍性是并存的"③，王一川认为阿来的"跨族别写作"为"我们解读中国少数民族生活的、从而也为整个中国的现代性进程提供了一个新的感人的美学标本"④。这些看法在关于阿来的研究中相当具有代表性。但同时还有质疑的声音，如郜元宝认为阿来缺乏文化依托，是"从小就失去本族文化记忆而完全汉化了的当代藏边青年"⑤；针对他的立场问题，认为他的《尘埃落定》体现了"从小失去本族文化记忆而完全汉化了的当代藏边青年超文化超族性的代笔者立场"，认为他的《空山》"在讲述历史时一样，都并无什么切实的文化依托"⑥。此外，邵艳君所持观点与郜元宝相似，她谈及《空山》时认为阿来"知识分子反思立场和少数民族文化守护立场的双重缺失"，"对边缘文化造成压抑消解的各种主流力量缺乏抵抗"⑦。笔者认为这种观点可能对阿来而言过于苛求。面对纷繁广袤的世界，作为一个个体，作家无法选择自己的出身，无法选择自己的族属，也无法选择自己生长的土地。阿来出生于多民族交融的嘉绒藏地，他所生长的背景是藏族聚居区和汉区的边缘地带，这里的文化本来就是多元化的，阿来亦是一个混血的作家。面对自己的族属问题，阿来自己也说："在藏族这个族群中，一些人对我这种血统不纯正的人的加入，很多时候是不屑，更有时候是相当愤怒的。"⑧在论述和他有着相似境遇的龙仁青的创作时，他惺惺相惜、深有感悟地

---

① 德吉草：《认识阿来》，载《西南民族学院学报》1998年第6期。
② 陈晓明：《小说的心理特权与历史化的紧张关系——阿来小说阅读札记》，载《当代文坛》2008年第5期。
③ 杨玉梅：《民族视角：阿来小说的一种解读》，载《民族文学》2000年第9期。
④ 王一川：《跨族别写作与现代性新景观——读阿来长篇小说〈尘埃落定〉》，载《四川文学》1998年第9期。
⑤ 郜元宝：《不够破碎——读阿来短篇近作想到的》，载《文艺争鸣》2008年第2期。
⑥ 郜元宝：《不够破碎——读阿来短篇近作想到的》，载《文艺争鸣》2008年第2期。
⑦ 邵燕君：《"纯文学"方法与史诗叙事的困境》，载《文艺争鸣》2009年第2期。
⑧ 阿来：《写龙仁青，也是写我自己》，载《文艺报》2014年1月31日。

说:"如果不是因为政策规定,需要一个人必须认定自己属于哪个民族,我也愿意自己是一个藏族人的同时,也是我血缘中所包含的另一个或更多的民族。用这所有血缘赋予我的多重的眼光来看待这个世界,拥抱这个世界。"① 作家的出身、成长环境影响了他的思想倾向和艺术旨味。我们无法要求阿来就是我们想象和认为的"阿来",一定要有强烈的族性意识,一定要有对主流力量的抵抗。阿来,就是阿来自己,他有自己对本民族文化的深切感受和独特思考,他有自己的写作天空。何况,"民族文化不再是固定于特定的地域与领土之上,它会进入他者的文化空间,同时,自己的文化空间也必然受到他者文化的渗入和影响,自身的文化身份也不得不通过在场的和不在场的他者文化重新界定,所有这一切造成了文化身份的杂交性或是混合性,对单一的本质主义民族文化身份概念提出了质疑与挑战"②。俄裔美籍作家纳博科夫认为:"作家的艺术就是他真正的护照。一位作家的个性,乃是由其独特的彩色纹理与独一无二的图案立时就可证实的。族系可以支持这一或那一种类之界定的正确性,但族系本身并不应当决定种类的界定。"③ 一些人认为藏族就应该这样,藏族文学就应该具有强烈的族性意识,认为民族文学应该抵抗主流文学——这只是一厢情愿的藏族文学。"作家表达一种文化,不是为了向世界展览某种文化元素,不是急于向世界呈现某种人无我有的独特性,而是探究这个文化'与全世界的关系',以使世界的文化更臻完整。"④ 每一个作家都有自己的机遇和困境,也都有个人独特的民族精神记忆,作家的独立性就在于他对所处世界的独立认识和他对自己内心的尊重。

阿来的创作立足嘉绒大地,立足广袤的藏族聚居区,然而他的视野又越过山川河流,走向更广阔的天空。20世纪中后期是殖民主义盛行的时期,许多人热衷于运用身份、民族归属来研究作家,民族文学研究也惯常用身份去解读作家,但阿来对此却充满警惕。他认为"全世界可能都在吃那种思潮的恶果了——过分强调区别,过分强调一些我们建设文化多样性

---

① 阿来:《写龙仁青,也是写我自己》,载《文艺报》2014年1月31日。
② 贺玉高:《霍米巴巴的杂交性理论与后现代身份观念》,博士研究生学位论文,首都师范大学,2005年,第100页。
③ 转引自周启超《独特的文化身份与独特的彩色纹理——双语作家纳博科夫文学世界的跨文化特征》,载《外国文学评论》2003年第4期。
④ 阿来:《我只感到世界扑面而来——在渤海大学"小说家讲坛"上的讲演》,载《当代作家评论》2009年第1期。

的理论,过分强调人跟人不一样"①。从这个视角出发,阿来关注人类的共性,他的作品因此也打破了狭隘的民族主义的桎梏。在《瞻对》中,阿来鲜明地呈现了自己多元的文化眼光:站在人类文明前进的道路上,去看他的族属;站在人类的立场上,超越族别地去看待民族关系。郜元宝在论及阿来的创作时曾经说:"许多作家恰恰是在远离真理的谦卑惶恐中全身心地追求艺术,恰恰在方向不明的含糊混沌状态成就他的艺术;一旦方向明确,真理在握,他和艺术的蜜月期也就终结——他将不再是艺术家,而成为指手画脚的先知与指导者了。""我看到一些拥有真情实感也富于文字灵性的作家,因为境遇改变,学识增加,眼界开阔,就急忙改变身份,跟在某些专门研究大课题的古往今来最为狗屁的当代学者后面,装模做样,思考中国和世界的大趋势,往往感到恐怖。但愿阿来不在这些艺术家之列。"② 这些话语有一定的道理,一方面,艺术因为对人生的精神探求,对晦明的永恒世界的追索而显示出独特的精神价值;但另一方面,一个作家生在这个急剧变动、危机四伏的社会,如果他的创作不与此在的困境有关、不对重大的社会问题发问,那么这个作家也不配被称为一个伟大的作家。从阿来走上文坛的一系列创作来看,他是一位不断在灵魂视野上拓进和在叙事道路上探索的作家,他的作品总在现实的人心和历史的晦明之间犹疑、探寻,既有回望历史时的痛楚和绝望,也有面对现实的执着和尖锐。《尘埃落定》《空山》《瞻对》等作品既与历史和个人的想象有关,更与此在的现实有关,与他对现存世界的紧张感有关。虽然在一系列访谈中透露出的阿来对创作似乎是游刃有余的,但从他为我们呈现的作品来看,他的写作并不是轻松的,相反,他是一位对写作具有紧张感、对生活有紧迫感的作家。正是这样的紧张感和紧迫感使得他的创作呈现出精神上的张力,也展现出多方面的文化指向。他创造了一个强大的精神气场——他写的是历史,但对话的却是现实,致力于在浩瀚的历史和纷繁的现实中发现民族和部落发展的密码。

阿来游弋于故土,他的创作呈现了嘉绒大地的今昔风貌。在谈到他的《尘埃落定》时,阿来不无感慨地说:

---

① 《阿来说〈瞻对〉:康巴一隅透射汉藏问题国际化历程》,见腾讯文化:http://cul.qq.com/a/20140123/005551.htm。
② 郜元宝:《不够破碎——读阿来短篇近作想到的》,载《文艺争鸣》2008年第2期。

这本书取材于藏民族中嘉绒部族的历史，与藏民族民间的集体记忆与表述方式之间有着必然的渊源。我作为一个并不生活在西藏的藏族人，只想在这本书中作一些阿坝地区的地理与历史的描述，因为这些地区一直处在关于西藏的描述文字之外。甚至在把西藏当成一种政治与经济考虑时，这一地区也常常处于一种被忽视的地位。阿坝地区作为整个藏区的一个组成部分，一直以来，在整个藏区当中是被忽略的。特别是我所在的这个称为嘉绒部族生息的历史与地理，都是被忽略的。我想，一方面是因为地理上与汉区的切近，更重要的原因还在于，这个部族长期以来对于中原文化与统治的认同。因为认同而被忽略，这是一个巨大的不公正。我想这本书特别是小说《尘埃落定》的出版，使世界开始知道藏族大家庭中这样一个特殊的文化群落的存在，使我作为一个嘉绒子民，一个部族的儿子，感到一种巨大的骄傲。①

嘉绒大地是阿来生长的地方，是他用双脚和心灵多次行走的地方。阿来用满怀诗意的文笔，以自己的故土马尔康为中心，辐射到广袤的川藏边界，展现了嘉绒大地的历史和现状，抒发着他的赤子之情，也展现了他对世界和人心的多元体认。他的多部作品承载着民族的记忆，抒写着对大地的深情。

第二节　康巴地域的精神标本
——达真的《康巴》

达真的长篇小说《康巴》可以说是康巴文学的一个标志性文本。这部作品以宏大开阖的叙事方式呈现了20世纪前半叶康巴藏族聚居区的政治、历史、宗教和文化风貌，不仅展现了各民族和谐共处的生存现状，也呈现了康巴藏族独特的精神追求。李敬泽这样评价《康巴》："在过度物质化

---

① 阿来：《用汉语写作的藏族人》，载《美文》（下半月）2007年第14期。

的主流文明之外的汉藏交界之地，作者发现了文化的交织与和谐，作品不仅仅属于康巴的历史和文化，更属于康巴藏人的深刻人性，所以，它最终是属于文学的。这是藏族文学题材的又一收获。"①

康区民族的多元性和复杂性在《康巴》中得到了呈现，作品中描绘有本土藏人，有川商、陕商、回族人，还有纳西人、彝族人、蒙古人，甚至有印度人、英国人、法国人等，各色人活跃在康巴地区，形成了多元文化混杂的态势。"《康巴》里塑造的众多人物，可以看作不同文化身份的代表。云登格龙代表康巴开明的权力上层文化；降央土司代表落后、僵化、腐朽的土司制度；尔金呷从一个农奴跻身上层阶层，他的性格很复杂，复仇文化是其主体。锅庄主白阿佳是普通民众的代表，其代表的是康巴的民间文化。这些人共同的身份是藏族，也是藏族本土文化的代表。其他外来文化如瑞士学者鲁尼和法国女学者代表西方现代文化。刘志康等代表先进的汉文化。"② 多民族杂居和多元文化交流使得康巴大地展现奇异的色彩。

《康巴》一方面以清末"改土归流"为背景，描绘了云登土司家族由盛及衰的命运变迁。此外，还通过降央土司与尔金呷两家的家族世仇故事多角度地展现了康巴的历史风云和世态人情。另一方面，以茶马贸易为背景，写回族青年郑云龙原为钱家的保镖，为了保护自己所爱的女人玉珍而杀死了钱家少爷，被迫逃难到康定，在康定经历曲折磨难最终发迹的故事。云登土司是一位具有开明思想的土司，他敏锐地意识到了土司制度必将被新的制度所取代，要想保住世代的权力和地位就必须顺应时代的发展，兼收并蓄。他有超前的现代思想，想在康巴建一座康巴宗教博物馆。在边军进犯康定城之时，云登土司放下对外来人的排斥，率各族民众共同御敌，保卫家园。在"改土归流"难以抗拒的环境下，他虽感叹土司势力的日薄西山，但又能顺势而为，最大限度地保全自己的势力。与云登土司相对比的是降央土司，他凶残放荡、目光短浅，与尔金呷之间的家族矛盾引发的复仇使得降央家最终遭到灭顶之灾。在两个家族间，作者其实是暗含对比的，也就是只有放弃恩怨、和谐相处，才能化解一切。作者通过云登土司、降央土司和郑云龙三个故事的交错发展，展现了康巴的历史风云，呈现了不同阶级、民族、宗教和文化的面貌。郑云龙与藏族头人女儿

---

① 达真：《康巴》，浙江文艺出版社2009年版，封底。
② 赵丽：《文学地方志的精神标本——论藏族作家达真的长篇小说〈康巴〉》，载《赤峰学院学报》2013年第6期。

的婚姻使得他在康定如鱼得水，事业得到了很大的发展。云登女儿与汉商儿子的通婚则更显示了族人在时代变革中开放的心态，展现了不同民族的交融。只有合作与彼此交融才是民族发展的未来之路，要实现和谐发展，文化必须开放。作者以作品中人物错综复杂的纠葛展现了他对康定多民族相融发展的思考。

达真在其《康巴》中，描绘了多种文化和谐共处、多元宗教在康巴大地共同繁荣发展的景象。除了藏传佛教格鲁、宁玛、萨迦、噶举等几大教派外，原始宗教苯教、伊斯兰教、天主教、中原汉地的各种教派在这片土地上和平共处。各派宗教信徒都对自己的神祇无比虔诚，但不同的宗教信仰和文化间相互尊重、和谐发展。正如云登土司在听到降央钦批介绍康定各路教派繁盛时，不由激动地说："各路神仙，相安无事，甚至菩萨、耶稣、圣母、真主安拉也讲沟通，有的寺庙中就专门塑有'通司'［翻译］神像，康定人都知道，诸神之间也需要翻译交流，这是康定独一无二的大爱啊。"①

达真在《康巴》中还呈现了茶马贸易的繁盛景象。他认为茶马古道的贸易使得这片古老的土地充满生机和活力。一方面，茶马互市促进了康巴地区经济的发展，康定成为一个贸易中心，经济十分繁荣；另一方面，茶马互市也加强了各民族之间的沟通和融合。作品通过回族青年郑云龙因情杀被迫经由茶马古道进入康巴，细致地描写了茶马交易的历史，以及茶马古道背茶人的艰辛辗转与豪迈乐观。作者对康巴大地满蕴深情，对历史遗存充满感激：

> 正是茶马古道的脚步敲醒了这片沉睡的土地，使中国历史上寂寞千年的大西南开始空谷传音，开始蠕动，开始苏醒，开始繁荣，而康定的锅庄犹如这条大动脉上的心脏，不停地传输着南来北往的新鲜血液。从此，这片数千年来仅为神提供的巨大舞台上，开始有了人，开始有了广大"凡夫俗子"们的生存空间，这不能不说是大西南历史上因"马易茶"而起的一次人性的伟大解放。以物易物，以币换物的人类文明进程的曙光穿越神界的高墙，初照这片沉寂的大地，从过去神与神交流的天堂，演变成为神与神、神与人、人与人交往的多元乐

---

① 达真：《康巴》，浙江文艺出版社2009年版，第240—241页。

土，它串缀了沿途汉、藏、羌、回、纳西等二十七个民族的交流、融合。①

康巴历史风情的展现是这部作品的基点，康巴的地域特征和文化风貌在他的作品中得到深刻的传达：

> 当康定一年四季尖叫的河风稍稍停息的时候，第一场淅淅沥沥的春雨淋透了大地，随季节而渐暖的河风带着暮春的问候，直接把康定带入了夏天。满山遍野的大叶杜鹃张开花瓣欢迎那若［神画师］罗布的到来，被草汁染绿的马蹄一路踏歌而来，在色彩的世界涂抹三十五年的罗布，这位被云登爷爷可怕的梦排斥在云府千里之外的画师，正以轻松而恋家的心情悄悄地溜回故乡，儿时记忆中的康定那复杂混合的味扑面而来。
>
> 嗒嗒嗒的马蹄声在翻越折多山后，足下清澈的溪流在新绿的大地上蜿蜒流淌，在满山怒放的杜鹃的引领下唱出夏之歌。面对此情此景，一曲仓央嘉措的情歌"杜鹃来自门地，带来春的气息，我和情人相会，身心无限欢喜［……］"字字句句从罗布嘴里送出，歌声掠过杜鹃，掠过草地，追逐奔腾的溪流传入瘦骨嶙峋的牛羊和神情倦怠的牧人耳中，返青的牧草带着咕咕咕的响声挣扎着破土而出，如同争春的鼓点，给在漫长的冬季与饥饿和寒冷抗争的牛羊和牧人带来了希望。②

从达真的描述中我们可以看到康定地区独特的地貌特征，杜鹃花盛开在折多山上，清澈的溪流在大地上蜿蜒流淌；从"牛羊""牧人"也可以看到当地特定的生活方式；另外，对仓央嘉措的情歌的描写与作品中表现的对爱情的不懈追求和忠贞相契合，可以从中感知特殊的文化生态与康巴汉子敢爱敢恨的情感世界。达真以文学的方式呈现了康巴多元文化荟萃的风貌，写出了这片大地上的人们昔日的艰辛与梦想，以及这片大地上升腾不息的生命活力，具有极强的艺术感染力。

---

① 达真：《康巴》，浙江文艺出版社 2009 年版，第 346 页。
② 达真：《康巴》，浙江文艺出版社 2009 年版，第 308 页。

第三节　康巴精神的执着探求
——亮炯·朗萨的创作

　　在康巴地区，英雄格萨尔的故事广为传颂，他疾恶如仇、敢于担当和勇敢无畏的复仇精神深远地影响着这里的民风民情，历史上的康巴人大都豪放奔烈、爱恨分明、骁勇善战，在民间留下了很多充满传奇色彩的复仇故事。深远的历史文化背景、独特的地域风貌和多民族交汇的文化氛围显然对亮炯·朗萨的创作有着很大的影响。

　　"亮炯·朗萨"藏语之意就是"高处的天地"。作为雪域高原的女儿，在边缘之地的她试图以文学的方式追寻民族之根，探求民族精神的康健和豪情，构建理想的精神高地。她的散文集《恢宏千年茶马古道》是她实地考察茶马古道踪迹，展现川藏茶马古道历史和文化的优秀之作；长篇小说《布隆德誓言》和《寻找康巴汉子》是她试图寻找民族精魂，展开生命探索的优秀之作。康巴藏地的地域文化和精神内核影响和支撑了亮炯·朗萨的创作，对民族地域风情的再现和民族昂扬精神的张扬使得她的创作呈现出独特的风貌。在其散文《道不尽的康藏秘境》中，她满怀深情地写道：

> 虽然我是康藏人，但我仍像一个第一次走进万花筒世界的孩子，无数的奇丽风光让我迷恋，无数的谜团让我思索，无数无数的奇谲、绚丽、惊绝、神秘、迤逦的人文、风光让我更加迷恋、热爱这片充满神奇的土地——绚丽多彩的民族文化大走廊！弦子歌舞、锅庄歌舞、踢踏歌舞、热巴歌舞、寺庙乐舞和历史悠久的藏戏等如海洋，民间文学、民间文艺、宏伟、富丽、堂皇的寺庙建筑与朴实、精美的民居建筑艺术等，各类手工艺等灿烂多彩；服饰文化绚丽烂漫，民族节庆纷繁多姿，从春到冬，每个季节都有节日，康定的跑马山转山节、燃灯节，炉霍的旺果节，色达的金马节，理塘的赛马会，巴塘的央勒节，乡城的香巴拉节，新龙的锅庄节，甘孜的迎秋节，九龙的游海节等，县县有节日，风采都不同。色彩纷呈、底蕴深厚的民族文化现象就更是令人着迷，茶马古道文化、西夏、党项遗民与藏族文化融合的木雅

文化、格萨尔文化、红军文化、土司文化、"帕措"文化、东女国、西女国遗存文化，纳西族与藏族融合的文化圈，蒙古族与藏族文化融合的圈带，藏族、彝族、汉族融合的文化圈等，还有丰富的宗教文化等形成的恢弘多彩的康藏民族文化，它们汇成了甘孜藏族自治州绚丽的民族文化世界，"香巴拉"秘境地无处不在，康区高原绝美的自然风光，与绚烂的民族文化构成了这片神奇、耀眼充满秘境的美丽世界。①

作者由衷地热爱养育她长大的康巴大地，将满腔深情熔铸在字里行间，写出了川藏茶马古道的一路风情，从泸定、康定、九龙、亚丁、乡城、德钦、巴塘、新龙到炉霍、道孚、丹巴，写出了茶马古道上各个据点的自然和人文环境，展现了它们在茶马贸易中的重要的地位。

长篇小说《布隆德誓言》讲述的是一个交织着仇恨和炽热爱情的复仇故事。在一次出席头人的盛宴时，翁扎土司被头人算计，娶了生性放荡的头人的女儿，女人生下了儿子多吉旺登。长大后的多吉旺登残暴骄横，因怕自己非土司血脉的真相暴露，杀死了自己的亲生父母。在翁扎土司去世后，大儿子阿伦杰布继承了土司的职位。然而，窥视土司位置已久的多吉旺登设计杀死了仁慈的阿伦杰布，当上了土司，还无耻地想霸占嫂子泽尕。泽尕因被迫带着儿子坚赞逃难而死去。长大后的坚赞两次刺杀多吉旺登都以失败告终，还被多吉旺登关入地牢。然而多吉旺登的两个女儿却都爱上了坚赞，善良深情的小女儿沃措玛放走了坚赞。为了复仇，也为了反抗多吉旺登的暴政，坚赞拉起了起义的队伍，并和沃措玛结合。大女儿萨都措也爱着坚赞，但因得不到所爱之人，因爱生恨，发誓自己得不到的就要毁灭掉，囚禁并误杀了妹妹沃措玛。坚赞攻入官寨，和多吉旺登同归于尽。萨都措则终生陷入忏悔之中。整部作品气势恢宏，洋溢着一种勇敢无畏的复仇精神，在较为开阔的背景下书写了一个家族的恩怨情仇，展现了康巴部落的历史发展和人心向背，同时，通过行走在茶马古道上的马帮见闻，书写了康巴大地独特的地域风貌和风土人情。

亮炯·朗萨将对部落发展的思考熔铸到她的文学创作之中，她鞭挞民

---

① 亮炯·朗萨：《恢宏千年茶马古道——川藏茶马古道寻幽探胜》，中国旅游出版社2004年版，第236—237页。

族文化心理的惰性，批判贪婪和自私，寻找和展现民族精神中昂扬的生命活力。在她的笔下，先祖英勇无畏、豪迈奔放、敢爱敢恨，而坚赞身上就洋溢着民族精神的康健之力。他生来就背负着复仇的使命，勇猛彪悍、性格坚韧、英勇无畏，最后与篡位的多吉旺登同归于尽。此外，坚赞的周围围绕着一批重情重义的兄弟，如马帮头领聪本的儿子塔森、牧民的后代尼玛等人物，他们英勇仗义、意志刚强，以一种群体性的力量出现在作品中，显现了民族精神中昂扬的生命力和不屈的斗争精神。

在女性人物身上，也同样寄予着作家对理想的观照和对民族精神的探求。《布隆德誓言》中出现了一系列光彩动人的女性形象，不管是身处底层的牧民妇人、土司官寨佣人、马帮妻子，还是土司家庭的太太、小姐，均显现出蓬勃的生命活力。美貌贤惠的尕泽深爱着自己的土司丈夫，在丈夫遇害后，她沉着冷静、坚贞不屈，历尽艰辛带领儿子出逃。马帮聪本的妻子松吉措多情善良、美艳刚烈，面对土司少爷的调戏侮辱，她以命相搏捍卫自己的坚贞。土司小姐沃措玛美丽善良、敏感多情，她在坚赞和父亲之间彷徨苦闷，出于对坚赞的深爱，勇敢地放走了关在地牢里的坚赞，她的善良温婉赢得了坚赞的心。而沃措玛的姐姐萨都措也深爱着坚赞，她被坚赞身上的英雄气概吸引，她敢爱敢恨、大胆而热烈，为了能够得到坚赞，她一次次委屈自己，但坚赞却爱着自己的妹妹。得不到坚赞的萨都措因爱生恨，她发誓必将亲手毁灭掉自己得不到的东西。然而在如愿以偿之后，她陷入深深的忏悔之中，用余生来赎罪。萨都措是一个将爱和生命紧紧联系在一起的女性，是一个爱和恨都很极端的女性，也是作品中塑造的性格最丰满的女性。在这些女性身上，洋溢着蓬勃的生命力，充满对爱的追寻、对美好的向往，即使是看似疯狂萨都措，她虽然毁灭了一切，但她虔诚的赎罪也在昭示着向善的努力。亮炯·朗萨在塑造这些性格迥异的女性人物形象时，展现了她们身上亢昂的生命活力。同时，独特的地域文化背景和开放的思维使得亮炯·朗萨能够对男性和女性在历史和现实中的地位给以平等的评价。在她的作品中，女性与男性共同成为民族历史的推动力，共同成为构建民族精神的载体。

《寻找康巴汉子》是作者从历史书写转到现实考察的杰作。亮炯·朗萨深入甘孜南部和北部的农牧区调研，采访了几十个农村干部，不断思考理想和现实、个人和社会的价值，以发现民间恒久残存的美德，寻找民族精神在当下社会的转换。在《寻找康巴汉子》中，康巴汉子尼玛吾杰是一个有理想、有作为的青年，高中毕业后离开康巴山村噶麦，跟着哥哥到城市闯荡，经过打拼小有成就。然而重要的人生选择摆在他的面前：是留在城市享受成功的喜悦，还是回到家乡改变家乡贫困的旧貌？经过犹豫和思考，他回到了噶麦村，当上了小小的村干部。在转变乡村旧貌的过程中，他经历了重重困难和考验。在发展家乡的过程中，既有物质上的禁锢，又有人际关系和官本位体制对人的发展的制约，其中不乏精神上的磨难，但他收获了更多的肯定和赞扬。整部作品闪现着理想主义和英雄主义情怀，展现着康巴精神的真谛。通过对基层干部生活与藏族文化风情的真实描述，十分鲜活地展示了当代康巴藏族文化的精神特质。

从总体上看，亮炯·朗萨的创作张扬着一种理想主义精神，这是对康巴精神的追寻，对理想健全人格的塑造，对亢昂奋进的民族精神的彰显。在《布隆德誓言》和《寻找康巴汉子》中，都有理想化的康巴汉子，坚赞和尼玛吾杰的身上都显示了康巴精神在历史和当代的延续，即对理想信念的执着，为了理想勇往直前。同时，亮炯·朗萨的小说呈现了康巴藏族聚居区异彩纷呈的历史风俗画卷和现实生活场景，既有对历史上康巴精神的探寻，又有对现实人生的思考。从《布隆德誓言》到《寻找康巴汉子》，可以看出亮炯·朗萨的思考历程是从历史走向了当下，关注时代浪潮中新的变动，挖掘民族精神中亢昂的生命力。

亮炯·朗萨的写作激情源于对先祖遗存的精神和风骨的向往。她对民族文化的发展和传承有着强烈的担当意识和责任感，她在《布隆德誓言》的序中这样写道：

> 故事发生的这片土地，就在康巴藏地，它是我最深切热恋眷顾的故土。"布隆德"是地名，藏文字面意为"山水美妙之所"，它在藏语里还有另一层意思，就是"吉祥山谷的男儿"，书名又可谓"吉祥谷男儿的誓言"，康巴高原在我心中就是片浩茫、充满无限魅力和神奇的丰美的高原，享誉世界的康巴汉子就是这片吉祥的土地滋养的神奇，所以也可以说就是康巴汉子的誓言。
>
> 高原养育的藏族先辈们，创造出了浩瀚的民族文化，像珠宝一样闪着光芒，像绚烂的花海一样耀眼夺目。康巴藏族喜欢把自己心爱的东西用珠宝、丝穗装饰，在这书的每个章节前，我采撷了几片闪光的"花瓣"来点缀我的这个故事，它们与本作品章节无关连，只希望读

了这书的读者同时也能更多地知道一些关于藏族古典文学、民间文学和历史文化等书籍,也希望它们能给我的书添几道亮丽色彩[……]①

作家对藏地和藏族文化充满强烈的情感,字里行间洋溢着对本民族文化精神的肯定和赞美,以及对民族文化精神的彰显和传达。

亮炯·朗萨的创作具有浓郁的民族文化色彩,她充分调动和运用了藏地文化元素,这些元素有着无法替代的文本功能,使其状物叙事达到了独特的效果,同时也形成了与汉族作家不同的语言表达方式。在写作手法的运用上,作家有意识地去渲染藏族传统文化,表现民族风情。如作品往往借用历史传说、宗教经典、神话传说等来结构故事。《布隆德誓言》每一章节的开头均用藏族传说、民歌、经文、历史典籍等作为引言,深具文化象征意味。例如,"慈悲的寂天菩萨说——幼稚者谋求自己的利益,一切诸佛谋求别人的利益,如果我不把我的快乐与别人的痛苦交换,我就无法成佛,即使在轮回里也不会有真正的快乐"②,"即使雪山变成酥油,也会被领主占了去,就是大河变成奶汁,我们也无权喝一口!高高在上的官老爷,你要仔细思量好,一再欺压老百姓,他们的肚里,正在默默打着主意"③,"出身高贵王室精粹,具有无上的智慧,身材魁梧英勇无极,聪明和蔼美少年,本性慈悲有益众生,愿把生命来抛舍"④。这些出自佛教典籍、民歌、藏戏中的话语作为引言运用在每一章节前,其独特的民族文化内蕴自然得以外现。

《寻找康巴汉子》经常使用一些藏族民间谚语,如"上师要靠僧众来装饰,武士要靠武器来制敌"⑤"学者的翅膀是知识,骑手的翅膀是骏马"⑥"雄鹰飞得再高,影子还在地上"⑦"射击能瞄准靶子的是英雄,说话能掌握分寸的是智者"⑧ 等。这些充满民族内蕴的独特的民间谚语的使用,使作品散发出浓郁的民族特色。此外,《寻找康巴汉子》以民间格萨

---

① 亮炯·朗萨:《布隆德誓言》,外文出版社2006年版,序。
② 亮炯·朗萨:《布隆德誓言》,外文出版社2006年版,第1页。
③ 亮炯·朗萨:《布隆德誓言》,外文出版社2006年版,第11页。
④ 亮炯·朗萨:《布隆德誓言》,外文出版社2006年版,第34页。
⑤ 亮炯·朗萨:《寻找康巴汉子》,中国书店2011年版,第20页。
⑥ 亮炯·朗萨:《寻找康巴汉子》,中国书店2011年版,第21页。
⑦ 亮炯·朗萨:《寻找康巴汉子》,中国书店2011年版,第241页。
⑧ 亮炯·朗萨:《寻找康巴汉子》,中国书店2011年版,第152页。

尔精神作为贯穿整部作品的精神内蕴，小说多次强调吾杰对格萨尔王的钦佩向往，对不惧艰巨、战胜强敌的格萨尔精神的追寻。她在作品中还这样描写："格萨尔完成大业归天后，留在人世的子孙和将士，在这片山谷居住下来，直到今天。登巴老人教导村里年轻人爱说的话还有：记住啦，你们可是格萨尔和他的大将的子孙，不要忘了自己的祖宗！每到藏历初三，村里人几乎都是举家上山升起崭新的经幡，祭奠英雄的祖先，许下美好的愿望，祈祷先祖和神灵保佑家园幸福。山顶那座雄伟的石刻经塔就有几百年的历史，老人们口口而传，古老的岁月里，为祭奠英雄格萨尔……"①英雄格萨尔历经磨难，赛马称王，降服妖魔，造福人民，成为历代藏族人民不畏强暴、惩恶扬善、英勇尚武的民族刚性精神的源泉。先辈崇尚英雄，勇武进取的性格作为潜在的民族精神性力量流淌在康巴人的血脉之中，造就了康巴人奋勇向上的人格力量。作品通过对民间英雄崇拜的仪式化的书写，力图将格萨尔精神永远传承下去。这样一种杂糅藏族民间立场的文化叙事，使得作品不仅呈现出鲜明的个人文化身份特征，更彰显了某种民族集体无意识特征。

亮炯·朗萨的创作植根于康巴大地，她视野面开阔，善于在创作中纵横开阖地展现历史和现实的景象，既有历史的回溯，又有现实的思考和精神的探寻，显现了她高阔的情怀，其作品也因此具有独特的魅力。

第四节 与神共渡
——格绒追美的乡村演绎

作为康巴作家群中一位葆有鲜活创作力的作家，格绒追美的小说一方面具有康巴文学创作的共同特色，另一方面也表现出极强的个性特征。细读格绒追美的一系列作品，可以看到原乡记忆对他的创作具有鲜明的影响，对故土的回忆与呈现、对乡土历史的审视和反思是他作品不变的主题。

格绒追美出生于甘孜州乡城县硕曲河边一个普通的牧民家庭，故乡的山水哺育了他的灵魂，也成为他文学创作的重要资源。他的代表作品主要

---

① 亮炯·朗萨：《寻找康巴汉子》，中国书店2011年版，第7—8页。

有长篇小说《隐蔽的脸》《青藏辞典》，中短篇小说集《失去时间的村庄》和随笔集《青藏时光》《在雪山和城市边缘行走》等。这些作品大多是有关他故乡藏地村庄的描绘与追忆，历史和现实在他的作品中往返交织，身体和灵魂得以一次次还乡。他说："故乡就是母亲。因为故乡，我获得了此生的生命，而生命得到了故乡山水和精神的滋养、呵护与无限的慈爱，还因为在故乡获得了灵魂和信仰的如意之宝。"① 在其作品《与神共渡》中，作者这样写道：

  河谷里炊烟袅绕，河谷就温馨、亲切。炊烟传达出故乡亘古的浓郁亲情。定曲河两岸大大小小村庄的田地丰腴如脂。牛羊安恬，啃啮着青草和青嫩的树叶。一群光腚的男孩、女孩在村庄里装扮魔鬼恫吓别人。一些蹒跚的老人围坐到土墙根，懒洋洋地享受最后温暖的阳光，闲聊着家常事、神怪和活佛僧侣们的故事。扑面而来的热风夹杂有男人、女人的汗臭、体臭和羊膻气。一位年老的扎巴被谁请去念经或做法事。他口诵六字真言。众人纷纷让出道，一脸的恭敬。年老扎巴脸颜金黄，满脖堆着多余的肉褶。一只黑猫在人群中"喵呜"着穿梭，偶尔被谁踩住，便发出残忍打颤的尖叫。晚牧的孩童紧挥着牧鞭"吓吓，热唏唏"吆喝着牛羊。父亲咧开嘴巴迎候着满面尘土的孩子。几个老年男女絮叨着什么慢腾腾地开始回家。夜的翅膀散开，渐渐吸尽了村庄最后的一点余光。两岸的山脉、峰峦，缓缓坐进浓黑的夜里，显得敦厚而无比庞大。鬼怪们的时辰到了。它们走出洞穴、密林、阴沟，急忙赶到村庄里聚会、劳作。夜终于吞噬了村庄，像一张巨大的嘴巴，连鬼怪都咽了进去。一切归于阒静。死水一般。只偶尔能听到从磨坊中传出的石磨的声音，像鬼怪挫动牙齿，令人无法入眠。

  夜深人静。祖先们像星星密密降临村庄。他们走村串户，找寻自己的后裔，通过鼻子、眼睛、嘴巴和囟门光临亲人的心里、梦境中，不断衍生出梦魇、荒诞和新奇的故事［……］②

这就是作者的故乡，养育他长大的故乡，人神共渡，在这片神奇的土

---

① 格绒追美：《心上的香巴拉》，载《贡嘎山》2015 年第 5 期。
② 格绒追美：《与神共渡》，载《西藏文学》1998 年第 6 期。

地上，既有田园牧歌的温情、凡俗人生的幸福，也有神灵的降临和先祖的游弋。他以藏人的眼光审读雪域故乡，书写着这片与神灵相通的圣洁的土地和生活在这片土地上的子民，写出了他们的宗教信仰，写出了他们的苦难与幸福，展现了多姿多彩的文化形态。他对自己的故乡充满了深深的依恋，一次次的书写都抵达灵魂深处："故乡，这么多年来，我写下的所有文字里都流淌着你的身影，都是你的精灵幻化的舞蹈啊……离开了你，我便成为无源之水，无本之木。"① 他一次次地赞美着自己的故乡：

> 乡村的天高而悠远，蓝的天，白的云都赏心悦目。空气洁净无烟，肺叶也快活地张开；山野恬静，脱离喧嚣和噪音的安宁似参禅的心境；亲情浓郁，令泪水和欢笑都丰沛起来。回归乡村，可以感受亲近大自然的泥土和河流，森林和草地的欢愉和真诚；躁动如火山的心灵可以宁静如秋水不波动一丝涟漪，心灵得以享受毫无防备的完全自由的天堂般岁月。可以忘却物欲横流世界里的失落、忧伤和难以实现的理想。回归乡村，因为那里能看到灿烂真挚的笑靥，能感受真挚无私的母爱，能够认识仍有泥土本质的庄户人。他们是最纯粹的土地主人。回归乡村，因为那里是我最初的萌芽，有着我童年的最初恋歌和理想焰火这一切不可能再度拥有了；回归乡村，那里是我精神的故乡，是心灵中阳光灿烂的日子，是水声和鸟语都十分芳香的地方，是剧变世界正在失去许多珍贵东西而它仍然拥有的宝地。②

长篇小说《隐蔽的脸：藏地神子秘踪》（简称《隐蔽的脸》）是格绒追美最具代表性的作品。作品以一个由定曲河滋养，闭锁于巍峨雪域几瓣褶皱山系间的小村子的历史变迁为中心，以一位感官敏锐、出神入化、能自由穿越时空的"神子"的眼光洞察藏地的前世今生，展现了藏族聚居区社会的变迁和人心的转换，写出了藏地人民在时代变革中经受的苦难和心灵的折磨。小说分为"风轮""风语""风马"三部分，分别刻画了土司统治时期、解放军进藏时期、西藏和平解放初期和改革开放时期藏族聚居

---

① 格绒追美：《失去时间的村庄》，四川民族出版社2005年版，第3页。
② 格绒追美：《失去时间的村庄》，四川民族出版社2005年版，第222页。

区普通村庄的日常生活与时代变迁，演绎了藏族聚居区不同阶段的历史图景。在这近百年的历程中，神子见证了绕登家族的兴衰变化，见证了凡尘生活的苦难和幸福，也见证了藏地的风云际变。"在我出生之前，村庄的岁月更加悠长而寂寥，有一天当我离去后，历史也会是这样。"① 岁月无穷无尽、无始无终，然而留下的都不过是寂寥和空旷。自由地穿梭在岁月的流光中、以智慧之眼审视人间的神子，不断地寻找解读人性和历史的密码。在作品中，作者透露了为故乡立传的意图："现在，我的这些亲人们又像我当年一样，已经隐没到岁月深处了。而我，一个活生生的俗人，他们的后裔，终日坐在窗前，在那台电脑的陪伴下，开始记录他们生前的点点滴滴，我要为他们编辑一本尘世影集，哪怕是显得粗糙的影集——古老村庄千百年来从没有过一本像样的影集呢……"② 正如沈从文要写出他的湘西，莫言要写出他的高密东北乡一样，格绒追美要为他的村庄、为那些逝去的魂灵留下他们的足迹，挖掘生命的意义。写作，其实就是一次次灵魂的还乡，而格绒追美想要穿越历史的雾霭，去找寻那定曲河畔昔日的岁月，为那逝去的灵魂和逝去的村庄作传。作品以一个普通康巴村落为中心，写了部落头人、解放军进藏、西藏和平解放后以及改革开放商品化大潮蔓延时期藏族聚居区生活的变迁，实质上展现的是无数个这样的康巴村落的历史，试图呈现的是整个藏族聚居区的历史。在"风轮"这一部分，作者描述的是一个强人的时代，也是一个混乱的时代，格绒追美写了部落头人与部落内部之间的各种纷争，也写了土匪的横行、乡民的流离："这里杀人，那里抢劫；这儿被烧，那儿被毁。天地不安，人畜不宁。"③ "风云"这一部分写了时代的风云变化：解放军进藏，随后西藏的解放，以及20世纪六七十年代的阶级斗争，活佛被批斗，寺庙被摧毁。第三部"风马"写商品化大潮浸入西藏后的人心浮沉与岁月迁转。作者具有宏阔的历史意识，通过一个上天入地、自由穿梭的神子，展现了康巴藏地百年的历史，宏阔的历史审视使得这部作品深沉而开阔。

作为走出封闭村庄、接受过现代文明熏陶的藏地知识分子，格绒追美对民族历史有着清醒的体认，因此，渗透在其作品中的情感是多样的，既

---

① 格绒追美：《隐蔽的脸：藏地神子秘踪》，作家出版社2011年版，第6页。
② 格绒追美：《隐蔽的脸：藏地神子秘踪》，作家出版社2011年版，第5页。
③ 格绒追美：《隐蔽的脸：藏地神子秘踪》，作家出版社2011年版，第23页。

有生命的激情和狂欢，也有痛彻心扉的难言之隐。《隐蔽的脸》跳跃灵动，充满隐喻的色彩，这种隐喻贯穿了整部作品。在藏族的起源神话中，藏人的祖先是忠厚的猕猴和淫邪的罗刹魔女结合的后代，作者写定姆人魔性很重，他们是魔女的后裔，胆大妄为。他们杀活佛，在神山上狩猎，什么样的事情都敢做。因此，这样一种孽债使得定姆人染上麻风病，禁而不绝，绵延数代。在这里，麻风病成为符号化的标志，它像原罪一样烙刻在定姆人身上。在作品中，作者借用一个预言写道："当欲望像狂风般肆虐时，人世间将变得无比昏暗。"① 暴力、不敬与杀生让定姆河谷中的人陷入轮回中一次次沉沦，他们周而复始，劳而无功，在历史的泥淖中打转挣扎。因此，在作品的最后，通灵的神子要离开这尘土飞扬、多灾多难的人世间，奔赴那星光灿烂的宇宙。无疑，格绒追美是悲观的，然而在悲观的底色中，又生出坚韧的生命之花。神子离开尘世之前，当他回首自己的村庄时，他看见："从雅格的屋顶升起了若有若无的炊烟——啊，那是人世的尘烟，是生命的征象。"② 尘世充满着苦难，然而人间毕竟还是鲜活的人间，绝望中也孕育着生命的希望。

　　格绒追美对故乡满怀深情。当他走出乡村，经过现代文明的洗礼，以辽阔而深邃的目光回望故乡时，他看到了沉潜在历史和人心中的暴力与罪恶。与许多作品对藏地生活温情化的描写不同，他的作品不仅呈现了藏地生活的日常，也呈现了其晦暗、沉郁、悲哀的一面。曾经消逝的一切，都要以温情脉脉的面孔来回忆吗？消逝的过去都是美好的吗？现代文明前的乡土历史是否是一片洁净？格绒追美的笔下没有浪漫化的渲染，而是直逼历史的真实境遇，为我们呈现了人心的晦暗，以及内斗、杀戮、饥饿、疾病等现代文明尚未到达藏地时的乡村图景。在20世纪上半期，康巴藏地何曾有过长久的祥和，那时部落纷争、盗匪横行，所谓前现代乡村的美好只书写在想象化的藏地中，真实的生活永远是那样扑朔迷离、艰难多舛。格绒追美用一个村庄和一个家族的百年历史，展现了整个康巴的百年历史，呈现出鲜活的个体追问。而面对现代化战车驶入藏地、商品化大潮肆意蔓延之势，格绒追美也有着自己的理性思考。虽然他挚爱着他自己的乡

---

① 格绒追美：《隐蔽的脸：藏地神子秘踪》，作家出版社2011年版，第7页。
② 格绒追美：《隐蔽的脸：藏地神子秘踪》，作家出版社2011年版，第303页。

村，但他知道这一切都难以避免。因此，格绒追美在开掘历史的同时，也在追问历史的发展进步是否必然会带来虚浮的物质之风和灵魂的沦丧。他对康巴大地的历史和人事有着深刻的认识，同时也有着批判和反思。他将活佛、头人、僧人、村民的尘世生活刻画得细致入微，将他们的沉思冥想汇入沉滞而鲜活的笔端，尘世的一切都芜杂慌乱，神子的灵魂始终要向远处飞翔，格绒追美写出了青藏高原的子民们在尘世间的欲望和挣扎。当岁月的年轮呼啸而过后，留下的是寂寥、无奈和亘古的苍凉，而背负着历史和现实重担的高原子民，还要寻找那永恒的精神家园。那供攀爬的天梯是否已经折断？那心灵的家园又在何处？"如果天空倾斜起来，你没有办法找到一根撑木，将它扳直。如果人心离我这个'人'走远了，那么，也没有办法找到一根'撑柱'吧［……］"① 隐藏在字里行间的追问是悲怆而痛苦的，不过理想之光始终在闪现，"我在人心里飞翔，穿梭于人世匆忙的舞蹈，而灵魂却在时时怀想和远行"②。正是因为不尽的思索，在彼岸世界的无尽探求，人类才得以前进。

在格绒追美的笔下，村庄充满了浓厚的魔幻色彩。人神共渡，现实与幻境相交通，亦真亦幻，神秘的力量似乎主宰着尘世的一切，活佛、预言、征兆、灵异、梦幻充斥着人们的生活。作品中神圣的宗教仪式和人神之间的交流，以及梦境和幻觉的描写，与数千年来藏地的宗教信仰和万物有灵的思想有着很大的关系。大量的梦境、幻觉以及具有传奇意味的故事使得格绒追美笔下的藏地村庄有一种诗意和神秘的色彩。如写雅格家族兴盛时，牧场有一头白毛母牛，它的乳头能自然滴下乳汁，然而有一天母牛失踪了：

> 有一天，那头全身雪白的母牛失踪了。雅格的牧妇去找寻时，她在林间见到一只老虎，她没有害怕，而是把这当做吉兆，对它磕起头来。当她念"喇嘛交松且"时，老虎也跟着念起来，再念"松则拉交松且"时，老虎还跟着发出嗡嗡的念经声。当她磕完五个头，念完时，老虎奇异地消失了。拥青再循着林中小道走去时，只见白母牛的

---

① 格绒追美：《隐蔽的脸：藏地神子秘踪》，作家出版社2011年版，第301—302页。
② 格绒追美：《隐蔽的脸：藏地神子秘踪》，作家出版社2011年版，第301页。

头套在一根枯木干上,角向上,双眼瞪着天空,像在等候主人似的。①

这是一个神奇的地方,各种自然怪相都是可以阐释的,都是有象征意蕴的。就如这头母牛的死去,让定姆人相信:这是雅格家衰落的标志,觉得雅格家的衰落颓势像落日一样无可挽救,并认为雅格喇嘛圆寂之前不舍昼夜的潜心修行是为了力挽狂澜、兴盛家族。人神共存,这正是藏族聚居区宗教信仰的独特魅力。

格绒追美的写作不是高蹈在虚浮的空中,向空冥的永恒之境发问,而是有着丰厚的藏族文化内蕴。格绒追美的脚下是故乡坚实的土壤,在他的笔下,有许多充满乡村气息的对世俗生活和民间习俗的描写。如在《隐蔽的脸》中对女人出嫁的刻画:

> 当天晚上,举行锅庄舞比赛。天亮时,赛舞结束,跳最后的送亲舞,送亲舞动作柔缓,歌词悲凉,歌声忧伤,令人掬下一把把泪水来。这时,出嫁女嚎啕大哭。歌中唱道:黎明来了,女儿就要远嫁异乡了,女儿呀,从此亲生父母不在身边,你不要太悲伤,你要把夫家的父母当成自己的父母,要好好侍奉……我唱的虽是忧伤的离别歌,却也是吉祥的祝福歌吆。之后,便关上窗户,表示送别;在灶火堂里,女儿再烧上柴火,在茶锅里,再扬三下茶水,表示最后一次孝敬亲生父母。然后,所有人都坐下来喝粥、吃饭。②

作品中更有许多地方描写了人世的温暖,如在"文化大革命"时期斗活佛时一些妇女的不忍和怜悯,在饥饿时期讨饭人在夜间行乞的自尊,然而更多的是沉潜在文字中的追问。文学因不竭的追问而显现出高贵的精神质地。《隐蔽的脸》是格绒追美对民族历史独特思考的精神性呈现,他的作品有着丰厚的精神维度,一方面是对民族传统中因袭的痼疾所导致的不幸和悲剧的批判,另一方面是对宗教精神中博大、宽忍情怀的展现。悲哀和欢乐、自由和禁锢、苦难和幸福在他的作品中交相缠绕,给人以极强的

---

① 格绒追美:《隐蔽的脸:藏地神子秘踪》,作家出版社2011年版,第110页。
② 格绒追美:《隐蔽的脸:藏地神子秘踪》,作家出版社2011年版,第81页。

阅读冲击。人神共渡，作为万物灵长的人类只要永持虔诚之心，人间终将澄澈明净，世界终将万物生长。

第五节　乡城故土的回忆与探寻
——洼西彭措的创作

洼西彭措是康巴作家中具有独特创作质地的一位。2012 年，他的中短篇小说集《乡城》出版，书名以自己的出生地"乡城"来命名，显然显现了他创作的某种旨向。写作既是精神的远游，又是灵魂的回乡。谢有顺在论及故乡与作家的创作关系时，这样写道："乡愁是地理学的，也是精神学的，所以，伟大的作家往往热衷于写自己熟悉的故乡。鲁迅写绍兴，沈从文写湘西，莫言写高密东北乡，贾平凹写商州，福克纳写自己那像邮票一样大小的家乡——每一个伟大的作家，往往都会有一个自己的写作根据地。"① 故乡是作家难以抹去的灵魂记忆，也是作家取之不竭的创作资源。那块作家生于斯、长于斯的地方，不仅用自然山水滋养着他们童年的记忆，还用乡土人情和民间传说丰富着他们的内心，成为他们创作不竭的源泉。在洼西彭措的创作中，滋养他长大的故土乡城犹如福克纳笔下那永恒的"约克纳帕塔法县"，他的一系列作品都围绕着他的故乡乡城而展开。在谈到他的创作经历时，洼西彭措这样说道：

> 老家乡城是个有故事的地方。由于没有文字记载，年代近的，听起来像野史，时间、地点、人物交代得模糊不清；年代远的，就成了传说，几乎全都以'很久很久以前'开头。记不起从什么时候开始，我觉得把这些故事以文学的方式梳理一下，应该是一件非常有趣的事情。而且，随着时间的流逝，这种愿望越来越强烈，好像不这样做，对于我来说，故乡就会成为假象，人生也会留下遗憾。②

---

① 谢有顺：《诗歌中的心事》，福建人民出版社 2017 年版，第 15 页。
② 洼西彭措：《乡土　回归　探史》，见中国作家网：http://www.chinawriter.com.cn/bk/2014-06-06/76297.html。

洼西彭措要用文学的方式去复原和追忆故乡的历史。甘孜藏族自治州的乡城，据传曾是第一世香巴拉国王修行之地，因此被称为"香巴拉"，即人间净土。这里山水毓秀，人文历史内蕴深厚。这里是藏传佛教兴旺发达的地方，七世达赖喇嘛就诞生在乡城。此外，乡城也孕育了许多像九世达赖喇嘛经师这样名扬海内外的高僧大德。乡城最大的格鲁派寺庙桑披岭寺，与香格里拉的松赞岭寺、理塘的长青春科尔寺一样，都是格鲁派在康巴地区的重要寺庙。该寺于清顺治年间在五世达赖喇嘛的倡导下，由乡城本地高僧和五世达赖喇嘛派遣的蒙古军官修建而成。九世达赖喇嘛的经师赤江活佛便是桑披岭寺的主持活佛。红军长征路经乡城，受到该寺僧众的热情欢迎与接待。这是一块有着深远历史的地方，宗教精神的浸染，灵秀的山水，积年累月的民间故事，使得这块土地有着无尽的魅力。故乡对作家而言是一块文化的胎记，故乡的风土人情与文化记忆一定会在作家的创作中留下印记，这种印记展现着作家关于故土的独特记忆。就像莫言笔下的高密东北乡洋溢着生命肆意张扬的活力，沈从文的湘西边城弥漫着淡淡的哀伤，萧红的呼兰河流淌着想象的温暖与无尽的冷清……故土的记忆流淌在作家的创作中，就成了文学的筋脉。洼西彭措的一系列作品可以说是他回望故乡的一次次精神之旅。他的创作大都以其故乡乡城为中心展开，或是抒写现实的生活，或是展开对历史的质询。

他在代表作《1901年的三个冬日》开篇中这样写道：

《乡城县志》第三百八十三页：布根登真，又名布根·洛桑达洼，藏族，1872年生于乡城木差寨布根家，幼年出家桑批寺。1890年率木差寨民众抗匪，表现突出，受到乡城县僧俗拥戴。1894年，清政府驻乡城守备李朝福封其为"乡城民兵首领"。由于有李朝福的提携，布根在消除匪患的战事中逐步建立威望，最终成为乡城三十六寨之首领，名噪一时。①

《雪崩》开篇同样援引乡城县志：

《乡城大事记》第四十八页：光绪二十七年（1901年）冬，色尔寨头人沙雅买通"乡城民兵统领"布根的情人卓嘎，里应外合将其暗

---

① 洼西彭措：《乡城》，四川文艺出版社2012年版，第92页。

杀。布根卒年二十九岁。此后一段时期，乡城形成多股势力，争斗不休，四方匪患再起，黎民连年遭难。①

在《1901年的三个冬日》中，洼西彭措援引《乡城县志》中关于布根登真和沙雅平措两个词条，试图重绘昔日图景，展开对历史谜团的探寻。第一个冬日讲述的是一位顶天立地如同格萨尔史诗里的战将转世的英雄布根登真，被有野心的色尔寨头人沙雅平措与布根登真的情人卓嘎合谋杀死的经过。第二个冬日讲述的是布根登真被杀后，布根登真的表兄中追莫莫追查真凶，沙雅平措深感懊悔，卓嘎精神崩溃。第三个冬日写中追莫莫为替布根报仇，杀光了色尔寨头人的家族，沙雅平措跳悬崖自尽。尽管围绕着权力和女人所带来的仇杀残酷而血腥，然而作品这样写道："震惊乡城的一段公案就这样在三日内告结，沙雅平措用跳崖维护了最后的尊严，出人意料地得到了人们的同情和赞叹。此后，虽然乡城匪患再起，纷争不断，但谁也不会把这一切归咎于沙雅平措。随着岁月的流逝，无论谁讲起乡城的过去，沙雅平措和布根登真都是齐名的好汉，故事里的他们几乎没有了正邪善恶的区别。1901年的这三天，留给乡城的仅仅是一种积久的遗憾和惋惜。历史的惊涛骇浪的旁观者们往往不必为历史真实而固守什么，他们仅仅是一群好奇的人，英雄主义和传奇色彩是他们唯一热爱和追捧的东西。"②康巴人崇尚血性，爱戴英雄。不管是叱咤风云的布根登真，还是精于算计的沙雅平措，他们都是为了个人的野心、部落的命运抑或为了女人而掀起血腥的动乱，但在乡城人眼中他们都是顶天立地的铮铮汉子，都是勇猛无畏的康巴英雄。《雪崩》是《1901年的三个冬日》故事的延续，写沙雅平措以为在火海中丧生的卓嘎实际上跟随流浪艺人桑珠逃命到折曲寨，并生下了遗腹子泽仁顿巴，在折曲寨平静地生活。然而，由于被中追莫莫追杀，卓嘎被迫自尽。泽仁顿巴陷入复仇的深渊。在母亲生前的暗示下，他以为自己就是沙雅平措的儿子，认定中追莫莫为杀亲仇人，于是设计谋杀了中追莫莫及其族人，成为继布根登真后乡城又一枭雄。然而此时，泽仁顿巴却收到养父桑珠的一封信，桑珠从各个方面分析确认他应该是布根登真的儿子，泽仁顿巴陷入精神崩溃之中，最后葬身于雪崩。小说对发生在康巴大地的复仇传奇故事进行了叙写，虽然是悲剧，

---

① 洼西彭措：《乡城》，四川文艺出版社2012年版，第120页。
② 洼西彭措：《乡城》，四川文艺出版社2012年版，第118—119页。

但文本中却洋溢着对英雄情结和血性精神的崇拜。

有关布根及其私生子泽仁顿巴的传说在乡城几乎家喻户晓，两部作品以民间传说和乡城历史中存在的人或事为依托，想象和"复活"了曾经存在的历史。洼西彭措从故土中寻找创作资源，建构了他笔下的乡城世界。他的作品中有历史，有民间的匪气与英雄浪漫主义色彩，更有流淌在民族血液中的精神信仰。

宗教作为一种精神信仰，深入藏人的内心。藏传佛教认为人与自然界中的其他一切有情众生是完全平等的，人应该和其他众生和平相处，要生慈悲心，对其他有情众生要平等观之，不能随意伤害它们。在其《雪地上的鸟》中，"我"看到因积雪覆盖了一切而无处觅食的鸟儿时，向小卖部的姑娘买米喂食鸟儿，并告诉她说："我祖母告诉过我，人死后会变成小鸟……"① 在作品的最后又写道："我确信自己来生一定会是一只夏洼山中的鸟，一生的使命，除了飞翔和寻食，便是等待另一场大雪。"② 人与自然万物相和谐，悲悯之情融入文中。

在他的小说《匠》中，有人与燕子和谐共处的美好场景，也有燕子之间感人的彼此相通。此外，在《匠》中，藏人对罪的自省与浓厚的宗教意识浸透在字里行间。身为银匠的大舅日子过得红火，但最后儿媳流产，儿子被人杀死。临死之际，他忏悔自己为了赚钱而违背了当初的誓言，最终遭到了报应：

> 做银匠其实并不是一件好事，原因有二：一是会经不住诱惑贪图别人的金银余料，积累不义之财，留下身后罪孽；二是打造的刀具一旦成为凶器，银匠就和帮凶无异，传世的刀具越多，罪孽也越深重。银匠把握不住自己积下的罪孽，吃斋念佛都枉然，一定会现世现报。噶地中里说许多历史上有名的银匠之所以大多结局惨淡，佛法盛行的藏地之所以自古不把银匠推崇为好行当，原因均在于此。在噶地中里的坚持下，大舅立下重誓，答应除了酬金，不贪金银，多做器物，少打刀具。③

在藏族的传统观念中，杀生是有罪的，是万恶之首。在藏人的观念

---

① 洼西彭措：《乡城》，四川文艺出版社2012年版，第6页。
② 洼西彭措：《乡城》，四川文艺出版社2012年版，第15页。
③ 洼西彭措：《匠》，载《西藏文学》2013年第1期。

中，万物皆有灵，救赎和慈悲隐含在藏人灵魂的深处。在藏传佛教的经文或民间传说中，人与生物是和谐共生的，为了救生物而舍身的故事也有很多。比如，在佛经《摩诃萨埵以身施虎品》中，小王子摩诃萨埵天生具有一副慈悲心肠，在竹林中看见一只雌虎在给两只小虎哺乳，雌虎瘦弱不堪，幼小的虎仔活泼可爱，饥饿的雌虎为了存活，似要吞食虎仔。王子顿生慈悲心，将身体自愿喂给了饿虎，救活母虎与幼崽。此时大地震动，江河翻滚，空中喜降花雨，诸神称赞，王子灵魂升天成佛。慈悲、施舍和救赎是藏人的精神传统，也是他们的灵魂观念。所以，在大舅临终之际，他认为贪念使他间接地杀生，报应落在了儿子的身上，造成了儿子的悲剧。作品中既有强烈的因果报应的宗教思想，又有现代知识分子对传统旧的蒙昧思想的批判，如对在婚姻中追求对门当户对而忽视感情的批判，对野蛮复仇的反省和对乡村文明的反思。

洼西彭措的创作植根于乡城这块土壤，他用自己的文字一次次逼近故乡，拆解和重构，最终建构起一个文学的故乡——乡城。他把现实的地域变成文学中的故乡，并由此有了反省和关照。因此，这个文学的故乡比现实的乡土更加生动和鲜活，也更久远。现实的场景会伴随时间流逝而逐渐面影模糊，但文学会在心灵留下痕迹。即使现实的乡土人事都消亡了，我们依然可以从文学中找寻往昔的身影，发现那一个个鲜活的灵魂和曾经在那片土地上存活的所有生灵。洼西彭措要展现的正是他对乡土的一次次回望。犹如他在诗歌中所写的："那时在乡下/阳光很温暖/老朋友们一起/说说笑笑唱唱……"①

第六节　故土家园的幻美之旅
——桑丹的创作

桑丹出生并长期工作生活在甘孜藏族自治州的州府所在地康定，多元交融的地域文化氛围培养了桑丹开放的心态，她的写作大气浑然，饱含生

---

① 洼西彭措：《阳光下的老朋友》，载《民族文学》2006年第6期。

命的激情。桑丹著有散文集《幻美之旅》和诗集《边缘积雪》。她的散文书写康巴大地的风情万物,文字优美,意象充盈,满贮着对故乡、对亲人、对高原雪山的炽烈深情,有着丰富的情感和幽深的意象。

而桑丹的诗歌更具有独特的质地。她说:"我的民族和这片雪域净土赐予我的命运之旅、心灵之旅,使我找到生活与德行之美,写作就是通向其意义所在的途径之一,是至情至性的故土家园的守望者。"① 她用诗歌来守望家园,在她的诗歌中,故土绚烂无比:"曾经颗粒饱满的田园/在我体内金黄而轻盈地倒伏/此时,我居住的岁月或力量/透明无尘/阳光和田园/是涉水的骏马/一群滔滔的鸟阵/八月之后,我感受了它们/静静地,想起这些使人难忘的情景/像一柄游水的利刃/切断所有金黄的音响"②(《田园中的音响》)。诗人在这片祖先曾经耕耘过的土地上,感受着明媚的田园风采,也追忆起往昔的岁月和亲人的脸庞:"仰望高原/雪地上唯一的故乡/亲人的面容如此温柔/像秋天的果实披挂风雨/在遭遇亲人的时节,大雪在黑暗中屹立/岩石的歌声,金黄的激流/鸣放着艰难的花瓣"③(《田园中的音响》)。她的诗歌色彩明丽,情感饱满,意象丰富,虽然在诗句中也渗透着女性的悲戚,但面对博大的土地、丰收的家园、祖先的图腾,所有的哀戚最终化为生存的勇气:"我飘散的手指该怎样合拢过去的残缺/从冰雪之上收集到真正的源泉/空旷的田园,沧桑的粮食/如同暴风雨的呼啸/嘹亮地掠过我的身旁/让我学会忍耐与坚强/无路可走的时候/你是我的父亲你依然温暖"④(《田园中的音响》)。在尘世的悲怆中,是"土地"和"父亲"给人温暖和抚慰。她在高歌故土,感受土地的明媚与芬芳、博大与宽广,获得灵魂的安宁。桑丹的诗歌经常会出现"田野""父亲""高原""雪地""青稞""大地"等独特的藏地意象,她将深沉的感情、忧伤和喜乐融入脚下的土地,写下了这样的诗句:"青稞的雨水和阳光/点石成金,诱发我昔日深深的怀想/马群被水穿空,拍打河岸/青稞贮存的落叶和石头/更接近朝圣者眼含的热泪"⑤(《又见青稞》),"八月的青稞,收割金黄的村寨/你离开村庄,在种植的梦想里/重建力量/在强盛的作物背后,

---

① 参见桑丹简介,见藏人文化网:https://www.tibetcul.com/people/dangdai/sdwt/24606.html.
② 桑丹:《边缘积雪》,四川文艺出版社2012年版,第1—2页。
③ 桑丹:《边缘积雪》,四川文艺出版社2012年版,第3页。
④ 桑丹:《边缘积雪》,四川文艺出版社2012年版,第2—3页。
⑤ 桑丹:《边缘积雪》,四川文艺出版社2012年版,第16页。

依山傍水而居/而我倍觉感伤的风景/掌握已久/漂泊的双手充满了行踪"①（《青稞的怀想》）。桑丹以深厚的情感驾驭诗行，在浓郁得难以抹开的诗句里，绚烂多彩的意象纷至沓来，给人以强烈的视觉和情感冲击。

作为一位女性诗人，她的诗句也抒写女性内心的悲戚和情感的追求，将自己对个体生命的思考熔铸于笔端："一个康巴女人/需要深重的欢乐和痛苦/才能将自己的一生/满怀大爱大情/爱到哪里/哪里就是家园/爱到哪里/哪里就是人间"②（《溯源》）。康巴女人敢爱敢恨，她们爱得一往情深。"如何在一束香中/唤回迷失的自己/如何在明明灭灭的箴言里/为灵魂开放一盏灯的光亮/无法拽住的一切/盘旋在浓郁的指尖/苍老的夜啊，轻烟一样把我攥紧"③（《箴言》），"陷入粮食和阳光的谜阵/甘美的人面目全非/如果那是你命中注定的一切/我将在各种/临风摇曳的容器里/喝尽这枚时间的伤"④（《河水把我照耀》）。然而，正是土地能抚平所有伤痛，让她有了最后的皈依："故乡啊，正是我活着的理由之一/一千遍一万遍低吟浅唱/我血管里奔涌的血脉/仍然流淌着康巴藏人/江河一样纯净的柔情/雪山一样圣洁的胸怀/太阳一样炽烈的爱恋"⑤（《情歌·故乡》）。也正是因为亲人，她有了生命的依托："穿过这条高原的河/我的父亲呵，/你伫立在岸边/你的面容善良、慈祥/像清洁的酒深埋在我的心中/被轮回的光阴慢慢地痛饮/这是我终生热爱你/思念你的精神与方式"⑥（《田园中的音响》）。故土和亲人，是她生命的依靠和存活的理由，"看见遍地的牛羊和盛开的格桑/就轻而易举地获得了/生命轮回的全部秘密"⑦（《情歌·故乡》）。对故土家园的强烈的爱和对生命的深沉思考使桑丹的诗歌有厚重的质地。

桑丹的诗歌置身于康巴大地，置身于她满贮深情的故土。虽然不像其他藏族诗人一样，诗歌中充满藏文化符号，但深厚的藏文化内蕴潜藏在她诗歌的表象之下，她的诗歌"与藏文化的关系，并不显豁，但这并不意味着西藏元素与诗歌的艺术性不相容，而是优秀的诗人，能够进入到文化的

---

① 桑丹：《边缘积雪》，四川文艺出版社 2012 年版，第 14—15 页。
② 桑丹：《边缘积雪》，四川文艺出版社 2012 年版，第 22—23 页。
③ 桑丹：《边缘积雪》，四川文艺出版社 2012 年版，第 45 页。
④ 桑丹：《边缘积雪》，四川文艺出版社 2012 年版，第 67 页。
⑤ 桑丹：《边缘积雪》，四川文艺出版社 2012 年版，第 17—18 页。
⑥ 桑丹：《边缘积雪》，四川文艺出版社 2012 年版，第 2 页。
⑦ 桑丹：《边缘积雪》，四川文艺出版社 2012 年版，第 17 页。

深邃，将文化由外形的追求与表现，内在化，诗化"①。她以其饱满丰厚的情感呈现自己对世界的独特体认，作品中展现了个体对生与死、情与爱的豁达与从容。此外，桑丹的诗歌在技艺和审美意象的表达上显然为藏族诗歌的发展提供新的审美风范。她的诗歌脱离了一般藏族诗人对藏地元素的表面化书写，具有深沉的质地，同时也脱离了一般女作家抒情时的直露浅白，在述说悲怆丰富的人生体验中渗透着坚韧的情怀和永恒的探求，诗歌感情充沛而含蓄，内涵繁复，意象饱满，通过绚烂的意象传达对土地的热爱，对亲人的深情，对苦难的超越，对美好的展望。姚新勇曾经这样评价桑丹："桑丹在藏族诗坛中所受到的评价并不太高，但是她与旺秀才丹可能是藏族诗人中最优秀、最富艺术精纯性的两位诗人。"② 桑丹的诗歌具有鲜明的辨识度、充沛的情感、浓郁的色彩和升腾于土地之上的意象，这使她的诗歌具有独特的魅力，也具有非凡的感染力。

第七节　草原文化与城镇生活的双重思考
　　　　——尹向东的创作

尹向东是康巴作家群中葆有鲜活创作力的一位作家。他的作品主要有中短篇小说集《鱼的声音》和长篇小说《风马》。他在创作中构建了两个根据地，一是夺翁玛贡玛草原，二是康定小城，并由此形成了两个系列的创作。在这两个系列的创作中，尹向东都将其叙述的视点落到普通底层小人物的身上，倾注其对普通人生存的关怀。尹向东笔下的草原并不是其所构建的精神世界的原乡，也并非其他作家笔下理想的藏地香巴拉，正如他在《时光上的牧场》中所道，"所有神奇的事似乎只存在于远古的时光中"，他敏锐地洞察到草原昔日的荣光不过是一种远古的传说，在对草原上普通人生存境遇的描写中渗透着对民族传统文化的反思。而康定城则是

---

① 姚新勇：《朝圣之旅：诗歌、民族与文化冲突——转型期藏族汉语诗歌论》，载《民族文学研究》2008 年第 2 期，第 163 页。
② 姚新勇：《朝圣之旅：诗歌、民族与文化冲突——转型期藏族汉语诗歌论》，载《民族文学研究》2008 年第 2 期，第 163 页。

尹向东立足于历史与现实对城市普通人物展开描写的地域空间。他书写小人物的柴米油盐，在琐碎的日常生活中展现他们的追求和憧憬，以朴实的笔调展开对城市小人物的悲悯关照。

在尹向东的笔下，草原人们还保留着传统的生活习惯。在这片生灵与自然和谐交融的大地上，草原人以一种质朴而又生机勃勃的姿态绽放着生命的原始之力。"剽悍""勇猛""刚烈"是康巴汉子鲜明的性格特征，尹向东也用这些标志性的词汇勾勒出了草原上康巴汉子的精神轮廓。同样，这些健壮强悍的康巴汉子时常在尹向东以草原为背景的小说中出现，从而传达了一种开阔豪放的精神气概。《略过荒野》中由尚武传统引发的打猎择婿的婚恋方式，让草原汉子在与猎物的勇猛厮杀中展现他们的男人气概，从而获得姑娘的芳心。从《蓝色天空的琐碎记忆》《时光上的牧场》中有关抢牛、与狼群搏斗、赛马等崇勇尚武场面的描写也可以窥探康巴汉子的精神气质。此外，在尹向东的草原系列作品中，他还书写了草原人内心柔软、虔信宗教的一面。藏传佛教文化潜移默化地影响着他们的思维方式和日常生活习惯，他们虽然崇勇尚武，但行为处事却自觉地受到藏传佛教的约束。他们认为万物有灵，坚决摒弃杀生。在《鱼的声音》中，绒布看到正在钓鱼的苏医生，他眼露杀气，抢过钓竿，掰成两段，把钓的鱼倒入河中。当妻子泽央身患重病，医生要求打野鸽子给泽央滋养身体时，绒布一家人坚决地保护鸽子，全家人赶在医生到来之前驱逐鸽子，不想让鸽子落入医生的手中。在《野鸽子》中，当听到汉人苏说"鸽子肉很好吃，而且能治许多病"时，孕妇琼虽然需要营养滋养身体，但却坚决地说"不"。此外，在《时光的牧场》中，面对前来求救的狼，阿妈拿来牛肉和牛奶，并为狼的伤痛而流下了眼泪。草原人将虔诚的宗教信仰融注在日常生活之中，与自然万物和谐共处。

高寒封闭的自然环境使得夺翁玛贡玛草原远离尘世的喧嚣，这里四周环山，交通极为不便，世代牧人们在这片土地上寂寥而自在地生活着，少有娱乐活动，也较少有外人进入。因此，当说唱艺人来到这片土地时，牧民们欢欣鼓舞，说唱活动对于他们来说犹如节日盛典，牧民们享受着流传已久的传唱，也在孤独的生活中获取到了外界的信息。《长满青草的天空》《蓝色天空的琐碎记忆》将说唱艺人带给夺翁玛贡玛草场的欢愉气氛描摹得极为传神。作品描写牧民们欢悦的心情，每当草原上有说唱活动时，牧民都会精心准备毡房,从各家拿出糌粑和酥油招待说唱艺人。他们沉浸在说唱艺人的传唱里,夺翁玛贡玛草原往日安静有序的生活变得热闹而丰盈。尹向东书写了草原古朴自然的生命状态,然而描绘草原生活时,他并没有将其构建成一个理想的桃花源,而是在传统与现代的冲突中展现着他的理性思考。在其作品中,尹向东写到了随着时代大潮的涌动、经济的发展,草原原本平静自在的生活发生了许多改变。汉人进藏族聚居区为牧民提供了很多的物质和技术上的支持,同时也将外界的生活习惯和行为方式带到了草原。牧民传统既定的生活在不经意间被这些外来的变化所侵扰,因文化的隔阂和思维习惯的不同,二者出现了不少摩擦。现代化的草场管理开始用药理方式来对抗鼠疫,并为适应市场发展而建设屠宰场,这一系列行为方式对秉持不杀生习俗的牧民来说都是难以接受的,但又是对草原发展和牧民生活具有建设意义的。现代化进程一方面给牧人带来了物质生活上的改善,另一方面又使草原昔日古朴自然的生活逐渐消逝,祖辈们对这片土地充满留恋之情,但年轻一代人则要脱离孤独滞重的生活,奔往城市。作者虽然在作品中渗透着对草原生活的依恋,但更多的是顺应时代发展的理性追思。此外,在尹向东的作品中还有对草原部落因袭已久的尚武精神的反思,如他在《牧场小辑》之《降泽》篇中借小孩子降泽的心路历程展现了这种理性思考。降泽"和伙伴们目睹了厮杀的残酷场面,双方汉子一个个都非常勇武,各不相让,直到抽刀见血,双方都有死亡,直到女人们为保存男性这一种群,硬把男人们拖回自己的帐篷,然后自己挺着胸站到争斗的焦点上。五岁的降泽看见他们抬着各自的亡者回到自己的牧场,看见天葬的鹰飞越整个天空,他独自一人悄悄走远了,走到一个坡地上坐下来。"① 从此,恐惧像阴影一样跟随着他。降泽的父亲虽然是草原上名扬四方的汉子,但他无法改变降泽内心的恐惧和绝望,降泽不仅害怕自己会在厮杀中死去,也怕一切生灵的消失。他敏感的心灵一直忍受着别人的死亡对他的折磨,最终他在这样一种折磨中死去。尹向东书写了康巴汉子勇猛豪迈的精神气质,但在现代文明理性之光下更有对普通小人物的同情和对尚武勇斗的传统民族根性的反思。

在草原之外,尹向东又以康定小城为故事背景,建构自己的文学根据

---

① 尹向东:《鱼的声音》,四川文艺出版社 2011 年版,第 176 页。

地。尹向东出生于康定，成长于康定，对这座位于康巴大地的小城有颇多记忆与深刻的依恋。这份独有的康定情怀，促发了尹向东对康定城的书写与言说，他以一种深入其中、蕴含现实底色的笔锋娓娓道来与康定城有关的历史记忆和成长故事。

在康定小城，多元文化交汇融合，这里不仅经历了历史上的风云突变，也在现代化进程中经历了与内地诸多小城同样的时代变迁。尹向东将这座城市的变化通过他的一系列创作呈现出来，着重展现了普通小人物的日常生活和他们的命运转折。《红痣》中林凤鼻梁上的红痣被人认为是克夫和勾引男人的标志。她历经了各种苦难与挫折，但这些都被世俗之人认为与她生性放荡有关。林凤终受迷信压力，忍痛取掉那颗预示"克夫"的红痣。《晚饭》中的宋瑜在时代浪潮的拽动下，成长之路独立而叛逆。穿露肚脐的毛衣、竞争领舞、剪发烫头这些新鲜事，宋瑜都在极力尝试与体验。在恋爱和婚姻上，宋瑜也一反传统社会给予女性的桎梏，恣意以新的姿态来对抗既有的生活。她遵从内心，不按世俗的常规来安排婚姻，不满沉寂不变的生活，到上海寻找新的生路。然而，她所有的追求都落空了，最终以自杀的悲剧收场。在《冬季爱情》中，苏廷和陈茹的爱情婚姻一地鸡毛，5年的爱情婚姻只停留在彼此认识却不理解的阶段，然而夫妻两人却只能相依相伴下去。《康定爱情》中的小艾与宋瑜有很多相像之处，《大众电影》杂志开启了小艾对美的认知与追求，她不停地追逐新兴的事物，在对爱情的追求中也尽显个性和叛逆。《陪玉秀看电影》中，婆媳矛盾、夫妻关系、孩子抚养等琐碎的日常充斥着玉秀和谭康明的婚后生活，经济的窘迫和家务的烦琐侵蚀着玉秀的身体健康，玉秀最后生病死去。尹向东写了康定小城普通小人物的生活，写出了他们情感的追求，写出了他们生活的困境，也写出了琐碎生活中的善意和温暖。如在《陪玉秀看电影》中，尽管生活是那么艰难，但由于有电影的宽慰，面对各种压力的玉秀在生活中似乎有了更多的乐趣和希望，同时，在苦难的生活中，夫妻之间相濡以沫的深情也让人动容。尹向东在对康定人日常生活的描写中，呈现了一个个普通人的心灵，也正是通过对这些普通人生存境遇的描写，展现了一个鲜活的、充满肉身记忆的康定。

2016年，尹向东推出长篇小说《风马》。此部长篇力作既是尹向东对勾连草原文化与城镇文化的深入探求，也是对康巴城市文化书写的一次隆重回顾。历史的车轮滚滚向前，康定城犹如在岁月之风中屹立不倒的风马旗，默默地见证一代代权力的变迁、人事的更迭与磨砺。这个坐落在三山两水间的康巴重镇，历史上长期受土司家族的统治。而随着时代的发展、政权的跌宕和新势力的裹挟，土司家族逐渐走向衰落与灭亡。从夺翁玛贡玛草原逃亡而来的翁呷、多吉兄弟，他们背负着祖辈的仇恨走入康定，并在若干年后逐渐融入康定城的生活中，而最初的复仇之心渐渐湮灭，对仇人也丢掉了愤怒和仇恨。尹向东以他们兄弟曲折的生活经历和融入康定的全过程，间接地展现了康定城几十年间的风云变幻。人事的浮沉、权力的角逐使得土司的荣光时代一去不返，也葬送了一代代企图在这片土地上称王称霸的政客。所有的一切都会烟消云散，唯有历经风雨的康定城岿然不动。尹向东对康定城市志的书写饱含着对历史变迁的深入探索，蕴含着对世事无常的感伤与喟叹。但在对历史无常的书写中，尹向东也对这乱世孤城中身处底层的一类人（王怀君、八斤、花婆婆、半脸西施、高爱民等）有颇多关注，在对俗世生活的描绘中展现了他们的韧性和闲散自守的处世方式。通过对历史更迭和诸多人物的描写，尹向东在《风马》中为读者呈现了一个充满鲜活生命气息、承载着丰厚历史记忆的康定城。

康巴地区独特的地理位置和人文景观、多民族相互交融的文化心态为尹向东架构自己的文学世界提供了丰富的资源。作为康巴文化自觉的书写者，尹向东依凭民族文化的深厚内涵、康巴地区特有的地域风貌，结合自身康定小城的生活经历，形成了他个性化的文学创作特征。他关注藏族聚居区小人物的生活，以平民化的视角描绘夺翁玛贡玛草原上的牧民和康定小城的人生百相，用生花妙笔渲染出以夺翁玛贡玛草原为背景的草原生活，既有对往昔生活的回首与眷恋，又有在现代化进程中对昔日荣光的反思。同时，他又以细腻之笔书写了处于时代变迁下康定普通人的生活状况和灵魂追求。尹向东用质朴平实的文字，呈现了对草原文化和康定小城生活的双重思考，创造了独属于他记忆中的康巴世界。

第八节 康巴高地的歌者
——江洋才让的创作

江洋才让出生于玉树藏族自治州。玉树,汉语为"遗址"之意。相传这里是格萨尔王妃珠姆的诞生地。这里地处青藏高原腹心地带,东与果洛藏族自治州毗连,西北角与新疆维吾尔自治区接壤,东南与甘孜藏族自治州相接,南及西南同西藏自治区相连,北与海西蒙古族藏族自治州为邻。西面有苍茫广袤的可可西里无人区,北有巍峨的昆仑山,南有宏伟的唐古拉山,东面为蜿蜒的巴颜喀拉山。这里是长江、黄河、澜沧江的发源地,牧业和半农半牧是这一区域最主要的生产方式。"从夏商周三代到先秦两汉时期,该地区一直是西羌、西戎等民族生活聚居的地方。两晋至六朝时期为羊同〔象雄〕及吐谷浑所居;隋朝时为苏毗和多弥国的一部分。唐时为吐蕃所属。宋时为黎洲属下的囊谦小邦之地;元朝归吐蕃等路宣慰司管辖;明朝囊谦王室的贵族僧侣被赐为'功德自在宣抚国师';清初蒙古和硕特固始汗率部入青海,玉树为其所有。"① 玉树长久以来一直是连通中原和西南、西北边疆的必经道路之一,古老的唐蕃古道纵贯东西全境。641年和710年,文成公主和金城公主分别远嫁吐蕃,成为吐蕃赞普松赞干布和赤德祖赞的王妃,这两次公主进藏均取道玉树。玉树是汉藏交流的重要通道,在长期的历史发展过程中,形成了以当地土著文化为主体,融合其他民族文化的多元并蓄的文化景观。

江洋才让为我们呈现了独特的玉树藏地的书写方式。自2008年起,江洋才让陆续发表长篇小说《怀揣石头》(又名《然后在狼印奔走》)、《康巴方式》《康巴书》《马背上的经幡》《灰飞》《牦牛漫步》。评论家毕艳君这样评论江洋才让的长篇小说创作:"他用驾驭长篇的高强能力,用自己民间立场和身份的确定,以富有诗意的语言刻画着藏族历史上不同的生活细节;用民族志式的书写和琐碎细致的记录来展现自己藏族的'地方

---

① 王晓莉、嘉雍群培:《青海藏区民间与宗教舞蹈的田野考察——以玉树地区的民间与宗教舞蹈为例》,载《佛教文化》2008年第2期。

性记忆'；用传统藏族文化观念中的乐观、坚韧、执着引领故事发展的方向，保持着人性深处最美的悲悯情怀。同时他也用自己最饱含深情的文化传承毫无保留地呈现着这个民族的一切，喜怒哀乐、生离死别以及生生不息的生命活力。"①

长篇小说《康巴方式》鲜明地代表了江洋才让小说创作的特征。作品展现了康巴人的日常宗教信仰、民族习性，在丰富的民间故事和传说中彰显了康巴人的生命探求，"为读者提供人类文化学意义上的'地方性知识'"②。作品写出了康巴藏人的日常生活，他们种植青稞，放牧牛羊，编织毛绳，念诵经文，每一天的生活平淡无奇。"新的一天的开端总是以这种方式开场，难得有几天例外。"③ 江洋才让在平淡无奇的生活中挖掘了藏族乡村社会潜在的变化，凸显了在现代化进程中乡村社会新的风貌。小说中当地干旱持续，人们请喇嘛念经祈祷，喇嘛的虔诚让人们期待。但最终引来水的却是尼玛，他带领村民将雪山上的积雪引进农田。公路的开通结束了尼玛"驮脚汉"的生活，也成全了尼玛和卓玛县长的爱情，标志着乡村社会的一个巨大飞跃。村民的生活因为这条土黄色的简易公路而变得方便快捷，人们拉进了货物，办起了小卖部，村民的生活走向现代化。道路修通后，"驮脚汉"的时代也正式宣告结束，拖拉机这种现代机械代替了原来的"驮脚汉"，象征着一种现代文明的侵入，预示着新的生活气象。

江洋才让的作品还展现了游牧文化精神。在牧区，男子喜欢佩刀和良马。作品中的"我"从8岁那年起就想要一把刀，但父亲的那把家传的宝刀是留给家中长子、"我"的哥哥的，10岁的时候，妈妈求铁匠为"我"打制了一把。作品写道："当我从阿妈白拉姆的手里接过它，让这把刀子在我的手里显现出它真实的重量时，我就被一种来自遥远的情绪笼罩住了。"④ 因为这把宝刀，"我"便对遥远的他方有了憧憬和期待。而哥哥为了得到一匹烈马，独自一人循着野马足迹苦守9天。游牧文化精神作为一种潜在的意蕴自然地浸透在江洋才让的作品中，对自由的向往和对剽悍的生命激情的追求成为他作品中人物潜在的心灵追求。此外，浸润在日常生

---

① 毕艳君：《时空寓言的民族化书写——江洋才让小说简论》，载《青海湖》2013年第11期。
② 刘晓林：《〈康巴方式〉：康巴人生本真状态的呈现》，载《雪莲》2011年第1期。
③ 江洋才让：《康巴方式》，青海人民出版社2010年版，第40页。
④ 江洋才让：《康巴方式》，青海人民出版社2010年版，第18页。

活中的宗教思想和仪式，使得他的作品显现出独特的魅力。如作品一开始就是在讲爷爷寻找"铊珈"，但并没有找到。这个"铊珈"非常神秘，意义非同寻常。爷爷说过，"铊珈"在，他就在，但"铊珈"的不翼而飞使爷爷失魂落魄，在"我"出生的当晚就去世了。在作品的最后，因为盖新房，"我"从地基石的缝隙里找到了"铊珈"。母亲阿拉姆说是爷爷让它回来找"我"的。这充满神秘色彩的生命的轮回正是佛教轮回转世观念的体现。这里盛行原始自然崇拜，如村庄紧邻卡瓦神山，作品写村庄里的人每天有事没事都要向这座神山磕几个头，响头磕过了，心里才会踏实。再如父亲和哥哥赶着驮牛去巴青县的路上，哥哥一直抱怨没有扎紧口袋以致青稞散落一地，父亲安慰他说，这就当成对大地的供奉。藏人善于感恩的心理以及万物有灵的观念都渗透在日常行为和思想观念之中。高原独特的生存环境和宗教信仰使得这里的藏族子民崇敬万物，爱惜生灵，人与自然环境和谐相处，彼此相通。正如江洋才让在散文中这样写道：

  山寺中也遍布着各种石头，僧舍低矮的院墙就是石头垒的。月光落在上面，不亮。有些绰约，朦朦胧胧的效果，使人的目光迷离。石头上，任何迹像都不可能被清楚地看到——但可延伸为我的诗句：我扒开石头上的鸟屎，一种看不见的石头纹理，竟潜入我的掌纹，迫使我成为自然的沟通者。①

  江洋才让是行走在康巴高地上的歌者，他将高原深处的记忆留存在自己的文字中："在这里，有着康巴人最平实却温暖的生活轨迹，而其主旨却是更关注藏族人物形象作为普通人的人间情怀，既有民族性特征，更有普适性价值。那一个个人物和场景在情感表达上的精准和到位，那隐忍中澎湃的激情，那痛苦中些微的甜蜜，都流淌着作家对故乡母亲真诚的热爱和忠诚。"② 江洋才让笔下的人物带有浓厚的英雄主义气质，如《然后在狼印奔走》中的日努朵交，他从小就被母亲告知是野人的儿子，身上流淌着高贵的血液，因此，他很小就萌发了英雄情结。他敢于反抗权威，颠覆现存秩序，无论是在面对卡加兹沃队长的各种刁难、陷害时，还是放走母

---

  ① 江洋才让：《藏地札记》，载《青海湖》2002 年第 2 期。
  ② 毕艳君：《时空寓言的民族化书写——江洋才让小说简论》，载《青海湖》2013 年第 11 期。

狮子，受到鞭刑时，他都能坚持自我、信守准则，捍卫自己的尊严。再如《康巴方式》中的尼玛，他是村里公认的优秀康巴人的代表，不仅睿智聪明，而且具有非凡的勇气和实干精神。当村里遇到数年不遇的干旱，只能求助于喇嘛念经祈雨时，尼玛带领年轻力壮的小伙子，用了十来天的时间挖掘沟渠，将雪山上消融的积雪引到了田地里。江洋才让在这些带有英雄气质的人物身上寄寓了自己对康巴精神的思考，那就是自由、正义和勇敢，他的作品洋溢着对这种康健精神的敬仰和赞美。但在描写英雄的同时，江洋才让更注重描写藏地普通人物的精神和生存面貌。他通过日常生活的描写，表现底层人物的忧伤、乐观、坚韧和顽强，写出他们在世俗生活中所感受到的欢乐和痛苦。

玉树高地天高云淡，地广人稀，这里既有广阔的草原，又有丰饶的农庄。神秘的宗教文化，轮回转世、万物有灵等思想长久地浸染着藏族群众的信仰，这一切使江洋才让的作品又具有神奇的魔幻主义色调。正如他在谈及其小说《老灵魂》的创作谈中这样写道：

> 我静静地坐下来，回味这由来已久的时光，骨子里冒上来的声音试图启发我开口叙述。我几次把键盘敲打得像是大雨滂沱。可是，落在屏幕上的字却丝毫使我找不到我需要的那种感觉。对，的确如此。在写这篇以消失的王朝吐蕃为历史背景的小说时，一开始我觉得举步维艰，经历数次删除，重建信心后，突然的自言自语竟然使我茅塞顿开。
> "死者，请开口说话。"
> 于是一个老灵魂便来到我的小说里。①

玉树大地既有祖先的神灵、过往的遗迹，也有活跃在这块土地上生龙活虎的康巴汉子和日新月异的现代生活，江洋才让将迷幻和现实、宗教和神迹展现在他的作品中，这使得他的创作具有深厚的藏族文化内涵。同时，玉树独特的地域文化景观也使得江洋才让的创作显现出与众不同的魅力。

---

① 江洋才让：《死者，请开口说话（创作谈）》，载《小说月报》2015年第4期。

第八章　昂扬奋进的康巴文学（二）
——藏语文学创作

康巴地区藏语创作有着悠久的历史传统。这里的藏文化根底深厚，位于甘孜藏族自治州的德格印经院被称为"藏文化大百科全书"，储存了藏族文化百分之七十的古籍，以德格为中心，辐射了周围广大的区域。如藏族学者德吉草的论述："德格以其丰厚的藏族文化氛围，深厚的历史内涵，在整个藏族文化发展史上写下浓重的一笔，以她为中心辐射出的文化圈，众多杰出学者留下了卷帙浩繁的经典论籍。在这广阔的文化背景下建立起来的相对稳定的传统文化信念，为后来新一辈的年轻的文化承接者们提供了系统而广泛的文化参照。当新中国诞生的喜悦被春风吹荡开来时，我们饱受旧社会生活艰辛与政治歧视的藏族诗人们，便以自己巨大的热情和真诚开始了真正的歌颂，他们用纯朴、耿直，用他们纯正的母语唱出心中的欢歌……"① 康巴地区和其他藏族聚居区一样，寺院广布。在历史上，寺院成为文化传承的重要场所，一些高僧大德在此著书立说，阐释宗教义理，留下了很多历史文化典籍，其中很多具有文学性的因素。新中国成立后，广大藏族聚居区有了翻天覆地的变化。经历过时代巨变的康巴藏族作家以炽烈的激情迎接新的时代，和其他区域的藏族作家一样，开启了对新时代的歌颂。作家们最先以诗歌的形式来表现新时代的风貌，抒写时代的激情，颂扬翻身民主改革热潮，赞誉社会主义建设。这一时期康巴藏语创作的作家中，最具代表性的是毛尔盖·桑木旦和土登尼玛这样有着渊博学识和厚重声望的高僧大德。

毛尔盖·桑木旦是现代著名佛教高僧，具有很高的社会影响力，参与

---

① 德吉草：《母语依恋与传统断流——评当代藏文诗作》，载《西南民族学院学报》2000年第9期。

过《中国人民政治协商会议共同纲领》等重要文件的藏文本译审。作为当代藏族著名学者，他有着广博的藏学修养，精通五明并融汇新知，在当代藏文化的开拓和发扬方面功德卓著。面对着日新月异的时代变化，他的文学作品一方面表现了对神灵的崇拜和对宗教的赞扬，另一方面刻画了新的时代风貌，渗透出一种积极昂扬的时代精神。毛尔盖·桑木旦代表作品主要有《献给日月星辰的祈祷》《上师赞》《十万月光的祈祷》等，诗句语言优美繁盛，诗行排列整齐匀称，意象丰饶，既有古典诗歌的铺陈华美，又充溢着一种新的谐美的时代情绪。土登尼玛学养深厚，既是一代高僧，又是著名的藏学研究专家。土登尼玛积极参加各项社会活动，不仅参与了《藏英大辞典》的翻译出版，还对《大藏经》进行了对勘，在宗教界和藏学界有着广泛的影响。他的文学创作视野开阔，大量论文、诗歌和散文见诸报端。其诗作最具代表性的是《日本见闻》，描写其在日本的所见所感，内容新颖，具有时代性。诗人昔扎既受传统宗教文化思想的深刻影响，又沐浴在新的火热的时代，所以他的诗歌创作既有展现宗教思想、充满民族文化内蕴的《九色鹿》《月亮的传说》等作品，又有如《时代欢歌——杜鹃声声》《我的欢乐从心而涌》等展现新时代风貌、表现内心喜悦的诗歌。

在"文化大革命"十年里，文坛相对沉寂，藏语文学创作也是一片冷清。新时期以来，尤其是党的十一届三中全会以后，顺应中国文学的整体复苏，藏族文学也显现出蓬勃发展的趋势。在这一时期，康巴藏族聚居区也出现了自己的文学刊物《贡嘎山》。《贡嘎山》是藏汉文双月刊，围绕这个刊物，团结和凝聚了一批藏汉文作家。除老一辈作家继续创作外，还逐渐成长起一批新一代的藏语作家，如章戈尼玛、根秋多吉、格德嘉等。他们成长在新的时代，接受过系统的文化教育，视野开阔，对民族文化有着深刻的挚爱之情，以藏语创作来抒写对民族历史和现状的思考。面对多元的文化视野和火热的现实生活，他们的藏语创作与传统文学相比有着较大的变化，内容上逐步脱离传统藏族文学以宗教宣扬为中心的特点，更多地关注现实社会人生，构筑新的时代精神，在艺术手法上也进行着多元的探索。如根秋多吉的诗歌《雪山》《寻香妙歌》和小说《无情的浪花》《博惜》，奔嘉的诗歌《阿坝草原晨曲》和散文《我爱这棵小草》等作品，题材丰富，视野开阔，通过对藏族现实生活的描写和民族精神风貌的展现，显现出藏语文学创作的崭新面貌。

作为中国当代文坛的重要组成部分的藏族文学创作，与传统藏族文学相比，其成长和发展的语境发生了很大的变化，一方面受到汉语文学风貌的影响，另一方面直接或间接地受到西方文学思潮的影响，由此促进了新时期藏语文学创作的多样化风貌的形成。伴随着时代的发展和生活面貌的多元化，以藏语为母语的作家天然地也要对当代复杂多变的生活及多元的精神世界进行抒写，而这样的抒写，只凭借原有的文学资源是难以为继的。因此，借鉴汉语文学和西方文学的艺术手段来充实藏语文学创作成为藏语作家有益的尝试。正如德吉草所论："新时期的诗人们不满足于描绘民族文化的表象，他们凭借自己的艺术禀资，在自己民族文化品格和民族精神的深层次上努力去把握和贴近自己的创作思情，构建自己对诗歌的理解，并努力追求诗歌的多元化实践。诗人们在不断拓宽自己艺术视角的同时，继续从本民族丰富多彩的民间文学、说唱艺术中挖掘新鲜的诗歌泉眼，同时，大胆借鉴外国诗歌体裁，在诗歌的形式上也出现了格律诗与自由诗、朦胧诗、散文诗并驾齐驱的势头。特别是部分藏诗的语言表述已经成为诗歌创作的重要内涵，并且在自己的诗行里，有意进行了母语文化思维和汉语文化思维相结合的一种新的语言境界的实验。"[①] 他们一方面植根于藏族文学传统，从宗教典籍和浩瀚的民间文学中挖掘新的文学元素，另一方面借鉴其他民族的文学经验。如学习西方现代派手法来充盈和开阔藏语文学创作，这也是当代藏语创作与古典藏语文学创作的一个很大的不同点。如根秋多吉在开阔的文化语境中，有意融合多元文化，进行挖掘和探讨，他的小说《博情》获第三届当代少数民族文学研究创作新人奖，其小说《背运》、散文《喜马拉雅的呼唤》和散文集《高原心迹》分别获首届、第二届和第三届四川省少数民族优秀文学作品奖。奔嘉的《我爱这棵小草》以象征化的手法描摹一株平凡而充满生命活力的春草，既蕴藏着平凡的人生哲理，也抒写了藏族坚忍顽强的生命意志。章戈·尼玛在散文创作方面的成绩十分突出，他的作品相继获四川省第二、第四届文学奖，第六届全国少数民族文学创作奖，首届"岗坚杯"藏文文学奖等多项奖项。

此外，在藏语创作方面，成就较为突出的还有青海玉树的嘉洛，其代表作品是诗集《觉醒》和《寻梦的足迹》，书写了时代变革中知识分子的

---

① 德吉草：《母语依恋与传统断流——评当代藏文诗作》，载《西南民族学院学报》2000年第9期。

追求和探索，在艺术手法上也显现了多样化的探求。另外，云南迪庆藏族自治州用藏汉双语进行创作的婷卡尔·扎西邓珠在藏语创作和传播方面也颇有成就，他不仅是一位诗人，还是一位致力于藏族文化传播的编译者。他编著了多部书籍与词典，如《圣地卡瓦格博秘籍》《康区雪山圣地卡瓦格博指南——仙人授记之太阳》《汉藏英常用新词语词典》《汉藏英常用新词语图解词典》等。婷卡尔·扎西邓珠对民族文化满贮热情，这种挚爱之情激励着他孜孜不倦地汲取与传播藏族文化。在年轻一代的藏语作家中，婷卡尔·扎西邓珠是十分突出的一位。他的诗作散见于《贡嘎山》《西藏文艺》等刊物，他的诗歌感情真诚、意象丰厚，既有对民族历史和文化的深邃思考，又显现了年轻一代诗人对现实的关注和探求。

第九章　当代安多地区的文学创作

第一节　安多地区独特的地域风貌与文化背景

19世纪中期，学者智观巴·贡却乎丹巴绕吉在《安多政教史》中明确了关于藏地三区的划分，将安多地区的地域界定为汉地白塔寺以西到黄河发源地，并对安多具体包括的区域进行了详尽的阐述：

> 自通天河之色吾河谷，北逾巴颜喀拉山，其东麓有阿庆冈嘉雪山与多拉山，据说由于摘取这两座山峰之名的首字，合并起来把自此以下的区域称为"安多"云。此处之水，汇合起来流向玛云秀茂川，称为黄河。流经索罗玛，或称作扎陵湖川，折向南流，自此河湾以下，才是安多区域。①

在今天，安多藏族聚居区在行政区划上主要包括青藏高原东北部的青海藏族聚居区（果洛藏族自治州、海西蒙古族藏族自治州、海南藏族自治州、海北藏族自治州、海东市和黄南藏族自治州）、青藏高原与黄土高原接壤地带的甘肃藏族聚居区（甘南藏族自治州、天祝藏族自治县）、四川省阿坝藏族羌族自治州的部分地区。安多地区位于藏族聚居区的北部与东北部，整个区域总体地势西高东低，属于我国阶梯状地势第一阶梯向第二阶梯过渡的地带。安多区域大部分地区是高海拔地区，其中青海省南部的

---

① 智观巴·贡却乎丹巴绕吉：《安多政教史》，吴均等译，甘肃民族出版社1989年版，第5页。

三江源地区是长江、黄河和澜沧江的发源地。这里河流密布,湖泊、沼泽众多,是世界上海拔最高、面积最大、湿地类型最丰富的地区,孕育了广阔无垠的大草原,是藏族居住区域内最大、最丰美的牧区,也是整个藏族聚居区牧业最为发达的地区。因此,历史上安多被称为"马区"。

安多地区是藏传佛教文化的重要传播区域,藏传佛教在这里至今有着广泛的信仰基础。早在东汉初年,藏传佛教就沿着丝绸之路传入内地。甘肃地处东亚与中亚的接合部,位居丝绸之路枢纽黄金地带,由于特殊的地理位置,甘肃较早地接受了佛教文化的熏陶,"魏晋南北朝时期,甘肃境内的佛经翻译就很盛行,河西四镇中的敦煌、张掖、凉州等地是翻译佛经和传播佛教的中心地区之一。同时在甘肃各地开凿了许多佛教石窟,并且修建了大量的佛教寺院。隋唐时期,佛教继续在甘肃流传。这时除了中原汉传佛教外,吐蕃信仰的佛教也随着吐蕃占领吐谷浑和唐朝的河西、陇右地区而传入甘肃。吐蕃进占陇右后,佛教随着吐蕃军队和移民的前进而在安多地区也开始传播"①。但这个时期,因藏传佛教高僧大德主要聚集在卫藏地区传教,苯教和佛教也正在进行激烈的竞争,所以佛教在安多地区尚处于初传阶段。到了9世纪中叶,吐蕃赞普朗达玛兴苯灭佛,禁止佛教流传,破坏寺庙设施,镇压佛教僧人。《贤者喜宴》中有这样的记载"大部僧人逃往边地,未逃者沦为俗人,不听从者即被杀死"②。《贤者喜宴》另记载"著名高僧被杀害,次等僧人被流放,低级僧人被驱使"③。朗达玛的灭佛运动结束了"佛教前弘期"佛法兴盛的局面,寺庙被毁,僧人被驱逐、被掠杀,还有的被强迫改信苯教。有些僧人为了保存佛法而逃往偏远地区。当时正在今西藏曲水曲卧日山上修行的三名僧人(后被尊称为"三贤哲")通过牧人之口知道形势严峻,无法继续修行,于是用骡子驮上佛经,昼伏夜行,逃往阿里地区。但阿里也在禁佛,于是他们又逃往新疆,却因民族语言不同,无法沟通,难以长住。于是,他们又辗转逃往青海河湟地区。这里有一定的藏文化基础,而且朗达玛灭佛运动还没有波及

---

① 马晓军:《甘南多元宗教研究》,博士研究生学位论文,兰州大学,2006年,第60—61页。

② 巴卧·祖拉陈哇:《〈贤者喜宴〉译注十四》,黄颢译,载《西藏族学院学报》1984年第2期。

③ 巴卧·祖拉陈哇:《〈贤者喜宴〉译注十四》,黄颢译,载《西藏族学院学报》1984年第2期。

此处，这就为佛教的生存和发展提供了一定空间。三名僧人在此研修佛法，后又收苯教徒的儿子喇钦·贡巴饶赛为徒，传播和弘扬佛法。随着他们师徒继承藏传佛教、广授教徒，弘法事业不断发展，由"三贤哲"开创的"下路弘法"声势日高，名扬全藏，陆续又有一些逃出来的卫藏僧人来到这里修习佛法。后来，随着禁佛形势缓解，虔信佛教并统领山南桑耶的吐蕃王室后裔察纳·益西坚赞父子选派鲁梅·楚成喜饶等"卫藏十人"前往安多地区，随从喇钦受戒学法。之后，他们陆续返回卫藏建寺收徒，弘扬佛法，传播教义，使佛教仪轨经典从多麦地区重新传播回卫藏地区，促进了藏传佛教后弘期的全面发展。安多地区是藏传佛教后弘期"下路弘法"的发祥地，"三贤哲"和喇钦·贡巴饶赛等著名高僧，在青海丹斗寺聚徒传法，发展佛教势力，在他们的努力下逐渐形成安多地区佛教传播与发展的中心，带动了卫藏乃至整个藏族聚居区佛教的复兴和发展。

　　佛教后弘期形成了藏传佛教许多派别，最重要的有宁玛派、萨迦派、噶举派、噶当派等，各个派别在安多地区都拥有信徒和寺院。这里宗教基础深厚，信教人数众多，教派复杂，宗教活动昌盛。从藏传佛教后弘期开始到格鲁派崛起之间，藏传佛教的各大宗派在安多地区都有发展，分别拥有一定的信徒，并且各自建有数量不等的寺院。元朝时期，卫藏地区归强大的蒙古帝国统治。由于元朝统治者崇信藏传佛教，在其支持下，萨迦派获得了在卫藏地区的政治、宗教领袖地位。1254 年，西藏萨迦派第五祖八思巴应忽必烈的邀请赴京，途经卓尼时，见这里山清水秀，为殊胜之地，于是命其弟子在此建寺弘法。从卓尼大寺的创建开始，甘南地区的其他藏传佛教宗派纷纷改宗萨迦派，形成萨迦派一枝独秀的局面。但在元朝灭亡后，萨迦派因失去了政治支持而迅速衰落。14 世纪晚期至 15 世纪初期，宗喀巴针对当时西藏佛教界的混乱现象，整顿戒律，严密学修次第，创立了戒律严明的格鲁派——格鲁派是藏传佛教中兴起最晚而又势力最大的教派——宗喀巴大师因此在藏地声名远播。1379 年，信众在其降生地修建纪念塔；1577 年，再建弥勒殿，初步形成寺院规模。由于先有塔，后建寺，这里被称为"塔尔寺"。塔尔寺是宗喀巴大师的降生地，是格鲁派的重要寺院，这里佛法兴盛，聚集了大批高僧大德。

　　藏文化对安多地区的影响很深远，藏族、蒙古族、土族、裕固族在这里具有共同的信仰——藏传佛教。这里名人辈出，历史上曾经涌现出许多学术大师和高僧大德。安多地区有许多重要寺院，除塔尔寺外，甘肃的拉卜楞寺，青海的佑宁寺、隆务寺等都坐落于此，成为宗教和文化的传承中心，同时也是汇聚和维护藏族、蒙古族、土族等多民族文化交流的重要场所。位于甘南藏族自治州夏河县的拉卜楞寺，是安多藏族聚居区最大的一座格鲁派寺院，也是我国藏传佛教格鲁派六大寺院之一。1709年，第一世嘉木样大师开始修建拉卜楞寺院，经过不断扩建和完善后，它不仅成为佛家神圣的宗教修习的殿堂，而且成为传播知识的综合性学府。拉卜楞寺设有一个显密学院、五个密宗学院，修习内容囊括了藏族文化的各个门类，包括诸如宗教、哲学、文学、天文历算、医学、建筑、音乐等方面的系统的教育类别。其属寺遍布于安多各地，政教势力渗透到广大农牧区，使得拉卜楞寺在历史上成为整个安多藏族聚居区宗教和文化传承的中心。

藏传佛教对安多地区影响深远，但在佛教传入之前，安多藏族聚居区与广大藏族聚居区一样，在民间广泛流传的是苯教，其有着深厚的民众信仰基础。佛教进入安多地区后，虽然取得了统治地位，但二者又在各个方面相互借鉴，最终佛苯文化互相交融渗透，互取所长。所以在安多藏族聚居区，既有藏传佛教信仰，又有原始苯教的遗存，犹如梅卓在其《安多：众神之居与居之众神》这篇文章中谈到的：

  安多，是众神居住的地方。人们崇敬、畏惧、信仰，为娱乐神而谱写诗篇，宣传神话。所有的节日都与神有关，所有的欢乐都要敬请神的莅临，当然，所有的痛苦也会求得神的攘解。神与人都在这一片蓝天白云之下，互以慰藉，互以生存，神性由此美丽，人性更得彰显。①

在历史上，安多地区处于藏汉双重边缘地带，这里多民族和谐共处，在长期的历史演进进程中，不同文化形态的族群交错杂居于这一区域，形成了多元文化互融的文化氛围。以青海为例，它包含了安多藏族聚居区的大部分区域，自古以来就是多民族的汇聚地带，"根据2010年第六次人口普查，全省共有55个民族，56个民族中只缺珞巴族。全省少数民族人口为264万人，少数民族中人口超过万人的有藏族、回族、土族、撒拉族、

---

① 梅卓:《走马安多》，青海人民出版社2009年版，第29—30页。

蒙古族等5个民族。其中藏族是青海省少数民族中人数最多，分布最广的民族，人口超过百万人，占全省少数民族人口的52.02%，遍布全省各地，尤以海北、海南、黄南、果洛、玉树、海西等牧区人数最多，主要从事畜牧业和农业，全民信奉藏传佛教"①。可以看到，在这个区域，少数民族人口中藏族人数最多，因此，在宗教信仰上，藏传佛教最为兴盛。但与此同时，伊斯兰教及多种文化宗教都在这里碰撞和交流。"在不同的历史时期安多藏域经历了'吐蕃化'、部分地区的'蒙古化'、'汉化'和'伊斯兰化'。各种民族感情在这里调适，佛教、伊斯兰教及各种宗教信仰在这里汇集，文化的碰撞、交流和杂糅，使安多藏域成为多民族聚集的'民族走廊'和多种宗教信仰共存的'众生狂欢之地'。这种多民族聚居、多元文化共存、多种思想共生而导致的诸种文化现象，对文学的创作产生了深远的影响，各民族作家'跨文化''跨族别''跨语际'创作已然成为青海文学界显性的文化印记。"② 安多地区多民族聚居，因此呈现出多种文化形态，除了以藏文化为主体外，还有伊斯兰、汉、蒙古等多重文化形态，形成了多种语言、多元文化的互动交流状态。不同民族有着不同的信仰，围绕着不同的区域、不同的宗教信仰和传统习惯而形成了三大文化圈，即分别以藏传佛教、伊斯兰教、汉文化为核心的文化圈。在这里，藏族、蒙古族信仰藏传佛教，他们的生产生活以游牧为主，同时在河谷地带也有农业，形成了藏传佛教文化圈；回族等一些少数民族信仰伊斯兰教，他们以农耕为主，也善于经商，以甘肃南部的临夏为中心形成了伊斯兰文化圈；另外，在安多地区，还形成了以汉族为主体的汉文化圈，他们亦以农耕为主，承继的是中原农耕文化。多元文化荟萃交流，既有分野，又有彼此的融合，形成了丰茂的文化形态。

在民主改革前，安多藏族聚居区的地方政权统治方式主要是土司制度。元代设立吐蕃等处宣慰使司都元帅府（又称朵思麻宣慰司）管辖今天的甘肃、青海及四川西北部藏族聚居区，建立百户、千户制度，为其基层统治基础，土司制度由此得以确立。由于萨迦派为元朝统一西藏做出了重

---

① 孔占芳：《跨文化视野中青海藏族当代作家汉语创作谈——以才旦小说创作为例》，载《阿来研究》2015年第1期。

② 孔占芳：《跨文化视野中青海藏族当代作家汉语创作谈——以才旦小说创作为例》，载《阿来研究》2015年第1期。

要贡献，加之元代宗室极为推崇佛教，所以在元中央王朝的支持下，八思巴被奉为国师，萨迦派在元朝时期成为统治西藏的教派，萨迦派寺院及势力也遍及安多地区。借助宗教势力，元中央王朝对广大的藏族聚居区实行统治。明清时期，宗教力量更迭，格鲁派最终取得统治地位。清雍正年间实行"改土归流"，加大中央集权统治。但安多地区宗教势力牢固，因此，清政府仍然借用宗教的力量进行统治，政教合一的封建农奴制度得以沿袭。辛亥革命之后，马步芳家族在青海势力日大，安多的绝大部分地区及青海玉树成为马家天下。马家开始其残暴的统治，多次以武力镇压各部落，在属区内盘剥掠夺，给人民造成很大的负担。直到新中国成立后，安多藏族聚居区才废除了政教合一的封建农奴制度，广大农牧民翻身解放，走上了欣欣向荣的社会主义道路。

第二节 当代安多地区文学的发展进程和风貌

新中国的成立，使得整个中国的文学形势发生了很大的变化，很多优秀的文学作品涌现出来。面对着崭新的时代变化，安多地区文学呈现出欣欣向荣的景象，和其他区域的藏族文学一样，诗歌是"文革"前安多文学创作的主要形式。一批作家用诗歌的形式反映民族生活，描绘雪域风光，传达新旧社会的变化。在这一时期，用汉文进行诗歌创作的主要有丹真贡布、伊丹才让、格桑多杰等。他们以诗歌的形式融入时代洪流，热情地讴歌雪域高原新的风貌，表达时代的变迁和人们生活的变化。用藏语进行创作的有"佛学、藏学及文学造诣颇深的喜饶嘉措大师，桑热嘉措、才旦夏茸先生等，他们的创作风格和表现手法沿用了藏族传统的古典诗歌形式，具有很强的藏族古典文化色彩。除了诗歌创作，他们还具有渊博的藏学和佛学知识，是一批学者型诗人"①。藏语作家的创作不仅展现出古典藏族文学的审美内蕴，在新的时代变革的背景下，也呈现出崭新的时代内容。然而，在接下来的十年"文革"时期，安多地区的文学和祖国大部分地区

---

① 才旦：《青海当代藏族文学的发展及现状》，载《青海师范大学民族师范学院学报》2003年第1期。

的文坛状况一样，刚刚燃起的文学火苗又黯然沉寂。

20世纪80年代以后，安多区域的藏族文学创作重焕光彩。除了一些老作家如丹真贡布、伊丹才让、格桑多杰等继续创作外，还涌现出了一批才华横溢的中青年作家。80年代用藏文创作的作家主要有端智嘉、居·格桑、角巴东主、岗迅等，在这其中最值得关注的是已故作家端智嘉，他的作品不仅关注现实社会人生，还对现实有深刻的反思，具有较高的思想价值和艺术价值。在汉语创作方面，80年代影响较大的作家有多杰才旦、班果、梅卓等。多杰才旦是青海最早用汉语进行小说创作的藏族作家。在80年代的青海藏族诗人中，班果是在汉语诗歌创作方面影响最大的诗人。此外，梅卓的长篇小说《太阳部落》《月亮营地》及系列散文集的出版，奠定了其在藏族文坛乃至在全国文坛的地位。从整体来看，和其他藏族聚居区一样，新时期的安多藏族文坛，大部分作家用汉语创作，他们自如地用汉语展现着民族生活，表达着民族情怀。而用藏语来创作的作家相对较少，但不容忽视的是，到了20世纪90年代初，情况发生了很大的变化，一批接受过系统高等教育的藏族青年走上文坛。他们思想新颖，艺术视野开阔，能自如地使用藏语表达民族生活。他们立足本民族文化土壤，贴近藏族现实生活，表现民族现代化进程中人们的生活。在这之中，最具代表性的作家有德本加、扎巴等。在青海，还出现了一批很有影响的双语作家，在这些作家中比较突出有万玛才旦、东主才让等，他们都受过系统的高等教育，藏文功底深厚，从事藏汉文创作，并进行文学翻译，弘扬民族文化。

在当前，安多作家中较为活跃的是甘南藏族自治州的一批作家，他们已经形成了一股地域性的力量，在民族文学创作园地熠熠生辉。他们依托甘南这片充满神性的土地，在创作方面显现出鲜明的地域性特征。作家刚杰·索木东认为："作为青藏高原的门户，甘南，在地域和文化上，都是一个边缘地带。首先，在藏汉二元文化的恒久交融下，在文化割裂的背景下，这片土地和这片土地培养出来的作家，尤其是汉语语境下的作家，被'边缘化'的事实无可避免；其次，多年来，这片土地上的作家，在恬淡的天地间自由地歌唱，有意无意地回避着所谓主流的文学圈，也是不争的事实。"① 甘南当代藏族文学肇始于1954年益西卓玛的散文《山谷里的变

---

① 刚杰·索木东：《一个读者视野里的李城和〈最后的伏藏〉》，载《格桑花》2012年第2期。

化》，这一纪实散文书写了新旧社会的变化，展现出对美好生活的歌颂和向往。后来益西卓玛还著有电影剧本《在遥远的牧场上》和小说《美与丑》，描写了甘南大地的变迁和时代风尚的变化。此外，丹真贡布是20世纪50年代甘南诗人的一个代表，他于1955年因叙事长诗《拉伊勒与隆木措》而一举成名，成为20世纪50年代中国藏族诗坛上最为重要的诗人之一。"文革"期间，丹真贡布备受冲击，一度搁笔，20世纪70年代后期到90年代去世前，他又有新作不断问世。尕藏才旦也是甘南文坛上具有重要影响的作家。从20世纪80年代初期起，他先后在《民族文学》《飞天》《西藏文学》等刊物上发表多篇中短篇小说，后结集为中短篇小说集《半阴半阳回旋曲》。新世纪以来，他著有长篇小说《首席金座活佛》和《红色土司》等作品。《首席金座活佛》写了民国时期吉祥右旋寺的一段历史，用第一人称的视角讲述吉塘仓活佛的故事。作品视野开阔、内容丰富，里面既有活佛家族的故事，也有活佛之间的矛盾冲突，另外还写了军阀马步芳的入侵、吉塘仓活佛与土司女儿云超娜姆的爱情。尕藏才旦试图写出民族的秘史，因此，与惯常神秘化的宗教描写不同，他以平实的描写展现寺院情景，一方面表现了活佛和僧人的宗教生活，另一方面还写出了他们世俗的一面。此外，他博学宽阔，写作细密而扎实，较为系统全面地展现了藏传佛教的文化状态和宗教体系，以及与此相关的建筑、医学、艺术等文化风貌，并展现了日常生活风俗和节庆仪式等。《红色土司》是一部反映革命题材的小说，作品以甘南州卓尼县南杰土司的真实故事为线索，写藏族人民与红军战士从敌对到水乳交融、亲如兄弟，最后，在藏族人民的帮助下，红军取得了天险腊子口战斗胜利的故事。尕藏才旦的小说创作十分注重细节的描写，呈现出世俗生活和宗教生活多元丰富的面貌。他出生在青海，但他工作和生活的大部分时间是在甘肃。深受本民族传统文化的影响，他的创作注重挖掘甘南的文化宝藏，呈现甘南古朴的生活面貌，展现出民族生活的内蕴。但因为长期从事藏文化研究，其也存在"作者对文化研究的学术热情，显然压倒了小说的故事叙述。大段的、论点分析式的文化描述连篇累牍，甚至一二三四地罗列起来，所占篇幅远远超过情节进展和人物形象塑造"①的问题。此外，20世纪90年代较有代表性

---

① 张懿红：《首席金座活佛：作为文化小说的一个案例》，载《民族文学研究》2008年第2期。

的作家还有扎西东珠和道吉坚赞。扎西东珠著有短篇小说集《山梁上的白马或爱的折磨》,道吉坚赞著有短篇小说《金鼎象牙塔》和《小镇轶事》等,他们的创作从不同方面刻画甘南大地的风情,描摹和展现世俗人生的苦乐。新世纪之后,甘南文坛欣欣向荣,一批受过高等教育、有着良好文学素养的作家成长起来,为甘南文学注入了新鲜的血液,新老作家一起带动了甘南文学的繁荣。完玛央金、阿信、扎西才让、王小忠、尕代才让、刚杰·索木东等作家声名远播,成为甘南文学的中坚力量。他们以群体性力量,使甘南地区成为少数民族区域文学创作的一个重镇,以其带有鲜明地域特征的创作,昭显了藏族文学的独特魅力。

第三节 当代安多地区文学创作版图

序号	作家	籍贯	长期工作的地方	代表作	备注(获奖情况及其他)
1	喜饶嘉措(1884—1968)	青海循化	青海西宁	除佛学著作外,还用藏文写了一些赞颂中国共产党和国家领导人的诗歌	藏语创作。西藏和平解放初期,喜饶嘉措在宣传党的民族宗教政策、促进民族团结、稳定社会秩序、和平解放西藏、维护祖国统一等方面,发挥了重要作用
2	桑热嘉措(1896—1982)	青海化隆	青海西宁	诗歌《寄自长春的一封信函》《青海湖赞》	藏语创作。桑热嘉措领导创办了我国历史上第一份藏文报《青海藏文报》,开创了汉藏翻译事业的先河,著有多部专著,是著名的藏族学者和教育家

续上表

序号	作家	籍贯	长期工作的地方	代表作	备注（获奖情况及其他）
3	才旦夏茸（1910—1985）	青海循化	青海西宁	诗歌《多麦圣地丹斗寺忆歌》《怀念阿底峡大师》《校园见闻吟》《赞杭州西湖美景》	藏语创作。西藏和平解放后，才旦夏茸继续致力于藏族传统文化研究，并心系民族教育事业，不仅在藏学研究方面，而且在民族教育事业方面都做出了很大的贡献
4	益希卓玛（1925— ）	甘肃甘南	甘肃甘南	短篇小说《美与丑》，长篇儿童小说《清晨》，电影文学剧本《在遥远的牧场上》，报告文学《青藏高原上的太阳房》	短篇小说《美与丑》1980年获全国优秀短篇小说奖及第一届全国少数民族文学创作奖
5	伊丹才让（1933—2004）	青海平安	甘肃兰州	诗集《金色的骏马》（合集）、《雪山集》《雪韵集》《雪狮集》《雪域集》，散文集《雪山狮子吼》	诗歌《捧送阳光的人》和《母亲心授的歌》分别获第一、第二届全国少数民族文学创作奖；诗集《雪狮集》获第四届全国少数民族文学创作奖；组诗《山海奏鸣曲》获五省区藏族文学创作一等奖；《雪域集》获甘肃省文学评奖优秀作品奖等
6	丹真贡布（1934—1996）	甘肃夏河	甘肃兰州	诗集《羚之街》《溪流集》	诗集《羚之街》获第三届全国少数民族文学创作奖

续上表

序号	作家	籍贯	长期工作的地方	代表作	备注（获奖情况及其他）
7	格桑多杰（1936— ）	青海贵德	青海果洛、青海西宁	诗集《牧笛悠悠》《云界的雨滴》	诗歌《查曲的传说》《黎明分娩的新城》分别获第一、第二届全国少数民族文学创作奖
8	白华英（1940— ）	甘肃甘南	甘肃甘南	诗集《雪夜独歌》《一夜风雨》	《雪夜独歌》获甘肃省第五届少数民族文学诗歌奖；诗歌《雪山泪》获甘肃省首届文学期刊联合评奖优秀作品奖、甘肃省第二届少数民族文学创作优秀奖
9	尕藏才旦（1944— ）	青海同仁	甘肃甘南、甘肃兰州	中短篇小说集《半阴半阳回旋曲》，诗集《益西卓玛》，长篇小说《红色土司》《首席金座活佛》	获第二届全国民间文学作品奖、甘肃首届敦煌文艺奖等
10	多杰才旦（1949— ）	青海化隆	青海黄南	长篇小说《又一个早晨》《菩提梦》，中短篇小说集《净土夕照》	短篇小说《齐毛太》获第一届全国少数民族文学创作奖；长篇小说《菩提梦》获首届青海文学奖；《我和三个白度母》获青海省优秀文学作品奖；《渡过混浊的黄河》获五省区藏族文学优秀作品奖

续上表

序号	作家	籍贯	长期工作的地方	代表作	备注（获奖情况及其他）
11	角巴东主（1949— ）	青海共和	青海共和、青海西宁	诗歌集《雪山情》（合著）、《爱的泪》《藏族哲理诗》，小说《黑鹰三兄弟》《神奇的格萨尔艺人》	藏语创作。散文《小草之歌》和《安多民间长诗集》获1989年青海省优秀文学作品奖；《藏族哲理诗》获第四届全国少数民族文学创作奖；《爱的泪》获1995年全国首届"岗坚杯"藏文文学奖和青海省第三届优秀文学作品奖；诗集《雪山情》（合著）获全国第六届全国少数民族文学创作骏马奖；《黑鹰三兄弟》2005年获第二届"岗坚杯"藏文文学创作奖
12	才旦（1953— ）	青海平安	青海西宁	长篇小说《部落王》，中篇小说《疯狂的虫草》《猎人的儿子》《走出草原》，短篇小说《负重的草原》	作品获青海省庆祝建国40周年优秀创作奖，公安部金盾文学奖，2010年度《青海湖》文学奖
13	南色（1957— ）	青海贵德	青海西宁	小说集《蜿蜒的小河》	藏语创作。小说集《蜿蜒的小河》获第九届全国少数民族文学创作骏马奖
14	恰嘎·多杰才让（1958— ）	青海共和	青海海南	诗集《雪山情》（合著）	藏语创作。诗集《雪山情》（合著）获第六届全国少数民族文学创作骏马奖

续上表

序号	作家	籍贯	长期工作的地方	代表作	备注（获奖情况及其他）
15	端智嘉（1953—1985）	青海尖扎	北京、青海海南	诗歌和小说合集《晨曦集》，短篇小说《没有良心的儿媳妇》（合著）	藏语创作。诗歌《一个奇幻的梦》获第一届全国少数民族文学创作奖
16	道吉坚赞（1960—2009）	甘肃甘南	甘肃甘南	小说集《小镇轶事》	1982年和1986年分别获得甘肃省少数民族文学创作奖；1985年获全国五省区藏族文学优秀作品奖；1985和1987年分别获得格桑花文学奖；1989年获甘肃省第三届敦煌青年文学奖和甘肃省第三届少数民族文学创作奖
17	居·格桑（1960— ）	青海达日	青海果洛	诗集《雪山下的情怀》《一路花雨》《雪乡风》	藏语创作。1991年获庄重文文学奖
18	完玛央金（1962— ）	甘肃卓尼	甘肃甘南	诗集《完玛央金诗选》《日影·星星》，散文集《触摸紫色的草穗》	散文《我的天空》获甘肃省第五届少数民族文学创作奖；《昨天的太阳当头照》获第六届甘肃黄河文学奖
19	扎巴（1963— ）	青海共和	北京	小说集《二十一个卓玛》《寂寞旋风》《尹俄神山与神城拉萨》《扎巴短篇小说选》	藏语创作。中篇小说《眼见鬼拉巴与蛤蟆嘴仁钦》获青海省首届青年文学奖；短篇小说《寂寞旋风》获第十届全国少数民族文学创作骏马奖；中篇小说《桑布鹰傲与圣地拉萨》《青稞》分别获第三届和第七届章恰尔文学奖

续上表

序号	作家	籍贯	长期工作的地方	代表作	备注（获奖情况及其他）
20	才加（1964— ）	青海同德	青海西宁	小说集《才加小说集》，长篇小说《吞米桑布扎》	藏语创作
21	才旺瑙乳（1965— ）	甘肃天祝	甘肃兰州	组诗《在自己的世界里歌唱》《火焰的十四行》《这片天空下》《秋天和爱情》《雪域之魂》	组诗《火焰的十四行》获甘肃省第三届少数民族文学创作优秀奖
22	道帏多吉（1965— ）	青海循化	青海西宁	诗集《献诗青藏》《天上的青藏》《圣地：诞生》，散文集《寻梦青藏》，长篇地理文化散文《笔尖上的青藏》	获第三届唐蕃古道文学奖
23	梅卓（1966— ）	青海化隆	青海西宁	长篇小说《太阳部落》《月亮营地》，中短篇小说集《人在高处》《麝香之爱》，散文集《藏地芬芳》《吉祥玉树》，散文诗集《梅卓散文诗选》	获第五届、第十二届全国少数民族文学创作骏马奖；获青海省首届青年文学奖；第十届庄重文文学奖；第四、第五届青海省政府文学作品优秀奖
24	德本加（1966— ）	青海贵南	青海海南	长篇小说《静静的草原》《哀》，中篇小说集《无雪冬日》《加洛和他的辫子》，短篇小说集《梦寻三代》《老人与牛》，翻译成汉文的短篇小说集《人生歌谣》	藏语创作。中篇小说《冤魂》获第二届章恰尔文学奖；长篇小说《静静的草原》获青海省第四届文艺创作优秀作品奖、全国第二届"岗坚杯"藏文学奖；长篇小说《哀》获第四届章恰尔文学奖、青海省第

续上表

序号	作家	籍贯	长期工作的地方	代表作	备注（获奖情况及其他）
24	德本加（1966— ）				五届优秀作品奖；短篇小说《狗，主人及其亲戚们》获第五届章恰尔文学奖；短篇小说《人生歌谣》获2011年度《民族文学》年度奖；中篇小说《无雪冬日》获首届青海省野牦牛藏文文学奖、第七届青海省文艺作品奖、第十一届全国少数民族文学创作骏马奖
25	阿宁·扎西东主（1967— ）	青海贵德	青海西宁	中短篇小说集《收获的季节》《洛茫顿珠》	藏语创作。短篇小说《狼，牧人和他的妻子》获第一届章恰尔文学奖；中篇小说《南木加勒大叔和他的〈那加才洛〉》获第二届青海省青年文学奖；短篇小说《阿妈·母鼠》获得第八届章恰尔文学奖；中短篇小说集《收获的季节》获得第七届全国少数民族文学创作骏马奖
26	班果（1967— ）	青海化隆	青海西宁	诗集《雪域》，长诗《达娃》，组诗《牧人的诞生及其他》《雪山》《东方：颂辞及变奏》	组诗《雪山》获青海省政府优秀作品奖；组诗《东方：颂辞及变奏》获《民族文学》优秀作品奖；《诗三首》获青海省庆祝建国40周年文学奖

续上表

序号	作家	籍贯	长期工作的地方	代表作	备注（获奖情况及其他）
27	旺秀才丹（1967— ）	甘肃天祝	甘肃兰州	诗集《梦幻之旅》	2004年创立藏人文化网；诗集《梦幻之旅》获第四届甘肃省敦煌文艺奖、玉树唐蕃古道文学奖
28	万玛才旦（1969— ）	青海贵德	北京	藏文小说集《诱惑》《城市生活》，汉语小说集《流浪歌手的梦》《嘛呢石，静静地敲》《死亡的颜色》《塔洛》	藏汉双语创作。小说《嘛尼石，静静地敲》获得第十一届全国少数民族文学创作骏马奖；小说《岗》获青海省第四届文艺创作优秀奖；小说《乞丐》获西藏自治区全国文艺作品联展优秀作品奖；小说《切忠和她的儿子罗丹》获章恰尔文学奖、第三届林斤澜短篇小说奖；小说集《嘛呢石，静静地敲》青海省第七届文学艺术奖
29	仁谦才华（1969— ）	甘肃天祝	甘肃天祝	诗集《阳光部落》《藏地谣》	获鲁藜诗歌奖、黄河文学奖、玉龙艺术奖、《飞天》十年文学奖
30	海日卓玛（1969— ）	甘肃甘南	甘肃甘南	诗集《菩提树下的歌声》	—

续上表

序号	作家	籍贯	长期工作的地方	代表作	备注（获奖情况及其他）
31	久美多杰（1970— ）	青海贵德	青海西宁	藏汉双语诗集《一个步行者的梦语》，藏文散文集《极地的雪》《久美多杰散文集》	藏汉双语创作。获青海章恰尔文学奖、野牦牛藏语文学翻译奖、甘肃达赛尔文学奖、第七届青海省文艺奖、第二十四届孙犁散文奖、第十一届全国少数民族文学创作骏马奖
32	严英秀（1970— ）	甘肃舟曲	甘肃兰州	中短篇小说集《纸飞机》《严英秀的小说》《芳菲歇》	获甘肃省敦煌文艺奖、甘肃省黄河文学奖等
33	尖·梅达（1970— ）	青海尖扎	青海果洛	诗集《南逝的云》	藏语创作。获第八届全国少数民族文学创作骏马奖
34	阿顿·华多太（1971— ）	青海循化	青海西宁	诗集《忧郁的雪》《雪落空声》，译著诗集《火焰与词语》《月亮之梦》，散文集《山那边》	藏汉双语创作。获第三届玉树唐蕃古道文学奖
35	洛嘉才让（1972— ）	青海海南	青海西宁	汉文诗集《倒淌河上的风》，译著《尖·梅达的诗》（藏译汉）	藏汉双语创作
36	曹有云（1972— ）	青海海南	青海海西	诗集《时间之花》《边缘的琴》	作品获第十届全国少数民族文学创作骏马奖，首届青海文学奖，第一届《青海湖》文学奖，第三、第四届青海青年文学奖等

续上表

序号	作家	籍贯	长期工作的地方	代表作	备注（获奖情况及其他）
37	扎西才让（1972— ）	甘肃甘南	甘肃甘南	散文诗集《七扇门——扎西才让散文诗选》，散文集《诗边札记：在甘南》《大夏河畔》，中短篇小说集《桑多镇故事集》	诗歌《我觉得寂寞》获第五届甘肃省少数民族文学奖；《七扇门》（诗集）获第五届甘肃省黄河文学奖；《桑多河畔》（组诗）获第八届甘肃省敦煌文艺奖；获第三届唐蕃古道文学奖
38	赵有年（1973— ）	青海同德	青海同德	中短篇小说集《温暖的羊皮袄》，翻译作品集《南色小说集》	《又闻狼嚎声》2012年获孙犁文学奖
39	包红霞（1973— ）	甘肃陇西	甘肃舟曲	散文集《走进甘南》，报告文学《悲情舟曲》	散文集《走进甘南》获甘肃省第五届少数民族文学奖；报告文学集《悲情舟曲》获黄河文学奖
40	华毛（1974— ）	青海刚察	甘肃兰州	诗集《这些跳动的文字》，散文集《春之韵》	藏语创作。获甘肃省第二届藏族聚居区文学创作优秀奖、青海省第二届岗尖梅朵文学奖、甘肃省第四届黄河文学奖
41	刚杰·索木东（1974— ）	甘肃卓尼	甘肃兰州	诗集《故乡是甘南》	获甘肃省第五届少数民族文学奖、黄河文学奖
42	德乾恒美（1976— ）	青海卓仓	青海西宁	诗集《吐伯特群岛》	—

续上表

序号	作家	籍贯	长期工作的地方	代表作	备注（获奖情况及其他）
43	拉先加（1977— ）	青海贵德	北京	长篇小说《成长谣》，短篇小说集《路上的阳光》	藏语创作。小说《影子中的人生》获第六届章恰尔文学奖；小说《一路阳光》获第七届章恰尔文学奖；中篇小说《那一年》获第八届章恰尔文学奖
44	觉乃·云才让（1977— ）	甘肃卓尼	四川成都	中短篇小说集《守戒》《谷底阳光》（藏文），散文集《老房子》（藏文），长篇小说《牧云记》	藏汉双语创作。小说《罪孽》获第五届章恰尔新人新作奖；小说《隐忧》获第四届四川少数民族文学创作优秀作品奖；获第九届全国少数民族文学创作骏马奖
45	王小忠（1978— ）	甘肃甘南	甘肃甘南	诗集《甘南草原》《小镇上》，散文集《红尘往事》《静静守望太阳神——行走甘南》	《小镇上》（组诗）获全国鲁藜诗歌三等奖；诗集《甘南草原》获甘肃省第五届少数民族文学奖；获黄河文学奖、首届红豆文学奖
46	花盛（1979— ）	甘肃甘南	甘肃甘南	诗集《一个人的路途》，散文集《岁月留痕》	诗作《生活的诗》获甘肃省第五届少数民族文学奖；散文《雪域》获第五届中国散文诗天马奖

续上表

序号	作家	籍贯	长期工作的地方	代表作	备注（获奖情况及其他）
47	才让扎西（赤·桑华）（1979— ）	青海贵德	青海西宁	诗歌集《笛声悠扬》，长篇小说《残月》，短篇小说集《混沌岁月》《赤·桑华短篇小说集》	藏语创作。诗集《笛声悠悠》获青海省第七届文学艺术奖；长篇小说《残月》获第二届野牦牛藏语文学奖
48	何延华（1980— ）	甘肃积石山	甘肃兰州	中短篇小说集《嘉禾的夏天》	获甘肃省第五届少数民族文学奖、第二十三届"东丽杯"全国梁斌小说奖
49	嘎代才让（1981— ）	青海贵南	甘肃甘南、青海西宁	诗集《西藏集》	《父亲》（组诗）获鲁藜诗歌奖；《青海，青海》（组诗）获甘肃省第五届少数民族文学诗歌一等奖
50	宽太加（1981— ）	青海海北	青海西宁	短篇小说《卓玛石》《哲隆沟》	藏语创作。短篇小说《哲隆沟》获第二届野牦牛藏语文学奖
51	诺布朗杰（1989— ）	甘肃甘南	甘肃甘南	诗集《藏地勒阿》《蓝经幡》	诗歌《九行甘南》获第六届甘肃黄河文学奖

注：以出生时间为序，所列作家是在藏族文坛有一定知名度，或者是有作品集出版的作家。此外，除标明藏语创作作家和双语创作作家外，其余的是主要以汉语进行文学创作的作家。

第十章 多元绽放的安多文学（一）
——汉语文学创作

第一节 地域文化寻根与民族精神的昂扬呈现——梅卓的创作

梅卓是安多地区久负盛名的作家，她著有短篇小说集《麝香之爱》《人在高处》，长篇小说《太阳石》《月亮营地》《神授》，散文集《藏地芬芳》《吉祥玉树》《走马安多》等。安多藏族聚居区独特的人文景观和历史风貌鲜明地呈现在梅卓的创作之中，梅卓依托浑厚的民族文化建构起她的艺术空间。在《游走在青藏高原》中，梅卓这样写道：

> 我出生并生长在高原。群山之中，最美的莫过于万里长云蓝天，青翠苍茫草原，红墙金顶的寺院群落，曲径通幽的静修之地，这种与世无争的宁静平和，时时刻刻警示并安慰着我，这是与我息息相关的土地。
>
> 美在高处。美在生活于高处的人们。美在对此可亲可敬的感受。美在坚持。高原的广袤无垠是永不枯竭的起源，我的文学创作源于游走并感动于游走的地方。①

她的散文往往以个体的精神游历为出发点，通过历史和文化的碎片，

---

① 梅卓：《走马安多》，青海人民出版社2009年版，第317页。

追索藏族文化精神的根系。在《吉祥玉树》《藏地芬芳》《走马安多》等散文集中，梅卓以游走的方式展现藏地的山川景物，以满贮的热情呈现民族的往昔生活，在对藏地历史图景的描绘中，再现藏地的美好和昔日的豪情；在对历史的回顾和现实的观照中，试图构建民族的昂扬精神，渗透着她对藏族强烈的热爱和极强的民族责任感。《吉祥玉树》是梅卓对三江源地域文化的全景实录——以山的名义：名山之宗，群山之中的明珠；以水的名义：三江之源，众水环绕的圣地；以人的名义：文化之脉，当代玉树的志士；以天的名义：宗教文化撑起了玉树的一方蓝天；以地的名义：民间文化铺就了玉树的坚实大地；以美的名义：环绕尕朵觉吾神山，一览秀丽玉树的胜景；以爱的名义：可可西里，野生动物的天堂。作品满蕴着激情、热爱和自豪。《藏地芬芳》呈现了梅卓游历安多、康巴、卫藏的所见所感。梅卓历时近四个月，走遍了藏地的大部分地区，行程三万多公里。她一路走来，介绍了沿途的自然地貌和人文景观，字里行间展现着对民族文化精神的探寻和认同。在《走马安多》中，作者将安多草原上的风景和人事尽现于笔端，也将心灵深处对青藏高原文化的皈依和挚爱之情渗透在字里行间。而在《在青海，在茫拉河上游》中，作者充满深情地写了茫拉河源头的茫多草原一户牧民人家的日常生活，文字平实质朴，满蕴生活的气息，洋溢着对草原生活的热爱和赞美。例如，作者在文章末尾这样写道：

> 生活在这里仍然保持着原生态，自然赋予草原人以包容、平静、博大的胸怀，飞禽们在自由飞翔，动物们在自由奔跑，而人们在辛勤的劳作之余，仍然能够侧耳聆听那大自然中的天籁之音，那和谐的生命交响曲是在祖祖辈辈的维护下传到了今天，在这个广阔的生命平台上，草原水草丰美，人们生生不息。①

浓重的故土情结使得梅卓关注着脚下的藏地，对雪域藏地进行着自觉的描绘。她的散文创作尽显藏家儿女对脚下土地的热爱与赞美，洋溢着生命的激情，传达着雪域文化的独特魅力。

---

① 梅卓：《走马安多》，青海人民出版社2009年版，第21页。

梅卓不仅在作品中展现今日草原的芬芳和谐美，还在其小说中追溯昔日的苦难，展现其对藏地历史发展的思考和对民族痼疾的鞭挞。民国时期，各地军阀割据，青海藏族聚居区沦为马步芳家族的统治辖区。为了树立绝对权威和盘剥财产，马氏家族对属地人民采取了惨绝人寰的血腥镇压，特别是对玉树、黄南、果洛等地的藏族部落进行了残酷的军事镇压和野蛮的经济掠夺。梅卓将安多草原藏族群众部落所经历的苦难和他们的反抗以文学的方式呈现在读者的面前，她的长篇小说《太阳石》和《月亮营地》通过揭示马氏家族对藏族部落的剥夺和镇压，展现了藏族人民生存的困境，在对安多伊扎大草原部落纷争的描写中呈现了宏阔的历史风貌，并以一种理性精神对民族痼疾进行了批判。

在《太阳石》中，贯穿全书的线索是伊扎部落和沃赛部落之间的利益角逐。这两个部落因为草场纠纷而常年不睦。伊扎千户想用联姻的方式使两部落和睦相处、共同兴旺，他把妹妹下嫁给沃赛部落的头人，两部落由此和谐共处了若干年。但等到头人夫妇去世，部落大权被头人弟弟掌握，两部落关系再次紧张。草原部落长年的争斗牵制了彼此的发展，使得对草原觊觎已久的马家军团获得了机会，最终使草原部落遭受了毁灭性的打击。县府故意将一块地的地契造了两份，分别卖给了伊扎和沃赛，使两个部落彼此仇恨和争斗。索白联合县府的士兵攻陷了沃赛部落，射杀了沃赛头人，沃赛草场成为县府的军马场，牛羊成为索白的家畜。然而县府的目标并不仅是沃赛部落，而是草原上的所有部落，最终伊扎部落也沦为一片废墟。作者认为正是部落头人的冥顽狭隘导致了民族的灾难，批判了民族根性中的蒙昧自私，张扬了民族团结、共同发展的理性精神。

《月亮营地》呈现的同样是对草原部落发展的深刻思考。作品描写月亮营头人阿·格旺鼠目寸光、自私愚笨，不懂得唇亡齿寒的道理，只顾个人的利益，在章代部落遭受灭顶之灾时一味自保，不愿携手抗敌，最终使得章代部落沦为废墟，他的大女儿也失去了丈夫。月亮营地里的年轻人则终日无所事事，把精力消磨在喝酒斗闹和个人的恩怨情仇之中。然而，经历马家军团的一连串的打击，在即将面临灭顶之灾的时刻，月亮营地的人终于觉醒。他们开始捐弃私人的恩怨情仇，为了部落和民族的生存，爆发出前所未有的力量，联合起来团结御侮。

作者以理性的眼光审视民族发展过程中的盲目保守，指出正是狭隘短见、个人恩怨和蛮勇无知使得草原部落惨遭罹难。部落之间只为个体的利益着想，在内讧之中消磨了实力，最终使得草原上的部落遭到了马家军团的屠戮。与此同时，作品还呈现了一种民族精英意识："索白坐在自己的经堂里，看着满壁的经卷。县府、省府里的军政要员中没有一个是藏人，因为语言不通，文字不通，所以无法使人理解自己的民族，更无法受人尊敬，你的文字神秘莫测，你的文化不可为外人知道，你的习俗与思维简单而又复杂，你善良的心灵被取笑和利用，你的一切被推入山凹，即将埋没。"① 显然，这是梅卓借索白之口所表达的民族诉求。她将自己对民族历史的反思融注入作品之中，在面对民族文化根性中的痼疾时，有着一种感同身受的痛苦与悲哀，以对藏文化的痼疾进行反思和批判的精神建构着自我的民族文化身份。她的作品写出了藏文化在民族前行过程中所面临的困惑与挫折，期冀以惨痛的民族记忆来唤起潜存的勇猛威武的民族精神。

在梅卓的作品中，我们可以领略到安多青海藏族聚居区的苍凉和芬芳，了解草原上的藏地风情，如《月亮营地》中对恢宏的神山祭奠仪式的描写：

　　直到清晨，身穿节日盛装、肩披彩绸、头戴红缨高帽、帽上斜插两支口剑、腰悬利刃短刀的男子们，在法师的祝福声中，携带柏树树枝走上一座略显平坦的山顶。山顶早已有煨桑的柏香飘散。在营地中享有无上荣誉的年老法师正手敲龙鼓，高声大呼达日神山山神的尊名。桑堆上有敬献的哈达、酥油、炒面和青稞美酒。
　　桑烟在龙鼓声中渐渐升向高处［……］②

这些描写显现了别样的民族气质和风情，从中可以看到原始部落祭奠的遗存风貌，以及民族精神中健旺康达的一面。

梅卓将藏地神圣的宗教仪式呈现在她的笔下，作品中关于活佛的转世及灵童的寻访描写得十分吸引人，先是写活佛的圆寂，接着通过活佛塑像的方位暗示灵童出现在西方，于是去圣湖观察幻影、求神的指示：

---

① 梅卓：《太阳石》，太白文艺出版社2006年版，第94页。
② 梅卓：《月亮营地》，敦煌文艺出版社2009年版，第2页。

一天后，圣湖突然掀起了一阵波涛，波涛过后，湖面恢复了平静，变得光滑如缎，清明若镜，湖内渐渐显示出一幅幻景，二位喇嘛虔诚地伏在湖畔，看到那一幅幻景里，先出现的仿佛是一个岔路口，路口正中有一个留着小辫子的男孩［……］可是一眨眼的功夫，小男孩不见了，代之而出现的是一个院墙很高的庄廓，一位妇女抱着一个男孩站在门前，门前长着一棵叶片繁茂的白杨，白杨下面围着一圈小孩，孩子们中间的一个小男孩正张着嘴说着什么［……］①

根据圣湖神示，人们找到了3个小孩子，然后又通过各种迹象的测试，最终认定噶丹为转世灵童。梅卓的写作细致而又传神，把神圣而庄严的宗教仪轨呈现在读者面前。

此外，作者还写了闭关修行等独特的宗教习俗。香萨在阿莽死后十分绝望，于是她用自己的断指和头发做了一个小姑娘，放进了阿莽的坟茔，完成了与阿莽相守的诺言，然后在神秘的山洞闭关修行。完德扎西在妻子措毛卷入水车丧生后，陷入极大的悲痛之中，因为妻子是带着怨气走的，所以他要惩罚自己以帮助妻子走出歧途，于是他闭关修行，闭目思过。这些描写都具有藏传佛教的神秘色彩，显现了民族文化的独特内涵。

梅卓的写作宽阔而深广，她的散文以游走的方式展现了对藏地今昔过往的探寻，她的小说在草原部落的恩怨情仇书写中呈现了对民族现代化进程的思考，她的写作开拓了藏地叙事的新题材，提供了别样的藏地叙事风格。梅卓有着强烈的民族文化身份认同意识，通过对故土的回望和一次次的藏地游历，她想要在作品中建构自己的民族身份并重塑民族文化大厦，这显现了民族精英知识分子对民族过去和未来的深远思考。同时，她的作品因独特的安多地域风情和民族文化的描写，又区别于其他地域的藏地书写。

---

① 梅卓：《太阳石》，太白文艺出版社2006年版，第159页。

第二节　民间立场的自然呈现
——万玛才旦的创作

万玛才旦是当代藏族文坛著名的双语作家和电影导演。他从1991年开始发表小说，出版有藏语短篇小说集《诱惑》《城市生活》，汉语短篇小说集《流浪歌手的梦》《嘛呢石，静静地敲》《塔洛》《撞死了一只羊》《乌金的牙齿》，藏译汉民间故事集《西藏：说不完的故事》，藏译汉德本加的短篇小说集《人生歌谣》等。

万玛才旦出生于青海海南藏族自治州贵德县。这里位于黄土高原与青藏高原的过渡地带，是青藏高原的东部门户，也是内地通往西藏的交通要道。这里的经济生产以牧为主、农牧结合，是典型的多民族聚居地区，多种宗教和谐共存，多元文化荟萃繁荣。

万玛才旦在一次访谈中曾经谈到传统民间文化对他的影响。他这样说道："毫无疑问，民间文化深深影响到我。从小我们便听口头讲述的各种民间故事［格萨尔王的故事……］最深刻影响我的是《西藏：说不完的故事》，相当于是西藏的'一千零一夜'，在藏区家喻户晓；从小大人们会讲里面的故事，一共有20多个故事，非常吸引人。故事是从印度传过来的，在尼泊尔，在满族、蒙古族区域流传广远，在西藏是完全的西藏化了，地名、人物名、动植物名都非常西藏化，我后来翻译了这本书，它影响了一代又一代藏族写作者，包括我自己。"① 藏族的《尸语故事》源于印度的《僵尸鬼故事二十五则》。《僵尸鬼故事二十五则》在藏族聚居区流传的过程中有了新的演绎，加入了藏族民间元素，并经过了佛教教义的加工，但故事框架仍然袭承了印度的《僵尸鬼故事二十五则》，有着类似于西方《一千零一夜》的故事结构。作品讲述一个叫顿珠的小伙子，按龙树大师的盼咐去坟地扛回一具如意宝尸，如背回宝尸，能使世人增寿、富足、消孽，但背尸时不能说话，一旦说话，尸体就会飞回原来的地方。顿

---

① 《藏人万玛才旦的文学世界—些魔幻很多真实》，见《潇湘晨报》2014年4月21日A16版：http://epaper.xxcb.cn/xxcbahtml2014-04/21/content_2776916.htm。

珠找到那具如意宝尸，扛着宝尸闭口不言赶路，宝尸却在背上讲起故事来，讲到精彩之处，顿珠忍不住开口插话，于是宝尸飞走，前功尽弃，周而复始。《尸语故事》在藏族聚居区广泛流传。这种说故事的传统和其他民间文化对万玛才旦的影响巨大，他将这些他珍爱的民间故事翻译成汉文《西藏：说不完的故事》，同时，民间资源也成为他创作的文化渊源，渗透在他的作品之中。

万玛才旦的作品中有着藏文化的自然呈现。有评论指出："万玛才旦对寻找过程的着力，对藏族生活和精神文化的日益接纳，以及对藏传佛教本身深厚的宽容慈悲文化的肯定与坚信，都使得万玛才旦的小说创作呈现出一种平静而又蕴藉、日常而又温暖的审美风格，如同藏区随处可见的嘛呢石，上面雕刻的文字，赋予其神性的光辉，在无言中诉说着静默的高贵与优雅。"①

在其短篇小说《嘛呢石，静静地敲》中，刻石老人答应替酒鬼洛桑死去的父亲刻一块六字真言的嘛呢石，但在未完成时便去世了，死后的刻石老人被洛桑死去的母亲逼着要将嘛呢石刻完，于是酒鬼洛桑便在深夜听到了刻石声。他欲请活佛做法超度刻石老人，以免他变成厉鬼祸害乡里。但刻石老人给洛桑托梦，说刻完石头就自然往生了。作品充满了魔幻色彩，但这在藏族聚居区却有着广泛的精神基础。

在《乌金的牙齿》里，"我"的小学同学乌金被认证为活佛转世，作品写了"我"和乌金童年生活的点点滴滴，也写了乌金被认证为活佛转世后的仪态举止，以及自己的各种心理变化。最后乌金死了，寺院的僧侣和信众要为乌金建座佛塔，佛塔里要装上乌金的牙齿，于是到处搜集乌金的牙齿，包括从家里的房顶上收集曾经被扔到房顶的牙齿，这里还包括"我"的一颗牙齿。作品以孩童的眼光写出了在外人看来很神秘，但实质上在藏族聚居区却真实而自然的一种信仰生活。

在《陌生人》中，一个陌生人来到一个偏僻的藏族村庄，要寻找那第二十一个卓玛。起初，人们说，这个村子里总共只有一百来人，不可能有二十一个叫卓玛的女人。陌生人在村子里发现了二十个卓玛，但都不是他要找的卓玛。最后，陌生人带走了小商店里的卓玛姑娘（也是他第一个否

---

① 唐红梅、王平：《宁静中的自信与优雅——论万玛才旦小说创作的特色与意义》，载《中南民族大学学报》2014 年第 6 期。

定的卓玛)。而晚一些村长回来了,告诉大家,昨晚他家儿媳妇生了个小孩,也取名叫卓玛。这样,二十一个卓玛终于齐全,但陌生人也错过了第二十一个卓玛。"卓玛"在藏语里是度母之意,在藏传佛教经籍中说,度母为二十一度母的主尊,并因应众生的种种需求化现二十一尊度母,总摄其余二十尊化身的所有功德,能够消除世间一切灾难,满足信众一切愿求,增长一切功德,断绝一切业障,具有很强的功力。在广大的藏族聚居区,度母崇拜有着广泛的基础,也有着很多关于度母的神奇传说。万玛才旦的小说有着深厚的藏族文化意蕴,这是解读他作品的一把钥匙,也是他作品所要呈现的自然的民族文化内蕴。

万玛才旦的家乡在牧区,所以他的作品也常常呈现出安多草原的独特生活。如在《八只羊》中,他这样写了孤独、寂寥的草原牧羊人的生活:

> 那阵困意过去之后,甲洛就喜欢出神地望着远处。其实,每天出现在他视野中的风景基本上都一样,但是他就像每天都会看到新的风景一样喜欢看着远处。
> 远处有十几只羊在吃草,不时传来"咩咩"的叫声。
> 甲洛看着远处的表情有点悲伤,又有点说不清的感觉。
> 远处的一些草已变得枯黄,在秋风吹动下一片萧瑟。
> 几只小羊羔时不时在羊群和草丛中穿行。
> 甲洛微微动了动身体,脸上的表情又有了新的变化。
> 一只小羊羔颤巍巍地在他前面的草地上晃了晃,看了他几眼,又跑回羊群里去了。有一只母羊似乎是小羊羔的妈妈,过来闻了一下小羊羔的尾巴。小羊羔转到母羊的肚子底下准备吃奶时,那只母羊又扔下小羊羔跑了。①

藏族聚居区并不仅仅是外来者眼中梦幻般的神秘和风景如画,这里很多地方都还贫穷落后,身处其中的人也有着难以摆脱的孤独和无奈。在其作品《塔洛》中,具有超强记忆力的塔洛能够一字不差地背诵《为人民服务》。他父母早亡,亲戚也顾不上他,只能靠给村里几户人家放羊来维持生活。为了办理身份证,他去县里照相,却被理发店里的女孩诱骗。他

---

① 万玛才旦:《嘛呢石,静静地敲》,中国民族摄影艺术出版社2014年版,第177页。

卖了所有羊,钱却被女孩卷走。作品平实地写出了草原上的放羊人塔洛在城市生活中的无奈。这部作品被改编成电影后,在接受采访时被问及是否有过与塔洛类似的经验时,万玛才旦这样回答:"肯定有,但不是亲身的经历,而是精神上的体验。我小时候也在类似《塔洛》里的山上放过羊。我觉得我能写出塔洛的状态,正是因为有这样的孤独的经历。"[①] 万玛才旦不仅写出了安多藏族聚居区的自然人文风貌,而且写出了普通藏人精神生活的质地,写出了他们的欢乐和忧愁。

万玛才旦的小说关注普通藏人的日常生活,他作品中的人物都是一些小人物,或者是酒鬼(如洛桑),或者是普通的牧羊人(如《八只羊》中的甲洛、《一块红布》中的羊本、《塔洛》中的塔洛),或者是村庄里的老阿妈(如《脑海中的两个人》中的阿妈冷错)。即使是活佛(如《乌金的牙齿》中的乌金),也是写他如普通孩童的一面。他的叙事波澜不惊,娓娓道来,简洁明了,有种优雅的格调。他的叙事关注内心,如《一块红布》中的乌金在他小小的心灵世界中探求和寻找自我,《塔洛》中的塔洛面对县城姑娘时的紧张无措,《乌金的牙齿》中的"我"面对昔日不如自己的好友被认证为活佛转世的困惑,这一切都直指灵魂的最深处。万玛才旦的创作刻画出了普通藏人的精神风貌,写出了他们在时代变革过程中的心理变化,同时也将安多地区的地域风貌呈现在读者面前。

第三节 浅吟低唱于甘南草原
——完玛央金的创作

从20世纪80年代初起,诗人完玛央金就开始在甘南草原上从事诗歌创作,在《诗刊》《民族文学》《星星诗刊》《西藏文学》等刊物上发表了大量的诗歌和散文,出版有诗集《日影·星星》《完玛央金诗选》,散文集《触摸紫色的草穗》。完玛央金的诗歌有着浓厚的女性色彩,她以浅

---

① 万玛才旦、刘伽茵、江月:《或许现在的我就是将来的他——与〈塔洛〉导演万玛才旦的访谈》,载《北京电影学院学报》2015年第5期。

吟低唱的形式展现了她的诗性之旅。"她的创作，植根于家乡大地，神性的甘南草原是她留恋不已、反复歌咏的对象。她的诗歌充满了浓郁的地域特色和民族特色，诗风细腻、婉约、优美、自然，具有典型的抒情风格。她是藏族女性文学领域的重要作家，也是甘南文学的一面旗帜。"① 她的诗歌情感细腻单纯，以女性的敏锐和洞察入微展现了对母族、故乡和女性生存的思考。她的文笔舒缓而优雅，她将自己对生活的体认，对世界的感知形之于笔端，即使是描述苦难，她的笔下也没有声嘶力竭的悲痛，她的诗歌充满了女性的柔美与温情。

完玛央金从小就生活在甘南藏族聚居区，在西北民族学院学习时，受教于汉族著名诗人唐祈。她深受唐祈的影响，并走上诗歌创作道路。她以单纯而秀美的姿态书写着对故土的热爱和深情，"对完玛央金而言，母族和故乡，意味着牵挂、思念、骄傲，意味着坚定、踏实、沉静。这些情愫反映在她的文学创作中，让她变得单纯、自信和丰厚。有人说单纯即简单，但她觉得，能在人的心灵上掀起波澜的简单，应该是一种非常好的简单，是文学所要达到的至高境界。这是她所追崇的"②。她用诗歌的形式展现了对甘南大地和母亲的款款深情，因此，母亲、河流、草原、大地等成为她作品永恒的主题。"母亲佝偻的身影/那鬓旁雪白的头发/在晚风中飘来荡去/疏散着我高高堆聚的忆念"③（《菜园一角》）。"暮色里/金黄的罗筛/淘着金黄的米粒/啊，母亲/你青筋突露的手/搅动的，却也是/我那一滩静静的记忆"④（《河边》）。母亲与故土相融在一起，构成了完玛央金的精神家园。"那一条安安静静的小河哟/我唯一的天鹅/在茂盛强壮的草木边缘/每天只给你/飞起飞落"⑤（《玛曲回想》），她以满蕴的深情展现着对故土和母亲的热爱。

美丽的甘南草原是完玛央金从事诗歌写作的沃土，她的诗歌往往以甘南风物为意象的核心，有着浓郁的地域风情。但她的诗歌中的地域风情与民族意蕴的呈现不仅仅是普通层面上的自然人文意象，而且是沉淀其中的

---

① 索木东：《完玛央金：妙音里雪莲盛开》，见中国作家网：http://www.chinawriter.com.cnwxpl2014/2014-11-25/225701.html。
② 索木东：《完玛央金：妙音里雪莲盛开》，见中国作家网：http://www.chinawriter.com.cnwxpl2014/2014-11-25/225701.html。
③ 完玛央金：《日影·星星》，香港文光出版社1991年版，第3页。
④ 完玛央金：《日影·星星》，香港文光出版社1991年版，第2页。
⑤ 完玛央金：《玛曲回想》，载《西藏文学》1995年第5期。

一种内在的自然纯真的气韵流露。正如诗人在《给这一片土地》所唱出的:"你的博大与深沉/正孕育我/明天的神奇"①。博大的故土给了诗人毓秀的心灵,所以她在《面对草原而歌》中吟唱出了赤子般的纯真情怀:"我就生长于/你的那一片绿蓬/旁边有浅浅的沙滩/淡蓝色的马莲花/带着小鱼的溪水/和垂落在草地边沿的星星/我就沿着你/小心翼翼的手掌走来/在你呼出的气息中/我赤裸的身体被拥裹上了/你的慈爱/你的秀美和你的勤奋……你的草　你的风/便在我生命的空地/泛绿　歌唱"②。诗人的心灵漫游在故土,于是小鸟、羊群、帐房都成了她作品的意象,她以呢喃之音吟咏于甘南大地:"那座山的背后有一片帐房/那顶帐房的火塘边/是披着黑发的/慈爱温暖的阿妈"③(《女孩》),"我们一起坐在山坡/聆听鸟的鸣叫/清亮的思绪从天的那一边流来/昔日里的猜疑痛恨/无踪无影只有你的心情/在抚慰我的遭遇……就是想在一起听听鸟鸣/被一种大自然的声音/莫名状地感动一次"④(《聆听鸟声》)。

完玛央金细腻而敏感,她的诗歌还写出了她对生命的独特体认和感受:"人们最终都将归去/而你的面容/你的无与伦比的身姿/你的不能凋零的年华/都细致入微地抚慰/我们艰苦而有意义的生活"⑤(《玛曲》)。她以澄澈纯净的心灵去感受尘世的生活,"我静静地坐着不动不挪/让这幸福的河流/再长再多/你的水域这样宽广/我懊悔/早没撒开打捞的网/你的安慰这样温和/我聆听/似梦中一支遥远的歌/你的目光这样醇美/似一杯酒/醉了我的青春年岁"⑥(《幸福》),"从这个时辰起/我不想再得到什么/修炼成丰盈的素花一朵/在人生的河面上静静漂过"⑦(《也给寂寞》),女性内心的丰盈沉静展露于她的笔端。女性对爱情的永恒追求在完玛央金的笔下也得以呈现,譬如"我的生命早已漂泊在你的温馨里/如果有一天你突然转过脸去/生活的地平线上/我将黯然消失"⑧(《你让我》),这样的诗句写照出了女性对两性情感的执着和坚贞,她们一往情深地奔赴爱情。完玛央

---

① 完玛央金:《完玛央金诗选》,青海人民出版社1997年版,第20页。
② 完玛央金:《完玛央金诗选》,青海人民出版社1997年版,第7—8页。
③ 完玛央金:《完玛央金诗选》,青海人民出版社1997年版,第13页。
④ 完玛央金:《完玛央金诗选》,青海人民出版社1997年版,第84页。
⑤ 完玛央金:《完玛央金诗选》,青海人民出版社1997年版,第26页。
⑥ 完玛央金:《日影·星星》,香港文光出版社1991年版,第30页。
⑦ 完玛央金:《日影·星星》,香港文光出版社1991年版,第43页。
⑧ 完玛央金:《日影·星星》,香港文光出版社1991年版,第33页。

金的诗歌有着纯美优雅、单纯清澈的质地，她以温柔细腻的感知和极具个性的写作风格呈现了甘南藏地的风情，抒写了女性沉静丰盈的内心和宽广坚韧的生命意识。同时，诗人雍容典雅的气质与甘南大地的风物融汇在一起，充溢在诗中，使得完玛央金的创作独具魅力。

第四节　深情沉郁的故土之歌
——扎西才让的创作

在甘南文坛上，扎西才让以其深挚热爱之情展现了他对诗意的探索和对脚下土地的探求。他在诗歌、散文和小说创作方面皆有收获，是甘南作家群中一位葆有鲜活创作生命力的作家。

甘南大地大部分是草原牧场，但也有一些农业区。扎西才让的故乡在甘南的一个偏僻的小村庄，这里离甘南藏族自治州州府所在地（许多甘南作家称作羚城的地方）有一百多公里。这个村庄的生计以农业为主，又因周围有高山草甸，也就兼顾了牧业。而这个叫杨庄的小村庄，这个生养他长大的村庄，就成为他肉体和精神的原乡，同时也构建了他的文学版图。他说："在距离杨庄一百公里外的羚城生活的我，因为对家乡难以割舍的情愫，隔上三四年，总要回去一趟。这种落叶要归根的想法，是骨子里的，也是血液里的，它动不动就出来，扰得人坐卧不宁。只要像还愿一样去一回，那种飘泊在外的心，才能安静下来。"[①] 他一次次还乡，一次次让心灵放逐在那片故土。在散文《杨庄：双江河畔的藏村》中，他充满感情地写道：

> 双江河的两岸，生长着杨树、柳树、灌木和各种野花。河右侧是东山，梯田从河边一层一层叠加了上去，梯田和梯田之间，则生长着低矮的灌木和绿了又黄黄了又绿的杂草。河左侧是一带或稠密或稀疏的杨树林，沿着河岸，像绿色队伍一样上去了，竟然看不到尾。能使

---

① 扎西才让：《杨庄：双江河畔的藏村》，载《山东文学》2015年第11期。

双江河安静下来的,就是这杨树了。这杨树是白杨,高高大大的,枝叶异常繁茂。树多的地方,自然形成了白杨林,不仅是飞禽走兽的乐园,更是孩子们的仙境。

白杨林遮蔽掩映着的,是杨庄,我的家乡!

杨庄身后的山,叫西山,雄伟而陡峭。西山脚下,是灌木林。往上,是森林。再往上,树木越来越稀少。山顶,是裸露的白色岩石,远远看去,像积着一层薄雪。人和牛羊很少去那里,听大人们说,能去那里的,都是些奇异的物种。

杨庄北面的山,也高,也大。山的左右两侧,是两条沟,都逶迤地远去了。南面,是一座西南横向的高山,山下的路,就是我每次回家的必经之路。①

杨庄的人事物景,长进了他的心中,也驻入到他的文字之中。而在杨庄成长的童年记忆,也成为他创作中挥之不去的苍凉底色。别人的童年也许是天真烂漫,也许是温情脉脉,但敏感的扎西才让的童年底色却是贫穷和难掩的孤独与伤感。"太感伤了啊,我的青春时光像干草一样,被一车一车运走。"②(《八月》)他的童年记忆中"寂寞"和"苦难"如影随形。生活的贫瘠、家族的伤痕(如他的诗作中曾经出现的祖父之死)、父母的不和、青年时期母亲的早逝,让敏感的诗人感受到过多的伤楚,他这样写道:

> 东山上的梯田,从高处层层叠叠地堆下来,一直堆到双江河畔。我仔细地辨认着自家的土地,看到母亲和姐姐们在地里干活。一个中午的时间过去了,一个下午的时间过去了,她们始终不直起腰,也不吃饭喝水,似乎被种在了地里。
> …………
> 突然听到大门被碰撞的声音,下来一看,却是牛羊回来了。我把牛赶进牛圈,扣上门;把羊赶进羊圈,也扣上门。这时候,母亲和姐姐们终于进了门,她们放下农具,拍掉身上的尘土,坐在院子

---

① 扎西才让:《杨庄:双江河畔的藏村》,载《山东文学》2015年第11期。
② 扎西才让:《七扇门——扎西才让散文诗选》,大众文艺出版社2010年版,第10页。

里的台阶上，歇着。正是傍晚时分，她们的面孔朦朦胧胧的，看不清任何表情。我把洋芋盛在盘子里，又拿了些馍馍，搁在她们身边。她们安静地坐着，不吃饭，也不说话。我也陪着她们，不吃饭，也不说话。

我很担心，担心她们身体里的什么东西，会被田地里的那些农活给慢慢累死。①

这就是扎西才让童年的记忆，既不是温馨美好，也不是顽皮嬉闹，而是没入骨髓的落寂和忧郁："我从房顶上下来，煮了一锅洋芋。锅里已经冒出了熟悉的香味，但母亲和姐姐们还没回来。我给猪喂了食，把鸡赶到房梁上，解掉了围在锅边的毛绳，母亲和姐姐们还是没回来。"② 在诗人的记忆里，农村生活不是田园牧歌，童年记忆不是明朗欢笑，也不是幸福温馨，他感受到的是无奈和艰辛，是独属于那个敏感少年内心的孤独和怅茫。"幸福感，松懈的，懒散的，牧歌小调式的"一类想象在扎西才让的记忆中是不存在的。他说："这些比喻都是我高中毕业后才学会的。当时，我只觉得她们是艰辛的，也是无奈的。"③ 家庭往往会是心灵的港湾，是我们躲避外在残酷的壁垒，然而温馨的家庭生活记忆也是不存在的："我十二岁那年，父母第一次狠狠地吵了一架。后来，母亲低着头，在房间里来回走动，她的脚步是那么轻，轻得让我感觉不到生命的重量。而倔强的父亲，收拾好了他的行李，这个矮个子的读书人，一声不吭地离开家乡，到他工作的地方去了。"④ 于是，他感受到的是母亲的无奈和哀怨，这哀怨种进了他的灵魂深处，以致在多年以后，他会常常"在一个叫羚城的异地，也像母亲当年那样，静静地坐在某个树桩上，坐着自己的忧伤，坐成一截少言寡语的流泪的树桩"⑤。

他悠远宁静的内心对个体的体认是悲哀的，对乡村人事的体认也是悲哀的，他看到了繁华和平淡生活底层背后的苍凉。他的作品里有着无尽的感伤，让人痛彻心扉：

---

① 扎西才让：《杨庄：双江河畔的藏村》，载《山东文学》2015 年第 11 期。
② 扎西才让：《杨庄：双江河畔的藏村》，载《山东文学》2015 年第 11 期。
③ 扎西才让：《杨庄：双江河畔的藏村》，载《山东文学》2015 年第 11 期。
④ 扎西才让：《杨庄：双江河畔的藏村》，载《山东文学》2015 年第 11 期。
⑤ 扎西才让：《杨庄：双江河畔的藏村》，载《山东文学》2015 年第 11 期。

吃饭时她总是把筷子捏得很远，大人们说，这样拿筷子的女孩总会被嫁到遥远的地方去。十七岁那年，她的父亲真的把她嫁往一个说话无法听懂的异地。因为羞怯，她没把这事告诉那个男孩。因为怨恨，她愿意把男孩蒙在鼓里。

她没听大人的不可骑狗的话，骑了她家的四眼黑狗，所以她出嫁的那天，下起了大雪，遮蔽了乡村通往外界的道路。但她还是跟着两个陌生的男人离开了。因为痛苦，她想嚎啕大哭。因为坚强，她又把泪水咽进肚里。

她没听大人的告诫，常用手指指点爬上山巅的月亮，长大后在和丈夫的厮打过程中，被折断了右手的食指。

她教育她的儿子：千万不要用手指点月亮，否则你的手指会长成我的这个样子。她的儿子跟她一样，也不听大人的话，在山里折摘蒲公英，手心手背都沾满了白色的汁液。几月后，他的左手背上长满了瘊子。那些瘊子越长越大，被乡村医生给割掉了。因为伤口发炎，只好在县医院里截掉了左手。从此，他成了没有左手的孩子。

几年后，她没听别人的劝告，去看望一个来自故乡的男人，结果被公婆辱骂，被丈夫殴打。她在那遥远的地方声名狼藉，觉得活着真没啥意思，就吃了药，结果真被鬼魂勾去了灵魂，从此住进坟墓里。她的丈夫伤心了半年，又伤心地娶了个小时候骑过狗的女孩。①

他将这样的彻骨之痛写得那样的轻，然而在轻中又有着难言的生命中难以承受的重。他没有去叙写女性沉重的生命之痛，而是去写她们因为筷子捏的太远、因为骑了黄狗、因为用手指了月亮……所以就有了厄运，仿佛是命定，仿佛是宿命：

这或许就是大多数杨庄女人的命运。她们刚嫁过去，或刚娶进来，都新鲜如桃，浑身散发着香气。生过孩子后，就旧了，旧得厉害，失去了往日的光泽，在田野里，在路口，在节日里，都显得疲

---

① 扎西才让：《杨庄：双江河畔的藏村》，载《山东文学》2015 年第 11 期。

急,仿佛被油污浸透的抹布。但她们还在给家人挡风遮雨,不会像大桥那样突然垮塌,也不会像空气那样突然消失。她们一边喂养着儿女,一边忍受着男人们的呵斥和背叛。后来,又旧旧地站在村口,目送儿女离开家门,走向更远的地方。①

流露在扎西才让笔下的,是奔泻不止的寂寞、伤感和对流年的惆怅,如张爱玲笔下的"长的是磨难,短的是人生"。文学不仅要描写人生飞扬华丽的一面,更多的应该是要抵达灵魂深处,去挖掘灵魂之苦,去抚慰那沉到谷底的人生。他的抒情方式是忧郁的,但并不滥情,是为了平衡内心的伤感,从而使之变得隐忍、节制。他在抒情中又往往运用一些意象,通过这些意象来表现他对日常生活的发现,对大地的赞叹和皈依,或者是知识分子理性的思考,或者是生命之花的点缀,有欢乐,也有悲哀,有庄严的面容,也有迷茫的探求。他的内心充沛而又博大,他的写作既有矛盾和冲突,又有宽忍的情怀和救赎的精神;既有对沉湎的过去的无限的回忆,又有对"远方"和"别处"无尽的想象。

童年时期的苦难经历使扎西才让对甘南大地、对故土的情感是复杂的,正如艾青的诗歌所写的"为什么我的眼里常含泪水?因为我对这土地爱得深沉"一样,扎西才让的文字有种感人肺腑的力量。他在《甘南一带的青稞熟了》中写道:"甘南一带的青稞熟了/有人从远方揣着怀念回来/有人在道路截住九月,卸下骨灰和泪水/甘南一带的青稞熟了/我的亲人散布田野/听到简单的生活落籽的声音"②。青稞熟了,应是一片丰茂的景象,然而诗人笔下,却是卸下骨灰和泪水,却是散布在田野的亲人的无尽的劳作与生活落籽的声音,却是"听到秋天的咳嗽被霜覆盖/秋天的孩子,从葬过祖父的水里/捞出被苦难浸泡的种子"③。正如凡·高笔下绚丽、炽烈而奔放的向日葵竟然有着难掩的喷薄而出的忧郁一样,那甘南丰收的青稞也裸露着沉重的悲哀,潜藏着诗人的悲痛。乡村在他的笔下,是心灵的驻栖地,也是他永恒的诗情与记忆。与旅游者眼中浪漫的想象不同,甘南藏地不是风光如画,不是一片纯洁,而是贫瘠。他在其《献辞》中这样写道:"是什么隐在我的眼里越来越深/是什么封住我的嘴唇拒绝哽咽?/你:

---

① 扎西才让:《杨庄:双江河畔的藏村》,载《山东文学》2015年第11期。
② 扎西才让:《甘南一带的青稞熟了》,载《飞天》2000年第2期。
③ 扎西才让:《甘南一带的青稞熟了》,载《飞天》2000年第2期。

赤身裸体的甘南，贫穷的甘南/我爱你这如饥似渴的甘南/我爱你高悬的乳房：日和月/神秘而温热的子宫里栖息的甘南/我爱你金翅的太阳，蓝眼的月亮/我爱你高处的血性河流/信仰你远方的白银雪山"①。这片土地是贫瘠的，但它养育了诗人，所以，诗人对它充满了深情："牧我于风，牧我于民俗，牧我于格萨尔王的云烟/白银时代，牧我者如莲花尊者，她孤零零地徘徊在诸神之巅/那么牧我于湖泊，牧我于高山，牧我于青草雪山的渊源"②。

因此，他在怀想故乡时又说下这样的话语："越是追怀往事，越能发现一个令人懊丧的现象：村庄或者说是故乡，只要离开的时间一长，会被人一点一滴地忘记。村庄里的人，村庄里的事，村庄里的神祇和传说，也会死在背井离乡的日子里。我暗暗渴望能够用文字记住更多与村庄有关的人与事。毕竟，我出生在杨庄，根在杨庄，和我相连的脐带，虽被时光给割断了，那脐带的彼和此，还在杨庄。"③他一遍遍地亲近故乡，虽然故乡已经越来越陌生，找不到昔日的故人，后人们也选择了不同于祖辈的生活道路，更多地涌入城市打工，但对于一个满怀深情的人来说，还有什么地方能像故乡一样让自己魂牵梦绕？因此，扎西才让写道："比如在杨庄，如果有可能，我还是渴望能长久地生活在这个庄子里，做个称职的杨庄人，农事清闲的季节，在树荫下，在桦木桌上停上一壶青稞酒，慢慢地斟上三杯，安静地啜饮，安静地观察村落的变迁，风俗的演绎和民情的变化。"④杨庄对扎西才让来说如呼兰河之于萧红，是那永远魂牵梦绕的地方，是那心中永远的痛与温暖。

在真实的双江河、杨庄之外，扎西才让又建构起一个桑多镇。借助这个桑多镇，扎西才让展开了他的想象，植入了他对故乡人事的感知。他写下这样的诗句："桑多河畔，每出生一个人，/河水就会漫上沙滩，风就会把芦苇吹低。/桑多镇的历史，就被生者改写那么一点点。/桑多河畔，每死去一个人，/河水就会漫上沙滩，风就会把芦苇吹低。/桑多镇的历史，就被死者改写那么一点点。/桑多河畔，每出走一个人，/河水就会长久地叹息，风就会花四个季节，/把千种不安，吹在桑多镇人的心里。/而小镇

---

① 扎西才让：《献辞》，载《飞天》2000年第2期。
② 扎西才让：《牧》，载《飞天》2000年第2期。
③ 扎西才让：《杨庄：双江河畔的藏村》，载《山东文学》2015年第11期。
④ 扎西才让：《杨庄：双江河畔的藏村》，载《山东文学》2015年第11期。

的历史，/早就被那么多的生者和死者/改变得面目全非。/出走的人，你已不能，/再次改变这里的一草一木，一花一石。"① 他不吝于一次次以杨庄、桑多镇来昭示自己的生命根据地，并建构起自己的乡村图景。

扎西才让的作品充满张力，这种张力来源于他作品中强烈的情感，来源于他对故土复杂深沉的情感。而正是这种难以言明的暧昧和多义性，给他的作品带来了持久的魅力，因此，他作品的精神指向是丰富多样的。在扎西才让的散文诗集《七扇门》之《边缘人》这一辑中，他说："我们的身体里也恒久地流淌着藏汉两股血液。这种多民族血液在个体身上的悄然汇聚，使得我们既骄傲，又无奈，无法逃脱命运的主宰，成为游离在准民族之外的名副其实的边缘人。"② 他认为，正是这种心灵流浪者的身份，使他成为一名诗人。正是对"边缘人""流浪者"身份的感知，使得扎西才让的创作在除了个体的心灵展现外，有了民族身份探求的因子。在其散文诗《起源》中，他以诗歌的方式演绎着藏族历史的起源："神变的猕猴授戒律，它远离了普陀山上的菩提。当善与向善的邪恶灵肉相合，神土里就长出了五谷，树叶就遮蔽了胴体。"③ 藏族中猕猴和罗刹女结合繁衍人类的故事深入人心，历史更新换代，尘归尘，土归土，"我也曾听说更多的演绎格萨尔的说书艺人，早就化为飞鸟逝于天际"④。久远的文明逐渐在现代的物欲面前不可避免地消逝，潜蕴的民族文明之光仍犹如那雪域的阳光，永不消逝，那是生命和力量的源泉："只有雪域的阳光普照万物，在高处和远处，使诞生着的继续诞生，已消亡的再次孕育出奇迹。"⑤ 藏汉民族混血以及边缘人的身份认同，使他能够以客观理性的态度对待乡土社会的人和事，他的创作既有着藏族文化深沉的根系，同时又有着开阔多元的视野。这使得他的创作除了个体的悲怆和沉思之外，展现出丰饶深沉的文化魅力。

优秀的文学从来都是对人的生存困境的深刻体恤和抚慰，作为一个与灵魂对话的人，作家存在的意义就在于他必须正视生存的苦难，关注普通人在现实世界的处境，同时注重对彼岸世界的精神探求。扎西才让的文字

---

① 扎西才让：《改变》，载《中国诗歌》2016年第1期。
② 扎西才让：《七扇门——扎西才让散文诗选》，大众文艺出版社2010年版，第3页。
③ 扎西才让：《七扇门——扎西才让散文诗选》，大众文艺出版社2010年版，第5页。
④ 扎西才让：《七扇门——扎西才让散文诗选》，大众文艺出版社2010年版，第5页。
⑤ 扎西才让：《七扇门——扎西才让散文诗选》，大众文艺出版社2010年版，第5页。

有着穿透心灵的力量，既使人感受到生命的剧痛，也让人感触到蓬勃的生命激情。他的创作植根于甘南大地，是一个灵魂感知和拥抱另外一个灵魂的吟唱，是一次次回望故乡的深情沉郁之歌。

第五节　写作，漫漫回乡路
——严英秀的创作

藏族作家在作品中往往会自然地呈现对本民族生活风貌和宗教情感的抒写，这种抒写俨然成为作家对本民族文化身份认同的一种象征，并在一些作家的创作中自觉地加以强化。这也正是藏族文学区别于其他民族文学创作的独特魅力之所在。但同时，一些作家在其创作中并不有意彰显或强化自己的民族身份，如在阅读藏族作家严英秀的小说创作时，读者往往更多地被其作品中的情感故事吸引，而较少会关注到作品中的民族和地域文化色彩。究其原因，这一方面可能与作家的个人生活经历有关，另一方面与其艺术探求有关。严英秀出生并成长于甘南藏族自治州舟曲县的一个藏族家庭，大学毕业后长期工作生活于甘肃兰州的高校。关于如何看待民族文化传统，严英秀指出："作为作家，仅仅有对本民族传统文化的守卫立场是远远不够的，文化是生长着的，没有亘古不变的传奇和神秘，千年的牧歌早已换上了新词，这就意味着我们必须得冲破本民族原生态文化的禁锢，走出对民族性一劳永逸的展示和歌颂，必须得沉潜于生活深处，敏锐地触及当下人们精神生活的深处，关注本民族在社会进程中所经历的精神危机和蜕变，审视并回答民族特性、民族精神在全球化背景中的张扬、再造与重生的大课题。"[①] 与其他藏族作家相比，严英秀的创作与地域性、民族性题材的关联似乎没有那么紧密，她更多地将其视角转向了对女性生存困境的探查与关怀，执着于对现代女性幽深情感世界的挖掘和揭示。但究其根底，民族和地域的因子是作家难以抹去的印迹，这些因素潜移默化

---

① 严英秀：《论当下少数民族文学的民族性和现代性》，载《民族文学研究》2010年第1期。

地成为其精神特质而潜存于其创作之中。

严英秀的散文有着对故乡情感的涓涓流露。在其《怀念故乡的人，要栖水而居》中，作者通过重回故乡的所见所感，写出了她灵魂上的漫漫回乡之路。尽管她在重返故乡之前，曾以遥望的姿态感知着故乡的宁静与美好，"一直站在故事之外，站在故乡之外，打量着故乡"①，固执地将故乡停留在炊烟袅袅、鸡犬相闻的田园诗意化的想象中。在严英秀看来，她的故乡舟曲县多树多水，是一个美丽的小城，故乡的生活与她水乳交融，她一直浸淫在故土热气腾腾的气息中，并在现代化的视野下发现了它的"落后，封闭，单调，勤劳黯淡的人群恪守着周而复始的节气和比寒暑交替更坚硬不移的习俗礼规"②。作者对故乡现代化进程有种淡淡的隐忧，事实上"现在进行时态中的故乡早已被时代的车轮卷进了恩怨纠结的城市化进程"③。一次次的回乡之旅，也使她深切感知到自己即使始终与最深入切肤的故乡隔着温情脉脉的距离，依然在精神上被本民族的文化牵引，在听到老阿妈的"嗡嘛呢呗咪吽"声后，突然觉得自己再一次抵达了故乡，谛听到了母土的命脉之声。藏族阿妈低沉而悠扬的吟唱，她眼神的哀痛与安宁，抚慰着所有的一切。她蓦然发现："文学成为我疲惫生活中最后的英雄梦想，是为了以它稀薄的翅羽，为我构筑一角故乡的屋檐。是的，怎么能与一种来自血脉的庇护彻底错失？"④ 在一次次行走中，她聆听到了故乡最温热动情处的血脉之声。"只要心底有一条回乡路，所有的断肠春色便都在"⑤，她的写作之路也因精神的回乡而满载春色。她在远离家乡的漫漫人生旅途中日益感受到本民族的血脉深情，激荡起沉重的民族归属感。虽然"在故事之外的现实叙事中，我，只是一次次惘然在去往远方的路上，然后，让自己两手空空地回来。是的，看山是山，看水是水，看人却已不是那人，提炼、结晶和升华永远胎死腹中，难以最终完成"⑥；但"当我以旅人的脚步走过高原，走过那一片被无数的歌谣赞美过的蓝天白云，疼痛横空而出，它一下子把我和人群隔离开来……我知道那一刻，我

---

① 严英秀：《怀念故乡的人，要栖水而居》，载《中国作家》2018 年第 11 期。
② 严英秀：《怀念故乡的人，要栖水而居》，载《中国作家》2018 年第 11 期。
③ 严英秀：《怀念故乡的人，要栖水而居》，载《中国作家》2018 年第 11 期。
④ 严英秀：《怀念故乡的人，要栖水而居》，载《中国作家》2018 年第 11 期。
⑤ 严英秀：《怀念故乡的人，要栖水而居》，载《中国作家》2018 年第 11 期。
⑥ 严英秀：《那不能触摸的远方》，载《文艺报》2013 年 11 月 4 日。

唯有在心里对自己说，我，是个藏人。是的，没有什么关于我的种种比我是个藏人更抵达我的本质，我的内里。这粗重凛冽的血脉日夜磨砺我，洗涤着我，使我想起我的祖先，想起那些生生不息的荣光和忧患"①。无论身处何方，这份潜在的情感眷念和精神羁绊一直感染着她，并化为内质，融入了她的民族文化血脉。

  事实上，严英秀也将这潜隐的精神羁绊及粗重凛冽的文化血脉赋予其的深沉的文化内涵呈现在她对都市生活和两性情感的抒写之中，并由此构架出了她对女性幻美哀伤世界的思考。正如在其访谈中，严英秀这样表达对母族文化的感念："不光是一种记忆，一种滋养，更是一种支撑，一种信仰。母族文化和故乡热土给我的最大馈赠就是支撑着我善良、纯净的信念。只有善良，慈悲，只有任何时候保持着自身做人的这种底色，这种质地，才有可能去发现生活之美，追求艺术之美。"② 她的作品描写了女性生存的困境，有着浓厚的悲悯意识。在她的笔下，女性困囿于现实生活，为生活的琐碎和情感的不完满而伤感喟叹。作者通过细腻的书写，呈现出一种感同身受的痛楚。她的一系列作品如《纸飞机》《沦为朋友》《被风吹过的夏天》《芳菲歇》《苦水玫瑰》《雨一直下》《可你知道我无法后退》《仿佛爱情》等，写出了人生的残缺和不完满，认为执着的情感最终带来的却是毁灭和沉入谷底，有种浓厚的宿命之感。此外，在严英秀的作品中，爱的缘分是佛的旨意，是命定的机缘，这在她的作品中一遍遍地被吟唱。如《纸飞机》中的阳子，面对突如其来的爱情，她最初想逃避，想放弃，但最终不得不向命运妥协，"最终不得不承认自己遇上的是生命中的人，生命消失了，他才会消失"③，"佛于是把我变成一棵树，长在你必经的路旁"④，爱似乎是前世命定的缘分。又如她在《芳菲歇》中言道，"姻缘天定，没办法撮合啊"⑤。可以说，爱是这些小女子的信仰，是她们生命的底色，她们将爱当作矢志不渝的信仰，并用生命去追寻。爱是命定的佛缘，成长也是注定的，"也许，我这样的人，终其一生都无法完成心

---

  ① 严英秀：《走出巴颜喀拉》，载《西藏文学》2011年第2期。
  ② 索木东：《藏族传统文化感召下的洁净创作——藏族女作家严英秀访谈》，载《格桑花》2011年第2期。
  ③ 严英秀：《纸飞机》，载《黄河》2009年第4期。
  ④ 严英秀：《纸飞机》，载《黄河》2009年第4期。
  ⑤ 严英秀：《芳菲歇》，作家出版社2016年版，第113页。

灵的成长，所以一切都是必须的，注定的"①。对爱与美的永恒追求以及浓郁的感伤情调是严英秀创作的一个底色，同时，她的作品中常常呈现错位的情感，以及这种错位所带来的生之悲哀的苍凉感受。

其实，这样一种对生命的悲哀认识，对人生不完满的真切感受，也蕴藏着藏族宗教世界观对人生的一种潜在观照。此外，对生命的宽容与理解，更显现出深厚的藏族文化精神的关怀。在《流年》中，妻子在外遇后决定终止肚子里已经三个月的生命，因那个生命是婚外情的产物，丈夫却选择了原谅与宽容。丈夫的原谅和宽容并不是一种懦弱，而更多是一种深爱，是对人生和生命的一种更深的理解和感悟，这里面承袭着藏族传统文化中的宽容和悲悯。在《仿佛爱情》中，朱棉对娜果、对罗有的感情在难以言明的情愫下却是深深的悲悯和慈悲。在《芳菲歇》中，秦陌对乔纳敞开爱的心扉，但乔纳内心深处爱的却是魏素锦。遭到魏素锦的拒绝后，乔纳很快和另一个年轻的女人结婚，秦陌虽然内心痛楚，但对乔纳亦选择了宽容和理解。深藏的民族文化积淀使得严英秀的写作充满了隐忍、宽厚和慈悲，显现出独特的魅力。

对严英秀来说，写作既是出离故乡，又是灵魂的回乡。故乡的血脉之情浸润着她的心灵，深厚的民族文化内蕴使得她的写作幽深而宽广，她一次次在文字中遨游，抵达人性的深处。正如她在访谈中所说："我深信我的故乡，那些亘古的蓝天白云，蓝天白云下那些宽阔的草原，那些有多么悠扬就有多么忧伤的牧歌，那些正在天灾人祸中痛失往日面貌的山川河流，有一天一定会从我的梦中走到我的心中，流到我的笔尖，结晶成一颗疼痛炫目的珍珠。"② 深厚的藏族文化底蕴是作家建构文学世界的基石。写作，使得心灵的轨迹渐次清晰，丰富的灵魂得以映现。

---

① 严英秀：《沦为朋友》，载《民族文学》2010年第7期。
② 索木东：《藏族传统文化感召下的洁净创作——藏族女作家严英秀访谈》，载《格桑花》2011年第2期。

第六节　纯粹之子的精神探求
——旺秀才丹的诗歌创作

旺秀才丹是甘肃天祝藏族自治县人，自称"一匹胸怀蓝天白云的狼"①"汉字喂大的藏獒"②，评论家姚新勇称赞他和桑丹可能是"藏族诗人中最优秀、最富艺术精纯性的两位诗人"③。旺秀才丹有个人诗集《梦幻之旅》，与才旺瑙乳合作主编诗集《藏族当代诗人诗选（汉文卷）》。他曾获甘肃省敦煌文艺一等奖、玉树唐蕃古道文学奖等多个奖项。在他的诗歌创作中，充满着强烈的归乡情结和浓郁的宗教色彩，展现了他对藏地山川景物与人事的无限热爱以及对宗教的虔诚信仰。

强烈的归乡情结是他作品的一个核心要素。"族裔就像空气，也像影子，你很多时候意识不到它的存在，但是你无法离开它。它始终跟随着你。族裔属性、文化属性和身份认同，是我们与生俱来的印记，直面它，体悟它，写下它，可能就是一个写作者的使命。不需要去刻意渲染，但是会永生相随"④，旺秀才丹在采访中这样说道。藏族人的族裔身份在他的心中永久地扎根，但生活在现代都市的他，常年远离家乡，因此，在他的创作中，对族裔身份的认同和对民族文化的深刻眷恋往往以强烈的归乡情结展现出来。

诗歌《无人区》中写道："走到无人区才想起／十里外路上擦肩而过的东西／有点熟悉／长长的触须／身体浑圆／匆匆行走在那里／（我肩膀疼痛）／回首四顾／荒野无人烟／哄哄闹市在十里外／和我／擦肩而去"⑤。诗歌命名为"无人区"，就给人一种孤寂、冷清之感。全诗仅十二句，在这十二句中，诗人将自己看作身体浑圆、匆匆行走的过客，他路过无人区才觉

---

① 见旺秀才丹新浪博客"博主简介"（http://blog.tibetcul.com/? 42）。
② 见旺秀才丹新浪博客"博主简介"（http://blog.tibetcul.com/? 42）。
③ 姚新勇：《朝圣之旅：诗歌、民族与文化冲突——转型期藏族汉语诗歌论》，载《民族文学研究》2008 年第 2 期，第 163 页。
④ 祁发慧：《洗却铅华，从纷繁的语义中解放自己——当代藏族汉语诗人旺秀才丹访谈》，载《西藏文学》2017 年第 1 期。
⑤ 旺秀才丹：《梦幻之旅》，民族出版社 2002 年版，第 36 页。

得身后风景很熟悉，而此时自己早已和它渐行渐远。家乡中的一草一木、众多人物在他的心中模糊又清晰、清晰又模糊地反复萦绕，思乡之情填满心底。

在组诗《纯粹之子》的其中一首《穿梭在城市》中，诗人独自一人在城市的各个角落疾步奔走，他像是知道但又不确定自己的目的地，将自己比作长满骨刺的机器和廉价的草鱼，放任自身随波逐流。诗的末尾处写道，"穿过半个城市/这机器，风衣鼓动的草鱼/疾步的身影被闪电照亮，骤然投射在/大山和高楼广厦之间"①，内心的迷茫与没有归属感让他在城市生活得无比疲惫。他穿梭在繁华的城市中，无力地行走，最终消失在拥挤的高楼大厦之中。在《这样的时刻》中，诗人将自己置身于现代大都市中高楼的一角，从这一角去理解与感悟，"思绪从周末的某一部电影镜头开始/跳回我的多山多草多冰雪阳光的故乡/一时间浓厚的热浪迎面而来/令我兴奋异常"②，大都市的高楼表现了一种他被异域文化包围的压抑与窒息感。在这样的时刻，他想到了故乡勤劳的阿妈、受人爱戴的阿爸，想到了山坡上牛羊吃草、牧童放牧，人们欢乐无比地堆雪人、打土仗，而这一切只是在他心中的无边想象，他依然生活在喧嚣的城市中，城市的快节奏生活容不得他有千丝万缕的情绪，他还是要在清晨和午睡后平静地向人们问好。在《旧地》中，诗人写到曾经居住过的地方现在已经不再有人居住，离开家乡的人虽然在新的城市阳光地生活，"但回忆每每使我们沉默下来/泪流满面"③，家乡早已物是人非，然而回忆起来，过往的故事又都历历在目，仿佛昨天发生的一般，这里的一切在人们心中是永远不会被忘记的。现代生活的疲惫、对家乡的依恋、回到家乡的期望在字里行间展现给读者。正如其主编的《藏族当代诗人诗选》的前言所写的："正如西方世界业已历经的那样，技术功利的扩展对人性的毁灭，人的价值生存与技术文明的对立矛盾，也像蔓延的虐（疟）疾正向藏族诗人心中的净土渗透。他们内心也滋生着矛盾和困惑，虽想抗拒，但又无法不接受这历史的必然。穿过人群和城镇的街头，他们漫步在古老的大地上，敏感地伸缩着艺术的触角，体味着渐显冰凉的人情，感悟着多余的人、局外人、被异化的人的寂寞和孤独，近而驱策自己成为心灵放逐的流浪者。即使如此，他

---

① 旺秀才丹：《梦幻之旅》，民族出版社 2002 年版，第 171 页。
② 旺秀才丹：《梦幻之旅》，民族出版社 2002 年版，第 71 页。
③ 旺秀才丹：《梦幻之旅》，民族出版社 2002 年版，第 74 页。

们也不能不歌唱，并为现代文明对这诗性净土的吞蚀充满忧虑和复杂的情绪。"①

在旺秀才丹的笔下，常会出现以地域命名的诗歌，如组诗《青海》展现了强烈的归乡情结。在写《青海》之前，他先写到了回家，在《回家》这首诗中，借邻居之口的一句"你走得好远"②，把旺秀才丹远离家乡点了出来，而后才写到了离家。组诗《青海》共有两首诗歌，分别为《离家：车过兰州》和《青海》。《离家：车过兰州》中写道："车过兰州，我弑血的珍珠/共同天空下大海的皮肤/在一块石头中离家"③，诗人离开家乡，在车路过兰州时看到种种景象，引发了内心的无限留恋。此时，他是离家，但他更渴望归家。第二首《青海》分为四个部分，诗中写到一辆辆马车经过，母亲也仿佛一瞬间老去。马车经过意味着追逐，人们总是在为新的生活而奔波与追逐，回过头来，却发现家人已经老去，引起无限感伤。诗的末尾写道："哦，青海青海，有谁看见那大病/看见欲碎的枝叶。这么多的菜花/并不少我一朵。于是，我就独自/黄了"④。诗人将自己比作一朵无人理睬的菜花，独自变黄，就像是一个人在孤寂中慢慢死去，无人问津，离家的孤独与落寞感油然而生。

草原，是游牧民族长期生活的地方，生活在草原上的藏族人民对草原有着深厚的情感，对他们来说，草原总包含着一种家乡的情愫。在旺秀才丹的诗歌中，有许多描写草原的篇章，如《草原夜语》《大草原》（组诗）、《草原儿女》等，但在这些诗歌中又出现了"客人""外乡人"的字眼，从中流露出诗人对于广袤的草原依恋但又难以融入其中的复杂感情。在组诗《大草原》中，他写道："牧鞭在马背上甩响/像一道闪电/抽过我无知的心/我将只是这个草原的客人"⑤，"外乡人，这生在草原、长在都市的浪子/你将什么东西丧失在白天"⑥，对草原有着深厚情感的诗人眷恋和热爱着草原，但长期生活在都市，让他与草原、与家乡产生了距离，心中不免隐隐作痛。他大声呼喊："想你到崩溃/走不尽的大草原""让我走

---

① 才旺瑙乳、旺秀才丹主编：《藏族当代诗人诗选》，青海人民出版社1997年版，"前言"第5—6页。
② 旺秀才丹：《梦幻之旅》，民族出版社2002年版，第104页。
③ 旺秀才丹：《梦幻之旅》，民族出版社2002年版，第107页。
④ 旺秀才丹：《梦幻之旅》，民族出版社2002年版，第109页。
⑤ 旺秀才丹：《梦幻之旅》，民族出版社2002年版，第134页。
⑥ 旺秀才丹：《梦幻之旅》，民族出版社2002年版，第135页。

出都市，生活在草原"①，都市的生活让他身心疲惫，他从心底感到孤独，无比渴望回到草原、回到家乡。

每个人都有一个自己的心灵归属地，而这个归属地就是家乡。无论与家乡相隔多远、相离多久，人们都会渴望回到家乡。旺秀才丹长期离开藏地家乡，接受现代文化的教育，喧嚣与闹市给予他现代文明，但深厚的藏族文化传统并没有因此被割断，都市的异域感让他对家乡充满感情，因而在他的诗歌创作中游子思乡、异地孤寂的归乡情结也就尤为强烈。

除了强烈的归乡情结外，旺秀才丹的诗歌还有浓郁的宗教色彩。独特的家庭背景和成长经历，使得旺秀才丹的作品充满浓厚的宗教因子。旺秀才丹的诗歌中，显现着鲜明而虔诚的信仰之光。《仰望贡唐仓》是旺秀才丹的处女作，也是他诗集《梦幻之旅》的第一首。在他看来，这首诗歌是他信仰的首次觉醒与体悟之作，具有里程碑的意义。诗中写道："就这样让混浊的眼/埋在袖口里/让油渍的羊皮/再去打湿/打湿您如父亲一样大山上的小草/打湿您如母亲一样暖怀中的乳房""我未来的路上/四射着您神圣的/庇护"②。贡唐仓是深受广大僧侣和群众敬仰、爱戴的藏传佛教格鲁派金座法王，拉卜楞寺大活佛之一，旺秀才丹把他看作抚养人们成长的父母一般亲切，同时又将他看得无比神圣，他对贡唐仓的敬仰是来自心灵最深处的，他从心底渴望能得到贡唐仓的精神护佑。

"旺秀才丹高度地发掘了藏传佛教神秘玄妙的诗性特征，又与汉语的暗示、隐喻、象征、照应、节奏等特点水乳般融合在一起，从而使得他的多首诗近乎完美之作，已经由族裔性的'地理——文化——心灵空间'的跋涉，化为诗性空间中的词语、意象朝向自身完美境界的攀登。"③ 组诗《鲜花与酒徒》可谓其代表之作。在《鲜花》中，旺秀才丹用他高超的写作手法，把读者带入一个充满艺术美与含蓄美的画面中去，在这幅画面中，宗教的因子渗透在各个角落。诗歌一开头就写道："双手合十，我轻轻打开诗集/白玉的汁液淌过花茎/饱含在那未放的蕾里"④。"双手合十"是一种庄重的礼节，在平时生活中用来祈祷或表示祝福、感恩等，见到佛

---

① 旺秀才丹：《梦幻之旅》，民族出版社2002年版，第136—137页。
② 旺秀才丹：《梦幻之旅》，民族出版社2002年版，第1—2页。
③ 姚新勇：《朝圣之旅：诗歌、民族与文化冲突——转型期藏族汉语诗歌论》，载《民族文学研究》2008年第2期，第164页。
④ 旺秀才丹：《梦幻之旅》，民族出版社2002年版，第113页。

像也要双手合十表示对佛祖的尊敬。在这里，诗人双手合十是在心底对大师的祈祷与膜拜，这在藏族文化中是一种典型的宗教式的认知方式，他寻求心灵的一种纯粹与安静。"白玉"更是象征着一种圣洁与高贵，白玉的汁液流入花蕾中，就像是对人们心灵的一种洗涤，大师位于诗坛的顶端口吐鲜花，也是诗人将大师置于心中最高点普度众生的一种写法。在诗的第三节末尾，再一次提到了"双手合十"祝福鲜花、祝福红玛瑙。红玛瑙在藏族聚居区往往被当作辟邪和护身的宝物，在佛教中也具有极深的寓意。它还被喻为长寿之石，并被赋予了佛无量寿的信念。在这首诗中，多次出现了"大师"这个形象，既是对大师本身的尊敬，更是宗教意义上的一种敬仰。旺秀才丹对宗教的虔诚通过这些事物跃然纸上。

  除此之外，旺秀才丹的诗歌中也呈现出浓郁的藏族文化意蕴。在组诗《大草原》的第二首《若尔盖》中，诗人大声赞美道："哦，无边的大草原/这是纯洁，未遭玷污的绿色世界/这是牛羊满地，水草丰盛的爱情乐园"①。草原是一方净土，是一块圣地，它养育着藏族儿女，不仅是藏族人民心中现实的家园，更是精神家园，藏族人民对它有着独特的情感寄托。牛羊满地、人们欢声笑语，这样的大草原就如人间天堂般令人神往。另外，在他的作品中，也常会出现一些与藏地生活相关的意象，如"雪"向来都是纯洁、美好、神圣的象征，也有净化人心的寓意。《梦幻之旅》诗集中《大雪，不再有了》《雪地》《一场忧郁的雪使大地美丽》这三首诗都是以"雪"命名的。"山里的孩子喜欢雪人和红鼻子/山里的孩子喜欢雪地上咯咯的笑/山里的孩子更喜欢雪地的莲花啊"②，"这样的一场雪，她的孕育比降临/更纯粹，更肆无忌惮"③ 等，这些诗句充分体现了雪在藏族人民心中的神圣地位，它洁白、没有一丝污染，指引人们达到心灵的一种本真状态。藏族人民认为世间的万物都有着通天达地的灵性之光，即便是不起眼的小石块，在他们心中也是富有灵性的，它们能够庇护众生或祛邪压鬼，最为典型的就是玛尼堆。旺秀才丹作为藏族诗人，他在诗歌中自然而然地写到了"石头"这一意象。在诗句"看白石头，风中的显族/他高高在上，寂然而立"④ 中，旺秀才丹将白石头看作是高高在上的贵

---

  ① 旺秀才丹：《梦幻之旅》，民族出版社2002年版，第134页。
  ② 旺秀才丹：《梦幻之旅》，民族出版社2002年版，第28—29页。
  ③ 旺秀才丹：《梦幻之旅》，民族出版社2002年版，第121页。
  ④ 旺秀才丹：《梦幻之旅》，民族出版社2002年版，第123页。

族。石头中也充满了生活气息,"神圣的上师爱好石头/石崖上生长的蓝宝石,玉石/大河边花纹奇异的鹅卵石"①,各种各样的石头为藏族人民的生活增添了无数乐趣。"藏族白石文化不单纯是原始文化,在历史的长河中,它不断地吸纳时代的文化因子,因此,藏族白石文化是一个多层面的文化球体。它表现出藏族文化诸多方面的精神内核,诸如祖先崇拜、灵物崇拜、本(苯)教教理、佛教经义融于白石文化的一炉之中,因此,白石在藏族人们生活中发挥着巨大的精神作用,享有其他自然物所不可企及的宗教文化功能。"②旺秀才丹的这些诗句,表现了藏族人民对石头的崇拜,也饱含了一种精神寄寓。

对宗教和永恒精神世界的探寻是旺秀才丹诗歌创作的一个重要内容,他的诗歌也因此充满了神性和智性之光。家乡是人们心中永恒的眷恋,信仰是人们精神生活中最砥砺的基石,藏族一直以来就有对于宗教虔诚的敬畏和最神圣的膜拜。旺秀才丹游走在藏汉文化的边际,感悟着都市的人情冷暖,他的诗歌创作立足于安多地区,他所进行的本土书写既有灵魂的闪耀,又有宗教的沉思,在现实和神性之间进行着灵魂的探求。

第七节 守望草原的虔行者
——刚杰·索木东的诗歌创作

刚杰·索木东是甘南卓尼藏族人,毕业于西北师范大学,长期居住在兰州。他的文学创作涉及小说、诗歌、散文、文学评论等方面,但其诗歌创作影响较为突出,近年来引起了读者和研究界的广泛关注。刚杰·索木东的诗歌主要触及故乡记忆、民族文化、生命哲思等方面的内容,蕴含着独特的诗歌艺术魅力。

在刚杰·索木东的诗歌王国里,故乡占据着非常重要的地位。细读刚杰·索木东的诗歌可以发现:他的诗歌写作始终与故乡甘南相关。在组诗

---

① 旺秀才丹:《梦幻之旅》,民族出版社2002年版,第237页。
② 林继富:《灵性高原——西藏民间信仰源流》,华中师范大学出版社2004年版,第60页。

《故乡在甘南》里,他写道:"一条悠长的路通向甘南/亘古的风雪塞满我的温暖/故乡啊,甘南/一堆篝火燃起一匹马的寂寞/贴紧热身子是你痛心的贫穷/不敢正对那黑色的大地/同胞的弟弟坐守马背/鹰飞起的村庄年年失火/夕阳下的天穹开阔得苍苍凉凉。"①诗人用篝火、马匹、大地、鹰、村庄、天穹等带有明显特征的地理符号构建了一幅神圣的故乡甘南地理空间图,这是记忆中故乡的样子,是精神家园,是如此亲切熟悉而又让人倍感陌生。《草原图景》则展现草原风貌,"打马而过的寨子里/无言的神看到了吗/我黑脸蛋的新娘/背水走进三月/她幸福的影子/是春天最美丽的注脚/母亲河开始拐弯的地方/只能叫做家乡/那匹长高了的马驹/留守在阳光的路口/白头发的阿妈/洁白的心愿/就在转经桶的祝福里/随炊烟一起/在暮色中静静升起"②。寨子、新娘、母亲河、马驹、阿妈、转经桶、炊烟、暮色,这些草原特有的符号,形成了一幅祥和美丽的草原图景,人与自然和谐共处。"云朵飘过,鹰隼/依旧翱翔苍穹"③,辽阔的大草原,深沉的苍穹,展翅高飞的神鹰,悠然自在的羊群,奔腾的骏马……天地之间,故乡是一幅唯美的风景画。刚杰·索木东在诗歌中用笔墨描写故乡的自然景物,勾勒故乡的原始风貌,传递着诗人对故乡自然风景的无限热爱与赞美。

故乡是每个人与生俱来的生存环境,是游子魂牵梦绕的地方,是作家笔下歌之不尽的主题。莫言曾在《超越故乡》一文中谈到了对故乡的深刻认识:"这地方有母亲生你时流出的血,这地方埋葬着你的祖先,这地方是你的血地。"④无论时间怎么流逝,我们与故乡这种血脉相连的关系都是无法斩断的。故乡赋予了诗人刚杰·索木东独特的精神品质,是他创作的源源不断的精神动力。诗人虽然因为工作离开了故土甘南,但是始终无法放下那片养育他的土地。他用文字寄托心中的情思,寻找回家的路,以饱满的情感尽情书写故乡记忆,抒发隐藏在内心深处的诗意乡愁。刚杰·索木东始终抱着书写故乡的姿态去写作,"在临水的城市仰望青藏"⑤,

---

① 刚杰·索木东:《故乡在甘南》,载《甘南报》1997年7月15日。
② 刚杰·索木东:《草原图画》,见搜狐博客网(http://gsomsdong.blog.sohu.com/27204309.html)。
③ 刚杰·索木东:《大地,或者信仰》(外二首),载《民族文学》2015年第2期。
④ 莫言:《超越故乡》,见《会唱歌的墙》,作家出版社2005年版,第199页。
⑤ 刚杰·索木东:《肉身如此深重》(组诗),载《白唇鹿》2017年第1期。

"特写甘南"①,在"四季的屋檐下,怀念村庄"②,以此书写故乡。

迈克·克朗指出,"地理景观是不同民族与自己的文化相一致的实践活动的产物"③。文学与地理空间紧密相连,在文学作品中,地理空间的塑造不仅仅指向其自然属性,更多是被赋予了社会属性以及文化属性。诗人刚杰·索木东在诗歌中对故乡地理空间的勾勒,使其心中浓郁的乡愁有了依托之处。一方热土,一腔热血,一世深情。走出甘南,历经岁月的磨难,但"在暗夜深处/还是无法学会/对一些东西视而不见"④。刚杰·索木东孤居在异乡之中,精神上却始终找寻回归故乡的路。在《守望名叫甘南的那片草原》,他写道:"从一顶黑帐篷开始/所有记忆都无法忘记/一阵风吹走大草原的牛羊/一轮洁白的月亮里/坐着我以泪洗面的新娘/用烈酒和热血燃起堆堆篝火/我亲亲的牧人兄弟/你用烈酒和热血/点燃我孤居城市的每一个黑夜"⑤。诗中,黑帐篷、牛羊、洁白的月亮、烈酒、篝火、牧人兄弟等地域意象构成原乡风貌,从而与都市形成强烈的对比。鲁迅曾说:"所谓回忆者,虽说可以使人欢欣,有时也不免使人寂寞,使精神的丝缕还牵着已逝的寂寞时光,又有什么意味呢,而我偏苦于不能全忘却……"⑥对于刚杰·索木东而言,回忆所得的温馨和当下心灵的孤寂是共存的。故乡是美好的,充满温情的,而远离家乡居住在都市的诗人,却常常感受到孤独,只能依靠对故乡的回忆来获得心灵的慰藉。诗人对同胞的问候以及抒情则暗示着诗人的身份认同。无论走到哪里,诗人都无法忘记自己的根在故乡,是故乡的一分子。

刚杰·索木东"用文字渴望心中永世不渝的亲情"⑦,在诗歌中着重书写母亲、父亲的形象,从而表达对亲人、亲情的赞美。从"那个黝黑健

---

① 刚杰·索木东:《特写甘南》,见搜狐博客网(http://gsomsdong.blog.sohu.com/24717305.html)。
② 刚杰·索木东:《四季的屋檐下,怀念村庄》,见搜狐博客网(http://gsomsdong.blog.sohu.com/48036207.html)。
③ [英]迈克·克朗:《文化地理学》,杨淑华、宋慧敏译,南京大学出版社2003年版,第35页。
④ 刚杰·索木东:《大鹏、孔雀,或遗失的世界》,载《飞天》2015年第9期。
⑤ 刚杰·索木东:《守望名叫甘南的那片草原》,载《飞天》2002年第4期。
⑥ 鲁迅:《呐喊·自序》,《鲁迅全集》(第一卷),人民文学出版社2005年版,第437页。
⑦ 刚杰·索木东:《守望草原的虔行者——我的自述》,见搜狐博客网(http://gsomsdong.blog.sohu.com/25674523.html)。

硕的图博特女人/就是在秋季天空下/最美的神灵"① 中，可以看到诗人为我们描绘了一个生命力旺盛的女性形象，那是伟大的母亲。善良勤劳的母亲在艰苦的岁月中默默劳作："一盆牛粪火燃起的冬天/阿妈刚把最后一粒种子/连同秋天一起收起/一场大雪/已经迫不及待地落满草原"②。"我"用"一双瘦手平静地细数/你日渐稀疏的白发"③，明白了母亲日渐老去。在"阿爸走过山梁/一段衰老走过山梁/成排的青稞仆倒地头"④ 中，诗人将成熟的青稞比喻成年老的父亲，由此感叹岁月的沉重，父亲衰老的悲伤。

"冬去春来"⑤ 诗人背着"无处安放的行囊"⑥ "游牧在一座城市"⑦，"用四季的四种方式怀念甘南"⑧，找寻精神的归宿。刚杰·索木东守望故乡，回望记忆深处的那片土地，在诗歌中安放来自灵魂深处的乡愁。

四季在轮回，岁月在改变。诗人一次次捕捉季节的足迹，曾创作《冬去春来的十四行》（系列组诗）45 首。在诗人的笔下，春、夏、秋、冬各有其风采，带给诗人四种不同的感触。在刚杰·索木东的笔下，春天是充满希望的，"三月的气息温暖如初/远行的行囊舍弃在地/一株车前草/正准备破土而出"⑨。夏天的图景在诗人眼中总是辽阔高远的，正如在《写给八月》中，刚杰·索木东写道："那是喀纳斯的水妖吗？/在青山绿水间/把天地的韵致/慢慢拉长/那些蹒跚中学步的乳牛和羔羊/那些乌云后带露的草地和心情/还有那些/将最后收留我们的/帐篷，炊烟/丰腴如夏至的女

---

① 刚杰·索木东：《西藏女人——写给母性的高原和高原的母性》，见藏人文化网（http://blog.tibetcul.com/home.php?mod=space&uid=7057&do=blog&id=31464）。
② 刚杰·索木东：《甘南：用四季的四种方式怀念》，见赵逵夫主编《灿烂星河：西北师范大学校友诗选》，甘肃文化出版社 2012 年版，第 628—629 页。
③ 刚杰·索木东：《这个季节的雪没有落下》《母亲节，给母亲写过的 5 首诗和 1 篇散文》，见搜狐博客网（http://gsomsdong.blog.sohu.com/45565125.html）。
④ 刚杰·索木东：《甘南：用四季的四种方式怀念》，见赵逵夫主编《灿烂星河：西北师范大学校友诗选》，甘肃文化出版社 2012 年版，第 630—631 页。
⑤ 刚杰·索木东：《冬去春来》，载《民族文学》2007 年第 3 期，第 129—132 页。
⑥ 刚杰·索木东：《无处安放的行囊》，载新浪博客网（http://blog.sina.com.cn/s/blog_5063ab210102e5xy.html）。
⑦ 刚杰·索木东：《游牧在一座城市》《故乡是甘南》（组诗），见藏人文化网（http://wx.tibetcul.com/zuopin/sg/201105/26643_5.html）。
⑧ 刚杰·索木东：《甘南：用四季的四种方式怀念》，见赵逵夫主编《灿烂星河：西北师范大学校友诗选》，甘肃文化出版社 2012 年版，第 628—629 页。
⑨ 刚杰·索木东：《冬去春来》，载《民族文学》2007 年第 3 期，第 129 页。

子/吉祥大地,我们有缘/幸福地遇见"①。诗人通过喀纳斯湖、乳牛、羔羊、草地、帐篷、炊烟、女子、大地等的状态,呈现出了夏天故乡的青山绿水和盎然生机,含蓄地表达了遇见大地的幸福之感。自古大多数文人的笔下,秋天都是给人以伤感。而在刚杰·索木东看来,秋天却是积极向上的,"成排的青稞仆倒地头/高原一高再高/一只苍鹰挂住蓝天/一只仰望生命的眼睛/被一些光芒深深刺中"②。秋是诗人灵魂成熟的象征,是生命的理性的召唤。冬天雪落大地,覆盖了一切,刚杰·索木东对冬天感到恐惧,"我有三扇窗户/春天、夏天和秋天/而冬季,来临的时候/我大开门扉/让风雪,阻塞/远处的目光"③。

诗人刚杰·索木东在诗歌创作中所展现的民族符号,所呈现的独特的民族文化,使他的诗歌具有了鲜明的民族性。刚杰·索木东延续民族血脉,用诗歌追溯民族过往,展现民族悠久浩瀚的文化。度母、妙音女神、法号、桑烟等一些带有民族文化性质的符号,常常出现在刚杰·索木东的诗歌中。诗人借助特定的符号,传达自己对于民族文化的认识,使读者感受到了浓郁的藏族文化的魅力。

在民族文化的书写中,诗人刚杰·索木东对藏传佛教文化似乎格外关注。诗歌中诗人对庄严神秘的佛塔以及宏伟壮观的寺院的描写,能够折射出他对藏传佛教文化的敬意。这在"大金瓦寺的桑烟刚刚升起"④,"禅定的白塔,仍然保持着沉寂的姿势"⑤ 等诗句中都有所体现,这些带有鲜明藏地地域色彩的书写彰显了其精神指向。在诗歌《扎西达杰:八吉祥之外的言语》中,刚杰·索木东写出了在佛教中象征吉祥的八种物象(即轮、螺、伞、幢、莲、瓶、鱼、结)。他在《西藏笔记》(组诗)中致意布达拉宫、大昭寺、哲蚌寺、色拉寺、罗布林卡、纳木错、扎叶巴寺、甘丹寺、桑耶寺、雍布拉康、昌珠寺、敏珠林寺、羊卓雍措、白居寺、扎什伦

---

① 刚杰·索木东:《写给八月》,见新浪博客网(http://blog.sina.com.cn/s/blog_5063ab210102eavw.html)。
② 刚杰·索木东:《甘南:用四季的四种方式怀念》,见赵逵夫主编《灿烂星河:西北师范大学校友诗选》,甘肃文化出版社2012年版,第631页。
③ 刚杰·索木东:《季节背后的伤》,见中国诗歌网(http://www.zgshige.com/c/2015-11-19/734939.shtml)。
④ 刚杰·索木东:《甘南:用四季的四种方式怀念》,见赵逵夫主编《灿烂星河:西北师范大学校友诗选》,甘肃文化出版社2012年版,第629页。
⑤ 刚杰·索木东:《再回甘南》,载《甘南日报》,2011年4月22日。

布寺,尊崇藏族文化传统,在一次次回顾往昔时发现了历史的厚重,感动于民族文化所赋予他的力量,也明白了祖先的伟大。

"十二年后,再次朝拜/才逐渐明白——/若要轻松地拾级而上/就要放下,沉重的行囊"①,感受"人近中年的孤独"②的刚杰·索木东卸下了繁重的枷锁,直面心灵深处的呼唤,接受民族文化的洗礼。然而,面对着势不可挡的现代化大潮,在社会向前发展的大趋势下,民族文化融合进程中也存在着一定的问题,比如母语的丢失。诗人刚杰·索木东在《卓尼,或者禅定》中写道:"手握一张/远离母语的船票/我分明听到/两种血脉被活生生割裂的声音!"③

语言是文化的载体,是文化的主要表现形式。然而,刚杰·索木东却面临着母语丢失的沉痛的现实。这种文化变异的强大的力量默默地产生着影响,诗人无法阻挡,只能无奈地承受。正如诗人在《茶,马,或者远逝的古道》中所表露的心声:"将醒未醒的梦里/为我注入母语丢失的历史/还有,历史一样无比沉重的呼吸"④。源于生命之初的语言遗失在风中,成为陈旧的历史,只能在梦中回味。"一些母语已经最后忘记"⑤,而"在远方的都市/割离母语的阵痛/便会被祝福/慢慢弥漫"⑥。

此外,诗人心目中神圣的寺庙在现代城市文化和消费观念的冲击下渐渐地世俗化和商业化。刚杰·索木东在诗歌《塔尔寺》里表述:"神圣的经卷中/衮本贤巴林/绛红色的僧衣/正在隐去/喧闹的塔尔寺/我只能空手而来/空手而去"⑦,"在梦开始增多的夜晚/无法放牧/自己日渐减少的羊群"⑧。一系列带有鲜活民族文化特色的事物如今都变了模样,从前的那

---

① 刚杰·索木东:《西藏笔记》(组诗),载《西藏文学》2018年第2期。
② 刚杰·索木东:《甘南屋檐下》,见刚杰·索木东著《故乡是甘南》,四川民族出版社2017年版,第198页。
③ 刚杰·索木东:《卓尼,或者禅定》,见中国诗歌网(http://m.zgshige.com/c/2015-10-28/696663.shtml)。
④ 刚杰·索木东:《茶,马,或者远逝的古道》,出自《自白》(组诗),载《飞天》2013年第11期,第87—88页。
⑤ 刚杰·索木东:《断章或者思念》,出自《高原行吟》(组诗),载《民族文学》2003年第9期,第62页。
⑥ 刚杰·索木东:《在十月,祷告或者怀念》,出自《高原行吟》(组诗),载《民族文学》2003年第9期,第62页。
⑦ 刚杰·索木东:《塔尔寺》,出自《自白》(组诗),载《飞天》2013年第11期,第88页。
⑧ 刚杰·索木东:《青稞点头的地方》,载《飞天》2002年第12期,第77页。

些东西刻有的民族印记如今已慢慢消退，呈现在诗人眼前的成了另一番场景。诗歌《打铁，或者一个久远的印象》中"三十年后，再次路过/街坊，那件打铁的屋子/富丽堂皇，迎面而立/一个妖冶的姑娘"①，多年以后，昔日的那顶伫立在风中的黑帐篷变成了富丽堂皇的房子，那位有着黑色脸蛋的姑娘变得妖冶无比，昔日的古朴自然已经烟消云散。

现代文明同文化传统的碰撞与冲击使得诗人刚杰·索木东怅然若失。民族文化是刚杰·索木东灵魂深处所信奉的，牵绊着他善感敏锐的心灵。面对神圣的民族文化，刚杰·索木东用诗歌去传递，去实践，去反思。"那么多的往事/堵在胸口，甚至写不出/人近中年的孤独"②，"而今，我步入中年/慢慢消淡了，乡愁/抒情，和遥远的故事"③。当年龄逐渐增长，阅历逐渐增加，诗人不再随波逐流，而是用自己独有的方式去对待往事，对待生活。"而今，我喜欢/远离所有的喧嚣/以自己的方式/慢慢靠近，那些/落满灰尘的往事"④，"我选择爱/映照生活的平淡"⑤。《在冬夜里穿越黄河》《路发白的时候，就可以回家》《夜，黑得出奇》等诗篇中，诗人都通过黑夜来直面自我，发出心声。

此外，他还将笔端伸向了更加广阔的天地，用悲悯的目光凝视"残缺的世界"⑥。诗歌《断手》《断腿》《残耳》中，刚杰·索木东对那些不完整的生命个体给予发自内心的真诚的关照。"唯愿，黎明的这碗薄粥/尚能煨热，这个/冰凉的人间"⑦。在《抱残，或者守缺》中，诗人写道："其实，这么些年/我们都过得太过复杂了/当你慢慢老去的时候/就会明白——/抱残，或者守缺/远比追求完美/要自在得多"⑧。

"双翅之上，是苍穹，是流云/是那自由自在的风/而脚下，是众生，

---

① 刚杰·索木东：《打铁，或者一个久远的印象》，见刚杰·索木东博客（http://blog.sina.com.cn/s/blog_5063ab210102vpy5.html）。
② 刚杰·索木东：《甘南屋檐下》，见刚杰·索木东著《故乡是甘南》，四川民族出版社2017年版，第198页。
③ 刚杰·索木东：《而今，我步入中年》，载《草地》2016年第1期，第37页。
④ 刚杰·索木东：《这个世界我逐渐熟悉》，出自《煨暖岁月深处的幽暗》（组诗），载《西藏文学》2016年第6期，第59页。
⑤ 刚杰·索木东：《在冬天听到花开的声音》（外一首），载《飞天》2000年第12期，第66页。
⑥ 刚杰·索木东：《残缺的世界》（组诗），载《飞天》2012年第13期，第22页。
⑦ 刚杰·索木东：《抱残，或者守缺》（组诗），载《黄河文学》2017年第10期。
⑧ 刚杰·索木东：《抱残，或者守缺》（组诗），载《黄河文学》2017年第10期。

是大地上/是那些需要超度的灵魂"①。经过漫漫岁月的洗礼，诗人刚杰·索木东的心灵得到了沉淀，他理解了生命，认识了真正的自我，与世界达成了某种和解。他的诗歌一方面契入个体的心灵，写出了幽闭而敏感的灵魂，另一方面又以极大的悲悯之心关注众生。《漫天的大雪落在冬天之外——献给在玉树地震中遇难的同胞》《舟曲，太近的灾难让我彻底失语》等作品显现了他深刻的现实主义关怀。

刚杰·索木东以甘南为出发地，到达了一个广阔的写作空间。他对亲人、对众生投以人文关怀，用慈悲之心看待万物，用文字构筑了一隅精神的栖息地。

第八节 守望与探求——嘎代才让的诗歌创作

嘎代才让，一个行走于甘南地区，仰望神性天空的藏族青年诗人。他从1997年开始进行藏汉双语创作，在二十多年的时间里创作了大量的诗歌，出版有诗集《西藏集》。

嘎代才让的诗歌内容较为广博，有对雪域西藏的朝圣，有萦绕心头的乡愁，有念恋不忘的亲情，有缅怀友人的友情，有酸甜苦辣的爱情，还有切合时代脉搏的对玉树受难同胞的关怀与同情，等等。正如蒙古族作家哈森对他的评价："一个将诗歌写作日常化的藏族青年。"② 嘎代才让并不是"为赋新词强说愁"之人，他自己曾说："写诗十余年，我一直在记录：与看得见或看不见的事件而做记录，与内心的反抗而作记录，与信仰的象征作记录，与时常的念诵作记录；不仅仅是用心记录，而是用生命去记录。"③ 他把诗歌看成生活的一部分，用诗歌去记录琐碎而细小的事情，去表达微妙而复杂的心理变化，去抒发对圣地的向往与期冀等。他用诗歌

---

① 刚杰·索木东：《神鹰》，《在北国的夜里想到大海》（外一首），载《诗林》2015年第3期，第81页。

② 哈森：《嘎代才让和他的诗歌》，见中国作家网（http://www.chinawriter.com.cn/bk/2010-06-01/44526.html）。

③ 此为在首届"汉江·安康诗歌奖"颁奖礼上嘎代才让的答奖辞，见霍俊明博客（http://blog.sina.com.cn/s/blog_4c1438870100nb2w.html）。

将自己真切的感受、想法表达出来，不矫揉，不造作。嘎代才让将诗歌写作日常化、细节化、个人化，使我们可以窥见诗人最隐秘的心灵颤动，同时也为我们呈现了多元化的藏地生活图景。

独具特色的地域文化与宗教文化在一定程度上造就和影响了嘎代才让的创作。"地域文化是指在一定的地理空间形成，并经过长期积累的包括观念、风俗在内，具有自我特色的诸多文化元素的总和。"① 一方水土滋养一方人，不同的地理环境导致人在思维方式、观念、习俗等方面不同，进而导致了地域文化的差异性。嘎代才让在青海出生，中小学时代及工作和生活的很多时光是在甘南度过的。他的诗歌创作根据地理空间领域可以划分为两部分，一部分是对出生地青海的描写，另外一部分是对现在的生活地甘南及兰州的描写。

从古至今，羁旅漂泊的孤寂、思乡之情常常出现在文人墨客笔下，杜甫借月亮来抒发思亲怀友念故乡的感慨；余光中借海峡表达回归大陆的渴望；嘎代才让则通过对记忆的追溯，并且直接以地名青海命名一些诗歌，来表达对故土的怀念之情。诗人在《青海 青海》中写道："青海被高原的阳光穿着/像破旧的衣裳/一辆马车拉着几只羊/从身边经过/我有点痴了，对着这些瞬间的记忆/星辰居上/其下是歌声/今夜青海，又大又亮/此刻，我想起三江源/想起了三条江河从疲惫大风中流过/今夜我要埋住哭声"②。诗人开篇便将青海比作破旧的衣裳，穿在阳光的身上，既有比喻，又有拟人，被太阳穿在身上的衣裳，可见青海的辽阔。诗人由青海这一地名直接切入主题。马车拉着的不仅仅是几只羊，更是诗人自己，诗人的记忆跟随着马车前进的方向渐渐被唤醒，从白天到晚上，记忆在不停地跳跃，情感亦在不断地加强。如果说白天只是唤起记忆，那晚上则是情感的抒发。夜晚的青海，在月亮的映衬下显得又大又亮，面对此情此景，诗人想到长江、黄河、澜沧江的源头——三江源。由此及彼，诗人联想到青海给予了自己生命，自己却身处他乡。至此，诗人的思乡之情再也无法控制，疲惫的大风更是疲惫的诗人，他忍住泪水，却忍不住浓浓的思乡之情。

在诗人的另一篇题为《青海》的诗歌中，我们也可以感受到诗人对青海故土的深挚之情。"我选定一个黄昏后/突然觉得自己是孤单的/满脸的

---

① 朱万曙：《地域文化与中国文学——以徽州文化为例》，载《中国人民大学学报》2014年第4期，第25页。
② 嘎代才让：《青海 青海》，载《诗刊》2006年第10期，第62页。

喜悦，远在青海/就已悄悄消失了/青海的时候/我怀疑窗外的世界将我丢下/一个人在黑暗中/寻找一丝光亮/后来从睡梦中醒来/我看见自己泪流满面/再后来月亮在深夜照出了我的骨头/和越背越沉的行囊"①，黄昏是明暗交接的时候，当黑暗一点点吞噬着光明，人的思维也开始涣散，诗人在当下感受到孤独，想起了在青海的时候。诗人即使被世界抛弃，也要在黑暗中寻找一丝光亮。如梦初醒的他，泪流满面，这泪水既是对故乡青海的思念，更是对当时自己执着追求光明的想念。从太阳到月亮，由白天到夜晚，思乡之情越来越浓重，行囊也就越背越重。"月亮"作为诗歌中常用的意象，经常用来表达思乡之情。在这里，"月亮"不仅被用来表达思乡，还是指引方向、给人带来慰藉的象征。

　　从地理空间领域来看，嘎代才让诗歌创作的第二部分内容是对现在常居之所兰州和甘南大地的描写。"仿佛还在昨天/我们同时走近一个地方，拥抱/亲吻，害羞地扭过脸/那时天地很暗，太阳还没有出来/你我之间，有空气飞扬/我说你是草原/是草原明亮的眼睛/这是我渴望马匹的清晨/整夜我都盼望，有蹄声响起/你总是固执己见。/这么多年，一朵格桑灿烂于夜的时辰/就是甘南。早上六点/其实不知道是什么时候的六点/风吹过，这地方/被一丝一丝的寒风所利用着/这种时候/我会记住草原的颜色/记住她的歌声/记住那匹渴望已久的马/太阳出来了，这是寂静的甘南的草原/男人在放羊，女人在河边打水/我已没有什么事可做了/我沉默不言"②。诗人走近甘南，在诗中，"你"就是甘南，诗人与甘南合称"我们"，并且相互走近，诗人喜欢这里，"拥抱""亲吻""害羞"一系列情绪词表达了诗人走近甘南的感受。同时，甘南与诗人的故乡又是不一样的。在这里，诗人也在想念故乡，他渴望有马匹，有蹄声响起，但这里却是寂静的。这里虽然有灿烂的格桑花开放，有放羊的男人、打水的女人，而诗人自己却无事可做，除了看到眼前的这里，也在念着过去的自己。

　　在嘎代才让的诗歌中，"兰州"是一个频繁出现的词汇。"兰州还在下雨，站在城郊的马路边"③，"今夜，兰州的大街空旷/夜风吹着干净的衣服和我的骨肉/我在等有人来喝酒/……在兰州，我不奢望一瓶好酒了/

---

① 嘎代才让：《青海》（外一首），载《作品》2006 年第 7 期，第 76 页。
② 嘎代才让：《我在甘南》，载《诗选刊》2005 年第 11、12 期合刊"中国诗歌年代大展特别专号"，第 6 页。
③ 嘎代才让：《兰州下雨》，载《诗潮》2006 年 1—2 月号，第 62 页。

虽然他们在某个角落还能喝"①，"来到兰州，来到这个开发几十年的城市/忘记了忧伤"②……诗人以兰州这个城市为中心，对兰州的生活细节、季节转变、发展变化等各个方面进行描写，同时将自己的情感融入这座城市，充分体现了他的诗歌地域文化与现实相结合的特点。

作为一个藏族作家，嘎代才让深受宗教文化的影响，藏文化因素渗入他的心灵与记忆中，成为其作品的文化内蕴。"独坐菩提树下。/背后的光，带有信仰的光泽/令人想到无羁的灵魂，日暮般的悲壮/包含了生死；超凡脱俗/像一颗颗闪光的眼泪在作祟/而受孕的生命，属于不时被/镀金的高处。/属于风，属于江河，属于神秘，/属于暗夜里，/燃不完尽的一盏油灯：肃穆、祥和，/当莲花矗立/于大地。与万物一同呼吸时/被冰雪滤过的芬芳，/能否繁衍至比信仰更辽远的，/比生殖更为重要的/一个复活的季节？/春夏秋冬：在摇动——/风雪之摇动，花蕊之摇动/硕果之摇动，/鹰翅长久地摇动。已将一切/美与善的因缘，/还给了人类原有的心智。/于是，佛陀端庄静思/慈悯心顿生：/眺望雪原，望不到梦的边缘/高空下璀璨的星辰，在黎明时分/不明缘由地抽泣，/'彩虹的天空，丢弃了它宿命的主人'/爱属于此刻，我奉命传送——"③。藏族的宗教信仰不是空洞的、抽象的，而是借助一些常用的意象去连接人与神的世界，以达到超脱自我的淡然境界。诗中出现菩提、油灯、莲花、佛陀、雪原等意象，以静坐思索为主线，从"无明"到"老死"，再到生命的诞生，生生死死，因果相循，这里有美好的相逢，亦有悲伤的离别。正是在这相逢与离别的时刻，情感达到爆发的临界点，爱在此时显现出来。诗人通过对意象的描摹，对藏传佛教思想的渲染，展现了对生死轮回的淡定与智慧，以及对真情的传递与颂扬。

《谶书》中"我向长者打问/是一座长有菩提的庭院吗？/我和一位苦修一生的姑娘擦肩而去。来不及牵手。来不及思念。/我把这一场梦，称作'天空'/留下了生动的戳记，并且说出了诸多/神祇的秘密……/长者笑了，默念经文，不作答。"④ 诗人找寻长有菩提的庭院，就是在找寻佛陀，欲将自己对姑娘的爱慕，以及错失爱情的失落之情与之诉说，而得到

---

① 嘎代才让：《不能再把兰州喝醉》，载《诗潮》2006年1—2月号，第62页。
② 嘎代才让：《暮色：黄河边漫步》，载《诗潮》2006年1—2月号，第63页。
③ 嘎代才让：《赞丹呗嘛》，载《民族文学》2015年第6期。
④ 嘎代才让：《谶书》，载《中国诗歌》2012年第7期。

的结果是长者的微笑不作答。"我"没有领会长者的意思，没有得到解脱，"我只身一人守候宗教的城堡/为你取暖"。"我"挣扎在对姑娘的爱恋中，相爱却错过，遇到得不到，"我爱上你，如同一头豹子，逼上山崖/抖动花纹，惊吓半个西藏——/黑暗中没落的国度，哽咽不语/像我的女人，发辫修长，不愿卸下嫁妆/黎明前的起身，传唱半截梵音中的英雄/十万明灯，集体嘶鸣［……］"①诗人将抒情与叙事完美地结合在诗歌中，让读者在他的叙述中感受着他的情感的波澜起伏，体会其思想的深度。

嘎代才让感念万物，心怀慈悲，年少时曾将一只小绵羊送到了屠夫手上，多年以后还会梦见小绵羊，心里忏悔不已，为小绵羊写了一首组诗来表达忏悔之情。诗歌分为八个部分，分别是"慈悲""忏悔""祈祷""回眸""瞬间""轮回""牺牲"和"挽歌"，从小标题的拟定就可以看出嘎代才让是藏传佛教的虔诚信仰者，"自从，丢弃那只绵羊后/身边的野花从未停止绽放/今夜，我在如歌的草原上入睡/星辰之下，泪水不断"②，"佛啊，我看见了虚空的大地/疼痛便抓住了我"③，"我注定要成为一个赎罪之人/为自己的信仰与良心而后悔莫及"④。诗人丢弃了绵羊后，又遇到许许多多的绵羊，但是都不是曾经的那只，寂静的夜里，对绵羊的思念化为止不住的泪水，空洞的大地，再也没有了属于自己的绵羊的身影。"我"为"我"曾经的错误决定而后悔不已。"手执最后一份经卷/一遍遍长诵不止，怀抱羔羊，长久醒来"⑤，我为你诵经，为你祈祷，既是我的忏悔，更是对你美好的祝愿。"想问，你的生命将如何转移？/你的轮回中有我的影子吗？"⑥藏传佛教认为生命是轮回的，生生世世，永不间断。诗人在诗歌的末尾处发问：你的轮回中是否有我的身影？诗人的内心是复杂的，希望有，亦希望没有，有的话我会向你表达忏悔；又希望没有，这样你就可以忘记这一切悲伤，开始新的生活。

作为"藏族第三代诗人的领军人物"⑦，嘎代才让以其独特的诗歌之

---

① 嘎代才让：《谶书》，载《中国诗歌》2012年第7期。
② 嘎代才让：《谶书》，载《中国诗歌》2012年第7期。
③ 嘎代才让：《谶书》，载《中国诗歌》2012年第7期。
④ 嘎代才让：《谶书》，载《中国诗歌》2012年第7期。
⑤ 嘎代才让：《谶书》，载《中国诗歌》2012年第7期。
⑥ 嘎代才让：《对一只小绵羊的怀念》，载《民族文学》2009年第7期。
⑦ 邱婧：《嘎代才让与属于他的西藏——嘎代才让诗歌创作论》，载《扬子江评论》2011年第4期，第59页。

旅闪耀于当代诗坛。他以藏地为精神高地，书写着个体的情怀和民族的展望。他的诗歌具有地域文化与宗教文化的双重特性。正如哈森所言："嘎代才让血液里的浓浓乡愁，导致他的生命注定沉重。而作为藏族母亲最疼爱的儿子，他的诗歌，背负着为那片土地、那片天空、为家园为同胞不停书写的重任。"① 嘎代才让以其创作，昭示了新生一代年轻藏族作家对故土和家园的守望与探求。

---

① 哈森：《嘎代才让和他的诗歌》，见中国作家网（http://www.chinawriter.com.cn/bk/2010-06-01/44526.html）。

第十一章 多元绽放的安多文学（二）
——藏语文学创作

从新中国成立到"文化大革命"前夕的十七年，是安多地区当代藏语文学初步形成和发展的奠基时期。这一时期从事藏语创作的主要是具有渊博学养的高僧大德，如喜饶嘉措、桑热嘉措、和才旦夏茸等。新的时代的到来点燃了他们的激情，他们用诗歌的形式来歌颂和赞美崭新的时代变化。在写作手法上，他们受传统藏族文学的影响，主要用古典诗歌的形式来反映新的时代内容，以敏锐的视角捕捉崭新的社会现象，展现火热的现实生活，书写时代的赞歌。除文人诗歌外，这一时期也有一些流传在民间，具有鲜明民族地域风情和时代风尚的民歌。"新民歌的大量出现和创作也是这一时期文学形式的一大特征。藏族新民歌是藏族古典文学与当代文学的衔接点，它在形式上继承了传统文学的特征，在内容、主题、基调上都富有鲜明的时代特征。"① 这一时期，文艺阵地出现了崭新的风貌，新诗主要刊于一些报纸杂志，民歌则流传于牧场乡间。

喜饶嘉措是藏族聚居区学术界的泰斗，也是伟大的爱国主义者。他毕生致力于佛学事业，钻研经典，精通五明，博学多才，藏学研究成果丰硕。新中国成立后，他还用藏语写了许多赞颂党和国家最高领导人的诗歌。桑热嘉措作为著名的藏族学者，他的藏文化功底及修养极高，其诗作具有很强的时代精神和很重要的现实意义，雅俗共赏、贴近生活、语言活泼，虽数量不多，但影响颇大。例如，其代表作品《青海湖赞》将写景与抒情完美结合，传达的是一种昂扬壮美的时代情绪。作品描绘了青海湖的阔美壮大，写出了青海湖旖旎的风光，也刻画了青海湖边可爱的生灵和草原上马牛羊三宝，呈现出一种欢快明朗的格调。才旦夏茸活佛是一位佛学

---

① 索洛：《五十年青海当代藏文文学刍议》，载《民族文学》2002 年第 1 期。

造诣很高的大师，20世纪50年代在青海民族学院任教。他致力于藏族传统文化研究和传播，同时也用诗歌的形式反映现实生活和时代情绪，著有《校园见闻吟》《赞杭州西湖美景》等诗歌，呈现出一种新的时代图景。喜饶嘉措、桑热嘉措、才旦夏茸等老一辈知识分子"他们博学才高，在藏族传统文化方面有很深的造诣，在传统诗歌方面更有深厚的艺术功底。他们的诗歌在形式上虽然运用了藏族传统的古典诗歌表现手法，注重语言的精雕细琢和修辞的规范和丰富性，严格音韵，充分表现古典诗歌的典雅、雍容之美，但在思想内容上却注入了新的生命，充满了强烈的时代气息"①。

党的十一届三中全会以后，安多地区文学创作和其他区域的文学创作一样焕发出新的风貌。伴随着安多地区文学创作的整体繁荣，藏语文学创作也有了很大的发展空间。一方面，一大批成长在新中国、受过系统文化教育的藏族青年文学爱好者成长起来，20世纪80年代日新月异的社会变化、新鲜的人物和故事、沸腾的社会生活都促使他们产生创作冲动，藏族文学出现了空前繁荣的新面貌。另一方面，在这一时期，得益于国家的扶持，在广大藏族聚居区出现了很多文学刊物，青海创办了《章恰尔》《岗尖梅朵》《青海群众艺术》等藏文期刊，团结和培养了一批藏语作家，为藏语作家发表作品提供了平台，带动了藏语文学创作的发展。由此，80年代的藏语文学创作在各个方面都有了新的拓进，诗歌、散文和小说创作方面均有长足的发展。这一时期的代表作家有端智嘉、角巴东主、南色、热贡·多杰卡、恰嘎·多杰才让等，他们在藏语文学的创作和开拓方面的努力使得藏语文学显现出崭新的风范，并直接引领了90年代后藏语文学创作的繁荣，出现了像居·格桑、扎巴、德本加、扎西东主等十分优秀的藏语作家。

端智嘉，青海省黄南藏族自治州人，虽然英年早逝，但在藏族文坛却影响深远。他思想深刻，才华卓越，在诗歌、小说、散文、论文、译作等方面皆有收获，对藏族当代文学和文化的发展作出了重要贡献。1981年，他的诗歌小说合集《晨曦集》出版，显现了藏语文学在新的时代的长足发展，在藏语文学创作方面堪称典范。此外，在80年代，端智嘉还另著有诗歌如《一个奇幻的梦》《草原恋歌》，小说《虎牛滩》《爱的浪花》《假

---

① 索洛：《五十年青海当代藏文文学刍议》，载《民族文学》2002年第1期。

活佛的故事》《被霜摧残的花朵》等未结集的作品。在诗歌创作方面，端智嘉一方面显现了藏族传统诗艺对他的影响，另一方面又饱含时代的激情。其诗作《青春的瀑布》满蕴民族自豪感，他写出了诗人对历史的反思和对现实的关注，具有深刻的哲理探求："啊！瀑布！／你汹涌的波涛飞溅的浪花／表现出我们——新一代雪域儿女的精神／你湍急的水流滚滚的声音／诉说着我们——新一代雪域儿女的理想／保守、畏缩、迷信、懒惰／在我们这代人中没有立足之地／落后、野蛮、黑暗、反动在我们这代人中没有容身之处"①。他的诗歌感情充沛，激情昂扬，在新的时代，他写出藏族青年如瀑布激流一般的生命激情："我们将会为这个民族开拓新的前进的道路／看！那整齐的队伍／正是吐伯特新生的一代／听！那和谐的歌声／正是吐伯特青年的脚步／光明的大道，历史的重任，幸福的生活，战斗的歌声／瀑布的青春永不凋谢／青春的瀑布更不会消逝／这是，发自吐伯特青年肺腑的青春的瀑布／这是，流自吐伯特青年内心的青春的瀑布"②。诗句里洋溢着时代的激情和理想主义色彩，同时又有对历史的反思和对未来的憧憬。诗歌《一个奇幻的梦》获第一届全国少数民族文学创作奖。作品以梦境和仙女回答的方式写出了党的十一届三中全会后国家的崭新风貌，作品这样写道："为何火光熊熊遍地燃，这是氢弹爆炸又成功；／为何春雷滚滚长空震，这是新型机器轰鸣声；／为何雪山摇动江河翻，这是四方敌人乱闹腾；／为何珊瑚玉石宝城聚，这是人民政权有贤能；／为何四面八方鲜花开，这是人民团结好光景；／为何片片花瓣染大地，这是人民幸福笑盈盈；／为何蜜蜂拍翅赛飞技，这是男女老少竞立功；／为何悦耳小曲嗡嗡响，这是城乡赞歌唱不停。"③诗歌以梦境的方式展现了社会日新月异的变化，并以仙女回答的方式展现了祖国欣欣向荣、和谐美满的生活。端智嘉的诗歌继承了传统藏语诗歌语言形式等方面的特点，又在新的时代有所创新和发展。他以开阔的眼光、锐意进取的姿态，展现了新的时代风貌和藏族青年蓬勃的激情和深沉的理性反思，并在诗歌艺术的传达上开拓了藏语诗歌的多元化表达。他的诗歌开创了当代藏语诗歌自由体的崭新形式，

---

① 端智嘉著，久美多杰译：《青春的瀑布》，见藏人文化网（http://www.tibetcul.com/wx/zuopin/sg/28056.html）。

② 端智嘉著，久美多杰译：《青春的瀑布》，见藏人文化网（http://www.tibetcul.com/wx/zuopin/sg/28056.html）。

③ 丹珠昂奔：《藏族文化发展史》（下），甘肃教育出版社2001年版，第1238页。

其诗歌语言优美、形式多样、意境丰富，在当代藏语自由体诗歌的探索方面有着积极的贡献，深刻地影响了新一代藏族诗群。在小说创作方面，一方面，他对藏族传统文化满蕴热情；另一方面，他又充满理智的探求和对现实的反思。他的创作往往以藏族的日常生活为题材，反映民族传统文化，展现民族品格，但又对民族痼疾有所批判，对现实保持警醒和深刻的反思。作品《假活佛》写一个骗子假冒活佛，以宗教的外衣欺骗村民，最后被绳之以法的丑剧。作品描绘了 20 世纪 80 年代，在国家对宗教信仰自由政策加大落实力度后，一些藏族聚居区出现了假冒活佛招摇撞骗的现象。作者不仅对这种现象持批判态度，还对普通藏族群众盲从的心理进行了挖掘，如虔信宗教的尼玛大叔虽然看到了假活佛的破绽，但他却一遍遍否定自己："和佛爷在一起的时间长了，竟想在佛爷头上挑毛病。"并不断自责自己竟然敢怀疑活佛。作者对民族劣根性进行了挖掘，指出正是因为有愚信的民众，才会有假活佛为非作歹，正是因为有尼玛大叔这样一些将毕生理想寄托于宗教情感的庞大民众对宗教的盲从，才导致了假活佛的产生。作品具有现代意识和批判精神，对民族信仰有着清醒的审视和反思。端智嘉对藏族文坛贡献颇丰，他用藏文进行文学创作，并用藏文翻译汉文名著，还对藏文原著进行注释和评介。他视野开阔，思想敏锐而深刻，他的作品既具有浓郁的民族特征，又具有鲜明的时代特征，其卓越不凡的思想质地显现着当代藏族文学在思想上和艺术上的高度。

在青海当代藏语文学创作中，德本加的创作独具魅力。德本加长期生活在草原牧区，秉持着对文学的热爱和对故土的眷恋。他的作品一方面关注普通人民的底层生活，描写他们的精神状态，另一方面以文学的方式介入对藏族聚居区社会生活的思考与追问。例如，《村长》这篇小说围绕村子里年久失修的水渠，串联起各色人物的动向，写出了藏族聚居区农村生活的现状，反映了农村基层政权的涣散，以及权力的腐败与不作为。同时，作品通过对"村长"这一角色的塑造，为读者呈现了一个任劳任怨、一心为村民服务的大写的灵魂。再如，《枯叶》通过描写美丽上进的姑娘塔热措的悲惨命运，写出了农村落后的观念对女性发展的制约，流露出哀婉的情调。《人生歌谣》通过尼玛大叔对父亲和自己孩时的追忆，以及子孙生活的描写，传达了藏族人豁达的生命观，同时呈现出悲悯的人生况味。《狗，主人及其亲友们》通过非常年代的打狗运动对人心灵的伤害，传递了因果报应的生命观，同时批判了乡村人情观念的淡薄。德本加长期生活在基层，他对人性人情有着透彻的认识。他一方面写出了藏族人民的宽忍，写出了生命的豁达，另一方面也写出了人性的卑劣，因此，他的作品又带有感伤的意味。在其作品中，他还特意将人与动物相对照，呈现了一系列关于狗的题材的小说，如《老狗》《看家狗》《哈巴狗收养记》等，将狗的忠诚和善良与人的狡诈淡薄相对照。对现代社会人心人性的批判，呈现了德本加对社会的独特思考。

　　扎巴是当代藏族作家中用藏语创作的又一位笔耕多年的实力派学者型作家，其中短篇小说集《寂寞旋风》获得第十届全国少数民族文学创作骏马奖。扎巴注重在心灵层次展现藏民的心路历程，他的作品具有较为尖锐的批判意识，与同时代其他以藏语为母语的作家相比，扎巴还更注重艺术形式上的创新。在描写题材上，与许多藏语作家一样，扎巴的创作重在表现藏区生活图景，描写普通人物的生存面貌和他们的精神追求。《夜行鬼拉巴与蛤蟆嘴仁青》写出了小人物生存的无奈和悲哀；《路》则刻画了社会转型时期金钱至上观念对人性的异化；《膺傲神山与圣地拉萨》呈现了普通藏民对圣地拉萨的向往；《寂寞旋风》则塑造了一个在情感的泥淖中心灵畸变的形象。扎巴的作品既有理性的高度，也有艺术的探求，正如骏马奖的颁奖词所写的："扎巴的写作拓展了藏文小说的题材和艺术疆域。《寂寞旋风》聚焦于草原牧民，在历史的纵深中表现藏族劳动者的生存状态和精神追求。小说具有朴素的写实力量，对旧时代底层民众生活的不公和无奈寄予深切的同情，而牧民们善良、真诚、勇敢的品格，在生动的刻画中达到了令人难忘的人性高度。"[①] 扎巴关注普通人的生活，注重对他们精神困境的描写和刻画，同时，他十分注重对藏文小说艺术形式的拓新和探求，显现了当代藏语文学创作的较高水平。

　　阿宁·扎西东主的小说集《收获的季节》获得第七届全国少数民族文学创作骏马奖。他的一系列作品关注当下藏族聚居区的现实生活，注重从精神层次塑造人物形象。其短篇小说《雪域，灵魂的世界》通过对格沃大叔家庭生活的刻画和对子女生活道路的描写，以及他对待宗教态度的变化，传达出一种理性批判的态度，指出应该理性地对待宗教，不要有执念，不管是对宗教持鄙夷的态度，还是一味执信宗教而忽略俗世的生活，

---

① 第十届全国少数民族文学创作"骏马奖"评语，见中国作家网（http://www.chinawriter.com.cn/2012-09-20/142096.html）。

都是非理性的。其文化反思之作《那木加勒大叔和他的〈那加才洛〉》中的那木加勒大叔，是说唱《那加才洛》最好的艺人，被称作"民间说唱艺术大师"。《那加才洛》是普遍流传在安多藏族聚居区的一部叙事史诗，讲述那加才洛前半生享尽荣华，后半生却穷困潦倒，因此感悟"财富无常如同草尖上的露珠"，财富无常，人生亦无常，劝勉世人勿沉溺于物质享乐。作品通过那木加勒大叔说唱《那加才洛》，展现了在商品化大潮的影响下，传统信仰与商品经济的格格不入，以及由此带来的一系列冲突。阿宁·扎西东主注重历史和传统的延续，但他也珍重当下，既有对传统的回眸和反思，又有对当下的探求和思考。

另外，十分可喜的是，近年来在青海藏族聚居区有一批创作活跃的双语作家，他们大都受过高等教育，能娴熟地进行藏汉双语创作与翻译，如万玛才旦、洛嘉才让、久美多杰、阿顿·华多太等。其中最具代表性的是万玛才旦，他在藏汉双语创作方面皆有探求，不仅汉语创作方面成果颇丰，藏语创作和翻译方面也有卓越贡献。他著有藏语小说集《城市生活》和《诱惑》，著有藏译汉作品集《西藏：说不完的故事》《人生歌谣》等。他是藏族作家中少有的对藏语和汉语两种书面语言都能娴熟使用的作家，这使得他的视野面更为开阔，能自由地穿梭在两种语言之间。因此，有评论这样认为："万玛才旦在使用汉文创作或母语创作的同时，也可将自己的汉文作品译成藏文作品，或将自己创作的藏文作品译成汉文作品同时发表。这种'两栖'创作并非重复自己，而是充分利用了广泛的读者'资源'，使不同民族的读者可以通过不同的语种阅读到自己所喜欢的作品。这一优势，是用纯母语或纯汉语进行创作的藏族作家所不能拥有的……"[1]另外，洛嘉才让和阿顿·华多太也在藏汉语创作和翻译方面成果颇丰，洛嘉才让著有藏文诗歌集《倒淌河边的风》、译著诗集《尖·梅达的诗》（藏译汉）。阿顿·华多太著有藏文诗集《忧郁的雪》、译著诗集《火焰与词语》。久美多杰著有译著《冈底斯的项链》（藏译汉）、《藏族女诗人十五家》（藏译汉）和藏汉双语诗集《一个步行者的梦语》等。

在当前的安多藏语创作方面，除了上述作家外，还有一批对藏文化有着极强担当意识的年轻作家，如拉先加、觉乃·云才让、万玛仁增、

---

[1] 才旦：《青海当代藏族文学的发展及现状》，载《青海师范大学民族师范学院学报》2003年第1期。

赤·桑华、宽太加等。他们出生在20世纪70年代中期后，大多受过系统教育，其中不乏高学历的藏族学者，如拉先加和觉乃·云才让都是博士研究生。他们用藏语写作，以将自己对民族文化的那份持守精神代代相传，用一种本土化、民族化的书写传达着民族的声音，彰显着民族的属性，展现着民族前行的心路历程。他们在吸取前代作家创作经验的基础上又有所创新，显现了藏语文学创作的强势后劲。拉先加是藏传佛教和藏族文化方面的博士研究生，先后四次获得章恰尔文学奖，成为该奖项上获奖次数最多的作家。他著有长篇小说《成长谣》和短篇小说集《路上的阳光》等。觉乃·云才让是哲学博士，在藏汉文创作和文学评论方面都有一定建树，曾获得章恰尔文学奖和第九届全国少数民族文学创作骏马奖。觉乃·云才让著有藏文中短篇小说集《守戒》和《谷底阳光》，藏文散文集《老房子》，另著有长篇汉文儿童文学作品《牧云记》。这些年轻的藏族作家文化资源丰厚，与前辈作家相比视野面也更为开阔，他们孜孜不倦的努力显现了藏语文学创作的广阔前景。

结　语

　　政治、经济、文化等都是有一定地域性特征的，在长久的历史发展进程中，不同的自然地理风貌会形成各异的经济发展格局，伴随不同政治形态的影响，由此形成不同的文化空间，呈现出不同的人文风貌。而且，不同地域空间的人文内涵和个体生命体验也直接影响着作家个体价值观念的形成，并在此基础上产生不同的文化认同和文学想象。杨义在谈到他重绘中国文学地图这个工程时这样说道："我现在一直在做重绘中国文学地图这么一个工程，之所以用'地图'这个概念来讲中国文学，就是要在文学完整性上展开它们的巨大空间，展开它们的地域文化脉络的丰富性，展开其中的民族、家族、作家个人及其群体的生存流动聚散等等空间上的问题，探讨我们民族发展过程中完整、丰富、异彩纷呈的文化精神谱系。"[①]文学活动是人类精神生产活动的一个重要组成部分，与其他物质生产活动一样是在特定的地域环境中展开的，而不同地域差异的客观存在，使得文学活动的区域性差异不可避免。地理环境中的自然景观和人文景观给作者提供了丰富的、取之不尽的创作素材，同时，地理环境作为特定的成长背景和艺术创作的源泉，潜在地影响着作家的文化心理和审美心理，培育肉体和灵魂的生长，激发创作者的灵感。无论是作家的精神特质，还是作品所反映的生活面貌，都与地域文化有着密不可分的联系。此外，地域文化的独特性不仅在于它有着独特的自然人文风貌，更在于这片土地所养育出来的人，有着与别的地域的人不同的文化渊源和积淀。作为隶属于某一个地域的作家，其文学创作会天然地被打上与生俱来的文化根性和地域性烙印。当然，地域文化在文本中的呈现是复杂的，在每个作家那里也有着不同的景观，有的作家有意识地彰显和强化其文本的地域文化色彩，有的作

[①] 杨义：《中国文学地理中的巴蜀因素》，载《重庆师范大学学报》2010 年第 1 期。

家则无意识地在其文本中呈现本地域的自然地理、风土人情和文化特质。

　　藏族聚居地地域广大,因此,分区域研究藏族文学是藏族文学地域性研究的重要内容。在从地域角度对藏族文学进行研究这一方面,还有许多值得探讨的问题,比如作家的迁徙流动,一些藏族作家离开本土,到其他地区生活和工作,这些流动对其文学创作和审美心理建构有着怎样的影响?再比如,每一区域不同种类的文本与地域又有着怎样的关系?此外,不同区域的文学有着怎样的交互影响?等等,不一而足。深入探讨作家、作品与地域环境的内在关系,还有许多需要继续挖掘的问题。生活在某一地域的人,其生产活动和情感行为会不同程度地受该地域环境的影响,人与地域两者之间的互动纠葛是驳杂丰富的,也是斑斓多彩的。深厚的地域文化使不同区域的藏族文学焕发出独特的魅力。藏族文学的地域性研究是一个具有多角度、多层次的复杂工程,从任何一点切入进行探究,都可能会有新的发现和开拓。在全球化的时代背景下,从文化地理视域出发,通过对不同区域藏族文学的研究,破译文本里所隐藏着的文化密码,挖掘文化生态的丰富性和多元性,从多侧面、多视角去展现藏族文学创作独特的魅力及其在中华民族共同体话语建构中的作用,这将是一个浩大的、仍需继续探究的课题。

参考文献

一、专著

[1] 阿底峡. 柱间史［M］. 卢亚军，译. 兰州：甘肃人民出版社，1997.

[2] 阿来. 阿坝阿来［M］. 北京：中国工人出版社，2004.

[3] 阿来. 瞻对［M］. 成都：四川文艺出版社，2014.

[4] 阿来. 阿来的诗［M］. 成都：四川文艺出版社，2017.

[5] 阿来. 遥远的温泉［M］. 北京：作家出版社，2017.

[6] 阿来. 大地的阶梯［M］. 西安：陕西师范大学出版总社有限公司，2019.

[7] 爱德华·萨义德. 东方学［M］. 王宇根，译. 北京：生活·读书·新知三联书店，1999.

[8] 爱德华·索亚. 后现代地理学：重申批判社会理论中的空间［M］. 王文斌，译. 北京：商务印书馆，2004.

[9] 白玛娜珍. 西藏的月光［M］. 重庆：重庆出版社，2011.

[10] 本尼迪克特·安德森. 想象的共同体：民族主义的起源与散布［M］. 吴叡人，译. 上海：上海人民出版社，2003.

[11] 才旺瑙乳，旺秀才丹. 藏族当代诗人诗选：汉文卷［M］. 西宁：青海人民出版社，1997.

[12] 次仁罗布. 界［M］. 拉萨：西藏人民出版社，2011.

[13] 陈庆元. 文学：地域的观照［M］. 上海：上海远东出版社，上海三联书店，2003.

[14] 陈正祥. 中国文化地理［M］. 北京：生活·读书·新知三联书店，1983.

[15] 程美宝. 地域文化与国家认同［M］. 北京：生活·读书·新知

三联书店，2006.

[16] 次仁罗布. 祭语风中［M］. 北京：中译出版社，2015.

[17] 达仓宗巴·班杰桑布. 汉藏史集：贤者喜乐瞻部洲明鉴［M］. 陈庆英，译. 拉萨：西藏人民出版社，1986.

[18] 丹纳. 艺术哲学［M］. 傅雷，译. 北京：人民文学出版社，1963.

[19] 丹珍草. 藏族当代作家汉语创作论［M］. 北京：民族出版社，2008.

[20] 丹珠昂奔. 藏族神灵论［M］. 北京：中国社会科学出版社，1990.

[21] 丹珠昂奔. 藏族文化发展史［M］. 兰州：甘肃教育出版社，2001.

[22] 丹珠昂奔. 藏族文化散论［M］. 北京：中国友谊出版公司，1993.

[23] 丹珠昂奔. 佛教与藏族文学［M］. 北京：中央民族学院出版社，1988.

[24] 德吉草. 歌者无悔：当代藏族作家作品选评［M］. 北京：民族出版社，2000.

[25] 丁帆主编. 中国西部现代文学史［M］. 北京：人民文学出版社，2004.

[26] 樊星. 当代文学与地域文化［M］. 武汉：华中师范大学出版社，2002.

[27] 费尔巴哈. 宗教的本质［M］. 王太庆，译. 北京：商务印书馆，1999.

[28] 刚杰·索木东. 故乡是甘南［M］. 成都：四川民族出版社，2017.

[29] 格勒. 藏族早期历史与文化［M］. 北京：商务印书馆，2006.

[30] 格勒. 康巴史话［M］. 成都：四川美术出版社，2014.

[31] 格勒. 论藏族文化的起源形成与周围民族的关系［M］. 广州：中山大学出版社，1988.

[32] 格绒追美. 隐蔽的脸［M］. 北京：作家出版社，2011.

[33] 耿予方，吴伟. 西藏文学［M］. 北京：五洲传播出版社，2002.

[34] 耿予方. 藏族当代文学[M]. 北京：中国藏学出版社，1994.

[35] 耿予方. 西藏五十年：文学卷[M]. 北京：民族出版社，2001.

[36] 关纪新，朝戈金. 多重选择的世界：当代少数民族作家文学的理论描述[M]. 北京：中央民族大学出版社，1995.

[37] 关纪新. 20世纪中华各民族文学关系研究[M]. 北京：民族出版社，2006.

[38] 胡兆量，阿尔斯朗，琼达，等. 中国文化地理概述[M]. 北京：北京大学出版社，2001.

[39] 江洋才让. 康巴方式[M]. 西宁：青海人民出版社，2010.

[40] 克拉克·威斯勒. 人与文化[M]. 钱岗南，傅志强，译. 北京：商务印书馆，2010.

[41] 李安宅. 藏族宗教史之实地研究[M]. 北京：商务印书馆，2015.

[42] 李佳俊. 文学，民族的形象[M]. 拉萨：西藏人民出版社，1989.

[43] 梁庭望. 中国民族文学研究60年[M]. 北京：中央民族大学出版社，2010.

[44] 亮炯·朗萨. 布隆德誓言[M]. 北京：外文出版社，2006.

[45] 亮炯·朗萨. 寻找康巴汉子[M]. 北京：中国书店，2011.

[46] 林俊华. 康巴历史与文化[M]. 成都：巴蜀书社，2014.

[47] 刘夏蓓. 安多藏区族际关系与区域文化研究[M]. 北京：民族出版社，2003.

[48] 刘象愚，罗钢. 文化研究读本[M]. 北京：中国社会科学出版社，2000.

[49] 刘再复. 罪与文学[M]. 北京：中信出版社，2011.

[50] 阮元. 十三经注疏[M]. 北京：中华书局，1980.

[51] 马丽华. 雪域文化与西藏文学[M]. 长沙：湖南教育出版社，1998.

[52] 马学良，梁庭望，李云中. 中国少数民族文学比较研究[M]. 北京：中央民族大学出版社，1997.

[53] 马学良，梁庭望，张公瑾. 中国少数民族文学史[M]. 北京：中央民族学院出版社，1992.

[54] 马学良, 恰白·次旦平措, 佟锦华. 藏族文学史 [M]. 成都: 四川民族出版社, 1994.

[55] 麦克·克朗. 文化地理学 [M]. 杨淑华, 宋慧敏, 译. 南京: 南京大学出版社, 2003.

[56] 梅新林. 中国古代文学地理形态与演变 [M]. 上海: 复旦大学出版社, 2006.

[57] 梅卓. 吉祥玉树 [M]. 西宁: 青海人民出版社, 2006.

[58] 梅卓. 太阳石 [M]. 西安: 太白文艺出版社, 2006.

[59] 梅卓. 月亮营地 [M]. 兰州: 敦煌文艺出版社, 2009.

[60] 梅卓. 走马安多 [M]. 西宁: 青海人民出版社, 2009.

[61] 米歇尔·泰勒. 发现西藏 [M]. 耿昇, 译. 北京: 中国藏学出版社, 2005.

[62] 尼玛潘多. 紫青稞 [M]. 北京: 作家出版社, 2010.

[63] 皮埃尔·布迪厄. 艺术的法则: 文学场的生成和结构 [M]. 刘晖, 译. 北京: 中央编译出版社, 2001.

[64] 乔根锁. 西藏的文化与宗教哲学 [M]. 北京: 高等教育出版社, 2004.

[65] 雀丹. 嘉绒藏族史志 [M]. 北京: 民族出版社, 1995.

[66] 饶介巴桑. 石烛 [M]. 昆明: 云南人民出版社, 1982.

[67] 任乃强. 康藏史地大纲 [M]. 拉萨: 西藏古籍出版社, 2000.

[68] 塞缪尔·亨廷顿. 文明的冲突与世界秩序的重建 [M]. 周琪, 刘绯, 等, 译. 北京: 新华出版社, 2002.

[69] 桑丹. 边缘积雪 [M]. 成都: 四川文艺出版社, 2012.

[70] 色波. 前定的念珠 [M]. 成都: 四川文艺出版社, 2002.

[71] 色波. 圆形日子 [M]. 拉萨: 西藏人民出版社, 2011.

[72] 石硕. 藏族族源与藏东古文明 [M]. 成都: 四川人民出版社, 2001.

[73] 石硕. 西藏文明东向发展史 [M]. 成都: 四川人民出版社, 1994.

[74] 石泰安. 西藏的文明 [M]. 耿昇, 译. 北京: 中国藏学出版社, 2005.

[75] 史念海. 中国历史地理纲要 [M]. 太原: 山西人民出版社, 1992.

[76] 索南坚赞. 西藏王统记 [M]. 刘立千, 译. 北京: 民族出版社, 2000.

[77] 陶东风. 文化研究精粹读本 [M]. 北京: 中国人民大学出版社, 2006.

[78] 佟锦华. 藏族传统文化概述 [M]. 北京: 中国藏学出版社, 1990.

[79] 佟锦华. 藏族古典文学 [M]. 长春: 吉林教育出版社, 1989.

[80] 佟锦华. 藏族文学研究 [M]. 北京: 中国藏学出版社, 2002.

[81] 万玛才旦. 嘛呢石, 静静地敲 [M]. 北京: 中国民族摄影艺术出版社, 2014.

[82] 完玛央金. 日影·星星 [M]. 香港: 香港文光出版社, 1991.

[83] 完玛央金. 完玛央金诗选 [M]. 西宁: 青海人民出版社, 1997.

[84] 王恩涌. 文化地理学导论 [M]. 北京: 高等教育出版社, 1989.

[85] 王恩涌, 赵荣. 人文地理学 [M]. 北京: 高等教育出版社, 2006.

[86] 王明珂. 华夏边缘: 历史记忆与族群认同 [M]. 北京: 社会科学文献出版社, 2006.

[87] 王尧. 走近藏传佛教 [M]. 北京: 中华书局, 2013.

[88] 王沂暖, 唐景福. 藏族文学史略 [M]. 西宁: 青海民族出版社, 1988.

[89] 旺秀才丹. 梦幻之旅: 旺秀才丹的诗 [M]. 北京: 民族出版社, 2002.

[90] 谢热. 传统与变迁: 藏族传统文化的历史演进及其现代化变迁模式 [M]. 兰州: 甘肃民族出版社, 2005.

[91] 谢有顺. 从密室到旷野: 中国当代文学的精神转型 [M]. 福州: 海峡文艺出版社, 2010.

[92] 星全成. 藏族传统文化及其现代化 [M]. 西宁: 青海民族出版社, 2002.

[93] 徐琴. 文化身份的建构与书写: 当代藏族女性文学研究 [M]. 广州: 中山大学出版社, 2017.

［94］严家炎．中国现代小说流派史［M］．北京：人民文学出版社，1995．

［95］严英秀．芳菲歇［M］．北京：作家出版社，2016．

［96］杨义．重绘中国文学地图通释［M］．北京：中国当代出版社，2007．

［97］央珍．拉萨的时间［M］．南京：浙江文艺出版社，2018．

［98］央珍．无性别的神［M］．北京：中国青年出版社，1994．

［99］姚新勇．寻找：共同的宿命与碰撞［M］．北京：中国社会科学出版社，2010．

［100］叶忠海．人才地理学概论［M］．上海：上海科技教育出版社，2000．

［101］尹向东．鱼的声音［M］．成都：四川文艺出版社，2011．

［102］于乃昌．西藏审美文化［M］．拉萨：西藏人民出版社，1999．

［103］泽波，格勒．横断山民族文化走廊：康巴文化名人论坛文集［M］．北京：中国藏学出版社，2004．

［104］曾大兴．文学地理学研究［M］．北京：商务印书馆，2012．

［105］扎西才让．七扇门：扎西才让散文诗选［M］．北京：大众文艺出版社，2010．

［106］扎西达娃．骚动的香巴拉［M］．北京：作家出版社，1993．

［107］扎西达娃．西藏隐秘岁月［M］．武汉：长江文艺出版社，2001．

［108］赵逵夫．灿烂星河：西北师范大学校友诗选［M］．兰州：甘肃文化出版社，2012．

［109］赵世瑜，周尚意．中国文化地理概论［M］．太原：山西教育出版社，1991．

［110］智观巴·贡却乎丹巴绕吉．安多政教史［M］．吴均，等，译．兰州：甘肃民族出版社，1989．

［111］中共中央马克思恩格斯列宁斯大林著作编译局．马克思恩格斯选集［M］．北京：人民出版社，1972．

［112］中国民间文学集成全国编辑委员会，中国歌谣集成西藏编辑委员会．中国歌谣集成：西藏卷［M］．北京：中国ISBN中心出版，1995．

[113] 周大鸣. 中国的族群与族群关系［M］. 南宁：广西民族出版社，2002.

[114] 周公旦. 周礼［M］. 陈戍国，点校. 长沙：岳麓书社，2006.

[115] 周炜. 西藏文化的个性：关于藏族文学的再思考［M］. 北京：中国藏学出版社，1997.

[116] 周延良. 汉藏比较文学概论［M］. 北京：中央民族出版社，1995.

[117] 周振鹤. 中国历史文化区域研究［M］. 上海：复旦大学出版社，1997.

二、学位论文

[1] 樊义红. 文学的民族认同特性及其文学性生成［D］. 天津：南开大学，2012.

[2] 介永强. 西北佛教历史文化地理研究［D］. 西安：陕西师范大学，2004.

[3] 鲁顺元. 当代青海藏族文化变迁的地域性差异研究［D］. 兰州：兰州大学，2011.

[4] 王开队. 康区藏传佛教历史地理研究（公元8世纪—1949）［D］. 广州：暨南大学，2009.

[5] 徐美恒. 论藏族作家的汉语文学［D］. 兰州：兰州大学，2006.

[6] 杨霞.《尘埃落定》的空间化书写研究［D］. 北京：中国社会科学院研究生院，2009.

[7] 郑靖茹. 现代文学体制建立的个案考察：汉文版《西藏文学》与西藏文学［D］. 成都：四川大学，2005.

[8] 朱普选. 青海藏传佛教历史文化地理研究：以寺院为中心［D］. 西安：陕西师范大学，2006.

三、单篇论文

[1] 巴卧·祖拉陈哇.《贤者喜宴》译注十四［J］. 黄颢，译. 西藏族学院学报，1984（2）.

[2] 班丹. 文学让我绽放笑容［J］. 西藏文学，2007（4）.

[3] 班丹. 星辰不知为谁陨灭［J］. 西藏文学，2007（4）.

[4] 班丹. 阳光下的低吟［J］. 西藏文学, 2007（4）.

[5] 班丹. 面对死亡, 你还要歌唱吗［J］. 西藏文学, 2007（4）.

[6] 才旦. 青海当代藏族文学的发展及现状［J］. 青海师范大学民族师范学院学报, 2003（1）.

[7] 畅广元. 地域文学的文化根基［J］. 小说评论, 1996（6）.

[8] 陈庆英. 简论青藏高原文化［J］. 青海社会科学, 1998（4）.

[9] 陈思和. 当代文学中的文化寻根意识［J］. 文学评论, 1986（6）.

[10] 陈晓明. 小说的心理特权与历史化的紧张关系：阿来小说阅读札记［J］. 当代文坛, 2008（5）.

[11] 次多. 藏文创作的当代藏族文学述评［J］. 西藏文学, 2005（5）.

[12] 德吉草. 母语依恋与传统断流：当代藏文诗作［J］. 西南民族学院学报, 2000（9）.

[13] 丁帆. 20世纪中国地域文化小说简论［J］. 学术月刊, 1997（9）.

[14] 嘎代才让. 对一只小绵羊的怀念［J］. 民族文学, 2009（7）.

[15] 嘎代才让. 谶书［J］. 中国诗歌, 2012（7）.

[16] 尕藏才旦. 高原地理与青藏文化圈［J］. 西北民族学院学报, 1996（3）.

[17] 刚杰·索木东. 一个读者视野里的李城和《最后的伏藏》［J］. 格桑花, 2012（2）.

[18] 刚杰·索木东. 西藏笔记（组诗）［J］. 西藏文学, 2018（2）.

[19] 郜元宝. 不够破碎：读阿来短篇近作想到的［J］. 文艺争鸣, 2008（2）.

[20] 孔占芳. 跨文化视野中青海藏族当代作家汉语创作谈：以才旦小说创作为例［J］. 阿来研究, 2015（1）.

[21] 李德虎. 基于生态审美体验视角对康巴藏族生态文学研究［J］. 贵州民族研究, 2014（8）.

[22] 李佳俊. 当代藏族文学的文化走向：浅析新时期藏族作家不同群体的审美个性［J］. 中国藏学, 2006（1）.

[23] 李晓峰. 略论我国地域文学研究的现状与困境［J］. 文艺理论与批评, 2010（3）.

[24] 凌立. 康巴文化产生的特殊背景［J］. 四川民族学院学报, 2013（5）.

[25] 尼玛扎西. 浮面歌吟：关于当代西藏文学生存与发展的一些断想 [J]. 西藏文学, 1999 (2).

[26] 蒲江成. 青海是藏传佛教文化传播发展的重要源头 [J]. 青海民族学院学报, 1998 (2).

[27] 任新建. 论康藏的历史关系 [J]. 中国藏学, 2004 (4).

[28] 邵燕君. "纯文学"方法与史诗叙事的困境 [J]. 文艺争鸣, 2009 (2).

[29] 石硕. 《格萨尔》与康巴文化精神 [J]. 西藏研究, 2004 (4).

[30] 石硕. 藏族三大传统地理区域形成过程探讨 [J]. 中国西藏, 2014 (6).

[31] 石硕. 达磨灭佛对佛教在藏区传播趋势的影响 [J]. 中国藏学, 1996 (2).

[32] 石硕. 关于"康巴学"概念的提出及相关问题：兼论康巴文化的特点、内涵与研究价值 [J]. 西藏研究, 2006 (3).

[33] 索洛. 五十年青海当代藏文文学刍议 [J]. 民族文学, 2002 (1).

[34] 索木东. 藏族传统文化感召下的洁净创作：藏族女作家严英秀访谈 [J]. 格桑花, 2011 (2).

[35] 塔热·次仁玉珍. 魂系冈底斯 [J]. 西藏民俗, 1999 (1).

[36] 塔热·次仁玉珍. 难忘雪山 [J]. 西藏文学, 1995 (4).

[37] 唐红梅, 王平. 宁静中的自信与优雅：论万玛才旦小说创作的特色与意义 [J]. 中南民族大学学报, 2014 (6).

[38] 万玛才旦, 刘伽茵, 江月. 或许现在的我就是将来的他：与《塔洛》导演万玛才旦的访谈 [J]. 北京电影学院学报, 2015 (5).

[39] 完玛央金. 玛曲回想 [J]. 西藏文学, 1995 (5).

[40] 王晓莉, 嘉雍群培. 青海藏区民间与宗教舞蹈的田野考察：以玉树地区的民间与宗教舞蹈为例 [J]. 佛教文化, 2008 (2).

[41] 王一川. 跨族别写作与现代性新景观 [J]. 四川文学, 1998 (9).

[42] 徐明旭. 1977—1983西藏汉文短篇小说创作述评 [J]. 西藏文学, 1984 (4).

[43] 严英秀. "空山"之痛 [J]. 文艺争鸣, 2008 (8).

[44] 严英秀. 纸飞机 [J]. 黄河, 2009 (4).

[45] 严英秀. 沦为朋友 [J]. 民族文学, 2010 (7).

[46] 严英秀. 怀念故乡的人,要栖水而居 [J]. 中国作家,2018 (11).

[47] 严英秀. 论当下少数民族文学的民族性和现代性 [J]. 民族文学研究,2010 (1).

[48] 严英秀. 走出巴颜喀拉 [J]. 西藏文学,2011 (2).

[49] 杨红. 西藏新小说之于寻根文学思潮的意义 [J]. 贵州民族学院学报,2007 (6).

[50] 杨嘉铭. 康巴文化综述 [J]. 西华大学学报,2008 (4).

[51] 杨嘉铭. 四川藏区藏传佛教的基本特点 [J]. 西南民族大学学报,2007 (2).

[52] 杨玉梅. 民族视角:阿来小说的一种解读 [J]. 民族文学,2000 (9).

[53] 姚新勇. 朝圣之旅:诗歌、民族与文化冲突:转型期藏族汉语诗歌论 [J]. 民族文学研究,2008 (2).

[54] 姚新勇. 对当代民族文学批评的批评 [J]. 文艺争鸣,2003 (5).

[55] 姚新勇. 全球化语境下的中国民族叙事 [J]. 暨南学报(哲学社会科学版),2004 (4).

[56] 姚新勇. 文化身份建构的欲求与审思 [J]. 读书,2002 (11).

[57] 姚新勇. 追求的轨迹与困惑:"少数民族文学性"建构的反思 [J]. 民族文学研究,2004 (1).

[58] 杂藏加. 浅谈藏传佛教与青藏高原 [J]. 西藏研究,1998 (3).

[59] 赞拉·阿旺措成. 试论嘉戎藏语中的古藏语 [J]. 中国藏学,1999 (2).

[60] 扎西才让. 杨庄:双江河畔的藏村 [J]. 山东文学,2015 (11).

[61] 张懿红. 梅卓小说的民族想象 [J]. 民族文学研究,2007 (2).

[62] 张懿红. 民族立场与民族想象 [J]. 青海社会科学,2007 (3).

[63] 张懿红. 首席金座活佛:作为文化小说的一个案例 [J]. 民族文学研究,2008 (2).

[64] 朱普选. 佛教入藏及其演变的环境考察 [J]. 西藏族学院学报,1996 (3).

[65] 朱普选. 中国藏传佛教传播的文化生态学考察 [J]. 民族研究,1997 (2).

［66］朱霞. 当代藏族文学的多元文化背景与作家民族文化身份的建构［J］. 西藏族学院学报（哲学社会科学版），2004（6）.

四、网站资料

［1］藏人文化网：http：//www. tibetcul. com/.
［2］中国民族文学网：http：//iel. cass. cn/.
［3］中国作家网：http：//www. chinawriter. com. cn/.